21/12

Dustin Thomason

21/12

Traducción de Eduardo G. Murillo

(U)

Umbriel Editores

Argentina • Chile • Colombia • España
Estados Unidos • México • Perú • Uruguay • Venezuela

Título original: *12.21*
Editor original: The Dial Press
Traducción: Eduardo García Murillo

1.ª edición Septiembre 2012

Copyright © 2012 by Dustin Thomason
   All Rights Reserved
© de la traducción 2012 *by* Eduardo García Murillo
© 2012 *by* Ediciones Urano, S.A.
   Aribau, 142, pral. – 08036 Barcelona
   www.umbrieleditores.com

ISBN: 978-84-92915-15-6
E-ISBN: 978-84-9944-287-7
Depósito legal: B-21880-2012

Fotocomposición: Montserrat Gómez Lao
Impreso por Romanyà-Valls, S.A. – Verdaguer, 1 – 08786 Capellades (Barcelona)

Impreso en España – *Printed in Spain*

*Para mi hermana, Heather, quien me ayuda a comprender
que nada une como los lazos de sangre, y para Janet,
la mejor madre del mundo, nuestro árbol generoso.*

Prólogo

Está apoyado en silencio contra el muro del templo bajo la luz de la luna, con el pequeño bulto sujeto con fuerza bajo el brazo. El envoltorio de sisal irrita su piel, pero agradece la sensación. Le tranquiliza. En esta ciudad afligida por la sequía, no cambiaría este bulto ni por agua. La tierra que pisan sus sandalias está agrietada y reseca. El mundo verde de su infancia ya no existe.

Complacido por que los escasos guardias del templo que aún quedan no hayan detectado su presencia, corre hacia la plaza central, donde en otro tiempo medraban artesanos y tatuadores. Ahora sólo está poblada de mendigos, y los mendigos, cuando están hambrientos, pueden ser peligrosos. Pero esta noche tiene suerte. Sólo hay dos hombres ante el templo del Este. Ya le han visto antes, y saben que les da lo que puede. De todos modos, aferra con fuerza su fardo cuando pasa.

Hay un guardia apostado entre la plaza central y los silos de maíz. No es más que un muchacho. Por un momento sopesa la posibilidad de enterrar el fardo y volver a buscarlo más tarde, pero la tierra es polvo, y el viento azota los campos en los que en otro tiempo se alzaban árboles. Nada en esta ciudad abrasada permanece enterrado mucho tiempo.

Respira hondo y continúa adelante.

—Real y Sagrado —le llama el muchacho—, ¿adónde vas?

Los ojos del chico se ven cansados, hambrientos, pero destellan cuando se fija en el fardo que lleva bajo el brazo.

El hombre contesta la verdad.

—A mi cueva de ayuno.

—¿Qué llevas ahí?

—Incienso para mis devociones.

El hombre aprieta el fardo con más fuerza y reza en silencio a Itzamanaj.

—Pero hace días que no hay incienso en el mercado, Real y Sagrado. —El muchacho habla en tono hastiado. Como si todos los hombres mintieran ahora para sobrevivir. Como si toda la inocencia se hubiera fugado con las lluvias—. Dámelo.

—Tienes razón, guerrero. No es incienso, sino un regalo para el rey.

No le queda otra alternativa que invocar el nombre del rey, aunque éste ordenaría que le arrancaran el corazón si supiera lo que lleva encima.

—Dámelo —repite el muchacho.

El hombre obedece al fin. Los dedos del chico desenvuelven el fardo con rudeza, pero cuando el sisal se desprende, el individuo ve la decepción en los ojos del joven guardia. ¿Qué esperaba? ¿Maíz? ¿Cacao? No entiende lo que ha visto. Como la mayoría de jóvenes de esta época, sólo entiende el hambre.

El hombre envuelve de nuevo a toda prisa el fardo, se aleja del guardia y da gracias a los dioses por su buena suerte. Su pequeña cueva se halla en el extremo este de la ciudad, y se desliza a través de la entrada sin ser detectado.

Hay telas esparcidas sobre el suelo, en preparación de este momento. Enciende su vela, deposita el fardo a una prudente distancia de la cera, y después se seca con sumo cuidado las manos. Se pone de rodillas y coge el sisal. Contiene una pila de hojas dobladas hechas con corteza de una higuera endurecida con pasta de piedra caliza vidriada. Con el enorme pero, en apariencia, natural cuidado de un hombre que se ha preparado durante toda la vida para este acto, desenvuelve el papel. Ha sido plegado veinticinco veces, y cuando está desplegado por completo, las hojas en blanco ocupan todo el ancho de la cueva.

Saca tres pequeños cuencos de pintura de detrás de la chimenea. Ha raspado ollas para fabricar tinta negra, rascado orín de las piedras para fabricar tinta roja, y buscado anilina y arcilla en campos y lechos de ríos para la tinta añil. Por fin, el hombre se hace un pinchazo en la piel del brazo. Ve que los riachuelos de color púrpura corren por su muñeca y caen en los cuencos de pintura que tiene delante, santificando la tinta con su sangre.

Entonces empieza a escribir.

12.19.19.17.10
—
11 DE DICIEMBRE DE 2012

1

El bloque de pisos del doctor Stanton se alzaba al final del paseo marítimo, justo antes de que el sendero peatonal se metamorfoseara con los exuberantes jardines donde los amantes del taichi se reunían, y al otro lado de Venice Beach. El modesto dúplex no acababa de convencerle. Prefería algo con más historia, pero en este peculiar tramo de la costa californiana las únicas opciones eran cabañas destartaladas o edificios contemporáneos de piedra y vidrio. Stanton salió de casa a las siete de la mañana montado en su vieja bicicleta Gary Fisher y se dirigió hacia el sur con *Dogma*, su labrador amarillo, que corría a su lado. Groundwork, el mejor café de Los Ángeles, se hallaba a tan sólo seis manzanas de distancia, y Jillian le tendría preparada una triple dosis de Black Gold en cuanto entrara.

A *Dogma* le gustaban tanto las mañanas como a su amo, pero el perro tenía prohibida la entrada en Groundwork, de modo que Stanton, después de atarlo, entraba solo, saludaba a Jillian, recogía su taza y echaba un vistazo a la escena. Un montón de clientes madrugadores eran surferos, con sus trajes de neopreno todavía goteantes. Stanton se despertaba por lo general a las seis, pero estos tipos llevaban horas levantados.

Sentado a su mesa de costumbre estaba uno de los residentes más conocidos y extraños del paseo. Toda su cara y la cabeza rasurada estaban cubiertas de complicados dibujos, así como de anillas, clavos y pequeñas cadenas que sobresalían de sus lóbulos, nariz y labios. Stanton se preguntaba con frecuencia de dónde había salido un hombre como Monstruo. ¿Qué le había pasado en su juventud, que le había llevado a tomar la decisión de cubrir todo su cuerpo con arte? Por algún motivo, siempre que Stanton fantaseaba sobre los orígenes del hombre, veía un dúplex cerca de una base militar, justo el tipo de casas en que había pasado su infancia.

—¿Cómo va el mundo? —preguntó Stanton.

Monstruo alzó la vista de su ordenador. Era un fanático de los noticieros, y cuando no estaba trabajando en su tienda de tatuajes o divirtiendo a los turistas como animador del Freak Show de Venice Beach, estaba aquí colgando comentarios en blogs políticos.

—¿Aparte de que faltan tan sólo dos semanas para que el alineamiento galáctico provoque que los polos magnéticos se inviertan y muramos todos? —preguntó.

—Aparte de eso.

—Hace un día cojonudo.

—¿Cómo está tu chica?

—Electrizante, gracias.

Stanton se encaminó hacia la puerta.

—Si seguimos aquí, hasta mañana, Monstruo.

Después de beber su Black Gold fuera, *Dogma* y él continuaron hacia el sur. Un siglo antes, kilómetros de canales serpenteaban a través de las calles de Venice, la recreación de la famosa ciudad italiana llevada a cabo por el magnate del tabaco Abbot Kinney. Ahora, la práctica totalidad de las vías fluviales por donde los gondoleros habían paseado a los residentes estaban pavimentadas y cubiertas de gimnasios donde reinaban los esteroides, quioscos de comida rica en colesterol y tiendas de camisetas originales.

Stanton había visto surgir una avalancha de pintadas y baratijas sobre el «apocalipsis maya» que había invadido Venice durante las últimas semanas, pues los vendedores se aprovechaban del bombo publicitario. Le habían educado en la fe católica, pero hacía años que no pisaba una iglesia y no entraba dentro de sus planes hacerlo. Si la gente deseaba buscar su destino o creer en algún reloj antiguo, adelante. Él se aferraría a las hipótesis demostrables y al método científico.

Por suerte, daba la impresión de que no todo el mundo en Venice creía que el 21 de diciembre sería el fin de los tiempos. El paseo también estaba adornado con luces rojas y verdes, por si los chiflados se equivocaban. Navidad era una época rara en Los Ángeles. Pocos trasplantados sabían cómo celebrar las fiestas a veinte grados, pero a Stanton le gustaba el contraste: gorros de Papá Noel sobre patines en línea, bronceadores con medias, tablas de surf engalanadas con cuernos. Un paseo por la playa en Navidad era lo más espiritual que se podía permitir durante estos días.

Diez minutos después, llegaron al extremo norte de Marina del Rey. Dejaron atrás el viejo faro, los veleros y los barcos de pesca trucados que se mecían silenciosos en el puerto. Stanton soltó a *Dogma*, y el perro salió disparado mientras él corría detrás, escuchando música. La mujer a la que iban a ver siempre se rodeaba de jazz, y cuando escuchabas el piano de Bill Evans o la trompeta de Miles por encima de los ruidos de los muelles, significaba que no se encontraba muy lejos. Durante gran parte de la última década, Nina Countner había sido la mujer de la vida de Stanton. Si bien habían aparecido otras durante los tres años transcurridos desde su separación, ninguna había sido más que una simple sustituta de ella.

Siguió a *Dogma* hasta el muelle del puerto deportivo y percibió el sonido melancólico de un saxo a lo lejos. El perro había llegado a la punta del malecón sur, y estaba parado ante el enorme McGray de dos motores de Nina, casi siete prístinos metros de metal y madera, amarrado al último pantalán situado al final del muelle. Nina se agachó al lado de *Dogma* y empezó a masajearle el estómago.

—Me habéis encontrado —dijo.

—En un puerto deportivo de verdad, para variar —contestó Stanton.

Le dio un beso en la mejilla y aspiró su aroma. Pese a que pasaba casi todo el tiempo en el mar, Nina siempre conseguía oler a agua de rosas. Stanton retrocedió para mirarla. Tenía un hoyuelo en la barbilla e impresionantes ojos verdes, pero la nariz estaba un poco torcida y la boca era pequeña. Su belleza se le escapaba a casi todo el mundo, pero para él su cara era perfecta.

—¿Dejarás alguna vez que te pague un pantalán de verdad?

Nina le miró. Él se había ofrecido muchas veces a alquilarle un pantalán permanente, con la esperanza de que así pasara más tiempo en tierra firme, pero ella nunca había aceptado, y lo más probable era que jamás lo hiciera. Su trabajo como *freelance* para revistas no le aportaba ingresos continuados, de manera que había dominado el arte de encontrar pantalanes libres, playas ocultas y muelles que poca gente conocía.

—¿Cómo va el experimento? —preguntó, cuando Stanton la siguió hasta el barco. La cubierta del *Plan A* estaba amueblada con sencillez, tan sólo dos sillas plegables, una colección de CD diseminados alrededor de la silla de la capitana y cuencos con agua y comida para *Dogma*.

—Más resultados esta mañana. Deberían ser interesantes.

Nina ocupó el asiento de la capitana. No le gustaba dar rodeos.

—Pareces cansado.

Stanton se preguntó si estaría detectando en su rostro la invasora oleada del tiempo, patas de gallo debajo de sus gafas sin montura. Pero había dormido siete horas seguidas aquella noche. Algo extraño en él.

—Me encuentro bien.

—¿El pleito ha terminado? ¿Con buenos resultados?

—Hace semanas que terminó. Vamos a celebrarlo. Tengo champán en la nevera.

—El capitán y yo nos vamos a Catalina —dijo Nina. Manipuló los indicadores e interruptores que Stanton nunca se había molestado en dominar, encendió el GPS y conectó el sistema eléctrico del barco.

El tenue contorno de Catalina Island apenas se veía a través de la bruma.

—¿Y si te acompaño? —sugirió Stanton.

—¿Mientras esperas pacientemente los resultados del centro? Por favor, Gabe.

—No seas condescendiente conmigo.

Nina se levantó y tomó su barbilla en la mano.

—No soy tu ex esposa en vano.

La decisión la había tomado Nina, pero Stanton se culpaba por ello, y en parte jamás había renunciado a un futuro en común. Durante los tres años de matrimonio, su trabajo le había llevado fuera del país durante meses seguidos, mientras ella escapaba al mar, donde siempre había estado su corazón. Él había permitido que se distanciaran, y daba la impresión de que Nina era la mujer más feliz del mundo cuando navegaba en solitario.

Sonó a lo lejos la bocina de un buque portacontenedores, lo cual enloqueció a *Dogma*. Ladró repetidas veces en dirección al ruido, antes de proceder a perseguirse la cola.

—Te lo devolveré mañana por la noche —dijo Nina.

—Quédate a cenar. Guisaré lo que más te apetezca.

Nina le miró.

—¿Cómo se tomará tu novia que cenemos juntos?

—No tengo novia.

—¿Qué fue de esa fulana? La matemática.

—Salimos cuatro veces.

—¿Y?

—Tuve que ir a ver a un caballo.

—Venga ya.

—En serio. Tuve que ir a Inglaterra para examinar un caballo que creían que había desarrollado tembladera, y ella me dijo que yo no estaba comprometido a fondo con nuestra relación.

—¿Y estaba en lo cierto?

—Salimos cuatro veces. Bien, ¿quedamos para cenar mañana?

Nina encendió el motor del *Plan A*, mientras Stanton saltaba al muelle para recoger la bicicleta.

—Compra una botella de vino decente —gritó ella mientras desamarraba, y le dejó tirado una vez más—. Entonces, ya veremos...

El Centro de Priones, de los Centros para el Control de Enfermedades, en Boyle Heights, había sido el hogar profesional de Stanton durante casi diez años. Cuando se trasladó al oeste a principios de siglo para convertirse en su primer director, el centro ocupaba tan sólo un pequeño laboratorio en un remolque aparcado en el Los Angeles County & USC Medical Center. Ahora, como resultado de las constantes presiones, ocupaba toda la sexta planta del edificio principal del LAC & USC, el mismo edificio que, durante más de tres décadas, había servido como exterior de la serie *Hospital General*.

Stanton atravesó las puertas dobles y entró en lo que los recién doctorados llamaban su «madriguera». Uno de ellos había colgado luces de Navidad alrededor de la zona principal, y él las encendió junto con las halógenas, de forma que tiñeron de verde y rojo los bancos de microscopios que se extendían a lo largo del laboratorio. Después de dejar la bolsa en su despacho, se puso una mascarilla y guantes, y se encaminó a la parte de atrás. Era la primera mañana que podrían recoger los resultados de un experimento en el que su equipo había trabajado durante semanas, y estaba muy ansioso por examinarlos.

La «Sala de los Animales» del centro era casi tan larga como una cancha de baloncesto. El equipo era de última generación: casillas informatizadas de existencias, centros de control de datos con pantalla táctil y terminales electrónicas de vivisección y autopsia. Stanton se dirigió hacia la primera de las doce jaulas que descansaban sobre estanterías en la pared sur y echó un vistazo al interior. La jaula contenía dos animales: una serpiente coral negra y naranja de sesenta centímetros de largo y un ratoncillo gris. A primera vista, parecía lo más natural del mundo: una serpiente a la espera del momento adecuado para devorar a su presa. Pero, en realidad, algo anormal estaba sucediendo en el interior de aquella jaula.

El ratón estaba dando golpecitos en la cabeza de la serpiente con el hocico. Aunque ésta silbaba, él continuaba como si tal cosa. No corría a un rincón de la jaula ni trataba de escapar. El ratón tenía tan poco miedo de la serpiente como de otro ratón. La primera vez que Stanton fue testigo de este comportamiento, él y su equipo del Centro de Priones prorrumpieron en vítores. Gracias a la ingeniería genética, habían extraído un conjunto de diminutas proteínas llamadas «priones» de la membrana superficial de las células cerebrales del ratón. Había conseguido tener éxito en su extraño experimento alterando el orden natural en el cerebro del ratón y eliminando su miedo innato a las serpientes. Era un paso crucial para entender las mortíferas proteínas, que habían constituido el trabajo de toda la vida de Stanton.

Los priones aparecen en todos los cerebros animales normales, incluidos los humanos, pero tras décadas de investigación, ni él ni nadie comprendía por qué existían. Algunos de sus colegas creían que las proteínas de los priones intervenían en la memoria o eran importantes en la formación de la médula. Nadie lo sabía con certeza.

Casi siempre, estos priones se hallaban instalados en las neuronas del cerebro. Pero en algunos casos, estas proteínas podían «enfermar» y multiplicarse. Como en el Alzheimer y el Parkinson, las enfermedades priónicas destruían los tejidos sanos y los sustituían por placas inútiles, alterando el funcionamiento normal del cerebro. Pero existía una diferencia clave, terrorífica: mientras el Alzheimer y el Parkinson eran enfermedades genéticas, ciertas enfermedades priónicas podían contagiarse por ingestión de carne contaminada. A mediados de la década de los ochenta, priones mutantes de vacas enfermas inglesas se introdujeron en el suministro de carne local a través de buey contaminado, y todo el mundo se familiarizó con la infección priónica. A lo largo de tres décadas, la enfermedad de las vacas locas mató a doscientas mil reses en Europa, y después se contagió a los humanos. A los primeros pacientes les costaba caminar y padecían temblores incontrolables, después perdían la memoria y la capacidad de identificar a amigos y familiares. No tardaba en producirse la muerte cerebral.

Al principio de su carrera, Stanton se había convertido en uno de los expertos mundiales en vacas locas, de modo que cuando los CDC [Centros para el Control y Prevención de Enfermedades] fundaron el Centro Nacional de Priones, fue la elección lógica para que lo dirigiera. En aquel momento se le había antojado la oportunidad de su vida, y le entusiasmó la idea de trasladarse a California. Nunca antes se había fundado un centro de investigaciones dedicado al estudio de priones y enfermedades priónicas en Estados Unidos. Liderado por Stanton, el centro se creó para el diagnóstico, el estudio y, a la larga, el combate contra los agentes infecciosos más misteriosos de la Tierra.

Pero nunca ocurrió. A finales de la década, la industria ganadera había lanzado una triunfal campaña para demostrar que tan sólo a una persona, residente en Estados Unidos, le habían diagnosticado la enfermedad de las vacas locas. Las subvenciones para el laboratorio de Stanton disminuyeron y, con pocos casos en Inglaterra también, el público no tardó en perder el interés. El presupuesto del Centro de Priones se había reducido, y él no tuvo otro remedio que despedir a parte del personal. Lo peor era que todavía no podían curar una sola enfermedad priónica: años de probar diversos medicamentos y otras terapias habían dado como resultado una falsa esperanza tras otra. Pero Stanton siempre había sido tan tozudo como optimista, y nunca había descartado la posibilidad de que las respuestas se encontraran a un experimento de distancia.

Avanzó hacia la siguiente jaula y descubrió a otra serpiente acechando a su presa, y a otro ratoncillo aburrido por tamaña exhibición. A lo largo de este experimento, Stanton y su equipo estaban explorando el papel de los priones a la hora de controlar «instintos innatos», incluido el miedo. No era necesario enseñar a los ratones a tener miedo del crujido de la hierba, indicador de que se acercaba un depredador: el terror estaba programado en sus genes. Pero después de que los priones fueran «eliminados» genéticamente en un experimento anterior, los ratones actuaron con agresividad e irracionalidad. Por lo tanto, Stanton y su equipo habían empezado a analizar los efectos de borrar priones sobre los miedos más arraigados de los animales.

Su móvil vibró en el bolsillo de su bata blanca.

—¿Hola?

—¿Doctor Stanton?

Era una voz femenina que no reconoció, pero tenía que ser una doctora o una enfermera. Sólo un profesional de la salud no se disculparía por llamar antes de las ocho de la mañana.

—¿En qué puedo ayudarla?

—Soy Michaela Thane. Residente de tercer año en el Hospital Presbiteriano de Los Ángeles Este. El CDC me dio su número. Creemos que tenemos entre manos un caso de enfermedad priónica.

Stanton sonrió, se subió las gafas sobre el puente de la nariz y dijo: «Vale», mientras avanzaba hacia la tercera jaula. En el interior, otro ratón tocaba con las patas la cola de su depredador. La serpiente casi parecía confusa por aquella inversión de la naturaleza.

—¿«Vale»? —preguntó Thane—. ¿Eso es todo?

—Envíe las muestras a mi oficina, y mi equipo les echará un vistazo. El doctor Davies la llamará con los resultados.

—¿Eso cuándo será? ¿Dentro de una semana? Tal vez no me he expresado con claridad, doctor. A veces hablo demasiado deprisa para la gente. Creemos que tenemos entre manos un caso de enfermedad priónica.

—Comprendo que eso es lo que creen. ¿Qué me dice de las pruebas genéticas? ¿Tiene los resultados?

—No, pero...

—Escuche, doctora... ¿Thane? Cada año recibimos miles de llamadas —la interrumpió Stanton—, y sólo un puñado resultan ser enfermedades priónicas. Si los análisis genéticos son positivos, vuelva a llamarnos.

—Doctor, los síntomas concuerdan con un diagnóstico de...

—Deje que lo adivine. A su paciente le cuesta caminar.

—No.

—¿Pérdida de memoria?

—No lo sabemos.

Stanton tamborileó con los dedos sobre el cristal de una jaula, curioso por ver si alguno de los animales reaccionaba. Ninguno le hizo caso.

—En ese caso, ¿cuál es su presunto síntoma, doctora? —preguntó a Thane, sin apenas escuchar.

—Demencia y alucinaciones, comportamiento errático, temblores y sudoración. Y un caso terrible de insomnio.

—¿Insomnio?

—Cuando ingresó, pensamos que era síndrome de abstinencia del alcohol. Pero no existía deficiencia de ácido fólico que indicara alcoholismo, de modo que llevé a cabo más pruebas, y creo que podría ser insomnio familiar fatal.

Ahora consiguió atraer la atención de Stanton.

—¿Cuándo ingresó?

—Hace tres días.

El IFF era una enfermedad extraña, que progresaba con rapidez, producto de un gen mutante. Era estrictamente genética, transmitida por un progenitor, una de las escasas enfermedades priónicas existentes. Stanton había visto media docena de casos a lo largo de su carrera. Casi todos los pacientes de IFF solicitaban asistencia médica porque sudaban de manera constante y les costaba dormir por la noche. Al cabo de unos meses, su insomnio era absoluto. Los pacientes se quedaban impotentes, experimentaban ataques de pánico y les costaba caminar. Atrapados entre un estado de vigilia alucinatorio y un estado de alerta inducido por el pánico, casi todos los pacientes de IFF morían al cabo de pocas semanas debido a la falta total de sueño, y ni Stanton ni ningún otro médico habían podido hacer nada para ayudarlos.

—No se confunda —advirtió a Thane—. La incidencia mundial del IFF es de uno entre treinta y tres millones.

—¿Qué otra cosa podría causar insomnio total? —preguntó Thane.

—Una adicción a la metamfetamina mal diagnosticada.

—Estamos en Los Ángeles Este. Tengo el placer de percibir cada día el aliento de la meta. El examen toxicológico de este individuo dio negativo.

—El IFF afecta a menos de cuarenta familias en todo el mundo —dijo Stanton, mientras avanzaba hacia la siguiente jaula—. Y si hubiera un historial familiar, usted ya me lo habría dicho.

—De hecho, no hemos podido hablar con él, porque no le entendemos. Parece latino, o quizás indígena. De Centroamérica o Sudamérica, tal vez. Estamos trabajando con el servicio de intérpretes. Por supuesto, casi todos los días tenemos a un tipo con estudios preuniversitarios y con una pila de diccionarios de saldo.

Stanton miró a través del cristal de la siguiente jaula. Esta serpiente estaba inmóvil, y una diminuta cola gris sobresalía de su boca. Durante las siguientes veinticuatro horas, cuando a las demás serpientes les entrara hambre, sucedería lo mismo en todas las jaulas de la sala. Incluso después de tantos años en el laboratorio, no le gustaba ser el responsable de lo que les sucedería a los ratones dentro de poco.

—¿Quién ingresó al paciente? —preguntó.

—Una ambulancia, según el informe de ingresos, pero no existen datos sobre el servicio.

Esto coincidía con todo lo que Stanton sabía acerca del Hospital

Presbiteriano, uno de los más saturados y agobiados por las deudas de la zona este de Los Ángeles.

—¿Cuántos años tiene el paciente? —preguntó.

—Treinta y pocos, lo más probable. Sé que es anormal, pero leí su trabajo sobre anomalías relacionadas con la edad en las enfermedades priónicas, y pensé que podía ser una de ellas.

Thane estaba haciendo bien su trabajo, pero su diligencia no cambiaba los hechos.

—Estoy seguro de que cuando reciba los resultados de genética todo esto se aclarará enseguida —dijo él—. Puede llamar más adelante al doctor Davies, si tiene más preguntas.

—Espere, doctor. Un momento. No cuelgue.

Stanton se vio forzado a admirar su insistencia. También él había sido un verdadero peñazo en sus tiempos de residente.

—¿Sí?

—El año pasado se publicó un estudio sobre los niveles de amilasa como marcadores de privación del sueño.

—Lo conozco. ¿Y?

—En el caso de mi paciente eran trescientas unidades por mililitro, lo cual sugiere que hace más de una semana que no duerme.

Stanton se incorporó. ¿Una semana sin dormir?

—¿Ha sufrido ataques?

—Han aparecido algunos indicios en su escáner cerebral.

—¿Cuál es el aspecto de las pupilas del paciente?

—Parecen puntitos.

—¿Cómo reaccionan a la luz?

—No hay reacción.

Una semana de insomnio. Sudores. Ataques.

Pupilas como puntitos.

De las pocas enfermedades capaces de causar esa combinación de síntomas, el IFF era la menos rara. Stanton se quitó los guantes, olvidándose de sus ratones.

—No deje que nadie entre en la habitación hasta que yo llegue.

2

Como de costumbre, Chel Manu llegó a Nuestra Señora de Los Ángeles, la catedral de los cuatro millones de católicos de Los Ángeles, justo cuando la misa estaba terminando. El trayecto desde su oficina, en el Museo Getty, hasta la catedral, situada en el centro de la ciudad, era de casi sesenta minutos en horas punta, pero lo hacía de buena gana cada semana. Casi siempre estaba encerrada en su laboratorio del Getty o en las salas de conferencias de la Universidad de California en Los Ángeles (UCLA), y ésta era su oportunidad de abandonar el lado oeste, entrar en la autovía y conducir. Ni siquiera el tráfico, el azote de Los Ángeles, la molestaba. El trayecto hasta la iglesia significaba una especie de descanso para meditar, la única ocasión en que podía desconectar del ruido: su investigación, su presupuesto, sus colegas, sus comités de la facultad, su madre. Fumaba un cigarrillo (o dos), ponía a toda pastilla el rock alternativo de la KCRW y desconectaba un poco. Siempre tomaba la rampa de salida con el deseo de haber continuado sin parar.

Delante de la catedral apuró el final de su segundo cigarrillo, que tiró en un cubo de basura situado detrás de la extraña y andrógina estatua de la Virgen que había en la entrada. Después empujó las pesadas puertas de bronce. Al entrar, tomó nota de los detalles y sensaciones familiares: el dulce incienso que impregnaba el aire, cánticos procedentes del santuario y la colección de ventanales de alabastro más grande del mundo, que arrojaban una luz de tonalidad terrosa sobre los rostros de la pequeña comunidad de inmigrantes mayas.

En el púlpito, debajo de cinco paneles dorados que representaban las fases de la vida de Jesús, se erguía Maraka, el anciano y barbudo «adivinador». Movía un incensario de un lado a otro.

—*Tewichim* —canturreó en quiché, la rama del idioma maya hablada por más de un millón de indígenas en Guatemala—. *Tewchuninaq ub'antajik q'ukumatz, ajyo'l k'aslemal.*

Bendita sea la serpiente emplumada, dadora de vida.

Maraka se volvió hacia el este, después tomó un largo sorbo de *baalché*, la sagrada combinación blanca como la leche de corteza de árbol, canela y miel. Cuando terminó, hizo un ademán en dirección a la multitud, y la iglesia retumbó con cánticos de nuevo, una de las muchas tradiciones antiguas que el arzobispo les dejaba practicar una o dos veces a la semana, siempre que algunos de los indígenas continuaran asistiendo también a la misa católica normal.

Chel avanzó por el lateral de la nave, procurando no llamar la atención, aunque al menos un hombre se fijó en ella y la saludó con entusiasmo. Le había pedido una cita media docena de veces desde que ella le había ayudado con el formulario de inmigración. Ella le había mentido y contestado que salía con alguien. Con apenas un metro cincuenta y ocho de estatura, tal vez no se pareciera a la mujer media de Los Ángeles, pero muchos la consideraban hermosa.

Al lado del altar del incienso, Chel esperó a que la ceremonia terminara. Contempló la mezcla de congregados, incluidas más de dos docenas de caras blancas. Hasta hacía poco, la Fraternidad sólo contaba con sesenta miembros. El grupo se reunía en la iglesia los lunes por la mañana para rendir homenaje a los dioses y tradiciones de sus antepasados, un chorro constante de inmigrantes llegados de toda la región maya, incluida la Guatemala nativa de Chel.

Pero ahora, los fanáticos del Apocalipsis habían empezado a hacer acto de aparición. La prensa los llamaba «los creyentes del 2012», y al parecer estaban convencidos de que asistir a las ceremonias mayas los salvarían del fin del mundo, para el cual, según ellos, faltaban menos de dos semanas. Por supuesto, muchos otros creyentes no se molestaban en acudir. Se limitaban a predicar ideas acerca del final del ciclo de la Cuenta Larga desde sus propios púlpitos. Algunos afirmaban que los mares cubrirían la Tierra, que los terremotos provocarían la ruptura de las fallas y que los polos magnéticos se alterarían, lo cual daría paso a la extinción. Algunos defendían que causaría el regreso a una existencia más sencilla, que borraría los excesos tecnológicos de la Tierra. Los expertos mayas serios, incluida Chel, consideraban ridícula la idea de un apocalipsis el 21 de diciembre. Pero eso no impedía que los creyentes del 2012 utilizaran la antigua sabiduría maya para vender camisetas y entradas a conferencias, o convertir a su pueblo en el hazmerreír de los programas televisivos de madrugada.

—¿Chel?

Se volvió y vio a Maraka detrás de ella. Ni siquiera se había dado cuenta de que la ceremonia había terminado y la gente se estaba levantando de sus asientos.

El adivinador apoyó una mano sobre su hombro. Contaba casi ochenta años, y su pelo negro se había teñido por completo de blanco.

—Bienvenida —dijo—. El despacho está preparado. Por supuesto, a todos nos encantaría verte en una misa de verdad cualquier semana de éstas.

Chel se encogió de hombros.

—Procuraré que sea pronto, lo prometo. Es que he estado muy ocupada, adivinador.

Maraka sonrió.

—Pues claro que sí, Chel. *In Lak'ech.*

Yo soy tú, y tú eres yo.

Chel inclinó la cabeza ante él. Era una vieja expresión que había caído en desuso incluso en Guatemala, pero muchos ancianos todavía la utilizaban, y creyó que responder respetuosamente era lo mínimo que podía hacer, teniendo en cuenta su escaso interés por rezar.

—*In Lak'ech* —repitió ella en voz baja, antes de retirarse hacia la parte posterior de la iglesia.

Delante del despacho del sacerdote que utilizaba cada semana, los Larakam eran los primeros de la cola. Chel había oído que Vicente, el marido, había caído en las garras de un usurero que elegía sus presas entre personas como él: recién llegadas, incapaces de creer que lo que les aguardaba era todavía peor que lo que habían dejado atrás, en Guatemala. Chel se preguntó si su esposa, Ina, quien le parecía una mujer inteligente, habría sido más espabilada. Ina llevaba una falda larga hasta los pies y un *huipil* de algodón con complicados dibujos en zigzag. Todavía vestía a la manera tradicional, y aunque fuera inteligente, el papel tradicional de la esposa en su cultura era apoyar al marido pese a la gravedad de sus equivocaciones.

—Gracias por recibirnos —dijo en voz baja.

Vicente explicó poco a poco que había firmado un contrato a un interés exorbitante con el fin de alquilar un apartamento de una habitación en Echo Park, y ahora tenía que pagar más de lo que ganaba con su empleo de paisajista. Tenía el aspecto demacrado de alguien que cargara con el peso del mundo sobre su espalda. Ina se erguía en silencio a su lado, pero sus ojos imploraban a Chel. Un mensaje no verbalizado se transmitió entre las dos mujeres, y ahora Chel comprendió cuánto le había costado a Vicente acudir en busca de su ayuda.

En silencio, el hombre le entregó los papeles que había firmado, y mientras ella leía la letra pequeña sintió que la rabia familiar se despertaba en su interior. Vicente e Ina eran tan sólo dos más en un inmenso mar de inmigrantes de Guatemala que intentaban surcar aquel país nuevo y abrumador, y había muchos que querían sacar tajada. De todos modos, en conjunto, era la costumbre maya de ser demasiado confiado. Quinientos años de opresión no habían logrado instilar nada de escepticismo en la mayoría de su pueblo, nada que les ayudara en su supervivencia, y eso les costaba caro.

Por suerte para los Larakam, los contactos de Chel eran numerosos, sobre todo en el campo de la asistencia jurídica. Escribió el nombre de un abogado, y estaba a punto de llamar a la siguiente persona, cuando Ina introdujo la mano en su bolso y le entregó un contenedor de plástico.

—Pipián —dijo—. Mi hija y yo lo guisamos para usted.

La nevera de Chel ya estaba llena del plato de pollo de sabor dulce que siempre le regalaban los miembros de la Fraternidad, pero de todos modos lo aceptó. Además, le alegró la idea de que Ina y su hija pequeña lo hubieran guisado juntas, y de saber que esta comunidad tenía un futuro en Los Ángeles. La madre de Chel, que se había criado en una aldea de Guatemala, estaría pasando la mañana en comunión con *Good Morning America*, mientras devoraba un cuenco de Special K.

—Ya me informarán de cómo van las cosas —dijo Chel, al tiempo que devolvía a Vicente sus papeles—, y la próxima vez no se deje enredar por alguien cuya cara haya visto en los bancos de las paradas de autobús. Eso no los convierte en famosos. Al menos, no en buenos famosos. Acudan a mí.

Vicente tomó la mano de su mujer y esbozó una sonrisa tirante, y después se marcharon.

Así transcurrió la siguiente hora. Chel explicó un programa de vacunación a una mujer embarazada, intervino en una disputa acerca de una tarjeta de crédito en nombre del ayudante del adivinador, y se ocupó de una reclamación presentada por un casero contra una vieja amiga de su madre.

Una vez que se fue su último visitante, se reclinó en su silla y cerró los ojos, pensando en un jarrón de cerámica en el que había estado trabajando en el Museo Getty, cuyo interior contenía algunos de los primeros residuos físicos de tabaco antiguo jamás descubiertos. No era de extrañar que le costara tanto dejar de fumar. Hacía milenios que la gente lo hacía.

Una llamada insistente a la puerta devolvió a Chel a la realidad.

Se levantó, sorprendida por el hombre al que vio parado en la puerta. Hacía más de un año que no le veía, y pertenecía a un mundo tan diferente al de los indígenas que iban a las misas de la Fraternidad que la sobresaltó verle.

—¿Qué está haciendo aquí? —preguntó, mientras Héctor Gutiérrez entraba.

—He de hablar con usted.

Las pocas veces que se había reunido con él, Gutiérrez le había parecido un hombre bastante aseado. Ahora, había ojeras bajo sus ojos y su mirada proyectaba tensión y cansancio. Tenía la cabeza cubierta de sudor, que se secaba nervioso con un pañuelo. Nunca le había visto sin afeitar. Su barba crecía hacia la mancha color vino que tenía debajo de la sien izquierda. Observó que llevaba una bolsa en la mano.

—¿Cómo sabía que estaba aquí?

—Llamé a su despacho.

Chel se recordó que debía ordenar a la gente del laboratorio que no volviera a proporcionar aquella información.

—Tengo algo que ha de ver —continuó el hombre.

Ella lanzó un vistazo al talego, cautelosa.

—No debería estar aquí.

—Necesito su ayuda. Han descubierto mi viejo depósito donde guardaba mis cosas.

Chel desvió la vista hacia la puerta para comprobar que nadie estaba escuchando. El plural sólo podía significar una cosa: había sido víctima de una redada del Servicio de Inmigración y Control de Aduanas, la agencia responsable de perseguir el tráfico ilegal de antigüedades.

—Ya he vaciado el depósito —dijo Gutiérrez—, pero lo tomaron al asalto. Es sólo cuestión de tiempo que se presenten en mi casa.

A Chel se le hizo un nudo en la garganta cuando pensó en la vasija de carey que le había comprado hacía más de un año.

—¿Y sus archivos? ¿Se los han llevado también?

—No se preocupe. De momento usted está protegida. Pero necesito que me guarde algo, doctora Manu. Sólo hasta que haya desaparecido el peligro.

Extendió el talego.

Ella volvió a mirar hacia la puerta.

—Ya sabe que no puedo hacerlo.

—En el Getty tienen cámaras acorazadas. Déjelo ahí durante unos días. Nadie se dará cuenta.

Chel sabía que debía decirle que se deshiciera de aquello, fuera lo que fuera. También sabía que el contenido de la bolsa debía ser de gran valor, de lo contrario no correría el riesgo de llevárselo. Gutiérrez era un hombre en el que no se debía confiar, pero también era un hábil proveedor de antigüedades, y conocía su debilidad por los objetos de su pueblo.

Chel le obligó a salir a toda prisa.

—Acompáñeme.

Algunos devotos rezagados los miraron cuando ella le guió hasta el nivel inferior de la iglesia. Atravesaron las puertas de cristal con ángeles grabados de la entrada y entraron en el mausoleo, con nichos en las paredes que contenían las cenizas de miles de católicos de la ciudad. Chel eligió una de las salas de espera, donde unos bancos de piedra estaban apoyados contra las paredes de un blanco reluciente, grabadas con nombres y fechas, una pulcra bibliografía de la muerte.

Por fin se encerró con el hombre dentro.

—Enséñeme eso.

Gutiérrez extrajo del talego una caja de madera de unos cuarenta por cincuenta centímetros, envuelta en una funda de plástico. Cuando empezó a desenvolverla, la habitación se llenó del penetrante e inconfundible olor a guano de murciélago, el olor de algo recién salido de una tumba antigua.

—Hay que conservarlo bien antes de que se deteriore más —dijo al tiempo que levantaba la tapa de la caja.

Al principio, Chel supuso que estaba contemplando algún tipo de papel de envolver, pero después se agachó y cayó en la cuenta de que el papel eran páginas de corteza amarillenta y rota, que flotaban sueltas dentro de la caja. Las páginas estaban cubiertas de escritura: palabras y hasta frases enteras en el idioma de sus antepasados. La antigua escritura maya utilizaba símbolos similares a jeroglíficos llamados «glifos», y aquí había cientos de ellos escritos en los fragmentos, junto con detalladas imágenes de dioses con recargada indumentaria.

—¿Un códice? —preguntó ella—. Venga ya. No sea absurdo.

Los códices mayas eran historias escritas de sus antepasados, pintadas por un escriba real que trabajaba para un rey. Chel había oído que la gente utilizaba la palabra «raro» para describir diamantes azules o Biblias de Gutenberg, pero aquí estaba su auténtico significado: sólo cuatro libros mayas antiguos habían sobrevivido hasta los tiempos modernos. En ese caso, ¿cómo podía Gutiérrez pensar ni por un momento que iba a tragarse que estuviera en posesión de uno nuevo?

—Hace treinta años que no se descubre un códice nuevo —repuso Chel.

El hombre se quitó la chaqueta.

—Hasta ahora.

Ella contempló de nuevo la pequeña caja. Cuando era estudiante de posgrado, había gozado de la rara oportunidad de ver un códice original, de modo que sabía exactamente cuál era su aspecto y su tacto. En las profundidades de una cámara acorazada de Alemania, guardias armados la habían vigilado mientras pasaba las páginas del Códice de Dresde, y sus imágenes y palabras la habían transportado mil años atrás en un abrir y cerrar de ojos vertiginoso. Fue la experiencia determinante que la había impulsado a concentrar sus estudios de posgrado en el idioma y la escritura de sus antepasados.

—Se trata de una falsificación, es evidente —dijo, mientras reprimía el ansia de continuar mirando. En la actualidad, más de la mitad de los objetos que ofrecían incluso los marchantes más legales eran falsificaciones. Hasta el olor a guano de murciélago era falsificable—. Y conste que, cuando usted me vendió aquella vasija de carey, yo no sabía que era robada. Me engañó con la documentación. De modo que no intente decir a la policía lo contrario.

La verdad era más complicada. Como conservadora de antigüedades mayas en el Museo Getty, debía documentar oficialmente cada objeto que adquiría y rastrear sus orígenes. Y es lo que había hecho con la vasija de carey que Gutiérrez le había vendido, pero, por desgracia, semanas después de la compra se había encontrado con un problema en la cadena de posesión. Chel conocía los peligros de no revelar su descubrimiento al museo, pero fue incapaz de desprenderse de aquella increíble pieza histórica, de modo que la conservó y no dijo nada. Para ella, el mayor escándalo residía en que toda la herencia de su pueblo estuviera en venta en el mercado negro, y cualquier objeto que no adquiriera desaparecería en los hogares de los coleccionistas para siempre.

—Por favor —dijo Gutiérrez, sin hacer caso de la queja sobre la pieza que le había vendido—. Guárdemela unos cuantos días.

Chel decidió solucionar el asunto. Introdujo la mano en su bolso y extrajo un par de guantes blancos de algodón y unas pinzas.

—¿Qué va a hacer? —preguntó el hombre.

—Descubrir algo capaz de demostrar que se trata de una falsificación.

La envoltura de plástico todavía estaba húmeda de las palmas de sus manos, y Chel se puso tensa al notar el sudor. Gutiérrez se pellizcó el puente de la nariz, y se masajeó con dos dedos los pozos rosados de sus ojos. Ella percibió su olor corporal, que se imponía al guano de murciélago, pero cuando sus dedos se hundieron en la caja y empezaron a manipular las páginas de corteza de árbol rotas, el resto de la habitación desapareció. Su primer pensamiento fue que los glifos eran demasiado antiguos. La historia antigua de los mayas se dividía en dos períodos: el «clásico», que abarcaba el desarrollo de la civilización desde 200 a 900 d.C.; y el «posclásico», que abarcaba su declive hasta la llegada de los españoles hacia 1500. El estilo y contenido de la escritura maya había evolucionado con el tiempo como resultado de influencias externas, y la escritura de cada período presentaba un aspecto diferente.

Jamás se había descubierto ni un solo fragmento de escritos en papel amate* del período clásico. Los cuatro códices mayas conocidos procedían de cientos de años más tarde. Sólo conocían el aspecto de la escritura clásica gracias a las inscripciones de las ruinas. Pero, en opinión de Chel, el idioma de aquellas páginas parecía haber sido escrito entre 800 y 900 d.C., lo cual convertía el libro en una absoluta imposibilidad: si era real, sería el objeto más valioso de la historia de los estudios mesoamericanos.

Examinó las líneas en busca de algún error: un glifo mal dibujado, la imagen de un dios sin el tocado adecuado, una fecha que no perteneciera a la secuencia temporal. No encontró nada. La tinta roja y negra estaba desvaída de la manera correcta. La tinta azul conservaba su color, como el azul maya auténtico. El papel había sufrido los embates del tiempo, como si hubiera permanecido en una cueva durante mil años. La corteza era quebradiza.

Todavía más impresionante, la escritura era fluida. Las combinaciones de glifos poseían un sentido intuitivo, al igual que los pictogramas. Daba la impresión de que los glifos habían sido escritos en una temprana versión del «ch'olan clásico», tal como era de esperar en un códice así. Pero Chel era incapaz de apartar la vista de los «complementos» fonéticos de los glifos, que ayudaban al lector a identificar su significado. Estaban escritos en quiché.

---

* El papel usado por los antiguos mayas se fabricaba con la corteza interna de una variedad de higuera llamada amate, y una pasta de piedra caliza. *(N. del T.)*

Los códices posclásicos conocidos, con sus influencias mexicanas, estaban escritos en maya yucateco y ch'olan, pero Chel suponía desde hacía mucho tiempo que un libro clásico de Guatemala bien podría estar escrito con complementos del dialecto que su madre y su padre habían hablado durante su infancia. La presencia de éstos representaba un conocimiento profundo y matizado de la historia y el idioma por parte del falsificador.

Chel no podía creer en tanta sofisticación, y sospechaba que muchos de sus colegas más inteligentes habrían caído en el engaño.

Entonces una secuencia de glifos la dejó petrificada.

En uno de los fragmentos más grandes de papel amate que ella había visto en la caja, tres pictogramas estaban escritos en secuencia, de modo que formaban un fragmento de frase:

Agua, que hacen brotar de la piedra.

Chel parpadeó, confusa. El escritor sólo podía estar describiendo una fuente. Sin embargo, ningún falsificador del mundo podría haber escrito acerca de una fuente, porque hasta hacía muy poco ningún estudioso sabía que los mayas clásicos las utilizaban en sus ciudades. Había transcurrido menos de un mes desde que un arqueólogo de Penn State había descubierto que, en contra de la creencia popular, los españoles no habían introducido los acueductos de agua presurizada en el Nuevo Mundo: los mayas los construían siglos antes de que llegaran los europeos.

Jamás habrían podido falsificar un códice como éste en menos de un mes.

Chel miró a Gutiérrez con incredulidad.

—¿De dónde ha sacado esto?

—Ya sabe que no puedo decírselo.

La respuesta evidente era que había sido robado de una tumba situada en unas ruinas mayas, saqueado como tantas otras cosas de las tumbas de sus antepasados.

—¿Quién más está enterado? —insistió ella.

—Sólo mi fuente, pero ¿comprende ahora su valor?

Si Chel estaba en lo cierto, aquellas páginas podían contener más información sobre la historia maya que todas las ruinas juntas. El Códice de Dresde, el más completo de los cuatro libros mayas antiguos, conseguiría diez millones de dólares en una subasta..., y las páginas que tenía delante dejarían en ridículo al de Dresde.

—¿Piensa venderlo? —preguntó a Gutiérrez.

—Cuando sea el momento adecuado.

Aunque ella contara con la cantidad de dinero que el hombre pidiera, para Chel nunca se presentaría el momento oportuno de adquirirlo. No podía comprarlo legalmente, porque estaba claro que lo habían robado de una tumba, y el trabajo que exigiría reconstruir y descifrar el códice impediría ocultarlo durante mucho tiempo. Si alguna vez descubrían un códice robado en su posesión, perdería su empleo y tal vez presentarían cargos en su contra.

—¿Por qué debo hacerle el favor de guardarlo? —preguntó entonces Chel.

—Para concederme tiempo de pensar en cómo crear la documentación, con el fin de poder venderlo a un museo de este país; espero que al de usted. Y porque si el ICE* lo encuentra ahora, ninguno de nosotros volverá a verlo jamás.

Chel sabía que tenía razón respecto al ICE. Si confiscaban el libro, lo devolverían al Gobierno guatemalteco, que carecía de la experiencia o infraestructura para exhibir y estudiar un códice de la manera correcta. El Fragmento de Grolier, descubierto en México, se estaba pudriendo en una cámara acorazada desde los años ochenta.

---

* ICE: Servicio de Inmigración y Control de Aduanas. *(N. del T.)*

Gutiérrez devolvió el libro a su caja. Chel ya se sentía impaciente por tocarlo de nuevo. El papel amate se estaba desintegrando y era preciso protegerlo. Más todavía, el mundo necesitaba saber lo que las páginas decían, porque documentaban la historia de su pueblo. Y la historia de su pueblo estaba desapareciendo.

3

Hospital Presbiteriano de Los Ángeles Este: ventanas protegidas por barrotes, y la típica multitud de fumadores que siempre se ven alrededor de hospitales venidos a menos dando bocanadas sin cesar. La entrada principal estaba cerrada a causa de una gotera en el techo del vestíbulo, de modo que seguridad estaba desviando a visitantes y pacientes, sin hacer distinciones, a través de urgencias.

Al entrar, una serie de olores superpuestos abofeteó a Stanton: alcohol, suciedad, sangre, orina, vómitos, disolvente, ambientador y tabaco. En la sala de espera, docenas de sufrientes personas estaban sentadas esperando su turno. Pocas veces pisaba instalaciones como aquélla; cuando un hospital lidia con la violencia de las bandas a diario, no hay excesiva demanda de que un especialista en priones dé conferencias.

Una enfermera claramente estresada, sentada detrás de una ventanilla a prueba de balas, accedió a llamar a Thane al busca, mientras Stanton se sumaba a un grupo de visitantes congregados alrededor de un televisor montado en la pared. Un barco de salvamento de la Guardia Costera estaba sacando del mar un avión. Barcos de rescate y helicópteros daban vueltas alrededor de los restos del vuelo 126 de Aero Globale, que se había estrellado frente a la costa de Baja California cuando volaba desde Los Ángeles a Ciudad de México. Setenta y dos pasajeros y ocho tripulantes habían perecido.

Así puede acabar todo, se dijo Stanton. Pese a las numerosas ocasiones en que la vida le obligaba a afrontarlo, pensó que todavía le pillaba por sorpresa. Hacías ejercicio y comías sano, te hacías análisis cada año, trabajabas de lo lindo veinticuatro horas siete días a la semana sin quejarte nunca, y un día subías a un avión que no debías haber tomado.

—¿Doctor Stanton?

Se volvió. Lo primero en lo que se fijó al ver a aquella mujer negra y alta enfundada en su bata blanca fue en la anchura de su espalda. Tendría treinta y pocos años, con el pelo corto y gruesas gafas de montura negra, lo cual le daba aspecto de jugadora de rugby reconvertida en entusiasta del jazz.

—Soy Michaela Thane.

—Gabriel Stanton —dijo él, y estrechó su mano.

Thane echó un vistazo al televisor.

—Terrible, ¿eh?

—¿Saben qué pasó?

—Dicen que fue un error humano —contestó la mujer, y le condujo fuera de urgencias—. O como decimos aquí, LALPA: llama a los putos abogados.

—A propósito, supongo que llamó a sanidad del condado, ¿no? —preguntó Stanton mientras se dirigían a los ascensores.

Thane pulsó varias veces un botón del ascensor que se negaba a encenderse.

—Prometieron que enviarían a alguien.

—Tómeselo con calma.

Ella hizo exactamente eso mientras esperaban el ascensor. Stanton sonrió.

Por fin llegó el ascensor. Thane pulsó el botón de la sexta planta. Cuando la manga de la bata resbaló hacia atrás, él vio un águila calva con un rollo entre las alas del ave tatuada en su tríceps.

—¿Es usted militar? —preguntó.

—Compañía Médica quinientos sesenta y cinco, a su disposición.

—¿Fort Polk?

—Sí. ¿Conoce el batallón?

—Mi padre era del cuarenta y seis de Ingenieros. Vivimos en Fort Polk tres años. ¿Sirvió antes de trabajar de interna?

—Estuve en el Cuerpo de Entrenamiento para Oficiales de la Reserva con el fin de entrar en la Facultad de Medicina, y me llevaron allí después de las prácticas. Dos giras cerca de Kabul en rescates con helicóptero. Al final llegué a oficial subalterno de grado O-tres.

Stanton se quedó impresionado. Rescatar por aire a soldados en el frente era una de las misiones médicas militares más peligrosas.

—¿Cuántos casos de IFF ha visto antes? —preguntó Thane. El ascensor empezó a subir por fin.

—Siete —contestó él.

—¿Todos murieron?

Stanton asintió con semblante sombrío.

—¿Tiene ya los resultados genéticos?

—Deberían llegar de un momento a otro, pero conseguí descubrir cómo aterrizó el paciente aquí. La policía le detuvo en un motel Super Ocho, que se encuentra a pocas manzanas de distancia, después de que atacara a algunos huéspedes. La policía le trajo cuando se dieron cuenta de que estaba enfermo.

—Después de una semana de insomnio, es una suerte que no hiciera algo peor.

Incluso después de una sola noche de privación de sueño, el deterioro de la función cognitiva equivalía a un nivel de alcohol en la sangre de 0,1, y podía causar alucinaciones, delirio y arrebatos de cólera. Tras semanas de insomnio, el paciente empeoraba progresivamente, el IFF provocaba en sus víctimas pensamientos suicidas, pero casi todos los afectados por esta enfermedad que había visto Stanton habían sucumbido debido al insomnio devastador que causaba estragos en sus cuerpos.

—Doctora Thane, ¿a usted se le ocurrió la idea de analizar los niveles de amilasa?

—Sí. ¿Por qué?

—Incluir el IFF en la lista de diagnósticos diferenciales es algo que muy pocos residentes habrían tomado en consideración.

Thane se encogió de hombros.

—Esta mañana he visto a un sin techo en urgencias que se había zampado ocho bolsas de *chips* de banana para que le subiera el potasio y tuviéramos que ingresarle. Pase un poco más de tiempo aquí. Se dará cuenta de que hemos de pensar en todo.

Se acercaron al centro neurálgico de la planta. Stanton observó que todos los miembros del personal sonreían o saludaban con la cabeza o la mano a Thane cuando se cruzaban con ella. Daba la impresión de que no habían modernizado la zona de recepción desde hacía décadas, incluidos los ordenadores antiguos. Enfermeras e internos escribían notas en carpetas de plástico descoloridas. Los camilleros terminaban sus rondas y sacaban bandejas llenas de arañazos de las habitaciones de los pacientes.

Un guardia de seguridad estaba apostado ante la habitación 621. Era de edad madura, tenía la piel oscura y llevaba el pelo cortado al rape, y se cubría la cara con una mascarilla rosa.

—¿Todo bien ahí dentro, Mariano? —preguntó Thane.

—En este momento no se mueve demasiado —contestó el guardia, al tiempo que cerraba su revista de crucigramas—. Un par de ataques breves, pero muy callado casi todo el rato.

—Éste es Mariano —dijo Thane—. Mariano, te presento al doctor Stanton. Nos ayudará a trabajar con Juan Nadie.

Los ojos marrón oscuro de Mariano, la única parte visible de su cara debajo de la mascarilla, estaban clavados en Stanton.

—Se ha mostrado muy agitado durante los últimos tres días. Dando voces. No para de repetir *«wug wug wug»* una y otra vez.

—¿Cómo? —preguntó Stanton.

—A mí me suena a *«vug»*. Que me aspen si sé lo que quiere decir.

—Lo busqué en Google y no encontré nada que tuviera sentido en ningún idioma —dijo Thane.

Mariano se ciñó las cintas de la mascarilla detrás de las orejas.

—Oiga, doctor, si usted es el experto, ¿puedo hacerle una pregunta sobre este caso?

Stanton miró a Thane.

—Por supuesto.

—Lo que tiene este tipo no será contagioso, ¿verdad?

—No, no se preocupe —le contestó, y siguió a Thane al interior de la habitación.

Stanton sacó una mascarilla nueva del dispensador de la pared y se cubrió la cara.

—Deberíamos seguir el ejemplo del guardia —dijo, al tiempo que entregaba otra mascarilla a Thane—. El insomnio compromete el sistema inmunitario, de modo que hemos de evitar infectar a Juan

Nadie con un resfriado o cualquier otra cosa que sea incapaz de combatir. Todo el mundo deberá llevar mascarilla y guantes cuando entre. Ponga un letrero en la puerta.

Stanton había visto peores habitaciones de pacientes, pero no en Estados Unidos. La habitación 621 contenía dos camas metálicas, mesitas de noche agrietadas, dos sillas naranja y cortinas de bordes gastados. Dispensadores de Purell colgaban sueltos de la pared, y había señales de goteras en el techo. Tendido en la cama más cercana a la ventana estaba su Juan Nadie: alrededor de 1,68 metros, piel oscura y pelo negro largo que le caía sobre los hombros. Tenía la cabeza cubierta con diminutos electrodos autoadhesivos, desde los cuales partían cables hacia la máquina de EEG, que medía las ondas cerebrales. La bata del paciente se pegaba a su cuerpo como papel de seda, y estaba gimiendo en voz baja.

Los médicos vieron que el hombre se removía. Stanton se fijó en los movimientos de los ojos de Juan Nadie, la extraña respiración entrecortada y el temblor involuntario de sus manos. En Austria, había tratado a una mujer con IFF a la que habían encadenado a la cama debido a la gravedad de sus temblores. Sus hijos estaban sobrecogidos a causa del dolor y la impotencia, y por la certeza de que, tal vez, un día podrían morir de la misma forma. Le había resultado muy duro contemplar la escena.

Thane se agachó para ahuecar la almohada debajo de la cabeza de Juan Nadie.

—¿Cuánto tiempo se puede vivir sin dormir? —preguntó.

—Veinte días máximo de insomnio total —contestó Stanton.

Casi ningún médico sabía nada del sueño. La Facultad de Medicina dedicaba menos de un día al tema durante los cuatro años de carrera, y el propio Stanton había aprendido lo que sabía gracias a sus casos de IFF. Por supuesto, y para empezar, nadie sabía por qué los humanos necesitaban dormir: su función e importancia eran tan misteriosas como la existencia de los priones. Algunos expertos creían que el sueño recargaba el cerebro, favorecía la curación de heridas y ayudaba en el metabolismo. Algunos sugerían que protegía a los animales de los peligros nocturnos, o que el sueño era una técnica de conservación de energía. Pero nadie había sido capaz nunca de explicar por qué no dormir había matado a los pacientes de IFF de Stanton.

De repente, los ojos inyectados en sangre de Juan Nadie se abrieron de par en par.

—*¡Vug, vug, vug!* —gimió, en voz más alta que nunca.

Stanton estudió en el monitor la actividad cerebral del paciente, como un músico que mirara una partitura que había interpretado un millar de veces. Las cuatro fases del sueño normal se sucedían en ciclos de noventa minutos, cada una con pautas características, y, tal como era de prever, no existían pruebas de ninguna de ellas. Ni fase uno, ni fase dos, ni REM, nada. La máquina confirmó lo que el médico ya sabía gracias a su instinto y experiencia: no era un caso de adicción a la meta.

—*¡Vug, vug, vug!*

—¿Qué opina? —preguntó Thane.

Stanton la miró a los ojos.

—Éste podría ser el primer caso de IFF en la historia de Estados Unidos.

Aunque había demostrado tener razón, Thane no parecía satisfecha.

—Se nos va, ¿verdad?

—Probablemente.

—¿No podemos hacer nada por él?

Era la pregunta que Stanton llevaba una década formulando. Antes del descubrimiento de los priones, los científicos creían que las intoxicaciones alimentarias estaban causadas por virus, bacterias u hongos, y se replicaban mediante ADN o ARN. Pero los priones no tenían ni uno ni otro: estaban hechos de proteína pura, y se «replicaban» provocando que otras proteínas cercanas mutaran también de forma. Todo lo cual significaba que ninguna de las curas convencionales para bacterias o virus funcionaba con los priones. Ni antibióticos, ni antivirales, nada.

—Leí algo acerca del pentosán y la quinacrina —dijo Thane—. ¿Qué sabe de eso?

—La quinacrina es tóxica para el hígado —explicó Stanton—. Y no podemos introducir pentosán en el cerebro sin provocar más daños todavía.

Existían algunos tratamientos muy experimentales, le dijo, pero ninguno estaba listo para usarlo en humanos, ni estaba autorizado por la Agencia de Alimentos y Medicamentos (FDA).

Pero había formas de conseguir que Juan Nadie se sintiera más cómodo antes de que sucediera lo inevitable.

—¿Dónde están los controles de la temperatura ambiental? —preguntó Stanton.

—Están todos centralizados en el sótano —explicó Thane.

Él examinó la pared, empezó a descorrer cortinas y a mover muebles.

—Llámeles y diga que pongan en marcha el aire acondicionado de esta planta. Hemos de conseguir que la temperatura de esta habitación descienda lo máximo posible.

—Los demás pacientes de la planta se congelarán.

—Para eso están las mantas. Vamos a conseguirle también sábanas limpias y más batas. Sudará todo el rato, así que diga a las enfermeras que necesitaremos batas nuevas cada hora.

Después de que Thane saliera a toda prisa, Stanton apagó todas las luces y cerró la puerta. Corrió la cortina para impedir que entrara la luz de fuera, cogió una toalla y la extendió sobre el monitor de EEG, atenuando así su resplandor.

El tálamo (un diminuto grupo de neuronas situado en la sección media del cerebro) era el «escudo de sueño» del cuerpo. Cuando llegaba la hora de ir a dormir, cerraba las señales de «vigilia» del mundo exterior, como el ruido y la luz. En todos los pacientes de IFF que había tratado, Stanton había visto los espantosos efectos de destruir esa parte del cerebro. Nada podía cerrarse, ni siquiera atemperarse, lo cual causaba que las víctimas fueran dolorosamente sensibles a la luz y el sonido. Cuando trabajaba con Clara, su paciente austriaca, aprendió a aliviar algo sus padecimientos convirtiendo su habitación en una especie de cueva.

Apoyó una mano con delicadeza sobre el hombro de Juan Nadie.

—¿Habla español?

—*Tinimit vug. Tinimit vug.*

No habría forma de comunicarse con él sin un intérprete. Stanton llevó a cabo un examen físico. El pulso de Juan Nadie estaba acelerado, su sistema nervioso revolucionado. Su respiración era ronca, sus intestinos habían paralizado la digestión, y tenía la lengua hinchada. Síntomas todos ellos que confirmaban el IFF.

Thane reapareció y se aplicó una nueva mascarilla sobre la boca y la nariz. Tendió una hoja impresa con su mano enguantada a Stanton.

—Los resultados genéticos acaban de llegar.

Habían extraído ADN de la sangre de Juan Nadie y escaneado el cromosoma 20, donde siempre tenían lugar las mutaciones de IFF. Ésta debería ser la prueba definitiva.

Stanton examinó a toda prisa los resultados. Se quedó un momento sorprendido cuando vio que una secuencia normal de ADN le estaba mirando.

—Tiene que haberse producido un error en el laboratorio —dijo, al tiempo que miraba a Thane. Sólo podía imaginar qué aspecto tendría el laboratorio de un lugar como aquél, y con cuánta frecuencia se producirían errores—. Dígales que los repitan.

—¿Por qué?

Le devolvió la hoja.

—Porque aquí no hay mutación.

—Los repitieron dos veces. Sabían lo importante que era —dijo Thane, mientras estudiaba los resultados—. Conozco a la genetista, y nunca comete errores.

¿Cabía la posibilidad de que él hubiera juzgado mal los signos clínicos? ¿Cómo era posible que no existiera mutación? En todos los casos de IFF que había visto, una mutación del ADN provocaba que los priones del tálamo se transformaran, y después causaban los síntomas.

—¿Podría ser otra cosa que no fuera IFF?

Juan Nadie abrió los ojos de nuevo, y Stanton vislumbró las pupilas contraídas. En su mente no cabía duda de que estaba ante un caso de IFF. Todas las señales estaban presentes. Progresando a mayor velocidad de lo normal, pero allí estaban.

—*¡Vug, vug, vug!* —chilló el hombre de nuevo.

—Hemos de encontrar una forma de comunicarnos con él —dijo Stanton.

—Va a venir un equipo del servicio de intérpretes capaz de identificar casi cualquier idioma de Centro y Sudámerica —repuso Thane—. Cuando sepamos qué idioma habla, pediremos que venga alguien que lo conozca.

—Dígales que vengan ya.

—Si no hay mutación genética, no puede ser IFF, ¿verdad?

Stanton la miró, mientras nuevas posibilidades bullían en su cerebro.

—Verdad.

—Así que no es una enfermedad priónica.

—Lo es, pero si no hay mutación, la habrá contraído de otra manera.

—¿Qué otra manera?

Durante décadas, los médicos habían conocido la existencia de una rara enfermedad priónica genética llamada ECJ, la enfermedad de Creutzfeldt-Jakob. Después, de repente, docenas de personas que habían comido carne del mismo proveedor en Gran Bretaña mostraron síntomas idénticos a la ECJ, dando a la vaca loca su nombre apropiado: variante ECJ. La única diferencia era que una procedía de una mutación genética y la otra de carne contaminada. Y que esta otra destruía para siempre economías enteras y parámetros de suministro de carne. Era razonable pensar que algo similar estaba sucediendo aquí con el IFF.

—Tiene que haber comido carne contaminada —contestó él.

Juan Nadie se removió y los barrotes de la cama vibraron. Stanton tenía muchas preguntas: ¿qué estaba diciendo el paciente? ¿De dónde había salido? ¿En qué trabajaba?

—Jesús —dijo Thane—. ¿Está hablando de una nueva variedad priónica que imita los síntomas del IFF? ¿Cómo sabe que procede de la carne?

—*Vug, vug, vug...*

—Porque es la única otra forma de contraer una enfermedad priónica.

Y si estaba en lo cierto, si este nuevo primo del IFF se contagiaba a través de la carne, tenían que descubrir sus orígenes y averiguar cómo se había introducido en el suministro de alimentos. Sobre todo, necesitaban asegurarse de que no hubiera más personas enfermas.

Juan Nadie estaba chillando a pleno pulmón.

—*¡Vug, vug, vug!*

—¿Qué hacemos? —gritó Thane.

Stanton sacó el teléfono y marcó un número de Atlanta que sólo conocían menos de cincuenta personas en todo el mundo. La operadora descolgó al primer timbrazo.

—Centro de Control de Enfermedades. Ésta es la línea de emergencias segura.

4

El gastado sofá de piel del estudio de Chel estaba atestado de antiguos artículos de revistas y ejemplares atrasados del *Journal of Mayan Linguistics*, y la mesa de dibujo y la silla de oficina estaban ocupadas por un PC roto, formularios de inmigración, solicitudes de hipoteca y demás documentación de miembros de la Fraternidad. El único espacio no oculto por los libros que desbordaban las estanterías era un pequeño fragmento de la alfombra persa. Era allí donde había permanecido la última hora, en el suelo, contemplando la caja que tenía delante.

Había vislumbrado las maravillas que contenía, los glifos que contaban una increíble historia de los antiguos, el arte utilizado para representar a los dioses. Chel había dedicado su carrera a la epigrafía maya (el estudio de las inscripciones antiguas), y ardía en deseos de quitar la cubierta de plástico una vez más y echar otro vistazo a los glifos, fotografiarlos, y continuar indagando.

Pero la imagen de su anterior colega, languideciendo en un tribunal italiano bajo el examen de las cámaras de los noticieros, estaba grabada en su mente desde que había visto a Gutiérrez alejarse en coche de la iglesia. La anterior conservadora de antigüedades del Getty, que trabajaba a unas puertas de distancia de Chel, había sido encausada cuando descubrieron que los objetos adquiridos para la colección procedían de unos ladrones de tumbas. Había avergonzado al museo, se había convertido en una paria de la comunidad académica y pasado un tiempo en la cárcel.

Chel sabía que tanto el Getty como el ICE darían un ejemplo mayor con ella. Una cosa era averiguar cuando ya no había remedio que la documentación de una pieza de cerámica estaba falsificada, como en el caso de la vasija de carey de Gutiérrez. Pero un códice era algo muy diferente. No había junta de museo en el mundo capaz de creer que ella no sabía lo que estaba haciendo cuando lo aceptó en la iglesia.

Chel levantó de nuevo la caja con delicadeza. No pesaba más de dos kilos. La sujetó con fuerza sobre el regazo.

¿Cómo habría sobrevivido? A mediados del siglo XVI, los inquisidores de la Iglesia católica intentaron librar a los mayas de la influencia pagana y celebraron un auto de fe, una inmensa hoguera en la que fueron destruidos cinco mil libros sagrados mayas, obras de arte e inscripciones. Hasta hoy, Chel y los demás colegas de su especialidad creían que sólo se habían salvado cuatro códices.

El Fragmento de Grolier indicaba los ciclos de Venus. El Códice de Madrid se refería a augurios acerca de las cosechas. El Código de París era una guía de rituales y ceremonias del Año Nuevo. Chel veneraba el Códice de Dresde (el libro maya más antiguo, que databa aproximadamente del año 1200 d.C.), que contenía astrología, historias de reyes y predicciones de las cosechas. Pero ni siquiera el de Dresde procedía de la era clásica de la civilización maya. ¿Cómo era posible que este volumen se hubiera conservado durante tanto tiempo?

Sonó el timbre de la puerta.

Pasaban de las ocho. ¿Podía ser Gutiérrez ya? ¿Por qué no había abierto la caja antes? ¿O era que habían detenido al traficante? ¿Estaría vigilando el ICE cuando llegó a la iglesia?

Chel levantó la caja y corrió al armario de su estudio. Nadie conocía la existencia del escondrijo que había descubierto allí, lleno de montones de recuerdos de algún anterior inquilino de los años veinte. Sepultó el códice bajo una colección de fotografías en blanco y negro de Wolfskill Farm (Westwood antes de la Primera Guerra Mundial).

Volvió a sonar el timbre de la puerta cuando se disponía a abrirla.

Chel exhaló un suspiro de alivio cuando atisbó por la mirilla y vio a su madre ante la puerta. Al instante, el alivio se transformó en irritación.

—¿Quieres que me quede aquí toda la noche? —preguntó Ha'ana cuando ella abrió la puerta. Medía poco más de un metro cincuenta y llevaba un vestido de algodón azul marino largo hasta la rodilla, uno de los muchos adquiridos en la empresa en la que trabajaba de costurera desde que había llegado a Estados Unidos. Incluso con el cabello plateado y varios kilos de más, Ha'ana todavía estaba rodeada de un sereno resplandor.

—Mamá, ¿qué estás haciendo aquí?

Ha'ana alzó en el aire la bolsa de lona.

—Preparar tu cena, ¿recuerdas? Bien, ¿vas a dejarme plantada aquí con este frío o vas a invitar a entrar a esta anciana?

Con el ajetreo del día, Chel había olvidado sus planes para la cena.

—Esta casa estaba mucho más limpia antes —dijo Ha'ana cuando entró y vio el estado del piso—. Cuando Patrick vivía aquí.

Patrick. Su madre siempre le daba la lata con Patrick. Chel había salido con él casi un año. Los motivos de que hubieran roto eran demasiado complicados para que deseara discutirlos con su madre. Pero Ha'ana tenía razón: desde que él se había marchado, ahora hacía cuatro meses, la casa de Chel cerca del campus de la UCLA se había convertido en un lugar donde hacer escala entre su despacho de la universidad y el del Getty. Después de días agotadores, con frecuencia llegaba a casa, se desvestía y caía dormida delante del canal Discovery.

—¿Vas a ayudarme? —gritó Ha'ana desde la cocina.

Chel se reunió con su madre y descargó los comestibles. Desde hacía poco, las dificultades con su espalda habían mermado la actividad física de Ha'ana, y si bien lo último que deseaba Chel era sentarse con ella a cenar, nunca había conseguido decirle no a su madre.

La cena consistió en una lasaña de cuatro quesos y espinacas con exceso de ajo. En su adolescencia, casi nunca podía convencer a Ha'ana de que guisara platos mayas. La habían empapuzado de macarrones y bocadillos de pan blanco. En los últimos tiempos, su madre veía sin parar Canal Cocina, y sus guisos continentales habían mejorado. Mientras cenaban, Chel la miró y la escuchó charlar sobre su día en la fábrica, pero su mente estaba en la otra habitación, con el códice. Por lo general, se habría mostrado más atenta. Pero esta noche no.

—¿Te encuentras bien?

Levantó la vista del plato y vio que Ha'ana la estaba observando.

—Estoy bien, mamá. —Chel añadió pimienta roja a su lasaña—.
Bien... Me alegro mucho de que vengas a clase la semana que viene.

—Ay, me olvidé de decírtelo. La semana que viene no voy a poder. Lo siento.

—¿Por qué?

—Yo también tengo un trabajo, Chel.

Ha'ana no había dejado de ir a trabajar ni un día en treinta años.

—Si le contaras a tu jefa lo que estamos haciendo, querría que
vinieras. Puedo hablar con ella, si quieres.

—Ese día tengo turno doble.

—Escucha, he contado en clase todo acerca de la historia oral del
pueblo, y creo que les fascinaría escucharlo de labios de alguien que
vivió en Kiaqix.

—Sí. Alguien ha de hablarles sobre nuestro increíble Trío Original.

Era difícil no captar la ironía de su voz.

Beya Kiaqix, la diminuta aldea donde habían nacido tanto Chel
como su madre, estaba trufada de mitos y leyendas, y la leyenda de
sus orígenes era la que se narraba más a menudo: que el pueblo fue
fundado cuando un noble y sus dos esposas huyeron de la tiranía de
un rey despótico de una ciudad antigua. Más de cincuenta generaciones de antepasados de Chel habían vivido desde entonces en el valle
del Guacamayo Escarlata, en la región del Petén de Guatemala.

Chel y su madre se encontraban entre las muy escasas personas
que se habían marchado. Cuando ella tenía dos años, Guatemala estaba en plena efervescencia de «La Revolución», la guerra civil más
larga y sangrienta de la historia de Centroamérica. Temerosa por su
vida y la de su hija, Ha'ana había huido con ella de Kiaqix (como la
llamaban los aldeanos) sin mirar atrás en ningún momento. Habían
llegado a Estados Unidos hacía treinta y tres años, y la mujer había
encontrado trabajo y aprendido enseguida a hablar inglés. Cuando
Chel cumplió cuatro años, Ha'ana ya tenía su permiso de residencia
y de trabajo. No tardaron en ser ciudadanas las dos.

—Bien, pues —dijo Chel—. Háblales de eso.

—Tú también viviste en Kiaqix —dijo Ha'ana, mientras comía otro trozo de lasaña—. Conoces los mitos. No me necesitas.

Desde que era niña, había visto a su madre hacer todo lo posible para evitar hablar del pasado. Aunque pudiera demostrarse que cada palabra de la historia oral de su aldea era cierta, Ha'ana encontraría una forma de ridiculizarla. Chel había comprendido hacía mucho tiempo que era la única salida que le permitía a su madre escapar del trauma de lo sucedido.

De pronto, sintió un inmenso deseo de correr a su armario, recuperar el códice y depositarlo sobre el regazo de su madre. Ni siquiera Ha'ana podría resistirse a su atracción.

—¿Cuándo fue la última vez que leíste un libro escrito en maya? —preguntó.

—¿Para qué leer un libro maya cuando dediqué tanto tiempo a aprender inglés? Además, hace mucho que no he oído hablar de buenas novelas de misterio en quiché.

—Mamá, ya sabes que no estoy hablando de un libro moderno. Estoy hablando de algo escrito durante la era antigua. Como el *Popol Vuh*.

Ha'ana puso los ojos en blanco.

—El otro día vi en la librería un ejemplar del *Popol Vuh*. Estaba con todas esas tonterías del 21/12. Monos bocazas y dioses cubiertos de flores: eso es todo lo que hay en maya.

Chel sacudió la cabeza.

—Padre escribía sus cartas en quiché, mamá.

En 1979, dos años después de que ella naciera, el ejército guatemalteco encarceló a su padre por colaborar en la rebelión de Kiaqix. Desde la cárcel, Alvar Manu escribió en secreto una serie de cartas, animando a su pueblo a no rendirse jamás. La propia Ha'ana había entregado a escondidas más de treinta súplicas a los líderes populares de todo el Petén, lo cual dio como resultado que el número de voluntarios del ejército se duplicara. Pero las cartas también significaron la sentencia de muerte de su padre. Cuando sus carceleros le descubrieron escribiendo en su celda, fue ejecutado sumariamente.

—¿Por qué hablamos siempre de lo mismo? —preguntó Ha'ana, al tiempo que se levantaba para retirar los platos.

Chel notó que la frustración por el comportamiento de su madre la embargaba. La quería, y siempre se sentiría agradecida por las oportunidades que le había proporcionado. Pero en el fondo, también creía que había abandonado a su pueblo, y por eso Ha'ana detestaba que se lo recordara. Enseñarle el códice no habría servido de nada. Consideraría los fragmentos poco más que corteza podrida hasta que ella pudiera descifrar su contenido.

—Deja los platos —dijo Chel, y se levantó.

—Sólo tardaré un momento. De lo contrario, se amontonarán, como todo lo demás de la casa.

Chel contuvo el aliento.

—He de irme.

Ha'ana se volvió.

—¿Adónde?

—Al museo.

—Son las nueve de la noche, Chel. ¿Qué clase de trabajo es ése?

—Gracias por la cena, mamá, pero he de marcharme.

—Esto se consideraría un insulto en Kiaqix —dijo Ha'ana—. Cuando una mujer cocina para ti, no la invitas a marcharse.

Utilizaba sus costumbres como una religión de conveniencia, las invocaba en su favor cuando podía, y las ridiculizaba cuando le estorbaban.

—Bien, pues —dijo Chel—, menos mal que ya no vivimos en Kiaqix.

Durante los últimos ocho años, Chel había construido unas instalaciones de vanguardia dedicadas a la investigación mesoamericana en lo que había sido el museo más tradicional de California. Cuando tenía tiempo, después de que se cerraran las puertas, le gustaba pasear por las galerías desiertas, pasar ante *Los lirios* de Van Gogh o el *Retrato de un alabardero* de Pontormo. Le divertía imaginar qué habría opinado el viejo magnate del petróleo multimillonario de que se exhibieran estatuas de cerámica de fieles mayas arrodillados y dioses mesoamericanos al lado de sus amados objetos europeos.

Pero esta noche no. Poco después de las dos de la madrugada, se hallaba en el laboratorio de investigación 214A del Getty con el doctor Rolando Chacón, su más avezado experto en restauración de antigüedades, rodeada de cámaras de alta definición, espectrómetros de masa y herramientas de conservación. Por lo general, cada una de las largas mesas de madera dispuestas en filas a lo largo de toda la sala estaba cubierta de fragmentos de jade, cerámica y antiguas máscaras, pero ahora habían despejado varias de la parte de atrás para dejar sitio al códice. En las paredes colgaban fotografías de las ruinas, que había tomado mientras hacía trabajo de campo, silenciosos recordatorios del viaje emocional que siempre suponía regresar al antiguo hogar de su familia.

Chel y Rolando habían extraído con delicadeza pieza a pieza el contenido de la caja de Gutiérrez, levantando y separando cada fragmento con la ayuda de pinzas largas y espéculos metálicos, para luego extenderlos sobre portaobjetos que descansaban sobre mesas luminosas encendidas. Algunos eran tan pequeños como sellos de correos, pero incluso éstos eran de pesado y espeso papel de corteza de higuera, que pesaba aún más por obra del polvo y la humedad de una tumba.

Llevaban trabajando cuatro horas y sólo habían reordenado la parte superior de la primera página, pero, mientras contemplaba los fragmentos reunidos, Chel se sintió trasladada a la antigua gloria de sus antepasados. Las primeras palabras, que ya articulaban un sentido, parecían una invocación de la lluvia y las estrellas (una oración), una alfombra mágica a otro mundo.

—Supongo que tendremos que trabajar en esto por las noches, ¿no? —preguntó Rolando. El restaurador de Chel era un hombretón de 1,88 metros y 68 kilos, con al menos una semana de sombra de barba que trepaba por su cara y cuello.

—Duerme de día —dijo Chel—. Y pide disculpas a tu novia.

—Espero que se dé cuenta de que me he ido. Tal vez inyecte un poco de misterio en nuestra relación. ¿Y tú? ¿Cuándo dormirás?

—Cuando pueda. Nadie se dará cuenta de que me he ido.

Rolando depositó con sumo cuidado otro fragmento sobre el cristal. Chel no conocía a nadie con mayor talento para manipular objetos delicados o con mejor instinto en lo tocante a reconstruir antigüedades frágiles. Confiaba en él a pies juntillas. Había sido miembro leal de su equipo durante más tiempo que ningún otro. No le gustaba ponerle en peligro, pero necesitaba su ayuda.

—¿Te gustaría que hubiera llamado a otra persona? —le preguntó Chel.

—No, joder. Soy tu único ladino, y no voy a permitir que me expulses de este bombazo.

«Ladino» era la palabra en argot que definía a los siete millones de descendientes de españoles no indígenas que vivían en Guatemala. Durante toda su vida, Chel había oído hablar a su madre de que los ladinos habían apoyado el genocidio maya patrocinado por el ejército, y que utilizaban a los indígenas como chivos expiatorios de sus penurias económicas. Pero pese a la tensión que todavía existía entre los dos grupos, trabajar tan íntimamente y durante tanto tiempo con Rolando había cambiado su perspectiva. Durante la revolución, su familia protestó en nombre del pueblo indígena. Su padre había sido detenido en una ocasión por esa causa, antes de que la familia se trasladara a Estados Unidos.

—Me parece imposible que esto proceda de algunas ruinas importantes —dijo el hombre, manipulando los bordes hasta igualarlos.

Ella estaba de acuerdo. Los más de sesenta yacimientos conocidos de ruinas de la era clásica maya de Guatemala, Honduras, México, Belice y El Salvador estaban atestados todo el año de arqueólogos, turistas y gente de la zona. Ni siquiera los saqueadores más sofisticados eran capaces de trabajar en aquellas condiciones, de modo que Chel creía que el libro había sido robado de un yacimiento sin descubrir todavía. Cada año, satélites, turistas a bordo de helicópteros y madereros tropezaban en la selva con restos arquitectónicos ocultos desde hacía muchísimo tiempo, y suponía que el saqueador, muy probablemente un explorador profesional, había topado con el yacimiento y regresado después con un equipo.

—¿Crees que el saqueador pudo descubrir una ciudad perdida? —preguntó Rolando.

Chel se encogió de hombros.

—Eso es lo que la gente querrá creer.

Él sonrió.

—Y todos los indígenas de Guatemala la reclamarán como propia.

Muchas aldeas mayas contaban con historias orales acerca de una increíble ciudad perdida donde sus antepasados habían vivido en otro tiempo. Durante la revolución, un primo del padre de Chel había afirmado haber encontrado la ciudad perdida de Kiaqix, de la cual habría huido en teoría el Trío Original. La realidad era menos atrayente: muchos mayas habían vivido siempre en pequeñas aldeas de los bosques, y para el pueblo de Chel, afirmar una relación con una ciudad perdida era como si un estadounidense blanco afirmara que tenía un antepasado en el Mayflower. Algo fácil (y deseable) de decir, pero más difícil de demostrar.

—No voy a preguntar otra vez de dónde demonios has sacado esto... —dijo Rolando, mientras comparaba otro fragmento—, pero basándome en la iconografía, no me parece que sea del final del clásico. Tal vez fue escrito entre los años 800 y 925. Es increíble.

—Espero que la prueba del carbono esté de acuerdo.

Rolando dejó las tenazas.

—Y ya sé que no se lo puedo decir a nadie, pero... aquí hay una sintaxis muy complicada. Podríamos utilizar a Victor con esto. Nadie conoce mejor que él la sintaxis clásica.

Desde el momento en que vio el códice, Chel había tenido ganas de llamar a Victor Granning, pero temía su posible reacción. Hacía meses que no hablaban. Desde luego ella tenía buenos motivos para evitarle.

—Los dos solitos nos bastaremos —dijo a Rolando.

—De acuerdo.

Sabía que no debía insistir. Granning era un asunto delicado. Chel quería a su antiguo mentor, pero era demasiado intransigente. Y estaba un poco chiflado.

Mientras intentaba expulsar a Granning de su mente, Chel estudió el rompecabezas de los glifos «apilados» de la primera página que Rolando había empezado a ensamblar.

Como todos los glifos mayas, eran o bien combinaciones de sílabas enlazadas con el fin de formar el sonido de la palabra (el equivalente de las letras inglesas), o, de forma similar a idiomas como el chino, una combinación de sílabas e imágenes que, tomadas en su conjunto, representaban una idea. Una vez que Chel desglosó los bloques y descifró cada componente, utilizando los catálogos establecidos de ciento cincuenta sílabas descodificadas y el catálogo de ochocientos y pico glifos «visuales» conocidos, los ordenó en frases.

Palabras como *jäb* eran muy conocidas. Era la misma palabra que el quiché moderno utilizaba para «lluvia». Algunas, como *wulij*, sólo podían ser traducidas de manera aproximada, porque no existía una palabra correspondiente en inglés: «asolar» era lo más aproximado, pero sin las implicaciones religiosas que la palabra tenía en maya. Los investigadores habían identificado unos ciento cincuenta glifos que aún no habían sido descifrados, y no sólo aparecían unos cuantos de ésos en la primera página del códice, sino que había otros que Chel no había visto nunca. Cuando todo el texto estuviera reconstruido, sospechaba que podrían analizar docenas de glifos nuevos.

Tres horas después, Chel tenía calambres en las piernas y sentía los ojos tan secos e irritados que tuvo que quitarse las lentillas y ponerse las gafas que tanto detestaba. Pero al fin contaban con una burda traducción del primer bloque de glifos:

No ha llovido, ___ de alimento, ___ medio ciclo de la estrella. Cosecha, asolar campos de Kanuataba, arrasar ___ y árboles, expulsar ciervos, aves, jaguares, guardianes de la tierra. Reutilización ___ pastos. Destruir laderas, insectos en enjambre, no hay suelos alimentados por hojas. No tienen refugio, animales, mariposas, plantas entregadas por Sagrado Portador para vidas espirituales. Sin carne, animales, guisar.

Pero, por supuesto, la traducción literal no era suficiente. Una traducción completa tenía que capturar la esencia de lo que el escriba intentaba comunicar. Los códices se escribían desde la perspectiva de un narrador omnisciente, y solían ser de tono muy ceremonioso. Por tanto, Chel se esforzó por introducir palabras desaparecidas a partir del contexto y de los típicos emparejamientos de palabras que había visto en los otros libros, hasta que obtuvieron una versión mejor del primer párrafo:

Ni una gota de lluvia ha traído alimento durante medio ciclo de la gran estrella. Los campos de Kanuataba han sido recolectados y destruidos; los árboles y las plantas, arrasados, y los ciervos, aves y jaguares, guardianes de la tierra han sido expulsados. Los campos de labranza no pueden utilizarse de nuevo. Las laderas están resecas, los insectos bullen y las hojas que caen ya no alimentan la tierra. Los animales y mariposas y plantas otorgados por el Santo Portador ya no pueden continuar sus vidas espirituales. Los animales carecen de carne para guisar.

—Está hablando de una sequía —dijo Rolando—. ¿Quién habría recibido permiso para escribir algo así?

Chel se preguntaba lo mismo. Los escritos mayas eran, en general, comunicados de prensa para el rey. Los «escribas» reales que los redactaban (mitad secretarios de prensa, mitad líderes religiosos) no osaban mencionar nada que socavara a sus gobernantes.

Nunca antes había visto Chel a un escriba que escribiera sobre las dificultades de la vida cotidiana. Las predicciones de lluvia estaban grabadas en columnas de piedra en las ruinas, así como en los códices de Madrid y Dresde, pero era inaudito que un escriba informara sobre una sequía inminente. El trabajo del rey era traer la lluvia, y tal información avergonzaría a cualquier rey que fuera incapaz de conseguirlo.

—Sólo un escriba podría poseer este tipo de destreza —dijo Rolando, al tiempo que señalaba una imagen ejecutada a la perfección del dios del maíz.

Chel volvió a estudiar las palabras. El castigo por haber escrito esto habría podido ser la muerte. *Ni una gota de lluvia ha traído alimento durante medio ciclo de la gran estrella.* La gran estrella era Venus, y medio ciclo eran casi quince meses. El escriba estaba describiendo la sequía más larga de los registros mayas conocidos.

—¿Qué pasa? —preguntó Rolando.

—No es sólo la sequía. Está hablando de que los almacenes de maíz están vacíos —explicó Chel—. Está hablando de animales en peligro, y de la disminución de la cantidad de tierra cultivable. Nadie habría recibido permiso para escribir algo así. Básicamente, es la descripción del fin de la civilización.

Rolando dibujó otra sonrisa.

—Crees...

—Está escribiendo sobre el colapso.

A lo largo de la carrera de Chel, la cuestión que la había interesado más que ninguna otra era el «colapso» de la civilización de sus antepasados a finales del primer milenio. Durante siete siglos, los mayas habían construido ciudades e innovado en arte, arquitectura, agricultura, matemáticas, astronomía y comercio. Pero después, seiscientos años antes de que llegaran los conquistadores españoles, las ciudades-estado dejaron de expandirse, la construcción se paralizó y los escribas de las tierras bajas de Guatemala y Honduras dejaron de escribir. En el espacio de tan sólo medio siglo, los centros urbanos fueron abandonados, desapareció la institución de la monarquía y la era clásica de la civilización maya llegó a su final.

Los colegas de Chel sostenían diversas teorías sobre las causas del colapso maya. Algunos sugerían imprudencia ecológica: prácticas agrícolas agresivas e indiferencia hacia la deforestación. Otros afirmaban que, debido a las guerras continuas, la excesiva religiosidad y el derramamiento de sangre producto de los sacrificios, los antiguos provocaron su propia desaparición.

Chel contemplaba con escepticismo todas estas ideas. Creía que hundían sus raíces en la inclinación europea a menospreciar a los indígenas. Las acusaciones de sacrificios humanos habían acosado a los mayas desde el desembarco de los españoles, y el colapso había sido utilizado durante siglos como prueba de que los conquistadores estaban más evolucionados que los salvajes a los que habían conquistado. Prueba de que los mayas eran incapaces de autogobernarse.

Chel creía que la causa del colapso se debía a megasequías que se prolongaron durante décadas e imposibilitaron la agricultura a sus antepasados. Los estudios llevados a cabo en los lechos de ríos de la zona sugerían que el final de la era clásica fue el más seco en siete milenios. Cuando estos prolongados períodos secos convirtieron las ciudades en inhabitables, los mayas simplemente se adaptaron. Volvieron a la agricultura de subsistencia y emigraron a pueblos pequeños como Kiaqix.

—Si fuéramos capaces de demostrar que esto es la descripción del colapso —dijo Rolando aturdido—, sería un hito.

Chel imaginaba qué más iban a descubrir en aquellas páginas. Imaginaba hasta qué punto el códice respondería a lo que, hasta el momento, había carecido de respuesta. Imaginaba que algún día podría enseñarlo al mundo.

—Si pudiéramos demostrar que el colapso de la civilización maya fue debido a megasequías —continuó Rolando—, les cortaríamos los huevos a todos esos generales, de paso.

Esta posibilidad provocó otra descarga de adrenalina en Chel. Durante los últimos tres años, las tensiones habían aflorado de nuevo entre ladinos e indígenas. Habían asesinado a activistas pro derechos civiles, crímenes perpetrados por los mismos ex generales que habían asesinado a su padre. Los políticos habían invocado el colapso en la sede del Parlamento: los mayas eran salvajes que ya habían destruido su entorno en una ocasión, adujeron, y lo harían de nuevo si les permitían conservar sus valiosas tierras.

¿Podría el libro demostrar lo contrario de una vez por todas?

Sonó el teléfono en el despacho de Chel, situado al fondo del laboratorio. Consultó el reloj. Pasaban unos minutos de las ocho de la mañana. Tenían que guardar el códice y encerrarlo en la cámara acorazada. Pronto empezaría a entrar gente en el museo, y no podían correr el riesgo de ser asaeteados a preguntas.

—Yo lo cogeré —dijo Rolando.

—No estoy —dijo Chel—. No tienes ni idea de cuándo volveré.

Un minuto después, el hombre volvió con una curiosa expresión en el rostro.

—Es un servicio de intérpretes de un hospital —dijo.

—¿Qué quieren?

—Tienen un enfermo que ingresó hace tres días, y nadie ha sido capaz de hablar con él. Por lo que sea, han llegado a la conclusión de que habla quiché.

—Diles que llamen a la iglesia por la mañana. Alguien les hará de intérprete.

—Es lo que iba a hacer. Pero entonces me dijeron que el paciente no para de repetir una palabra una y otra vez, como una especie de mantra.

—¿Qué palabra?

—*Vuj.*

12.19.19.17.11
—
12 DE DICIEMBRE DE 2012

5

Repitieron las pruebas genéticas en el Centro de Priones. La gráfica, las pruebas de laboratorio y las resonancias magnéticas de Juan Nadie estaban siendo examinadas en la sede central del CDC en Atlanta. A la mañana siguiente, después de reuniones prolongadas durante toda la noche y conferencias de emergencia, los médicos se mostraron de acuerdo con Stanton: el paciente padecía una nueva modalidad de enfermedad priónica, y tenía que proceder de carne contaminada.

Después de amanecer, Stanton revisó el caso con su ayudante, Alan Davies, un brillante médico inglés que había dedicado años a estudiar la enfermedad de las vacas locas al otro lado del Atlántico.

—Acabo de hablar con el Departamento de Agricultura —dijo Davies. Estaban en el despacho de Stanton del Centro de Priones—. No existen pruebas positivas de priones en ninguna de las industrias cárnicas importantes. Nada sospechoso en los registros de ganado o en las tablas de nutrición.

Davies vestía el chaleco y los pantalones de un terno de raya diplomática, y llevaba inmaculadamente peinado su largo pelo castaño, hasta el punto de que parecía un tupé. Era la única rata de laboratorio trajeada que conocía Stanton, una forma de demostrar a los norteamericanos lo muy civilizados que eran sus primos ingleses.

—Quiero ver personalmente los análisis —dijo Stanton, mientras se frotaba los ojos. Le costaba combatir el cansancio.

—Eso son sólo las fincas grandes —contestó Davies con una sonrisa de suficiencia—. El Departamento de Agricultura no podría abarcar todas las fincas pequeñas ni en un año. Las ovejas y los cerdos no importan. Por ahí fuera, algún hijo de puta descuidado está triturando sesos contaminados o lo que sea, y después los envía a Dios sabe dónde.

Identificar la fuente original era fundamental en cualquier intoxicación alimentaria. Era preciso descubrir las granjas donde habían cultivado verduras con E. *coli*, con el fin de clausurarlas y sacar los utensilios de sus estanterías. En los casos de salmonela, era preciso identificar el gallinero, con el fin de recuperar hasta el último huevo. Podía significar la diferencia entre una víctima y miles.

Stanton y su equipo ni siquiera sabían en qué fuente animal concentrarse. Era obvio que los priones de las vacas podían cruzar la barrera de las especies, de manera que el buey era el principal sospechoso. Pero los cerdos tenían priones muy parecidos a los de las vacas. Y una enfermedad priónica llamada tembladera había matado a cientos de miles de ovejas a lo largo y ancho de Europa. Hacía tiempo que abrigaba el temor de que, algún día, los corderos serían portadores de priones mutantes que contagiarían también a los humanos.

Una vez que descubrieran qué era lo que había enfermado a Juan Nadie, empezaría el auténtico trabajo de contención. La forma anormal en que se procesaba y envasaba la carne significaba que la carne de un solo animal podía ser distribuida en miles de productos diferentes y terminar diseminada por todo el mundo. Stanton había seguido el rastro de una sola vaca hasta una cecina de Columbus y unas hamburguesas de Dusseldorf.

—Quiero gente investigando en todos los hospitales locales —le dijo a Davies. Hasta el momento, Juan Nadie era el único caso, pero las enfermedades priónicas eran difíciles de diagnosticar, y estaba convencido de que habría más—. A ver si se han producido casos raros de insomnio u otros ingresos anormales, o si en urgencias psiquiátricas alguien ha ingresado con delirios o comportamiento extraño.

Davies sonrió compungido.

—O sea, síntomas que pueden padecer todos los habitantes de Los Ángeles.

Aparte de vestir con elegancia, burlarse de la gente del sur era su diversión principal.

—¿Hay algo más? —preguntó Stanton.

—Ha llamado Cavanagh.

Stanton llevaba a cabo investigaciones priónicas para el CDC, de modo que informaba a la subdirectora. Emily Cavanagh era famosa por su serenidad preternatural, pero también sabía lo graves que eran las enfermedades priónicas y no se tomaba nada a la ligera. Después de innumerables discusiones respecto al dinero y los protocolos de tratamiento, Stanton se había creado enemigos en Atlanta, y Cavanagh era una de los pocos aliados que le quedaban.

—¿Cómo vamos a llamar a este rollo, por cierto? —preguntó Davies.

—De momento, VIF —contestó Stanton—. Variante de insomnio fatal. Pero si descubres su procedencia, lo llamaremos enfermedad de Davies.

Stanton escuchó una docena de nuevos correos de voz relacionados con la investigación, antes de oír la voz de Nina.

«He recibido tus mensajes —decía—, y supongo que ésta es otra de tus tretas para conseguir que me haga vegetariana o algo por el estilo. No te preocupes. Casi toda la carne del congelador es vieja y, de todos modos, la iba a tirar. Sospecho que tu amigo peludo y yo sobreviviremos a base de pescado durante un tiempo. Llámame cuando puedas. Y ve con cuidado.»

Stanton echó un vistazo a los miembros de su equipo, sentados ante sus microscopios. Por órdenes de la oficina central del CDC de Atlanta, no debían comentar con nadie la posibilidad de una intoxicación alimentaria. Cada vez que se producía siquiera una insinuación de vacas locas, la gente era presa del pánico, el mercado del vacuno se desplomaba y se perdían miles de millones de dólares. En consecuencia, Stanton no había hablado a Nina de Juan Nadie. Sólo había insinuado que sería una idea muy buena hacer caso de lo que llevaba años diciendo acerca de no comer carne.

—Tengo platinas, doctor Stanton.

Una de sus becarias de posdoctorado le indicó con un ademán que se acercara. Él colgó el teléfono y se encaminó a paso vivo hacia una campana de aislamiento situada al otro lado del laboratorio. Jiao Chen estaba sentada al lado de Michaela Thane. Stanton la había invitado a trabajar en el laboratorio después de que terminara su turno en el Hospital Presbiteriano, para que pudiera seguir paso a paso la investigación. Si se daba un caso de IFF transmitido por la carne, quería estar seguro de que se le reconocieran los méritos.

—La forma es idéntica al IFF —dijo Jiao, ofreciéndole su asiento—. Pero la progresión es increíble. Avanza mucho más deprisa.

Stanton miró a través de los visores del poderoso microscopio electrónico. Las proteínas priónicas normales tenían forma de hélice, como el ADN, pero estas hélices se habían desenrollado y vuelto a plegar hasta adoptar una forma similar a los fuelles de un acordeón.

—¿Cuánto tiempo ha pasado desde que se tomaron las pruebas? —preguntó.

—Sólo dos horas —contestó Jiao.

Los priones a los que estaba acostumbrado él progresaban a lo largo de meses o incluso más tiempo. Al investigar a víctimas de las vacas locas, había tenido que remontarse con frecuencia a tres o cuatro años para localizar la carne contaminada. Pero estas proteínas estaban cambiando con una celeridad que jamás había visto. Con la velocidad de un virus.

—A este paso —dijo Jiao—, invadirá todo el tálamo en cuestión de días. Y al cabo de pocos días más se producirá la muerte cerebral.

—La infección ha de ser reciente —dijo él.

Jiao asintió.

—De no ser así, ya habría muerto.

Stanton miró a Davies.

—Hemos de probar los anticuerpos.

—Gabe...

—¿Qué anticuerpos? —preguntó Thane.

Era su intento más reciente de curar, explicó Stanton. Los humanos no podían montar una defensa con «anticuerpos» contra los priones ajenos porque el sistema inmunitario los confundía con las proteínas priónicas normales del cerebro. Por consiguiente, el equipo del Centro de Priones había dejado «fuera de combate» a estos priones normales en ratones (con el efecto colateral de que no tuvieran miedo de las serpientes), y después les había inyectado priones anormales.

Los ratones produjeron anticuerpos contra el prión ajeno, que podían ser recolectados y usados en teoría como tratamiento. Stanton y su equipo aún no los habían utilizado con seres humanos, pero habían demostrado un potencial considerable en una placa de Petri.

—Créeme —dijo Davies—, nadie tiene más ganas que yo de decirle al FDA que se vaya a tomar por el saco, pero no te conviene otro pleito, Gabe.

—¿Qué pleito? —preguntó Thane.

—No vale la pena explicarlo —dijo Stanton.

—Está muy relacionado —dijo Davies. Se volvió hacia Thane—. Sometió a una víctima de enfermedad priónica genética a un tratamiento que no había sido probado.

—La familia solicitó la terapia de anticuerpos —intervino Jiao—, y después de que él aceptara y el paciente no se recuperara, la familia cambió de opinión.

Thane sacudió la cabeza.

—Hay que amar a los familiares de los pacientes... El viejo juramento *hipocrítico*.

Otro becario de posdoctorado los interrumpió. Christian se había quitado los auriculares con los que escuchaba rap a todas horas, la verdadera medida de la elevada tensión del laboratorio.

—Ha vuelto a llamar la policía —dijo—. Han registrado la habitación del motel Super Ocho donde detuvieron a Juan Nadie y han encontrado una factura de un restaurante mexicano. Está justo al lado del hotel.

—¿De dónde procede su carne? —preguntó Stanton.

—De una granja industrial de San Joaquín. Distribuyen casi medio millón de kilos de buey al año. No han incurrido en ninguna infracción, pero también llevan a cabo su propio reciclaje.

Stanton miró a su compañero.

—Es posible —dijo Davies.

—¿Me lo traducís? —preguntó Thane.

—¿Sabes de qué está hecha la pasta de dientes que usas? —dijo Davies, complacido de hablar sobre el lado más oscuro del negocio de la carne—. ¿Y el colutorio con el que haces gárgaras? ¿Y los juguetes de los niños? Todos están hechos de subproductos de la carne inutilizable después de que los animales han sido sacrificados.

—Es posible que el reciclaje fuera la fuente original del brote de vacas locas —explicó Stanton—. Las vacas se alimentaban de restos de sesos de otras vacas.

—Canibalismo a la fuerza —dijo Thane.

Stanton se volvió hacia su becario.

—¿Cuál es el suministrador industrial?

—Havermore Farms —dijo Christian.

Stanton se incorporó en su silla.

—¿Havermore aprovisiona a ese garito mexicano?

—¿Por qué? ¿Conoce el nombre? —preguntó Thane.

Stanton sacó su teléfono.

—Suministra toda la carne al Distrito Escolar Unificado de Los Ángeles.

Havermore Farms se hallaba en el valle de San Emigdio Mountains, donde el viento no podía transportar su pestilencia cerca de la civilización. Stanton y Davies tardaron una hora en llegar debido al tráfico de la mañana. A menos que pudieran demostrar en el curso de las dos horas siguientes que el prión mutante procedía de allí, no podrían impedir que los colegios públicos de Los Ángeles sirvieran carne a un millón de estudiantes.

Los médicos pasaron a toda velocidad ante los corrales, donde se apelotonaban miles de cabezas de ganado. Éstos eran los animales destinados al sacrificio que preocupaban a Stanton. Eran alimentados a la fuerza con maíz, y era muy probable que complementaran su dieta con tortas de proteínas procedentes del otro lado de la instalación, una posible fuente de la nueva variante de prión.

Decidieron ir en primer lugar a la planta de reciclaje, donde se fabricaban las tortas de proteínas, el lugar más probable como fuente de contaminación. Stanton y Davies siguieron a Mastras, el director de la planta, dejando atrás cintas transportadoras sobre las que descansaban cabezas y pezuñas que habían pertenecido a cerdos, vacas y caballos, así como a perros y gatos sacrificados. Hombres provistos de pañuelos para la cabeza, gafas y mascarillas se chillaban mutuamente en español, al tiempo que arrojaban con la ayuda de buldóceres cadáveres de animales despellejados y desollados a un gran pozo donde extremidades de vacuno se mezclaban con quijadas, pelo y huesos de cerdos. Sólo el Vicks VapoRub que se aplicaban bajo la nariz nada más llegar lograba que el olor fuera tolerable.

—Hemos sido sinceros con los inspectores —dijo Mastras—. Echan un vistazo, les damos los informes de nutrición, toda la pesca. Siempre salimos limpios.

—Se refiere a que las ínfimas fracciones de muestras que analiza el Departamento de Agricultura salen limpias —aclaró Davies.

—Sabe que estaríamos jodidos en cuanto se supiera que ustedes nos están investigando —gritó Mastras por encima de los buldóceres. Tenía el pelo rojo y la piel pálida, y a Stanton le había caído mal al instante—. Daría igual que fuera verdad o no.

—No haremos nada público hasta que encontremos la fuente —dijo Davies—. El CDC lo está manteniendo en secreto.

Stanton efectuó un veloz cálculo de los restos de animales que había visto esparcidos a lo largo y ancho de la sala.

—Aquí hay mucho más de lo que sacrifican —dijo—. ¿Reciben material reciclado de otras granjas?

—Algo —admitió Mastras—. Pero no aceptamos ninguna carne que esté todavía en su envase plastificado procedente de los supermercados, y no trituramos collares antipulgas con insecticida. La perrera se deshace de los collares antes de entregar los animales, de lo contrario no los aceptamos. Los jefes insisten en ello porque quieren el máximo nivel de calidad.

—A eso nosotros lo llamamos cumplir la ley —dijo Davies.

Llegaron ante una serie de cintas transportadoras, a las cuales llegaban cadáveres de diferentes animales en camiones una vez despellejados. Todas las cintas estaban cubiertas de órganos indistinguibles, piel sanguinolenta, masas de huesos mezclados y dentaduras rotas. Davies empezó con la cinta que transportaba restos de cerdos, mientras Stanton se concentraba en las vacas.

Davies utilizó fórceps y una navaja de precisión para cortar muestras de la cinta, y las dejó caer en un recipiente de recogida de especímenes para el ELISA (ensayo por inmunoabsorción ligado a enzimas), una prueba que había desarrollado años antes, cuando estudiaba la enfermedad de las vacas locas. Stanton colocó fragmentos de carne sobre una placa de plástico con veinte agujeros diferentes, cada uno de los cuales contenía un líquido transparente con infusión de proteínas. Si aparecía un prión mutante, la solución viraría al verde oscuro.

Diez minutos después, tras analizar una docena de muestras procedentes de la cinta transportadora, no se habían producido cambios en ninguna solución. Cuando Stanton repitió el proceso, el resultado fue idéntico.

—No hay reacción —dijo Davies, al tiempo que se encogía de hombros mientras volvía—. Tal vez no reacciona con el ELISA.

Stanton se volvió hacia el director de la planta.

—¿Dónde están sus camiones?

En las plataformas de carga y descarga trabajaron minuciosamente en todos los vehículos utilizados para transportar los restos desde el matadero. Stanton y Davies tomaron muestras de las paredes y suelos manchados de sangre de los veintidós camiones, y después las analizaron.

Pero todas las pruebas salieron negativas, y las soluciones de ELISA continuaron transparentes.

Mastras estaba sonriendo. Saltó del último camión y subió a informar de que podían empezar a servir al Distrito Escolar Unificado de Los Ángeles de inmediato. Un millón de críos tomarían carne de Havermore aquella tarde, y Stanton no podía evitarlo.

—Ya se lo dije —advirtió el hombre—. Siempre estamos dentro de la ley.

Stanton rezó para que no hubieran pasado nada por alto y se reprendió por creer que iban a encontrar la respuesta tan deprisa. El reciclaje sólo era uno más entre los peligrosos métodos que el hombre utilizaba para manipular la carne que comía. Tendrían que ampliar la investigación de la enfermedad que afligía a Juan Nadie. A cada hora que pasaba, más gente podía infectarse.

Cuando bajó del camión, observó que Mastras había salido de la plataforma de carga y descarga y caminaba hasta la carretera. Estaba mirando algo en la distancia. Siguió al director hasta que vio con claridad. Nubes de polvo se alzaban detrás de los neumáticos de camionetas con antenas apuntadas en todas direcciones.

—Cabrón —dijo Mastras, al tiempo que miraba a Stanton.

Los equipos de los informativos se acercaban a toda velocidad.

6

La masa de periodistas congregados ante el Hospital Presbiteriano puso a Chel todavía más nerviosa de lo que ya estaba. La doctora con la que había hablado por teléfono dijo que el caso era muy confidencial, lo cual ya le convenía. Sus motivos eran complicados, y cuanto menos atención atrajera hacia ellos, mejor. De todos modos, estaba claro que se había producido una gran noticia. En el aparcamiento del hospital había equipos de los informativos y reporteros por todas partes.

Se quedó sentada en el coche, mientras meditaba sobre las posibilidades de que la presencia de la prensa estuviera relacionada con el motivo de su visita. Si entraba y existía una conexión entre el enfermo y el libro, podría acabar metida en un buen lío. Pero si no entraba, tal vez nunca podría averiguar cómo era posible que un indígena enfermo estuviera repitiendo la palabra maya que significaba «códice», un día después de que Gutiérrez apareciera con, quizás, el documento más importante de la historia de su pueblo. Su curiosidad se impuso al miedo.

Diez minutos después, se encontraba en la habitación del paciente, en la sexta planta del hospital, con la doctora Thane, y había olvidado su curiosidad. Estaban junto a la cama del enfermo, contemplando a un hombre que sufría horriblemente, sudoroso y presa de evidentes dolores. Chel ignoraba cómo había acabado allí, pero morir en un lugar desconocido, lejos de casa, era el peor de todos los destinos.

—Hemos de averiguar su nombre, cómo llegó aquí, cuánto tiempo lleva en Estados Unidos y cuándo enfermó —dijo Thane—. Y cualquier cosa más que pueda decirnos. Cualquier detalle podría ser importante.

Chel miró a Juan Nadie.

—*Rajawxik chew...* —musitó el hombre en quiché.

—¿Puede darle un poco de agua? —tradujo Chel.

Thane indicó la ultravenosa.

—En este momento está más hidratado que yo.

—Dice que tiene sed.

La doctora levantó la jarra que descansaba sobre la mesa plegable de Juan Nadie, la llenó del grifo y vertió agua en su vaso. El hombre lo agarró con ambas manos y lo vació de un trago.

—¿Puedo acercarme a él sin peligro? —preguntó Chel.

—No se contagia así. La enfermedad se propaga a través de la carne contaminada. Las mascarillas son para no transmitirle otra infección, porque está bajo de defensas.

Chel ciñó las cintas de su mascarilla y se acercó más. Era improbable que el hombre trabajara en el comercio. Los mayas que vendían sus mercancías a los turistas en las carreteras de Guatemala aprendían algo de español. No tenía tatuajes ni *piercings*, de manera que no era ni un chamán ni un adivinador. Pero tenía callos en las manos, endurecidos en la base de cada dedo, con franjas de piel agrietada que se extendían desde el nudillo hasta el extremo del pulgar. Era la señal del machete, la herramienta manual que los indígenas utilizaban para limpiar la tierra que deseaban cultivar. También era lo que utilizaban los saqueadores para buscar ruinas en la selva.

¿Era posible que estuviera mirando al hombre que había descubierto el códice?

—Muy bien, vamos a empezar por su nombre —dijo Thane.

—¿Cuál es tu apellido, hermano? —preguntó Chel—. El mío es Manu. Mi nombre de pila es Chel. ¿Cómo te llamas?

—Rapapem Volcy —susurró con voz ronca el paciente.

Rapapem, que significa «vuelo». Volcy era un apellido vulgar. A juzgar por la inflexión de sus vocales, Chel supuso que era procedente del sur del Petén.

—Mi familia es del Petén —dijo ella—. ¿Y la tuya?

Volcy no dijo nada. Chel intentó formular la pregunta de manera diferente, pero el hombre se había sumido en el silencio.

—Pregúntele cuándo llegó a Estados Unidos —dijo Thane.

Chel tradujo y obtuvo una respuesta clara.

—Hace seis soles.

Thane se quedó sorprendida.

—¿Hace sólo seis días?

Chel miró a Volcy.

—¿Entraste por la frontera de México?

El hombre se removió en la cama y no contestó. Cerró los ojos.

—*Vug* —repitió de nuevo.

—¿Qué significa eso? —preguntó Thane—. Dice «vug», ¿no? Lo busqué deletreándolo de todas las maneras posibles y no encontré nada.

—Dice *w-u-j* —explicó Chel—. La uve doble se pronuncia como una uve.

—Bien, pues eso no lo probé. ¿Qué significa?

—Es la palabra quiché que utilizamos para referirnos al *Popol Vuh*, la sagrada creación épica de nuestro pueblo —inventó Chel—. Sabe que está enfermo, y es probable que desee el consuelo que proporciona el libro.

—¿Quiere que le traigamos un ejemplar de ese libro?

Chel introdujo la mano en el bolso, sacó un ejemplar manoseado del libro sagrado y lo dejó sobre la mesita de noche.

—Tal vez, si es cristiano, quiera la Biblia —dijo a Thane.

Ningún indígena utilizaría la palabra *wuj* (tal como llamaban los mayas a sus libros antiguos) para designar el *Popol Vuh*. Pero nadie le llevaría la contraria aquí.

—A ver si puede decirnos algo acerca de cuándo se puso enfermo —dijo Thane—. Pregúntele si recuerda cuándo empezó a tener problemas para dormir.

Mientras Chel traducía las preguntas de la doctora al quiché, Volcy abrió los ojos un poco.

—En la selva —dijo.

Chel parpadeó confusa.

—¿Enfermaste en la selva?

El hombre asintió.

—¿Estabas enfermo cuando llegaste aquí, Volcy?

—Hacía tres soles que no dormía cuando llegué aquí.

—¿Estaba enfermo en Guatemala? —preguntó Thane—. ¿Está segura de que ha dicho eso?

Chel asintió.

—¿Por qué? ¿Qué significa eso?

—Significa que he de hacer algunas llamadas.

Chel apoyó una mano en el hueco que separaba el cuello del hombro de Volcy. Era una técnica que su madre utilizaba cuando ella era pequeña para calmarla después de una pesadilla o un arañazo profundo. Su abuela había hecho lo mismo por su madre. Mientras movía la mano de un lado a otro, notó que la tensión del cuerpo de Volcy se calmaba. No sabía cuánto rato estaría ausente la doctora. Tenía que aprovechar la oportunidad.

—Dime, hermano —susurró—. ¿Por qué viniste desde el Petén?

Volcy habló.

—*Che'qriqa' ali Janotha.*

Ayúdame a encontrar a Janotha.

Janotha. Un nombre maya frecuente.

—Por favor —continuó—. He de volver con mi esposa y mi hija.

Ella se acercó más.

—¿Tienes una hija?

—Recién nacida. Sama. Ahora, Janotha ha de cuidar de ella sola.

Chel sabía que, de no ser por esas extrañas vueltas que da la vida, ella habría podido ser fácilmente Janotha, esperando con un niño recién nacido en una casa de techo de paja a que su hombre volviera a casa, mientras contemplaba su hamaca vacía colgada del techo. En algún lugar de Guatemala, Janotha estaba preparando tortillas de maíz sobre un hogar, mientras prometía a su hija que su padre volvería pronto.

Daba la impresión de que Volcy perdía y recuperaba la conciencia, pero Chel decidió aprovechar su ventaja.

—¿Conoces el libro antiguo, hermano?

No fue necesario que el hombre hablara para recibir una respuesta clara.

—He visto el *wuj*, hermano —continuó Chel—. ¿Puedes hablarme de él?

Volcy la miró, más concentrado de repente.

—Hice lo que cualquier hombre haría para ayudar a su familia.

—¿Qué hiciste para ayudar a tu familia? ¿Vender el libro?

—Estaba hecho pedazos —susurró el hombre—. En el suelo del templo... Reseco por cien mil días.

Por lo tanto, Chel tenía razón: el hombre que estaba tendido delante de ella era el saqueador. Las tensiones en Guatemala habían dejado pocas opciones a los indígenas como Volcy, trabajadores manuales. No obstante, pese a tenerlo todo en contra, había descubierto un templo con un libro, y comprendió que ganaría una fortuna con él en Estados Unidos. Lo más asombroso era que hubiera logrado entrar en el país con su botín.

—Hermano, ¿trajiste el libro a Estados Unidos para venderlo?

—*Je* —dijo Volcy. Sí.

Chel miró hacia atrás para comprobar que seguía estando sola.

—¿Se lo vendiste a alguien? ¿Se lo vendiste a Héctor Gutiérrez?

Volcy no dijo nada.

—Dime una cosa —siguió ella, probando otra táctica. Señaló su mejilla—. ¿Se lo vendiste a un hombre con tinta roja en la mejilla, justo encima de la barba?

El hombre asintió.

—¿Le conociste aquí o en el Petén?

Volcy señaló el suelo, aquella tierra extraña en la que sin duda moriría. Volcy descubrió la tumba, robó el libro, fue a Estados Unidos y, de alguna manera, se puso en contacto con Gutiérrez. Al cabo de una semana, el libro descansaba en el laboratorio de Chel, en el Getty.

—Hermano, ¿dónde está ese templo? Podríamos hacer mucho bien a nuestro pueblo si me dijeras dónde está el templo.

En lugar de contestar, Volcy lanzó su cuerpo hacia la mesita lateral, agitando los brazos en dirección a la jarra de agua. El teléfono y el despertador cayeron al suelo. Asió la jarra por la parte superior y vertió el resto del agua en su boca. Chel se tambaleó hacia atrás, y su silla se estrelló contra el suelo.

Cuando Volcy terminó de beber, ella cogió el extremo de la manta y le secó la cara. Sabía que le quedaba poco tiempo para obtener las respuestas que necesitaba. El hombre se había calmado de nuevo, de modo que continuó el interrogatorio.

—¿De qué pueblo sois tú y Janotha? Podemos avisar a tu familia de que estás aquí.

El templo no podía estar lejos de su casa.

Volcy la miró confuso.

—¿A quién enviarás allí?

—Tenemos a mucha gente de Guatemala en la Fraternidad Maya. Alguien sabrá llegar a tu pueblo, te lo prometo.

—¿Fraternidad?

—Es nuestra iglesia —explicó Chel—. Donde los mayas aquí en Los Ángeles van a rendir culto.

Los ojos de Volcy se llenaron de desconfianza.

—Eso es español. ¿Rendís culto con los ladinos?

—No. La Fraternidad es un lugar seguro de culto para los indígenas.

—¡No diré nada a los ladinos!

Chel había cometido un error. En Los Ángeles, era normal mezclar español, maya e inglés. Pero en el lugar del que procedía Volcy era razonable dudar de una iglesia maya con nombre español.

—La Fraternidad no puede enterarse —continuó el hombre—. Nunca permitiré que los ladinos sepan dónde viven Janotha y Sama... ¡Eres *ajwaral*!

No había palabra inglesa que tradujera ese término. Significaba literalmente «eres nativa de aquí». Pero él la utilizaba como un insulto indígena. Aunque Chel había nacido en una aldea como la de él, aunque había dedicado su vida al estudio de los antiguos, para hombres como Volcy siempre sería una forastera.

—¿Doctora Manu? —dijo una voz a su espalda.

Se volvió y vio a una figura con bata blanca en el umbral.

—Soy Gabriel Stanton.

Chel siguió al nuevo médico al pasillo, donde continuaba apostado el guardia de seguridad. Hablaba con firmeza, y su estatura le dotaba de una presencia autoritaria. ¿Cuánto rato hacía que estaba observando? ¿Habría intuido que existía una relación personal con su paciente?

Se volvió hacia ella.

—¿El señor Volcy dice que ya estaba enfermo cuando llegó a Estados Unidos?

—Eso me dijo.

—Hemos de saberlo con certeza. Hemos estado buscando una fuente en Los Ángeles. Si lo que dice es cierto, tendremos que buscarla en Guatemala. ¿Dijo de qué país vino?

—A juzgar por su acento, debo suponer que es del Petén. Es el departamento más grande. Un departamento es el equivalente a un estado. Pero no he conseguido averiguar de qué pueblo es. Y no quiere decir cómo entró en Estados Unidos.

—Sea como sea, podríamos estar hablando de carne de Guatemala como vector. Y si es de una aldea indígena, ha de ser algo a lo que tenía acceso. Por lo que tengo entendido, han talado miles de hectáreas de selva tropical para dejar sitio a explotaciones de ganado. ¿Es eso cierto?

Ella asintió. Sus conocimientos eran impresionantes, y no cabía duda de que era una persona inteligente, aunque amedrentador.

—Son explotaciones ganaderas y campos de trigo que emplean a ladinos —dijo Chel—. No queda gran cosa para los indígenas.

—Volcy pudo estar expuesto a carne contaminada en cualquiera de esas explotaciones. Hemos de saber qué tipo de carne comió antes de que empezaran los síntomas. Ha de hacer un esfuerzo por recordar. Tenemos que saber si ha comido carne de vaca, pollo, cerdo, o lo que sea.

—Los aldeanos son capaces de consumir seis tipos de carne diferente en una sola comida.

Tuvo la impresión de que el doctor Stanton la estaba examinando. Observó que llevaba las gafas torcidas, y sintió un impulso irreprimible de enderazárselas. Medía al menos treinta centímetros más que ella, y tenía que estirar el cuello para mirarle. Una cosa que siempre le había gustado de Patrick era que, aunque blanco, era bajo.

—Hemos de averiguar lo máximo posible —dijo Stanton.

—Haré lo que pueda.

—¿Dijo qué estaba haciendo aquí? ¿Vino a buscar trabajo?

—No —mintió ella—. No lo dijo. Al final, perdía el conocimiento cada pocos minutos, y no contestaba a mis preguntas.

Stanton asintió.

—La gente con este tipo de insomnio puede desvanecerse de un momento a otro —dijo, mientras entraban de nuevo en la habitación—. Vamos a probar otra estratagema.

Volcy estaba tendido con los ojos cerrados, y su respiración era dificultosa y pesada. Chel tenía miedo de cómo reaccionaría cuando la viera, y durante una fracción de segundo pensó en contar la verdad a Stanton, sincerarse con lo del códice y la relación de Volcy con el libro.

Pero no lo hizo. Estaba demasiado preocupada por si el ICE o el Getty lo descubría. Pese a los sufrimientos de Volcy, tenía demasiado miedo de perder todo aquello por lo que había trabajado, *y además* el códice al mismo tiempo.

—Hemos averiguado gracias a los pacientes de Alzheimer que los que padecen este tipo de daños cerebrales responden mejor a las preguntas si una lleva a la otra —dijo Stanton—. La clave es proceder paso a paso y guiarlos de pregunta en pregunta.

Volcy abrió los ojos y miró a Stanton, antes de desviar la vista hacia Chel. Cuando sus miradas se encontraron, ella supuso que percibiría hostilidad, pero no fue así.

—Empiece por su nombre —dijo Stanton.

—Ya sabemos como se llama.

—Exacto. Dígale: «Te llamas Volcy».

Chel se volvió hacia el paciente.

—*At, Volcy ri' ab'i'*.

Como el hombre no dijo nada, ella repitió la frase.

—*At, Volcy ri' ab'i'*.

—*In, Volcy ri nub'i'* —dijo por fin el paciente. *Me llamo Volcy*. No había hostilidad en su voz. Era como si hubiera olvidado su discusión acerca de la Fraternidad.

—Lo ha comprendido —susurró Chel.

—Pregúntele: «¿Tus padres te llamaban Volcy?»

—Mis padres me llamaban Atrevido.

—Continúe —dijo Stanton—. Pregúntele por qué.

Chel obedeció, y a medida que avanzaba la conversación, se quedó sorprendida porque los ojos de Volcy se veían cada vez más vivos y enfocados.

—¿Por qué te llamaban Atrevido?

—Porque siempre me atrevía a hacer lo que ningún chico hacía.

—¿Qué era lo que los demás chicos no se atrevían a hacer?

—Adentrarse en la selva sin miedo, como hacía yo.

—De pequeño, cuando te adentrabas en la selva sin miedo, ¿cómo sobrevivías?

—Sobrevivía gracias a la voluntad de los dioses.

—¿Los dioses te protegían en la selva cuando eras pequeño?

—Hasta que los ofendí de mayor, me protegieron.

—¿Qué pasó cuando dejaron de protegerte de mayor?

—En la selva no me dejaron pasar al otro lado.

—¿Al otro lado?

—No permitieron que mi alma descansara o hiciera acopio de fuerzas en el mundo de los espíritus.

Chel interrumpió el interrogatorio. Quería asegurarse de que le había entendido bien, y se acercó más.

—Volcy, ¿no pudiste entrar en el mundo de los sueños desde que fuiste a la selva? ¿Desde que robaste el libro antiguo?

El hombre asintió.

—¿Qué está pasando? —preguntó Stanton.

Chel no le hizo caso. Tenía que saber la respuesta.

—¿Dónde estaba ese templo de la selva? —preguntó a Volcy.

Pero el hombre se había vuelto a sumir en el silencio.

Stanton esperaba impaciente.

—¿Por qué ha dejado de hablar? ¿Qué le ha dicho usted?

—Ha dicho que se puso enfermo en la selva —explicó Chel.

—¿Por qué estaba en la selva? ¿Vive allí?

—No. —Calló un segundo—. Fue a practicar una especie de meditación. Dice que fue durante este ritual cuando empezó a padecer insomnio.

—¿Está segura de eso?

—Estoy segura.

¿Qué más daba si había mentido sobre sus motivos de ir a la selva? Tanto si fue a robar el libro como si fue a meditar, había enfermado.

—¿Después se fue de la selva en dirección al norte? —preguntó Stanton.

—Eso parece.

—¿Por qué cruzó la frontera?

—No lo ha dicho.

—¿No habría explotaciones ganaderas cerca de la selva donde estaba... meditando?

—No sé de qué parte del Petén está hablando —dijo Chel con sinceridad—. Pero hay explotaciones ganaderas por todas partes en las tierras altas.

—¿Qué debió comer durante ese ritual de la selva?

—Lo que cazara o encontrara.

—Así que está acampado, vive en la selva o en las afueras de una de esas explotaciones ganaderas. Pasa semanas allí, y ha de comer algo. De modo que quizá decide matar una vaca.

—Supongo que es posible.

Stanton le dijo que continuara haciendo preguntas en esa línea de interrogatorio, empleando la técnica de asociar palabras. Cosa que ella hizo, eliminando de la conversación cualquier pregunta sobre los motivos que impulsaron a Volcy a ir a la selva.

—¿Comiste carne de vaca en la selva?

—No había carne de vaca para comer.

—¿Comiste carne de pollo en la selva?

—¿Qué pollos se encuentran en plena naturaleza?

—Hay venados en plena naturaleza. ¿Comiste carne de venado?

—Nunca he cocinado carne de venado en mi hogar.

—Cuando estabas en plena naturaleza, ¿te llevaste un comal para cocinar?

—Preparábamos tortillas en el comal.

—En tu pueblo, ¿utilizabas este comal para preparar carne?

—*Chuyum-thul* no permitía carne en el hogar. Yo soy *Chuyum-thul*, quien preside la selva desde el cielo, el que ha guiado mi forma humana desde que nací.

Chuyum-thul era un halcón, y debía ser el espíritu animal de Volcy, que el chamán del pueblo le habría asignado. El *wayob* de un hombre era el símbolo de lo que era: el hombre valiente, como un rey, era un jaguar; el hombre gracioso, un mono aullador; el hombre lento, una tortuga. Desde los mayas antiguos a los modernos, el nombre y el *wayob* de un hombre podían intercambiarse, tal como estaba haciendo Volcy ahora.

—Yo soy *Pape*, la mariposa con las franjas de un tigre —dijo Chel—. Mi forma humana rinde tributo a mi forma *wayob* cada día. *Chuyum-thul* sabe que le has mostrado reverencia, si has seguido sus consejos sobre lo que debes preparar en tu hogar.

—He seguido sus consejos durante doce lunas —contestó Volcy, y sus ojos se suavizaron de nuevo cuando vio que ella le entendía—. Me ha enseñado las almas de los animales de la selva y cómo cuida de ellas. Me contó cómo impedir que los humanos las destruyan.

Stanton interrumpió.

—¿Qué está diciendo?

Una vez más, Chel no le hizo caso. Se había ganado la confianza de Volcy, y necesitaba respuestas antes de que volviera a perder el conocimiento.

—¿Fue el halcón quien te condujo al gran templo, al lugar donde encontrarías algo con lo que mantener a tu familia? ¿A Janotha y Sama?

El hombre asintió despacio.

—¿A qué distancia del pueblo estaba el templo hasta el que te guió *Chuyum-thul*?

—Tres días a pie.

—¿En qué dirección?

Volcy no contestó.

—Por favor, has de decirme en qué dirección caminaste tres días.

Pero Volcy se había replegado de nuevo.

Frustrada, Chel cambió de táctica.

—¿Seguiste los consejos de *Chuyum-thul* durante doce lunas? ¿Cuáles fueron sus consejos?

—Ordenó que subsistiera durante doce lunas, que él me aconsejaría cómo devolver el esplendor al pueblo. Después me guió hasta el templo.

Cuando oyó las palabras, Chel se quedó confusa. *¿Subsistir durante doce lunas?*

¿Cómo era eso posible?

La subsistencia era una práctica que se remontaba a los antiguos. Consistía en que los chamanes se retiraban a sus cuevas para comunicarse con los dioses, y sobrevivían sólo a base de agua y algo de fruta durante varios meses.

—¿Has subsistido durante doce lunas, hermano? —preguntó a Volcy despacio—. ¿Y has sido fiel a tu juramento?

El hombre asintió.

—¿Qué demonios está diciendo? —preguntó Stanton.

Chel se volvió hacia él.

—Ha dicho que la enfermedad se transmitía a través de la carne, ¿verdad?

—Todas las enfermedades priónicas no genéticas se transmiten por la carne. Por eso necesito saber qué tipo de carne ha consumido. Hasta donde pueda recordar.

—No ha comido carne de ningún tipo.

—¿Qué está diciendo?

—Ha seguido una dieta de subsistencia. Para nuestro pueblo, eso significa nada de carne.

—Eso no es posible.

—Se lo repito: dice que ha seguido una dieta vegetariana durante todo el último año.

7

Volcy sentía la boca, la garganta, incluso el estómago secos como si hubiera arado campos dos días seguidos. Como la sed que había experimentado Janotha cuando había dado a luz a Sama, una sed insaciable. Las luces se encendían y apagaban a medida que abría y cerraba los ojos, mientras intentaba comprender cómo había llegado a aquella cama.

Nunca volveré a ver a Sama. Moriré de sed, y ella no sabrá que cogí el libro de los antiguos para ella, sólo para ella.

Cuando llegó la sequía, el chamán cantó e hizo ofrendas a Chaak cada día, pero la lluvia no llegó. Las familias se separaron, enviaron a los niños con parientes de otras ciudades, los viejos murieron a causa del calor. Janotha estaba preocupada por si se le secaba la leche.

Pero tú, el halcón, nunca permitirás que eso suceda, nunca.

Cuando Volcy era pequeño, y su madre pasaba hambre para alimentar a los niños, gateaba a través del suelo de la cabaña mientras sus padres dormían, salía a hurtadillas de la casa y robaba maíz a una familia que tenía más del que necesitaba.

El halcón nunca tiene miedo.

Años después, Volcy había obedecido la llamada de su *wayob* cuando su familia tuvo necesidad de ayuda una vez más. Mientras ayunaba, el halcón oyó la llamada que le conduciría a las ruinas. Él y su socio, Malcin, viajaron tres días a través del bosque en su busca. Sólo Ix Chel, diosa de la Luna, les proporcionaba luz. Malcin tenía miedo de incurrir en la ira de los dioses, pero fragmentos de cerámica se vendían por miles a los hombres blancos debido a que el ciclo de la Cuenta Larga llegaba a su fin.

Los dioses los habían guiado hasta las ruinas y, entre altísimos árboles, encontraron el edificio de muros derruidos por el viento y la lluvia. Dentro de la tumba reinaba la gloria: hojas de obsidiana, calabazas y cristales pintados de estuco, cuentas y vasijas. Calaveras con máscaras y dientes de jade. Y el libro. El libro maldito. No tenían ni idea de qué significaban los dibujos o palabras que adornaban el papel amate, pero se quedaron fascinados.

Ahora, estaba solo en la oscuridad, pero ¿dónde? El hombre y la mujer quiché se habían ido. Volcy alargó la mano hacia el vaso de agua una vez más. Pero el vaso estaba vacío.

Apoyó las piernas en el suelo y caminó con paso vacilante. Le fallaban los miembros tanto como la visión. Pero tenía que beber. Arrastró el palo al que estaba sujeto hasta el cuarto de baño, llegó al lavabo, abrió los grifos y hundió la cabeza bajo el chorro, tragando toda el agua posible. Pero no era suficiente. El agua empapaba su nariz y la boca, resbalaba por su cara, pero necesitaba más. La maldición del libro le estaba dejando seco, resecaba cada centímetro de su piel. Había permitido que la obsesión del hombre blanco por la Cuenta Larga le impulsara a sacrificar el honor de sus antepasados.

El halcón se elevó de debajo del grifo y vio su cara en el espejo. Tenía la cabeza mojada, pero la sed no se había calmado.

Stanton paseaba de un lado a otro del patio que había delante del hospital mientras hablaba por teléfono con Davies. Luces rojas y azules destellaban por todas partes. Habían llamado a la policía para que mantuviera a raya a la prensa omnipresente. La filtración sobre Juan Nadie y su misterioso estado médico que había conducido a la prensa hasta Havermore Farms procedía, al parecer, de un camillero. Había oído a Thane cuando hablaba con un médico, y colgó algo en un *chat* sobre vacas locas. Ahora, todos los servicios informativos del país habían enviado reporteros al hospital.

—¿Y si Juan Nadie miente? —preguntó Davies.

—¿Por qué iba a mentir?

—No sé... Tal vez su esposa es una vegetariana furibunda, y no quiere que nadie se entere de que ha estado empapuzándose de Big Macs.

—Venga ya.

—Vale, pues tal vez enfermó antes de que dejara de comer carne.

—Ya viste las muestras. Enfermó hace muy poco.

Sólo contaban con el testimonio de un paciente contra décadas de investigación, y Stanton se sentía todavía escéptico sobre cualquier vector que no fuera carne. Pero tenían que explorar la posibilidad. Habían encontrado *E. coli*, listeria y salmonela en la leche de vaca, y temía desde hacía tiempo que los priones pudieran introducirse en los productos lácteos. El consumo per cápita de ganado vacuno en Estados Unidos era de unos dieciocho kilos al año; el de productos lácteos superaba los ciento treinta y cinco. Y con frecuencia se utilizaba la leche de una sola vaca en miles de productos diferentes a lo largo de su vida, de manera que encontrar la fuente era muchísimo más complicado.

—Diré a los guatemaltecos que comprueben su infraestructura de seguimiento de productos lácteos —dijo Davies—, pero estamos hablando de un servicio de salud del Tercer Mundo, encargado de investigar una enfermedad de la que no quieren airear que se inició dentro de sus fronteras. No es la receta ideal para un buen seguimiento epidemiológico.

—¿Cómo va la investigación del hospital?

—Todavía nada —dijo Davies—. El equipo llamó a todas las urgencias de Los Ángeles, y yo envié a Jiao a echar un vistazo a un par de pacientes sospechosos, pero resultaron ser falsas alarmas.

—Que los investiguen de nuevo. Cada veinticuatro horas.

Stanton colgó y rodeó corriendo el edificio. Los periodistas no eran los únicos que abarrotaban el aparcamiento. Un desfile de ambulancias se hallaba delante de urgencias con las luces encendidas. Había paramédicos por todas partes, y médicos y enfermeras bramaban órdenes, mientras descargaban pacientes en camillas. Se había producido un grave accidente de tráfico en la autovía 101, y habían transportado al hospital a docenas de pacientes en estado grave.

Stanton hizo otra veloz llamada mientras se encaminaba hacia la puerta principal del edificio.

—Soy yo —dijo en voz baja cuando le respondió de nuevo el correo de voz de Nina. Miró a su alrededor para cerciorarse de que nadie le estaba escuchando—. Hazme un favor y tira también por la borda la leche y los quesos.

En el interior de urgencias, Stanton se aplastó contra la pared para dejar paso a las camillas de los accidentados. Un anciano, con el brazo envuelto en gasas y un torniquete, chillaba de dolor. Los cirujanos estaban operando en la sala de urgencias no esterilizada a los pacientes demasiado graves para trasladarlos a los quirófanos. Dio gracias en silencio a que el proceso de clasificar a heridos o enfermos graves privilegiando a los que tuvieran mayores posibilidades de supervivencia no fuera su especialidad.

De nuevo en la sexta planta, encontró a Chel Manu en la sala de espera. Era diminuta incluso con tacones, y descubrió de nuevo que sus ojos exploraban la nuca de la joven, sobre la cual caía su pelo negro. No cabía duda de que era muy inteligente. Ya había conseguido extraer información importante de Volcy, y por eso le había pedido que se quedara.

—¿Le apetece un café mientras esperamos a que terminen las enfermeras? —preguntó, e indicó la máquina dispensadora con un ademán.

—No, pero un cigarrillo me sentaría de maravilla.

Stanton introdujo monedas de veinticinco centavos en la ranura y llenó un vaso de porexpán. No era el mejor café de California, pero tendría que conformarse.

—No creo que encuentre mucho tabaco por aquí.

Chel se encogió de hombros.

—De todos modos, me prometí que lo dejaría a finales de año.

Stanton bebió el aguado café.

—Deduzco que no cree en la inminencia del apocalipsis maya.

—Pues no, la verdad.

—Yo tampoco. —Sonrió, convencido de que estaban bromeando, pero no dio la impresión de que ella estuviera por la labor. Tal vez se trataba de algo sobre lo que no quería bromear.

—¿Qué vamos a hacer ahora? —preguntó ella de sopetón.

—En cuanto las enfermeras hayan terminado, intentaremos que Volcy nos hable de todos los productos lácteos que ha consumido durante el último mes o así.

—Haré lo que pueda, aunque no estoy segura de que confíe en mí por completo.

—Siga en la misma línea de antes.

Stanton se quedó sorprendido al ver que no había nadie de guardia delante de la habitación de Volcy. Mariano, el guardia de seguridad, no se veía por parte alguna, y no había llegado ningún sustituto. Supuso que habrían llamado a todos los guardias del edificio para controlar a la multitud congregada a causa del accidente de la autovía.

Dentro, Chel y él sólo encontraron una cama vacía.

—¿Le han trasladado? —preguntó ella.

Encendió las luces y examinó la habitación. Segundos después, oyeron un silbido detrás de la puerta del cuarto de baño. Stanton aplicó el oído a la superficie.

—¿Volcy? —El silbido era agudo y sonaba como un escape, pero no hubo respuesta.

Stanton giró el pomo y descubrió que la puerta no estaba cerrada con llave. Entonces vio a Volcy. Estaba de bruces en el suelo, como si estuviera inconsciente. El cuarto de baño estaba destruido: cartón yeso por todas partes, la pileta del lavabo arrancada de la base, tuberías de cobre que sobresalían de la pared y agua en el suelo.

—*Masam... ahrana... Janotha...* —murmuró Volcy.

Stanton se agachó y pasó el brazo alrededor del cuello del hombre para levantarle. Notó lo distendido que estaba su cuerpo. Daba la impresión de que los brazos, piernas y torso del paciente estaban demasiado llenos de aire. Como si ardieran en deseos de ser agujereados. Tenía la piel fría.

—¡Vaya a buscar al equipo de cuidados intensivos! —gritó Stanton a Chel.

La joven parecía paralizada.

—¡Vaya!

Chel salió corriendo del cuarto de baño, y Stanton se volvió hacia el paciente.

—Necesito que se aferre a mí, Volcy. —Intentó llevarle a la cama, donde podría conectarle a un respirador artificial—. Venga —gruñó—, quédese conmigo.

Cuando el resto del equipo médico llegó, Volcy apenas respiraba. Había ingerido tanta agua que su corazón estaba sobrecargado, y el paro cardíaco era inminente. Dos enfermeras y una anestesista colaboraron con Stanton al lado de la cama, y empezaron a inyectar medicamentos. Cubrieron la cara de Volcy con una mascarilla de oxígeno, pero era una batalla perdida. Tres minutos después, su corazón se paró.

La anestesista aplicó una serie de descargas eléctricas, cada una más fuerte que la anterior. Los electrodos del desfibrilador dejaron marcas de quemaduras cuando el cuerpo del paciente se arqueó. Stanton inició compresiones torácicas, algo que no había hecho desde sus tiempos de residente. Aplicó todo su peso desde los hombros y realizó una serie de descargas rápidas sobre el pecho de Volcy, justo encima del esternón. El cuerpo se alzaba y caía con cada «uno, dos, tres cuatro...».

Por fin, la anestesista asió el brazo de Stanton y le apremió a apartarse de la cama, mientras pronunciaba las palabras:

—Hora de la muerte, doce y veintiséis minutos del mediodía.

Más ambulancias llegaban con las sirenas bramando desde la autovía 101 hasta urgencias. Stanton intentó bloquear los sonidos, mientras Thane y él observaban al equipo de camilleros depositar el cuerpo de Volcy en una bolsa para cadáveres.

—Ha estado sudando una semana seguida, ¿verdad? —preguntó Thane—. Debía estar deshidratado.

—No ha sido obra de sus riñones —repuso Stanton, mientras contemplaba el cadáver azulado y moteado—, sino del cerebro.

La mujer le miró confusa.

—¿Se refiere a una polidipsia?

Stanton asintió. Los pacientes afectos de polidipsia psicogénica beben en exceso: llegan a desmontar los lavabos y vaciar los retretes. En los peores casos, como éste, el corazón fallaba debido a la sobrecarga de líquido. Él nunca había visto hacerlo a un paciente de IFF hasta entonces, pero estaba enfurecido consigo mismo por no haber previsto la posibilidad.

—Pensé que era un síntoma de esquizofrenia.

Thane estaba examinando la gráfica del paciente, intentando comprender lo que había sucedido.

—Después de una semana sin dormir, podría haberse vuelto esquizofrénico.

Mientras los camilleros cerraban con las cremalleras la bolsa para cadáveres, Stanton imaginó los últimos y horribles minutos de Volcy. La esquizofrenia provocaba anomalías en la percepción de la realidad. Los pacientes de IFF exhibían muchos de los mismos síntomas. Él se había preguntado con frecuencia si el sueño era lo único que mantenía alejada a la gente sana de los manicomios.

—¿Qué ha sido de la doctora Manu? —preguntó Thane.

—Estaba aquí hace un momento.

—Supongo que no podemos culparla por horrorizarse cuando vio esto.

—Fue la última persona que habló con él —dijo Stanton—. Necesitamos que anote todo cuanto dijo el paciente con la mayor fidelidad posible. Localícela.

Los camilleros depositaron el cadáver de Volcy sobre la camilla y se lo llevaron. Después de que prepararan el cuerpo, Stanton se reuniría con los patólogos en el depósito de cadáveres para proceder a la autopsia.

—Tendría que haberme quedado aquí —dijo Thane—. Tuve que bajar a urgencias. Están enviando demasiados pacientes en estado crítico de ese accidente. Esto ya parece una puta clínica de campaña afgana.

—No habría podido hacer nada —dijo Stanton, al tiempo que se quitaba las gafas.

—Un capullo se queda dormido en su todoterreno en la autovía y pagan las consecuencias nuestros pacientes —dijo Thane.

Stanton se acercó a la ventana, apartó la cortina y miró hacia abajo. Sonó una sirena cuando otra ambulancia entró en urgencias.

—¿El conductor que provocó el accidente se durmió al volante? —preguntó.

Thane se encogió de hombros.

—Eso dijo la policía.

Stanton se concentró en las luces destellantes de abajo.

8

Era doloroso para Gutiérrez mentir a su esposa acerca de los problemas en que se encontraba, y todavía más doloroso pensar que, si le detenían, su hijo de corta edad ni siquiera le reconocería cuando su padre saliera de la cárcel. Héctor daba gracias a Dios por haber vaciado ya el cargamento antes de que la policía llevara a cabo la redada. Pero estaba seguro de que su casa sería la siguiente. Su fuente del Servicio de Inmigración que le había dado el soplo (y que había recibido una generosa recompensa por ello) dijo que llevaban meses recogiendo pruebas contra él. Si encontraban algo, podría enfrentarse a una condena de diez años.

Por lo tanto, deseaba pasar el máximo de tiempo posible con su hijo. El domingo le había llevado a Six Flags, donde los dos habían subido a una vieja montaña rusa. Estaba contento de que Ernesto se lo hubiera pasado en grande, pero estaba convencido de que alguien los seguía a través del parque. Había sombras en las colas de las churrerías y en los rostros repetidos de la galería comercial. Sudó de una manera angustiosa todo el día, pese al hecho de que el invierno había llegado por fin a Los Ángeles. Cuando volvieron a casa, tenía la camisa y los calcetines empapados.

Aquella noche conectó el aire acondicionado y vio una hora de telecomedias con María, desesperado por intentar imaginar cómo iba a decirle lo que estaba pasando. A las dos de la mañana, ella ya llevaba horas dormida, felizmente inconsciente, mientras él continuaba despierto delante del televisor y cubierto de sudor. No se sentía tan nervioso desde su relación amorosa adolescente con la cocaína. Le dolían los oídos con cada sonido: el zumbido del descodificador de la televisión por cable, el sonido que emitía Ernesto al dormir, que le obligaba a apretar los dientes, los coches en la calle Noventa y cuatro, cada uno de los cuales sonaba como si fueran a atropellarlo.

Pasadas las tres, Héctor se metió en la cama. Tenía la boca seca, apenas podía mantener los ojos abiertos. Pero no podía dormir, y cada movimiento del reloj era otro recordatorio de lo poco que quedaba de noche. Le esperaba un día muy movido. Por fin, despertó a su esposa, en un último esfuerzo por acabar de agotarse.

Después de las relaciones más electrizantes que habían practicado desde hacía meses, no pudo dormir. Yació desnudo al lado de María durante casi dos horas, las sábanas empapadas, piel y tela pegados a causa del sudor. Se golpeó la cabeza contra el colchón. Después, se levantó y navegó por Internet, donde descubrió píldoras de Canadá que prometían el sueño al cabo de diez minutos. Pero, por supuesto, tenías que llamar en horas de trabajo.

Pronto llegó el gorjeo de los pájaros, y tras las persianas Héctor vio los primeros destellos del nuevo día. Siguió acostado una hora más, despierto. Cuando se levantó, se hizo un corte al afeitarse. Le temblaban las manos a causa del agotamiento. Por suerte, después de tomar cereales y café en la cocina, experimentó una oleada de energía. Cuando salió a coger el autobús para ir al local que tenía alquilado, la brisa fue un bálsamo.

A las siete de la mañana, se encontraba en el garaje cercano al aeropuerto. Eligió el Ford Explorer verde con matrícula falsa que utilizaba cuando necesitaba transportar antigüedades en secreto. No quería que nadie del centro de almacenamiento donde había alquilado una unidad nueva pudiera identificarle. Cuando estuvo seguro de que María y Ernesto se habían marchado, volvió a casa para transportar los demás objetos que había escondido en casa al centro de West Hollywood.

Sudaba profusamente cuando llegó a Nuestra Señora de Los Ángeles, donde se había reunido con Chel Manu. Pero había conseguido disimular sus sufrimientos y convencerla de que aceptara el códice. O la joven encontraba una forma de pagar, o era la solución perfecta de su problema. Si le detenían, ella se convertiría en un pez más gordo para el ICE. Nadie mejor para dar ejemplo que una conservadora. Le proporcionarían inmunidad absoluta si testificaba contra ella.

Después de su visita a la iglesia, Héctor intentó concentrarse en el tráfico. Las vallas de neón de la 101 se le antojaron apagadas, como si alguien hubiera borrado los colores. Los ruidos habituales del coche y su motor martilleaban en sus tímpanos. Pasó el resto del día examinando lugares donde solía hacer negocios con compradores y vendedores. Pagando sobornos a empleados de motel, mecánicos de talleres de carrocerías y gorilas de clubes de *striptease*. Asegurándose de que no quedara ni rastro de pruebas que el Servicio de Inmigración pudiera utilizar contra él.

A mitad de camino de casa, ya de noche, fue presa del pánico cuando vio un Lincoln negro por su retrovisor. Cuando llegó a Inglewood, le había dado vueltas una docena de veces a la idea de si el coche le estaba siguiendo.

María le estaba observando desde la ventana cuando enfiló el camino de entrada. Empezó a recriminarle y no le dejó decir ni palabra. Habían transcurrido treinta y seis horas desde la última vez que había dormido. Se frotó los ojos enrojecidos. Ella le dio de inmediato una copa de vino tinto, puso en el estéreo música clásica y encendió velas. Su madre padecía insomnio, y había aprendido todos los trucos.

Pero a las dos de la mañana Héctor yacía despierto al lado de ella en la cama, reflexionando sobre su vida. Cada hora se convertía en un referéndum. A las tres se juzgó un buen padre; a las cuatro, un mal marido.

Por fin se acurrucó de nuevo contra María y le acarició los pechos, pero cuando ella le puso la mano en la entrepierna, él no pudo alcanzar la erección. Incluso cuando ella le montó, no sucedió nada. Todas las partes de su cuerpo le estaban traicionando, todas las cosas de las que nunca habría creído dudar. Pidió disculpas a María, y después, con las manos temblorosas, la vista borrosa y la respiración trabajosa, salió a sentarse solo en la fría noche. Cuando vio que los primeros aviones surcaban el cielo, indicando otro amanecer insomne, sintió algo que tampoco experimentaba desde hacía años: ganas de llorar.

Oyó una voz a su espalda. ¿Quién coño estaba en su casa a las cinco de la mañana? Héctor regresó como una exhalación a la cocina. Tardó un segundo en procesar quién coño era aquel hombre.

Era el *hombre pájaro*. El hombre pájaro estaba sentado a su mesa.

—¿Qué estás haciendo en mi casa? —preguntó Héctor—. ¡Largo de aquí!

El hombre pájaro se levantó, y antes de que pudiera reaccionar, Héctor le asestó un rápido golpe en la barbilla, y el tipo cayó al suelo.

María entró corriendo en la cocina.

—¿Qué has hecho? —chilló—. ¿Por qué le has pegado?

Cuando Héctor señaló al hombre pájaro para intentar explicarse, todo se le antojó absurdo. La persona acurrucada en el suelo era Ernesto, que le miraba estupefacto.

—Papá —lloró el niño.

Héctor tuvo ganas de vomitar. Hacía mucho tiempo que había jurado a María no descargar jamás su ira sobre ella o su hijo, como había hecho su padre con él. Ella empezó a agitar los brazos en su dirección. Ni siquiera pensó cuando la arrojó al suelo.

La última vez que María Gutiérrez vio a su marido, estaba dando marcha atrás al todoterreno en el camino de entrada.

9

Todos los rincones de urgencias del Hospital Presbiteriano estaban atestados de pacientes. Stanton atravesó corriendo el lugar. Tropezó con técnicos. Derribó carros de paradas. En frenética búsqueda del hombre que había causado todo esto. Los accidentes de tráfico eran habituales en informes de casos de IFF. En un caso alemán, fue la primera señal de que el insomnio había sido total. Desde la perspectiva de un testigo, dio la impresión de que el conductor se había dormido en la *Autobahn*.

Stanton descorrió cortina tras cortina del saturado pabellón de urgencias, tras las cuales vio residentes de cirugía llevar a cabo operaciones sin supervisión que no tenían por qué realizar, y enfermeras tomando decisiones médicas por su cuenta porque no había médicos suficientes. Lo único que no vio fue a alguien que pudiera decirle quién había causado el accidente, y si habían ingresado a dicha persona.

Se detuvo y examinó la sala. Dos paramédicos estaban al otro lado del área de aparcamiento, reclutados a la fuerza porque el hospital no contaba con personal suficiente.

Corrió hacia ellos. Estaban bombeando oxígeno a través de la mascarilla de un paciente.

—¿Estuvieron en el lugar de los hechos? ¿Quién provocó el accidente?

—Un latino —dijo uno de ellos.

—¿Dónde está? ¿Aquí?

—Busque un Juan Nadie.

Stanton dio media vuelta y examinó la lista de pacientes. ¿Otro Juan Nadie? Aunque no hubieran identificado al conductor, ya tendrían que haber localizado su coche.

Cerca de la parte inferior de la lista, descubrió a un paciente anónimo. Corrió hacia la cortina catorce. La abrió. En el interior reinaba el caos: los médicos daban órdenes a gritos y un hombre ensangrentado se retorcía de dolor y gemía.

—He de hablar con él.

Stanton exhibió su tarjeta de identificación del CDC.

Los médicos se quedaron confusos, pero dejaron sitio para que se acercara.

Acercó la boca al oído del hombre.

—Señor, ¿ha tenido problemas para dormir?

No hubo respuesta.

—¿Ha estado enfermo, señor?

Los monitores pitaron ruidosamente.

—La presión está fallando —advirtió una enfermera.

Un médico de urgencias apartó a Stanton de un empujón. Inyectó más fármacos en la intravenosa del hombre. Todos miraron el monitor. La presión continuaba bajando al tiempo que el corazón del tipo disminuía la velocidad de su ritmo.

—¡Carro de paradas! —gritó el otro médico.

—¡Señor! —dijo desde atrás Stanton—. ¿Cómo se llama?

—Ernesto tenía su cara —gimió por fin el conductor—. No quería pegarle...

—Por favor —dijo Stanton—, ¡dígame su nombre!

Los ojos del conductor se agitaron.

—Pensé que Ernesto era el hombre pájaro. El hombre pájaro me hizo esto.

Estas palabras provocaron que un escalofrío inexplicable recorriera la espina dorsal de Stanton.

—El hombre pájaro —insistió—. ¿Quién es el hombre pájaro?

Un largo suspiro surgió de la garganta del conductor, y después siguió la secuencia habitual: ECG plano, carro de paradas, electrodos, inyecciones, más gritos. Luego, silencio. Y la hora de la muerte.

Chel estaba sentada en su despacho del Getty fumando el último cigarrillo del paquete. Nunca había visto morir a un hombre. Después de ver a Volcy expirar sobre la mesa, había huido sin decir ni una palabra a los médicos. Durante horas, había hecho caso omiso de las llamadas telefónicas del hospital, incluidas dos de Stanton. Se limitó a contemplar aturdida la pantalla del ordenador, actualizando los sitios importantes una y otra vez.

Aunque el CDC sabía que Volcy era vegetariano, la prensa todavía continuaba concentrando su cobertura en que la enfermedad debía proceder de carne contaminada. La blogosfera estaba al rojo vivo, con titulares sobre la Cuenta Larga y teorías demenciales acerca de que no podía ser una coincidencia que una nueva variedad similar a la de las vacas locas hubiera aparecido tan sólo una semana antes del 21/12.

Alguien llamó con los nudillos a la puerta, y a continuación Rolando Chacón asomó la cabeza.

—¿Tienes un momento?

Ella le indicó con un ademán que entrara. El hombre había escuchado sin comentarios lo que le había contado del hospital, incluido que había mentido a los médicos sobre los motivos de Volcy para ir a Estados Unidos.

—¿Te encuentras bien? —preguntó Rolando, y se sentó frente a ella.

Chel se encogió de hombros.

—Tal vez deberías ir a casa y dormir un poco.

—Estoy bien. ¿Qué pasa?

—Los datos del carbono catorce acaban de llegar: el códice es de alrededor de 930, ciento cincuenta años más o menos. Justo lo que pensábamos. Mitad del clásico tardío.

Chel tendría que haberse sentido extasiada. Era la prueba que habían estado esperando.

—Es una noticia estupenda —dijo sin sentirlo. Todo cuanto había descubierto y comprendido sobre su trabajo se había combinado, y el códice podía ser el portal a inmensos descubrimientos. Aun así, no sentía nada.

—También estoy avanzando con las reconstrucciones —dijo Rolando—. Pero hay un problema.

Entregó a Chel una hoja de papel, en la que había dibujado dos símbolos:

En maya antiguo, se pronunciaban *chit* y *unen*.

—Un padre y un hijo varón del padre —dijo Chel con aire ausente—. Un padre y su hijo.

—Pero no es así como lo utiliza el escriba. —Rolando le entregó otra hoja—. Esto es una burda traducción del segundo párrafo.

El padre y su hijo no son nobles de nacimiento, por lo que muchas cosas desconocen el padre y su hijo de las costumbres de los dioses que nos vigilan, del mismo modo que padre e hijo no saben gran cosa de lo que los dioses susurran en los oídos de un rey.

—Por tanto, ha de referirse a una sola cosa —dijo Rolando—. Un noble. Un rey. Algo por el estilo. No obstante, sea lo que sea, este par de símbolos aparecen en todo el manuscrito.

Chel volvió a estudiar los glifos. Por lo general, los escribas utilizaban pares de palabras de maneras novedosas para dotar a la escritura de una floritura estilística, de modo que, probablemente, éste utilizaba el par de forma que significara algo más que la traducción literal.

—¿Podría estar relacionado con los títulos nobiliarios que pasan de padres a hijos? —preguntó Ronaldo—. ¿Patrilinealidad?

Chel lo dudaba, pero le costaba concentrarse.

—Déjame pensarlo.

Rolando tamborileó con los dedos sobre la mesa.

—Ya sé que no quieres oírlo, comprendo tus preocupaciones, pero se trata de una cuestión de sintaxis, y Victor es el mejor en ese campo. Podría sernos de gran ayuda, y creo que deberías dejar de lado tus problemas personales.

—Tú y yo podemos descifrarlo.

—Hasta que sepamos qué es, será difícil avanzar mucho. Sólo en la primera página la combinación aparece diez veces después del primer párrafo. En algunas páginas posteriores aparece dos docenas de veces.

—Trabajaré en ello —insistió Chel—. Gracias —añadió.

Rolando volvió al laboratorio, y ella regresó a su ordenador portátil. Buscó el sitio web de *Los Angeles Times* y encontró nuevos artículos colgados sobre Volcy y el Hospital Presbiteriano. Pero otra cosa atrajo su atención: impresionantes fotografías de coches apilados unos encima de otros en la autovía 101, donde estaban sacando a gente de entre las llamas.

En mitad de aquel caos había un todoterreno verde.

Stanton se encontraba con Davies en el depósito de cadáveres, situado en el sótano del hospital. El cadáver del conductor yacía sobre una mesa metálica. Al lado de ellos, sobre una segunda mesa, estaba el de Volcy.

Davies efectuó una incisión de oreja a oreja en el cráneo del conductor, separó el cuero cabelludo y extrajo el casquete craneal para dejar al descubierto el cerebro.

—Preparado —dijo.

Stanton avanzó, desgajó el córtex central de los nervios craneales y lo desconectó de la médula espinal. Extrajo el cerebro del cráneo. Oculta entre los pliegues de este órgano se hallaba su mejor esperanza de diagnosticar un caso de VIF. Depositó el cerebro sobre una mesa esterilizada, procurando ignorar el hecho de que todavía estaba caliente.

Ambos hombres empezaron a cortar. Durante su burdo examen del tálamo, Stanton vio montones de agujeros diminutos. Bajo el microscopio distinguió un erial de cráteres y tejido deforme. IFF de manual. Sólo que muchísimo más agresivo.

—¿Algo? —preguntó Davies.

—Concédeme un segundo.

Stanton se frotó los ojos.

—Pareces hecho polvo —dijo Davies.

—No tengo ni idea de qué quieres decir.

—Estás hecho una mierda. Necesitas dormir, Gabe.

—Todos lo necesitamos.

En cuanto terminaron con el cerebro del conductor, llevaron a cabo la misma operación en el cuerpo hinchado de Volcy. Una vez preparadas las secciones de ambos cerebros, Stanton volvió a aplicar el ojo al microscopio, aumentando la luz de fondo. Los cráteres del cerebro de Volcy eran más profundos, y el córtex parecía más deforme. No cabía duda de que se había infectado antes.

Stanton ya lo había sospechado, pero hasta ahora no se había dado cuenta de lo que podía lograr con la información.

—Toma imágenes de todas estas secciones —dijo a Davies—. Quiero que localices las resonancias magnéticas que le hicimos a Volcy cuando aún estaba vivo para calcular la velocidad con que la infección se propagó en su cerebro y luego inferir todo el proceso hacia atrás. Si somos capaces de calcular la velocidad de progresión, podremos saber cuándo enfermaron ambos.

Davies asintió.

—Una cronología.

Si podían determinar cuándo había enfermado Volcy, tal vez podrían deducir dónde había enfermado. Con suerte, podrían hacer lo mismo con el conductor.

El conductor era la clave: alguien en esta ciudad le conocía. En cuanto identificaran al conductor, aparecerían cuentas bancarias y facturas de tarjetas de crédito que demostrarían dónde había comprado sus comestibles, dónde comía. Una pista de papel que conduciría directamente a la fuente.

—Cavanagh al teléfono —dijo Davies, al tiempo que le tendía el móvil.

Stanton se quitó su segundo par de guantes.

—Confirmado —fue lo único que dijo al teléfono.

Cavanagh respiró hondo.

—¿Estás seguro?

—Misma enfermedad, diferentes fases.

—Voy a subir a un avión ahora mismo. Dime qué necesitas para mantener esto bajo control.

—Una identificación del conductor. Tenemos dos pacientes, y ambos eran Juan Nadie cuando ingresaron.

El Explorer no estaba registrado, y su conductor, al igual que Volcy, no llevaba encima ningún carnet de identidad. Lo preocupante es que no se trata de una coincidencia. Pero ¿qué significaba eso?

—La policía está trabajando en ello —dijo Cavanagh—. ¿Qué más?

—La gente ha de saber que hemos descubierto un segundo caso. Y la información la hemos de proporcionar nosotros, no cualquier bloguero que no sepa de la misa la mitad.

—Si estás pidiendo una conferencia de prensa, la respuesta es no. Todavía no. Todo el mundo en la ciudad pensará que está enfermo.

—Al menos, ordenemos a las tiendas de comestibles que suspendan la venta de productos lácteos, y también de carne, para curarnos en salud. Que el Departamento de Agricultura investigue todas las importaciones posibles de Guatemala. Y di a la gente que ha de tirar la leche y todo lo demás que tenga en la nevera.

—No hasta que confirmemos el origen de la enfermedad.

—Si quieres confirmación, envía a todos nuestros agentes aquí para que examinen el tamaño de las pupilas de todos los pacientes de todos los hospitales. Y no estoy hablando sólo de Los Ángeles. Estoy hablando del valle, Long Beach, Anaheim. Necesito tener más datos.

—Ya estoy supervisando a nuestros agentes destacados ahí. Dejémosles hacer su trabajo.

Stanton imaginó la mirada impasible de Cavanagh. Se había convertido en la estrella más rutilante del CDC en 2007, cuando sospecharon que un avión de pasajeros portaba una tuberculosis resistente a los fármacos. Fue una de las pocas personas del centro que mantuvo la sensatez hasta que el miedo pasó, y había sido una de las favoritas de Washington desde entonces. Pero ahora no era el momento de obrar con sensatez.

—¿Cómo puedes estar tan tranquila? —preguntó a Cavanagh por fin.

—Porque deduzco que tú no lo estás —replicó ella—. Dime una cosa: ¿cuánto has dormido? Aterrizaré dentro de seis horas, y te voy a necesitar despierto y descansado. Si no has dormido, hazlo ahora.

—Emily, yo no...

—No es una sugerencia, Gabe. Es una orden.

De vuelta en Venice, Stanton se quedó sorprendido cuando comprobó que nada había cambiado. Las masas nocturnas invadían las terrazas. Vagabundos sin techo se sentaban debajo de los toldos de las tiendas. En la acera, los hombres continuaban empeñando amuletos para protegerse del apocalipsis maya. Por un momento, todo esto consiguió que se sintiera algo mejor.

Poco después de las once de la noche, estaba en su cocina, hablando por teléfono con el responsable del Servicio de Salud guatemalteco, el doctor Fernando Sandoval.

—El señor Volcy nos dijo que cruzó la frontera cuando ya estaba enfermo —dijo Stanton—. Fue muy claro al respecto. Tienen que registrar clínicas, instalaciones de la carretera Panamericana y los consultorios de todos los médicos locales que visitan a indígenas.

—Hay equipos investigando la zona donde el paciente dijo que enfermó —contestó Sandoval—. Pese al hecho de que nos costará millones de dólares que no tenemos, hemos enviado personal nuestro a visitar cada granja del Petén y tomar muestras del ganado. Hasta el momento no hemos obtenido nada, por supuesto. Ni un solo rastro de prión de ningún tipo.

—Todavía no, pero comprende la urgencia del asunto, ¿verdad? Por lo que hemos visto aquí, pronto podría desencadenarse una epidemia en su país.

—No existe la menor prueba de que su segundo paciente estuviera aquí, doctor Stanton.

Habían enviado la fotografía de la segunda víctima a todos los informativos vespertinos, pero ningún familiar o amigo del conductor había dado señales de vida.

—Todavía no le hemos identificado, pero...

—No tenemos más casos, y es irresponsable por su parte sugerir algo por el estilo. Volcy no enfermó aquí. Aunque, por supuesto, haremos todo lo posible por ayudarles en su investigación.

La llamada finalizó bruscamente, y dejó a Stanton frustrado. Sin casos denunciados, los guatemaltecos aún no estaban lo bastante asustados como para entrar en acción de verdad. Hasta que no tuvieran un caso confirmado, sabía que sería difícil obtener gran cosa de ellos, e incluso entonces tampoco resultarían de gran ayuda, pues su capacidad en el campo de la salud pública era deficiente.

Stanton oyó que una llave giraba en la cerradura y unas patas de animal que correteaban sobre el suelo. Fue a la sala de estar, y encontró a Nina con unos tejanos gastados, una cazadora y unos chanclos todavía relucientes. Mientras *Dogma* corría hacia él, la mujer le dedicó una mirada compasiva antes de seguir al perro y rodear con los brazos su cuello.

—Supongo que has encontrado un lugar donde amarrar, capitana —dijo él mientras le daba un beso en la mejilla.

—Servirá hasta el amanecer. Estás hecho una mierda.

—Todo el mundo me dice lo mismo.

Dogma empezó a gimotear, y Stanton acarició las orejas del perro en círculos.

Nina se quitó la cazadora.

—¿Cuándo fue la última vez que comiste algo?

—Ni idea.

Ella le indicó que fuera a la cocina.

—No me obligues a utilizar la fuerza.

Había un contenedor de comida china a medio consumir en la nevera, y Nina obligó a Stanton a comerla, pero le dejó escuchar las últimas noticias mientras lo hacía. El periodista del informativo estaba entrevistando a un especialista en comunicaciones del CDC del que Stanton nunca había oído hablar. Estaban hablando del VIF de una manera que delataba la absoluta ignorancia de ambos acerca de la ciencia de los priones. Sintió una opresión en el pecho.

—¿Qué pasa? —preguntó Nina.

Stanton jugueteó con el tenedor y pinchó los dados de tofu pasados por el microondas para vaciarlos de líquido.

—Esto va a empeorar.

—Menos mal que te tienen a ti.

—Muy pronto, la gente se dará cuenta de que no sabemos cómo controlar una enfermedad así.

—Siempre les has estado advirtiendo de que llegaría este día.

—No me refiero al CDC. Me refiero a todos los demás que preguntarán por qué no tenemos una vacuna. El Congreso enloquecerá. Querrán saber qué hemos estado haciendo desde lo de las vacas locas.

—Hiciste todo lo que pudiste. Como siempre.

Su voz era reconfortante y sus ojos estaban llenos de afecto. Él cogió su mano. Siguieron sentados en silencio. Deseaba decir muchas cosas, y presentía que los acontecimientos de los dos últimos días habían despertado algo en ella. Nina había desechado la insinuación con una carcajada, pero Stanton sabía que se sentía agradecida por el hecho de que le hubiera avisado antes que a nadie sobre la carne y los productos lácteos.

Ella besó el dorso de su mano, le condujo hasta la sala de estar y encendió el televisor. Apoyó la cabeza en su hombro. Wolf Blitzer informaba desde la sala de emergencias, y explicaba que todavía desconocían la identidad del segundo paciente.

—¿Tienes bastantes provisiones en el barco? —preguntó Stanton.

—¿Para qué? No me vengas con ideas pesimistas. Deprimen al perro.

Stanton la miró y experimentó algo que nunca había esperado antes de esta noche. Después de una década en el laboratorio, una década de luchar para conseguir fondos con el fin de estar preparados para afrontar las enfermedades priónicas, una década de advertir acerca de que un brote se hallaba a tan sólo un accidente de distancia, ahora que lo inevitable había sucedido, todo cuanto deseaba en este momento era seguir a Nina hasta el muelle, subir a bordo del *Plan A* con ella y *Dogma* y olvidar para siempre las enfermedades priónicas.

—¿Y si nos marchamos? —preguntó.

Nina levantó la cabeza.

—¿Para ir adónde?

—Quién sabe. ¿Hawái?

—No hagas esto, Gabe.

—Hablo en serio —dijo él, y la miró a los ojos—. Lo único que deseo es estar contigo. Es lo único que me importa. Te quiero.

Ella sonrió, pero con cierta tristeza.

—Yo también te quiero.

Stanton se inclinó hacia delante para besarla, pero antes de que pudiera apoyar los labios sobre los de ella, Nina giró la cara.

—¿Qué pasa? —preguntó él al tiempo que se apartaba.

—Estás sometido a una gran presión, Gabe. Lo superarás.

—Quiero superarlo contigo. Dime qué quieres tú.

—Por favor, Gabe.

—Dímelo.

Nina no apartó la vista cuando habló.

—Quiero a alguien a quien no le importe llegar tarde al trabajo porque hemos pasado demasiado tiempo en la cama. Alguien capaz de subir a ese barco y dejar todo esto atrás. Eres el hombre más tenaz que he conocido, y me encanta eso. Pero aunque te marcharas conmigo, al cabo de dos días volverías nadando al laboratorio. No querrías alejarte. Sobre todo ahora.

Stanton ya había oído versiones de aquellas frases antes, y cada vez se había dicho que era una fantasía de Nina. Que el hombre al que estaba describiendo no existía, y que sus diferencias les volverían a complementar algún día. Esta noche, sin embargo, le resultaba difícil llevarle la contraria.

Nina apoyó de nuevo la cabeza sobre su hombro. Siguieron sentados en silencio.

Al poco, Stanton oyó la lenta respiración que conocía tan bien. No le sorprendió: Nina era capaz de dormirse en cualquier sitio, en cualquier momento, en los bancos de los parques, en los cines, en las playas abarrotadas. También él cerró los ojos. La tensión de su mandíbula se calmó. Pensó en llamar a Davies, en preguntar por la cronología. Pero la idea se la llevó una oleada de agotamiento y tristeza. Deseaba esconderse en la comodidad de la inconsciencia.

De todos modos, el sueño no llegó. Mientras veía transcurrir los minutos, se descubrió reiterando todos los motivos por los cuales no podía estar enfermo. Hacía meses que no consumía productos lácteos. Hacía años que no consumía carne. No obstante, se descubrió valorando las preocupaciones de Cavanagh sobre la facilidad con que la gente se creería afecta de VIF.

Stanton levantó a Nina y la llevó al dormitorio, depositándola en su antiguo lado de la cama. *Dogma* entró, y aunque pocas veces le permitía subir a la cama, palmeó el colchón varias veces, hasta que el animal saltó y se acomodó al lado de la mujer.

Stanton se dirigía a su estudio para echar otro vistazo a los correos electrónicos cuando su móvil zumbó. Vio un número que no reconoció.

—¿Doctor Stanton? Soy Chel Manu. Lamento molestarle tan tarde.

—Doctora Manu. ¿Adónde fue? La hemos estado llamando.

—Siento haber tardado tanto en ponerme en contacto con usted.

Stanton captó algo en su voz.

—¿Se encuentra bien?

—Necesito hablar con usted.

10

Los vendedores callejeros que tenían la suerte de tener un puesto en el lado encarado hacia el mar del paseo marítimo se habían ido, y sus cañas africanas, pajareras y cachimbas permanecían guardadas en cajas hasta la mañana siguiente. Era poco después de medianoche, y la policía estaba peinando las playas en busca de juerguistas y personas sin techo. Stanton abrió la puerta principal de su casa y vio a Chel en el pórtico.

Indicó con un ademán que le siguiera hasta dos baqueteadas sillas de mimbre que había en el porche del edificio. La multitud de la playa avanzó hacia ellos como anfibios recién salidos del huevo que se arrastraran sobre la tierra. Algunos saludaron con la cabeza a Stanton, mientras buscaban un lugar donde aovillarse hasta que la playa volviera a abrir a las cinco.

Cuando Chel y Stanton se sentaron, un corpulento asiático, vestido con un pesado abrigo y pantalones de camuflaje, subió al paseo marítimo con un letrero que decía: «DIVIÉRTETE COMO SI FUERA 2012». Se dejó caer en mitad de Ocean Front Walk, justo frente a ellos.

—Todo terminará con el decimotercer *b'ak'tun* —canturreó.

Stanton sacudió la cabeza y se volvió hacia Chel, quien estaba mirando al hombre con una mirada que no pudo definir.

—¿En qué puedo ayudarla? —preguntó Stanton por fin.

Escuchó con incredulidad mientras le contaba su historia, empezando por el códice y terminando por el verdadero motivo de que se hubiera desplazado hasta el hospital. Cuando terminó, a él le costó reprimir el deseo de sacudirla.

—¿Por qué nos mintió?

—Porque el manuscrito era robado, y por tanto ilegal —dijo ella—. Pero también debería saber algo más.

—¿Qué?

—Creo que el hombre que causó el accidente en la ciento uno es el que me dio el códice. Se llama Héctor Gutiérrez. Comercia con antigüedades.

—¿Cómo sabe que fue él?

—Le vi alejarse de mi iglesia en ese mismo coche.

—Santo Dios. ¿Estaba Gutiérrez enfermo cuando le vio?

—A mí sólo me pareció angustiado, pero no estoy segura de que estuviera enfermo.

Stanton procesó la información.

—¿Gutiérrez viajó alguna vez a Guatemala?

—No lo sé. Es posible.

—Espere un momento. ¿Mintió usted cuando dijo que Volcy enfermó antes de venir aquí?

—No, eso fue lo que me dijo. Lo único que le oculté fue que había empezado a tener dificultades para dormir cerca del templo donde robó el libro. No fue por culpa de la meditación. Pero era verdad que llevaba un año sin comer carne.

Stanton estaba furioso.

—Los guatemaltecos han enviado equipos a investigar en todas las granjas lecheras del Petén debido a la información que usted nos proporcionó. Y ya piensan que están desperdiciando tiempo y dinero. ¿Ahora tendremos que decirles que nuestra intérprete mintió y que deberían buscar unas ruinas en la selva?

Un patinador atravesó a toda velocidad el paseo marítimo y gritó:

—Tranqui, tronco.

—Se lo contaré todo a Inmigración —susurró Chel después de que el chico se alejara.

—¿Cree que me importa una mierda Inmigración? Se trata de un problema de salud pública. Si no hubiera mentido, podría haberle hecho más preguntas, y ya estaríamos registrando la selva en busca de la fuente real.

Chel se pasó una mano temblorosa por el pelo.

—Lo siento...

—¿Qué más le dijo?

—Dijo que el templo donde robó el libro estaba a tres días a pie de su pueblo del Petén. A unos ciento cincuenta kilómetros, probablemente.

—¿Dónde está su pueblo?

El viento del mar empujó unos mechones de pelo sobre el rostro de Chel.

—No lo dijo.

—De modo que en algún lugar, cerca de las ruinas, podría encontrarse la fuente original del VIF. Alguna vaca enferma cuya leche se distribuye por todo el mundo. Por lo que nosotros sabemos, los residuos podrían haber ido a parar al suministro de agua de la zona. ¿Le dijo algo que pueda orientarnos?

Chel negó con la cabeza.

—Sólo me dijo que su espíritu animal era un halcón, y que tenía mujer y una hija.

—¿Qué es un espíritu animal?

—Es un animal con el que todo maya queda emparejado al nacer. Dijo que él era un *Chuyum-thul*. El halcón.

Stanton recordó el momento en que había visto morir a Gutiérrez en urgencias.

—Gutiérrez dijo: «El hombre pájaro me hizo esto» —explicó a Chel—. Estaba culpando a Volcy de su enfermedad.

—¿Por qué haría eso?

—Tal vez Volcy cruzó la frontera con algún tipo de comida, sin ser consciente de que había enfermado por culpa de ella.

—¿Qué podría ser?

—Dígamelo usted. ¿Qué le daría un maya a alguien con quien está haciendo negocios? ¿Algo que contuviera algún producto lácteo, y que Gutiérrez pudo comer o beber?

—Hay montones de posibilidades —dijo Chel.

De pronto, Stanton se volvió hacia la puerta.

—Vamos por mi coche —dijo con voz decidida—. Está en la parte de atrás.

—¿Por qué?

—Porque antes de que se entregue a la policía, vamos a descubrirlo.

11

¿Qué bicho raro era, se preguntó Chel, que incluso ahora seguía obsesionada con el códice y el hecho de que, probablemente, nunca más le permitirían verlo, con que tal vez nunca gozaría de la oportunidad de saber quién era el autor, y por qué había arriesgado su vida al enfrentarse al rey? ¿Cómo era posible que aun ahora, mientras el médico y ella iban en coche a casa de Gutiérrez, continuara obsesionada por las cosas que no debía? Para Stanton, sentado en silencio al volante, ella era alguien más que despreciable. Había dedicado toda su vida a intentar evitar que una enfermedad se propagara, y su pequeño ejercicio académico había puesto toda la ciudad en peligro.

Aunque pareciera extraño, en su cabeza sólo podía oír ahora la voz de Patrick. Estaban en Charlottesville, Virginia, para un encuentro sobre el proyecto de Bases de Datos Epigráficas Mayas, y planeaban recorrer la Ruta Apalache después de que terminaran. Cuando Chel le dijo que iba a presidir otro comité y que no podía ir, Patrick se lo dijo.

—Algún día te darás cuenta de que has sacrificado demasiadas cosas por tu trabajo, y no podrás recuperarlas.

En aquel momento, Chel pensó que estaba hablando así por rencor, y que se le pasaría como en tantas otras ocasiones. Se fue de casa un mes después.

Se removió en su asiento y notó que algo se enredaba con el tacón de su zapato: una correa de perro. A juzgar por el tamaño del collar, daba la impresión de que el animal no era pequeño.

—Tírelo atrás —dijo Stanton, sin la menor cordialidad en la voz.

Era la primera vez que hablaba desde que habían empezado el trayecto hacia el sur. Chel le observaba mientras conducía, con ambas manos sobre el volante, como un estudiante de autoescuela. Debía ser el típico individuo que jamás quebrantaba ninguna norma. Le parecía que era un hombre severo, y se preguntó si estaría tan solo como aparentaba. Bueno, al menos tenía perro. Miró a través del parabrisas la Pacific Coast Highway, sembrada de vallas publicitarias. Tal vez se compraría una mascota después de que la despidieran del Getty y tuviera más tiempo libre.

—Démela —dijo Stanton.

Chel le miró.

—¿Qué?

Entonces se dio cuenta de que todavía estaba aferrando la correa del perro de una forma ridícula. Stanton se apoderó de ella y la tiró al asiento trasero mientras aceleraba.

Chel había recordado que Héctor Gutiérrez vivía en Inglewood, al norte del aeropuerto. Cuando frenaron ante la casa de dos plantas de estilo californiano, no sabía qué esperar. Era posible que la familia del hombre aún no estuviera enterada de lo sucedido. Nadie había ido a identificarle.

—Vamos —dijo Stanton, y apagó el motor.

Llamó a la puerta, y un minuto después se encendió una luz en el interior. Una mujer latina con el pelo negro como ala de cuervo fue a abrir la puerta con una bata larga azul marino. Sus ojos hinchados sugerían que había estado llorando. Chel comprendió que ya lo sabía. Y también por qué no se había puesto en contacto con las autoridades: no sólo había perdido a su marido, sino que corría el peligro de perder todo lo demás. El ICE y el FBI eran implacables a la hora de apoderarse de los beneficios del mercado negro.

—¿Señora Gutiérrez?

—¿Sí?

—Soy el doctor Stanton, de los Centros de Control de Enfermedades. Le presento a Chel Manu, quien ha hecho negocios con su marido. Hemos venido a transmitirle una noticia muy difícil. ¿Sabe que su marido se ha visto implicado hoy en un accidente?

María asintió poco a poco.

—¿Podemos entrar? —preguntó Stanton.

—Aquí ya estamos bien —dijo la mujer—. Mi hijo está intentando dormir.

—Lamentamos muchísimo la muerte de su esposo, señora Gutiérrez. Sólo puedo imaginar lo que usted y su hijo están padeciendo en este momento, pero he de hacerle algunas preguntas. —Stanton hizo una pausa, y cuando la mujer asintió por fin, continuó—: Su marido estaba muy enfermo, ¿verdad?

—Sí.

—¿Ha tenido usted problemas de sueño?

—Mi marido no durmió ni un segundo las últimas cuatro noches. Ahora he de explicarle a mi hijo que ha muerto. De modo que sí, he tenido problemas de sueño.

—¿Algún sudor extraño?

—No.

—¿Se ha enterado de lo que está pasando en el Hospital Presbiteriano?

María se ciñó más la bata al cuerpo.

—He visto el telediario.

—Bien, otro hombre estaba muy enfermo y murió esta mañana, y ahora sabemos que su marido y él padecían la misma enfermedad. Creemos que esa enfermedad se está propagando a través de algún alimento que el primer paciente, recién llegado de Guatemala, le dio a su marido. ¿Tiene idea de cuándo o dónde pudo hacer negocios su marido con un hombre llamado Volcy?

María negó con la cabeza.

—Yo no sabía nada de los negocios de Héctor.

—Hemos de registrar su casa, señora Gutiérrez, para ver si encontramos algo más. Y hemos de tomar muestras de todo lo que contenga su nevera.

María se cubrió la cara con la mano y se frotó los ojos mientras hablaba, como si ya no pudiera soportar más su presencia.

—Se trata de una emergencia —dijo Stanton—. Ha de ayudarnos.

—No —contestó María, en un débil intento de resistirse—. Váyanse, por favor.

—Señora Gutiérrez —dijo Chel—, ayer por la mañana su marido vino a verme con un objeto robado y me pidió que se lo guardara. Y yo lo hice. Lo hice, y después mentí al respecto, y resulta que por culpa de mi mentira tal vez más gente haya enfermado a estas alturas. Tendré que llevar esa carga sobre mis hombros toda la vida. Pero usted no, si nos hace caso. Déjenos entrar, por favor.

Stanton se volvió hacia Chel, sorprendido por el tono decidido de su voz.

María abrió la puerta.

La siguieron por un estrecho pasillo forrado de fotografías de partidos de rugby y fiestas de cumpleaños en patios traseros. En la cocina, Stanton sacó todo el contenido del frigorífico e indicó a Chel que hiciera lo mismo con la despensa. Pronto tuvieron más de veinte productos sobre la encimera, incluidos muchos que contenían derivados lácteos, pero ninguno procedente de Guatemala, y ninguno era raro o importado. Stanton registró a toda prisa la basura y tampoco encontró nada de interés.

—¿Su marido trabajaba en algún otro sitio cuando estaba en casa? —preguntó.

María los condujo hasta un estudio situado al final de la casa. Un sofá blanco manchado, un escritorio metálico y unas cuantas estanterías bajas descansaban sobre una alfombra persa de imitación. La pequeña habitación hedía a humo de cigarrillos. El resto de la casa era un altar erigido en honor a la familia, pero no había fotos en el estudio. Hiciera lo que hiciera allí, Gutiérrez no quería que su mujer o su hijo fueran testigos.

Stanton empezó por los cajones del escritorio. Los fue abriendo y descubrió material de oficina, un montón de facturas y otros papeles domésticos: documentos hipotecarios, nóminas, manuales de electrónica.

Chel se quitó las gafas y clavó la vista en el ordenador.

—Ya no hay comerciante en el mundo que no venda *online* —dijo a Stanton.

Tecleó eBay.com. Apareció el enlace con *HGDealer* y pidió una contraseña.

—Pruebe «Ernesto» —dijo María desde la puerta.

Funcionó, y apareció una lista de artículos en la pantalla.

1.	Sílex auténtico precolombino	1.472,00$	venta completada
2.	Sección de sarcófago maya	1.200,00$	subasta finalizada
3.	Maceta de piedra maya auténtica	904,00$	venta completada
4.	Collar de jade maya	1.895,00$	venta completada
5.	Jarro de arcilla hondureño	280,00$	subasta finalizada
6.	Cuenco con imagen de jaguar del clásico maya	1.400,00$	venta completada

—Guarda objetos vendidos durante sesenta días —explicó Chel—. Esto es lo que ha vendido, o intentado vender, durante los últimos dos meses.

—Esto es lo que Gutiérrez vendía, de acuerdo —dijo Stanton—. Pero él compró el libro. ¿Hemos de entrar en la cuenta de Volcy para eso? —Examinó la interfaz—. ¿Cómo es posible que Volcy supiera utilizar un sitio como éste? ¿Dónde habría conseguido el acceso?

—Todo el mundo en mi país sabe cómo funciona —dijo Chel—. La gente viaja durante días para conseguir un ordenador si tiene objetos que vender. De todos modos, no habría vendido un códice por mediación de eBay. Habría atraído demasiada atención. El objeto más caro de esta lista cuesta menos de mil quinientos dólares. Existe un límite a lo que la gente está dispuesta a pagar por algo *online*. Por lo tanto, los vendedores con objetos caros encuentran una forma de ponerse en contacto mediante eBay, y después hacen el negocio en persona.

Hizo clic sobre el tabulador y apareció una ventana de eBay, con una bandeja de entrada llena con casi mil mensajes. Muchos eran diálogos acerca de los objetos de la lista de Gutiérrez. Pero también había mensajes con lugares, fechas y horas en los que pensaba reunirse con gente que quería venderle objetos.

—Son todos nombres de usuarios —dijo Chel.

—¿Cómo podríamos averiguar cuál era el de Volcy?

Stanton miró a María. La mujer se encogió de hombros.

—Mire —dijo Chel. Movió el cursor sobre un mensaje que le había enviado una semana antes el usuario *Chuyum-thul*.

El halcón.

De: Chuyum-thul
Enviado: 5 dic. 2012, 10:25 h.

Algo muy valioso que poseo, algo que ciertamente usted querrá comprar.

Contacto teléfono +52 553 77038

—Da la impresión de que es una traducción de ordenador —dijo Chel—. Escribe con la sintaxis maya.

—¿A qué país corresponde el prefijo cincuenta y dos?

—A México. Y el código de área es el de Ciudad de México. Es un nido de antigüedades, y tal vez la mejor probabilidad de Volcy de conseguir un precio decente por el libro al sur de la frontera. Si allí no pudo conseguir lo que quería, decidió probar en Estados Unidos.

Se oyó arriba el llanto de un niño, y María salió a toda prisa de la habitación. Stanton y Chel intercambiaron una mirada compasiva.

Cuando ella encontró un correo electrónico dirigido a *Chuyum-thul*, el círculo empezó a cerrarse:

De: HGDealer
Enviado: 6 dic. 2012, 14:47 h.

Viernes 7 de diciembre de 2012 Vuelo AG 224
Salida Ciudad de México, México (MEX) 6:05 h.
Llegada a Los Ángeles, CA (LAX) 9:12 h.

Martes 11 de diciembre de 2012 Vuelo AG 126
Salida de Los Ángeles, CA (LAX) 7:20 h.
Llegada a Ciudad de México, México (MEX) 12:05 h.

—Gutiérrez debió comprar el billete a Volcy.

Stanton reconstruyó la cronología. Volcy subió a un avión en México, vendió el códice a Gutiérrez, y después se alojó en un Super Ocho, a la espera del vuelo de regreso. Sólo que aquella noche llamaron a la policía y le llevaron al hospital. Nunca subió al vuelo AG 126 de vuelta a Ciudad de México.

—¿Y qué pasó con el dinero que Gutiérrez le pagó? La policía no encontró dinero en la habitación del motel.

—Se lo debió pensar dos veces antes de intentar cruzar la frontera con tanto dinero. Debió depositarlo en una cuenta de un banco de aquí con oficinas en Centroamérica.

Pero entonces Stanton echó un vistazo al itinerario de Volcy, y de repente cayó en la cuenta de algo más: el vuelo 126 de AG. Era extrañamente familiar. Se volvió hacia la puerta para que María se lo explicara, pero había desaparecido.

Entonces recordó.

—El vuelo de regreso se estrelló ayer por la mañana.

Chel alzó la vista.

—¿Qué está diciendo?

Stanton sacó su *smartphone* y le enseñó la prueba de lo imposible: el 126 de Aero Globale era el vuelo que había terminado en el océano Pacífico.

—¿Es una especie de coincidencia? —preguntó Chel.

—Todo esto tiene que estar relacionado de alguna manera.

—Volcy ni siquiera llegó a subir a ese avión.

—Quizá no, pero ¿y si tuvo algo que ver con que se estrellara?

—¿Cómo?

Diferentes posibilidades cruzaron su mente, hasta que la lógica se impuso. Posiblemente la causa del accidente era un error humano, habían repetido una y otra vez en los informativos.

—Volcy subió al *primer* vuelo —dijo Stanton—. Los pilotos hacen recorridos de ida y vuelta en rutas regulares. ¿Y si el piloto que se estrelló también fue el del vuelo Ciudad de México-Los Ángeles en el que iba Volcy? Éste pudo mantener contacto con él durante ese recorrido.

—¿Cree que le dio al piloto algo contaminado? —preguntó Chel.

Pero ahora Stanton estaba considerando otra posibilidad, muchísimo más aterradora. Conocía las relaciones observadas entre grupos con tuberculosis o con Ébola. Si dos hombres con los que Volcy había entrado en contacto casual habían quedado infectados en dos lugares diferentes, sólo existía una posibilidad epidemiológica.

Stanton experimentó una sensación de vértigo mientras hablaba.

—Volcy se infecta en Guatemala, vuela aquí desde Ciudad de México y se cruza con el piloto. Se estrechan la mano cuando bajan del avión y el prión se transmite. Volcy se encuentra con Gutiérrez. Tal vez se estrechan también la mano, llegan a un acuerdo y cada cual sigue su camino. Un día después, el piloto enferma. Después, Gutiérrez también. Unos días después, el piloto estrella el avión, y al día siguiente Gutiérrez estrella su coche.

—Pero ¿qué fue lo que los enfermó? —preguntó Chel.

—Volcy —contestó Stanton, al tiempo que corría hacia la puerta—. El propio Volcy.

El niño estaba llorando de nuevo, y Stanton subió corriendo la escalera al tiempo que gritaba a María que no tocara nada de la casa.

12.19.19.17.12
—
13 DE DICIEMBRE DE 2012

12

Era preciso ponerse en contacto y mantener en cuarentena a cualquiera que hubiera estado cerca de una de las víctimas. El CDC necesitaba alertar al público y animar a todos los ciudadanos de Los Ángeles a utilizar mascarillas. Había que impedir el despegue de todos los vuelos, cancelar acontecimientos públicos. Casi ninguna medida sería demasiado radical, opinaba Stanton, si podían demostrar que esta enfermedad con una tasa de mortalidad del cien por cien se había transformado en infecciosa.

Al cabo de unos minutos, la FAA [Administración Federal de Aviación] había confirmado que Joseph Zarrow, el piloto que había estrellado el avión de Aero Globale, efectuó el vuelo Ciudad de México-Los Ángeles cuatro días antes. De repente, «error humano» adquirió un nuevo significado. Pero las conexiones eran todavía circunstanciales, y antes de tomar cualquier decisión, antes de provocar pánico en el público, Stanton necesitaba pruebas científicas de que el VIF se transmitía de persona a persona mediante un contacto casual.

Poco después de las cinco de la madrugada, estaba trabajando en el laboratorio con guantes, bata y mascarilla en compañía de sus investigadores, en la campana de aislamiento. Había despertado a todo su equipo del Centro de Priones en plena noche para convocarlos. Acababa de preparar una solución de la cual esperaba que reaccionara con el prión, allí donde se escondiera.

Existían muy pocas formas de que un agente infeccioso pudiera propagarse entre los humanos a través del contacto casual. Stanton sospechaba que el vector era un fluido de la nariz o la boca. Tenía que descubrir si se transmitía a través de la saliva, los mocos de la nariz o el esputo de los pulmones, y cómo migraba el VIF desde el cerebro hasta uno de esos órganos.

Con la solución de ensayo preparada, dejó caer mediante una pipeta unas gotas de muestras de secreciones sobre varios portaobjetos y añadió el reactivo. Después, empezando con las muestras de la saliva de Volcy y Gutiérrez, comenzó a investigar. Examinó cada portaobjetos, los movió de izquierda a derecha, abarcando medio campo de visión, y por fin de derecha a izquierda.

—Negativo —dijo a Davies.

Repitieron el proceso con el esputo. Expectorado de garganta y pulmones, el esputo transmitía diversas enfermedades, incluidas bacterias amenazadoras para la vida como las de la tuberculosis. Pero al igual que con la saliva, las muestras dieron resultados negativos.

—Como un resfriado común, pues —dijo Davies.

Pero mientras Stanton comprobaba tres veces cada uno de los portaobjetos que había preparado de las secreciones nasales, su angustia aumentó. Cuando examinó el último portaobjetos, cerró los ojos, confuso. Como las demás, las secreciones nasales habían salido limpias.

—¿Cómo demonios se está propagando? —preguntó Davies.

—Es absurdo —dijo Jiao Chen—. Nuestra teoría del contacto casual no puede ser errónea.

Stanton se levantó.

—Ni tampoco los portaobjetos.

Si no eran capaces de demostrar cómo se propagaba el prión, no podría convencer a Atlanta de que era preciso llevar a cabo una acción decidida para contenerlo. ¿Existía un fallo en su razonamiento de cómo estaban relacionadas las víctimas? Si el prión se propagaba mediante el contacto casual, tenía que transmitirse a través de una secreción. Pero los resultados del laboratorio eran incuestionables: ninguno de los tres fluidos que habían analizado contenía la proteína.

Sonó el teléfono.

—Es Cavanagh —dijo Davies—. ¿Qué le digo?

La tensión se elevó en el laboratorio mientras el equipo de investigadores de Stanton esperaba su respuesta. Todos llevaban mascarillas sobre la mitad inferior de la cara, pero sus ojos transmitían una mezcla de angustia y agotamiento. Habían trabajado casi sin dormir desde el día en que diagnosticaron la enfermedad a Volcy.

Jiao Chen se quitó las gafas y empezó a frotarse los ojos.

—Tal vez estamos cometiendo alguna equivocación con los preparados —dijo.

Además de Stanton, Jiao era la que menos había dormido del equipo. Y mientras describía pequeños círculos con las yemas de los dedos sobre sus párpados, algo atormentaba a Stanton. El agotamiento invadía su rostro, y él vio que las palmas de sus manos resbalaban sobre las mejillas.

Cogió el teléfono.

—Emily, son los *ojos*.

Las enfermedades que se propagaban a través de los ojos eran tan raras que a veces incluso los cirujanos no utilizaban gafas cuando operaban. Pero cuando Stanton y su equipo tomaron muestras del fluido lacrimal (el fluido que bañaba los ojos de Volcy y Gutiérrez), encontraron el prión casi tan concentrado como en el cerebro.

El contagio se iniciaba cuando la gente con VIF se tocaba los ojos. El prión pasaba a sus manos, y después estrechaban la mano de alguien o tocaban una superficie cercana. Los seres humanos se tocan la cara más de cien veces al día, y el insomnio no conseguía más que empeorar las cosas: cuanto más cansadas estaban las víctimas, más bostezaban y se frotaban los ojos. Con víctimas despiertas las veinticuatro horas, sus ojos casi nunca se cerraban, y la enfermedad contaba con ocho horas de más para propagarse. Del mismo modo que los resfriados comunes causan congestión de nariz, y después se propagan mediante los mocos, y la malaria causa amodorramiento, de manera que más mosquitos pueden alimentarse de sus víctimas dormidas, el VIF había buscado el vector perfecto.

El CDC llamó a todas las personas que habrían podido estar en contacto con Volcy, Gutiérrez y Zarrow, y los resultados fueron terribles: una azafata, dos copilotos y dos pasajeros relacionados con Aero Globale, además del propietario del Super Ocho y tres huéspedes, eran los primeros de la segunda oleada.

A mediodía, ya estaban utilizando la palabra: *epidemia*.

La peor noticia provino del Hospital Presbiteriano: seis enfermeras, dos médicos de urgencias y tres camilleros sufrían de insomnio desde hacía como mínimo dos noches. Una prueba para detectar priones en la sangre de las ovejas, desarrollada años antes, resultó ser eficaz como burdo indicador del VIF antes del comienzo de los síntomas. Ya estaban obteniendo múltiples resultados positivos.

Stanton se sentía culpable por haber tardado tanto en darse cuenta de que el prión era infeccioso, y temía que pudiera contarse entre las víctimas dentro de poco. Los resultados de sus análisis estaban pendientes, pero obtuvo permiso para continuar trabajando mientras llevara un equipo de protección individual en todo momento. No había tenido oportunidad de intentar dormir desde la pasada noche.

Centenares de personas desesperadas esperaban en la entrada de urgencias cuando volvió al Hospital Presbiteriano, luchando contra el calor, la incomodidad y el tamaño de su traje amarillo presurizado. Más de cien posibles víctimas ya habían sido identificadas mediante los síntomas, y el pánico que Cavanagh había previsto se desató después de la conferencia de prensa del CDC. En épocas normales, uno de cada tres adultos de Estados Unidos sufría insomnio. Miles de habitantes de Los Ángeles presos del pánico estaban ahora invadiendo todos los hospitales de la ciudad, convencidos de que estaban enfermos.

—Lamento la espera —dijo un funcionario del CDC a los ochenta contactos primarios reunidos en urgencias—. Los médicos están trabajando lo más deprisa posible, y pronto habrán terminado todos sus análisis de sangre. Entretanto, hagan el favor de no quitarse los protectores oculares y las mascarillas, y procuren no tocarse los ojos ni la cara.

Mientras Stanton cruzaba urgencias, su mente se concentraba de manera obsesiva en la idea de que Thane, Chel Manu y él se habían expuesto más directamente a la enfermedad que cualquiera de los que esperaban.

—Nunca duermo —se quejaba un anciano—. ¿Cómo sabré si estoy contagiado?

—Procure contar a los médicos todo lo que pueda sobre sus pautas de sueño normales —dijo el funcionario del CDC al hombre—. Y cualquier otra cosa que deban saber.

—La sala está atestada —dijo una mujer latina cargada con un bebé—. Si no estábamos enfermos antes, nos enfermaremos aquí.

—No se quite los protectores oculares —le aconsejó el hombre del CDC—, y no se toque los ojos ni nada, y estará a salvo.

Los protectores oculares eran una parte fundamental de la tarea de contención. El CDC estaba animando a la gente a llevar también mascarillas, sólo por si acaso. Pero Stanton creía que los protectores oculares, las mascarillas y las pautas de uso no serían suficiente. Había enviado un correo electrónico al CDC recomendando absoluta transparencia con el público, así como un período de aislamiento en casa de cuarenta y ocho horas, junto con la obligación de utilizar protectores oculares en todos los colegios de Los Ángeles hasta que la velocidad de propagación de la enfermedad disminuyera.

Stanton se encaminó hacia el centro de mando improvisado del CDC, situado en la parte posterior del hospital. Las regulaciones del Departamento de Salud estaban pegadas con cinta en todas las paredes, cubriendo la pintura desprendida. Más de treinta funcionarios del Servicio de Inteligencia Epidemiológica, administradores y enfermeras del CDC estaban apiñados en la sala de conferencias, y todo el mundo utilizaba mascarillas y protectores oculares. Stanton era el único con equipo de protección personal, y todo el mundo lo miró, enterado de la posibilidad que eso insinuaba.

Los médicos de mayor rango estaban sentados alrededor de una mesa situada en mitad de la sala. La subdirectora Cavanagh dirigía la reunión. Llevaba el largo pelo blanco echado hacia atrás, y sus ojos azules destellaron un momento detrás de los protectores oculares. Pese a llevar más de treinta años de servicio en el CDC, conservaba todavía tersa la piel de la frente. A veces, Stanton imaginaba que se había limitado a ordenarle que no se arrugara.

—Esta mañana llegarán doscientos mil protectores oculares más —dijo Cavanagh. Stanton se apretujó en la silla de al lado, un desafío casi cómico con su abultado traje—. Transportados en avión y en camiones desde todas partes.

—Y podremos contar con cincuenta mil más pasado mañana —añadió alguien detrás de ella.

—Necesitamos cuatro millones —dijo Stanton por el pequeño micrófono que llevaba dentro del casco, sin perder tiempo.

—Bien, hay disponibles doscientos cincuenta mil —dijo Cavanagh—. Serán suficientes. La principal prioridad será distribuirlos entre los profesionales de la sanidad, evidentemente. A continuación, cualquier persona relacionada con algún infectado, y el resto irá a los centros de distribución y será repartido a los primeros que lleguen. Lo último que necesitamos es fomentar el pánico y que la gente se largue en masa. En ese caso, la alarma podría propagarse por todo el país.

Stanton intervino de nuevo.

—Hemos de pensar en la posibilidad de decretar una cuarentena.

—¿Qué cree que estamos haciendo aquí? —preguntó Katherine Leeds, de la división viral. Leeds era una mujer diminuta, pero fuerte. A lo largo de los años, Stanton y ella habían tenido encontronazos muchas veces—. Ya estamos en cuarentena, y la estamos coordinando en otros hospitales.

—No estoy hablando de hospitales —replicó Stanton. Paseó la vista entre el grupo—. Estoy hablando de toda la ciudad.

Se oyeron murmullos en toda la sala.

—¿Tiene idea de qué harán diez millones de personas cuando se enteren de que el Gobierno les está diciendo que no pueden marcharse? —preguntó Leeds—. Por algo no se ha hecho nunca antes.

—Mañana podría haber mil casos —dijo Stanton sin pestañear—. Y cinco mil pasado mañana. La gente empezará a huir de la ciudad, y algunos estarán enfermos. Si no detenemos la huida de Los Ángeles, el VIF habrá llegado a todas las ciudades del país a finales de semana.

—Aunque fuera factible —dijo Leeds—, es probable que no sea constitucional.

—Estamos hablando de una enfermedad que se propaga como el resfriado común —dijo Stanton—, pero que es tan mortífera como el Ébola, y no es posible eliminarla sin más. No muere como una bacteria, y no es posible destruirla como un virus.

Mientras la mayoría de los patógenos ya no eran contagiosos tras veinticuatro horas o menos en objetos (tanto superficies duras como blandas) infectados, el prión podía seguir siendo contagioso indefinidamente, y no existía forma conocida de desinfectar las superficies. A principios de aquel día, la misma prueba ELISA con la que Stanton y Davies no habían encontrado priones en Havermore Farms, dio un resultado muy diferente en los aviones de LAX, la habitación de hospital de Volcy y la casa de Gutiérrez. Pomos, muebles, interruptores de cabinas de aviones, cojines y cinturones de seguridad de los aviones que Zarrow había pilotado durante la semana anterior estaban cubiertos de priones.

—Todos los aviones que despegaran de Los Ángeles podrían transportar pasajeros que lo propagaran por todo el mundo —dijo Stanton.

—¿Y las autopistas que salen de la ciudad? —preguntó un médico—. ¿También las quiere bloquear?

Stanton se encogió de hombros bajo el peso de su traje. Tenía la impresión de que todos los presentes en la sala estaban muy lejos de él, y tuvo que suponer que su voz, a través del casco, carecía de un tono autoritario.

—Hemos de cortar la circulación. Llamaremos a la Guardia de California y al ejército, en caso necesario. No estoy diciendo que vaya a ser fácil, pero si no actuamos con celeridad y determinación, pagaremos un precio muy alto.

—Habrá disturbios, acaparamiento de alimentos... —dijo Leeds—. Será como Puerto Príncipe dentro de un par de días.

—Hemos de explicar a la gente que es una medida preventiva, y que se les permitirá marchar cuando sepamos cómo impedir la propagación de la enfermedad...

—Hemos de ser extremadamente cautelosos con lo que le decimos a la gente —intervino Cavanagh—, o se producirá un pánico masivo. Implica enormes responsabilidades, como permitir que grupos de casos se desarrollen en todas las ciudades de Estados Unidos. —Se levantó—. La cuarentena es la última opción, pero no cabe duda de que hemos de tenerla en cuenta.

Todo el centro de mando se quedó estupefacto al oír que se mostraba de acuerdo con Stanton. Él estaba tan sorprendido como los demás. Pese al hecho de que la mujer siempre había sido su defensora en el CDC, Cavanagh no era de las que solían aceptar medidas drásticas con tanta celeridad. No cabía duda de que comprendía a qué se estaban enfrentando.

Una vez disuelta la reunión, Stanton esperó a que la mujer terminara de asignar cometidos a sus directores de división. Se hallaba delante de una gigantesca pizarra que plasmaba la telaraña de conexiones entre los pacientes con síntomas, con Volcy en medio. Los nombres de Volcy, Gutiérrez y Zarrow estaban encerrados dentro de círculos rojos, indicando que habían fallecido. Los otros ciento veinticuatro nombres estaban dispuestos en cuatro círculos concéntricos.

Cavanagh se acercó a él, y Stanton abundó en su súplica.

—Hemos de hacerlo ahora, Emily. O se propagará.

—Te he oído, Gabe.

—Estupendo. En tal caso, si todo está decidido, ¿cómo vamos a buscar un tratamiento? En cuanto se haya decretado la cuarentena, ha de ser nuestra principal prioridad.

Salieron de la sala y se detuvieron en el pasillo, delante de la tienda de regalos cerrada. A través del cristal, Stanton vio cajas de tabletas de chocolate, chicles y barritas de cereales que abarrotaban los mostradores, así como globos de helio que estaban perdiendo el gas.

—¿Cuánto tiempo hace que buscas una cura para las enfermedades priónicas? —preguntó Cavanagh.

—Estamos haciendo progresos.

—¿Y a cuántos pacientes has curado?

—La gente de arriba está muriendo, Emily.

—Gabe, ya has intentado venderme la idea de poner en cuarentena toda una maldita ciudad. No me vengas ahora con mojigaterías.

—La contención es esencial, pero hemos de explorar las posibilidades de una cura, y necesitamos que el FDA suspenda sus protocolos experimentales normales. Hemos de poder analizar a los pacientes ahora mismo.

—¿Estás hablando de quinacrina y pentosán? Tú conoces mejor que nadie los problemas que conllevan.

La quinacrina era un antiguo tratamiento para las enfermedades priónicas que había demostrado ser poco útil. El pentosán era diferente. Derivado de la madera de las hayas, había sido la gran esperanza de Stanton en otro tiempo. Por desgracia, el fármaco no podía superar la barrera de la sangre cerebral, que protegía a las neuronas de productos químicos peligrosos. Él y su equipo lo habían probado todo, desde alterar la estructura física del fármaco hasta administrarlo mediante una derivación ventriculoperitoneal, pero no habían descubierto la forma de inyectar pentosán en el cerebro sin causar todavía más daños.

—La quinacrina no funcionará. Y el antiguo problema del pentosán todavía subsiste.

—En tal caso, ¿de qué estamos hablando?

—Podríamos empezar purificando anticuerpos.

—Después de la demanda legal que te presentaron, el director Kanuth no querrá saber nada de anticuerpos. Además, no tienes la menor idea de si funcionan *in vivo*, y no vamos a utilizar a víctimas de VIF como conejillos de Indias en la primera fase.

—Entonces, ¿será para la gente que ya ha enfermado? ¿Esto es lo que les diremos a los enfermos y a sus familiares?

—No me sermonees. Yo ya estaba aquí en los principios del sida, cuando intentamos clausurar todas las saunas. Desde el primer momento, hubo investigadores que pedían a gritos desviar dinero y recursos para explorar una cura, y así nos olvidamos de la prevención y hubo más infectados. ¿Cuánto tiempo tardaron en encontrar algo capaz de tratar el sida? Quince años.

Stanton guardó silencio.

—Nuestra principal prioridad en este momento es la prevención —continuó Cavanagh—. La tuya es educar al público acerca de cómo impedir la propagación y descubrir la forma de destruir los priones una vez que hayan salido del cuerpo. En cuanto el número de casos se estabilice, hablaremos más de la cura. ¿Comprendido?

A juzgar por la expresión de su cara, Stanton sospechó que, de momento, no habría forma de convencer a su jefa de ninguna manera.

—Comprendido —dijo.

Cuando volvió a hablar, Cavanagh lo hizo con calma.

—¿Algo más que desees comunicarme, Gabe?

—Hemos de enviar un equipo a Guatemala ya. Con el Ébola y el hantavirus, enviamos equipos a África en cuestión de días para atajarlos. Aunque decretemos una cuarentena aquí, no servirá de nada si no eliminamos la fuente original. Seguirá esparciéndose por todo el mundo desde allí.

—Los guatemaltecos no quieren que entren en su país norteamericanos que puedan propagar la enfermedad. No nos permitirán cruzar la frontera. Y no los culpo, teniendo en cuenta que todavía no contamos con pruebas de peso de que proceda de su país.

—Ni siquiera sabemos qué es esto, Emily. Piensa en el virus de Marburgo. No teníamos ni idea de cómo detenerlo hasta que descubrimos la fuente original. ¿Y si pudiéramos localizar el lugar del que vino Volcy? Si podemos encontrar esas ruinas donde acampó, ¿nos dejarían enviar un equipo?

—No tengo ni idea.

De pronto se oyó una voz detrás de ellos.

—¿Subdirectora Cavanagh?

Se volvieron y vieron a un administrador con cara de bebé que sostenía una carpeta con la etiqueta «CONFIDENCIAL».

—¿Son los análisis de sangre? —preguntó Stanton.

El joven asintió mientras Cavanagh examinaba los resultados. Hacía horas que esperaban los resultados de los pacientes del grupo de contacto original.

—¿Cuántos positivos? —preguntó Stanton.

—Casi doscientos —contestó la mujer. Era más que todos los pacientes conocidos de IFF.

Más que los de las vacas locas.

Cavanagh miró a Stanton y pasó a toda prisa las páginas de la carpeta. Estaba buscando su apellido al final de la lista, confeccionada por orden alfabético.

13

En el extremo norte del campus del Museo Getty, Chel y su abogado estaban sentados en la principal oficina administrativa. El otro lado de la mesa estaba ocupado por miembros de la junta, el conservador jefe del museo y un agente del ICE. Todo el mundo utilizaba protectores oculares, siguiendo las últimas recomendaciones del CDC, y todo el mundo tenía una copia de la declaración oficial de Chel delante de ellos, en la que relataba los acontecimientos de los tres últimos días.

Dana McLean, directora de la mayor entidad de fondos de capital de riesgo del país y presidenta del consejo de administración, se reclinó en la silla cuando habló.

—Doctora Manu, hemos de decretar una suspensión temporal de empleo y sueldo pendiente de futura revisión. Tendrá que abstenerse de cualquier actividad relacionada con el museo hasta que se tome la decisión definitiva.

—¿Y mi equipo?

—Será supervisado por el conservador, pero si descubrimos que alguien más está implicado en actividades ilegales, también será sujeto a revisión.

—Doctora Manu —dijo un miembro del consejo—, usted afirma que el doctor Chacón no tenía ni idea de lo que usted estaba haciendo, pero, entonces, ¿por qué estaba aquí la noche del diez?

Chel miró a su abogado defensor, Erin Billings. Cuando éste asintió para indicar que contestara a la pregunta, ella intentó mantener un tono sereno.

—Nunca conté a Ronaldo en qué estaba trabajando. Le pedí que viniera para contestarme a algunas preguntas sobre restauración. Pero no vio en ningún momento el códice.

Con todo lo que había confesado en su declaración, el grupo carecía de motivos para poner en duda sus palabras. Era la mentira con la que más a gusto se sentía.

—Debería saber que revisaremos todos sus archivos en busca de cualquier indicio de falta de ética profesional —dijo el agente del ICE, Grayson Kisker.

—Mi clienta lo comprende —dijo su abogado.

—¿Qué será del códice? —preguntó Chel.

—Será devuelto a Guatemala —contestó McLean.

—Debido a que la transacción ilegal tuvo lugar en suelo estadounidense —dijo Kisker—, seremos nosotros quienes presentemos una denuncia contra usted.

Incluso después de que el CDC llamara para informarle de que había dado negativo de priones en la sangre, Chel se había sentido aturdida. El último día había padecido la mezcla más abrumadora de culpa, confusión y conmoción de su vida. Sabía que, a la larga, la despedirían, y también perdería su empleo de profesora en la UCLA.

Pero después de todo lo que había visto, no podía conseguir que le importara.

Chel y Billings se levantaron de la mesa. Ella intentó prepararse para recoger sus cosas del laboratorio por última vez.

Entonces el móvil de Kisker sonó, y éste escuchó a su interlocutor mientras se iba formando una extraña expresión en su rostro.

—Sí —dijo, y miró a Chel—. Estoy con ella ahora. —Alargó poco a poco el móvil en su dirección. Su voz era casi tímida—. Mi jefe quiere hablar con usted.

El sol de la tarde caía sobre Chel mientras bajaba por la pasarela del jardín del Getty hacia la selva de flores situada en el punto más bajo de los terrenos del museo, al pie de todos los edificios. Los visitantes decían que la vista de las montañas desde el museo era mejor que las propias obras de arte, pero ella prefería los jardines por encima de todo. Cuando estuvo sola entre las buganvillas rojas y rosa, extendió la mano hacia una de las flores y la acarició entre los dedos. En aquel momento necesitaba un punto de referencia. Estaba escuchando al doctor Stanton por el móvil.

—Todavía no han detectado casos en Guatemala —le dijo—. Pero si podemos facilitarles un emplazamiento más exacto del pueblo de Volcy, quizá podríamos enviar un equipo.

Después de la llamada del director del ICE, le dijeron a Chel que telefoneara a Stanton para recibir más instrucciones. La alivió saber que él tampoco estaba infectado. Las gafas que utilizaban tal vez les habían proporcionado cierta protección, le había dicho él enseguida, como si el asunto careciera de importancia, y después prosiguió:

—¿Qué sabe de su posible emplazamiento?

—Tiene que estar en algún punto de las tierras altas del sur —dijo Chel. Arrancó una buganvilla rosa de su tallo y la tiró al río. Se quedó sorprendida de la brusquedad con que lo hizo.

—¿Es una zona muy grande?

—Varios miles de kilómetros cuadrados. Pero si la enfermedad ya está aquí, ¿qué más da de dónde llegó?

—Es como un cáncer —explicó Stanton—. Aunque haya hecho metástasis, hay que extraer el tumor del lugar original para evitar que se extienda más. Hemos de saber qué es y cómo empezó para poder combatirlo.

—El códice podría revelarnos más cosas. Podríamos encontrar un glifo específico de una zona más pequeña, o alguna descripción geográfica. Pero no lo sabremos hasta que la reconstrucción haya terminado.

—¿Cuánto tardarán?

—Las primeras páginas se hallan en mal estado, y las últimas están peor todavía. Además, existen obstáculos lingüísticos. Glifos difíciles y combinaciones extrañas... Hemos estado haciendo todo lo posible por descifrarlos.

—Será mejor que encuentren una forma de hacerlo más deprisa.

Chel se sentó en un banco metálico. Estaba mojado por el rocío o el agua de los aspersores, y notó que empapaba sus pantalones, pero le dio igual.

—No lo entiendo —dijo—. ¿Por qué confía en mí con relación al códice después de que le mintiera?

—No confío en usted, pero el ICE convocó a un equipo de expertos, los cuales dijeron que la mayor esperanza de averiguar la procedencia del libro residía en usted.

Menos de una hora después, Chel estaba en la 405, camino de Culver City. Era el último lugar al que hubiera deseado ir después de todo lo ocurrido, pero ya no tenía otra alternativa. De momento no habría investigación criminal, y el objeto más importante de la historia maya se quedaría en su laboratorio. Pero pese a las vacilaciones que albergaba respecto a Victor Granning, lo único que importaba ahora era hacer todo lo posible por ayudar a los médicos. No podía permitir que sus problemas personales se entrometieran en la situación.

El Museo de Tecnología Jurásica (MTJ) de Venice Boulevard era una de las instituciones más extrañas de Los Ángeles. Tal vez del mundo. Chel había ido una vez, y después de orientarse en su distribución laberíntica y sus oscuras habitaciones, consiguió relajarse y dejar que el museo obrara prodigios en su imaginación. Había esculturas diminutas que cabían en el ojo de una aguja, una galería de perros cosmonautas enviados al espacio por los rusos en los años cincuenta, una exposición de cunas de gatos.

Nada más pasar el In-N-Out Burger de Venice Boulevard, Chel divisó el edificio vulgar de color marrón y aparcó en un hueco delante de la fachada engañosamente pequeña. La otra vez que había ido, lo hizo con su ex. Patrick estaba obsesionado con una exposición de cartas escritas al Observatorio de Mount Wilson sobre la existencia de vida extraterrestre. Dijo que las cartas le recordaban el hecho de que existían otras formas de ver los cielos, aparte de mirar a través de la lente de un telescopio. Cuando las leyeron juntos en el espacio oscurecido, la voz de Patrick nunca lejos de su oído, una carta atrajo también la atención de Chel, y las palabras exactas que la mujer escribió sobre sus experiencias en otro mundo se habían quedado grabadas en su memoria hasta ahora: *He visto toda clase de lunas, estrellas y aberturas...*

En la puerta del MTJ pulsó un timbre sobre un letrero que rezaba «LLAME SÓLO UNA VEZ». La puerta se abrió y ante ella apareció un hombre canoso de unos sesenta años, vestido con una chaqueta de punto negra y pantalones caqui arrugados. Chel había conocido a Andrew Fisher, el excéntrico director del museo, cuando fue allí por primera vez. Ni siquiera el protector de plástico que llevaba sobre la cara podía disimular la sutil inteligencia de sus ojos.

—Gracias por volver, doctora Manu —dijo.

¿Se acordaba de ella?

—De nada. Busco al doctor Granning. ¿Está aquí?

—Sí —contestó Fisher mientras ella entraba—. He estado trabajando en algunas técnicas memorísticas de Ebbinghaus, que han demostrado ser útiles. Vamos a ver. Usted trabaja en el Getty, es demasiado seria y... fuma demasiado.

—¿Victor le ha contado todo eso?

—También me dijo que es la mujer más inteligente que conoce.

—No conoce a muchas mujeres.

Los ojos de Fisher se entornaron.

—Está en la parte de atrás, trabajando en su exposición. Un material fascinante.

El pequeño y extraño vestíbulo del MTJ olía a aguarrás y estaba iluminado con bombillas rojo oscuro y negras. El efecto era desorientador después de llegar de la luz del día. Las paredes estaban forradas de estanterías que albergaban títulos misteriosos: *Obliscence*, de Sonnanbend; *Journal of Anomalies*, del mago Ricky Jay, y un extraño volumen del Renacimiento titulado *Hypnerotomachia poliphili*. Chel sabía que el museo diluía los límites entre realidad y ficción. Una parte de la diversión consistía en descubrir qué objetos expuestos eran reales. De todos modos, era ambivalente desde un punto de vista filosófico sobre un lugar que inspiraba confusión y desafiaba a la lógica. Por no hablar de la inquietud que le producía la exposición que su antiguo mentor estaba montando.

Fisher la guió por un laberinto de pasillos, donde una cacofonía de sonidos animales y voces humanas se oía proveniente de altavoces distorsionantes. Chel contempló las extrañas piezas: vitrinas de cristal montadas sobre pedestales contenían un diorama que mostraba el ciclo vital de la hormiga hedionda. Una diminuta escultura del papa Juan Pablo II ocupaba el ojo de una aguja, visible gracias a una enorme lupa.

A continuación, doblaron una esquina y el laberinto se abrió a una pequeña habitación con una vitrina de cristal donde se guardaban algunas obras de un erudito alemán del siglo XVII llamado Athanasius Kircher. En el centro de la habitación colgaba del techo una rueda de campanas que producía un sonido escalofriante al girar. En la vitrina había dibujos en blanco y negro de temas que abarcaban desde un girasol con un corcho clavado en el centro hasta la Torre de Babel, pasando por la Gran Muralla china.

Fisher indicó un boceto de Kircher.

—Fue el último de los grandes eruditos. Inventó el megáfono. Descubrió gusanos en la sangre de las víctimas de la peste. —Fisher tocó su protector de plástico—. En cuanto a éstos, ¿sabe que hasta sugirió que la gente utilizara mascarillas para protegerse de la enfermedad? —Sacudió la cabeza—. En nuestra actual obsesión por especializarnos en exceso, todo el mundo descubre nichos cada vez más pequeños, sin ver más allá de su diminuto rincón del espectro intelectual. Qué pena. ¿Cómo puede florecer el verdadero genio cuando existen tan pocas oportunidades de que nuestras mentes respiren?

—Parece una pregunta que sólo un genio podría responder, señor Fisher —dijo Chel.

El hombre sonrió. Continuó adelante, y la guió por otro laberinto de oscuros pasadizos. Por fin llegaron a la parte posterior del museo, una zona de trabajo bien iluminada, donde las piezas expuestas se encontraban en diversas fases de finalización. Fisher condujo a Chel a través de una puerta estrecha que permitía el acceso a la última habitación del edificio.

—Es usted muy popular hoy —dijo Fisher a Victor cuando entraron.

Chel se quedó sorprendida al ver que Victor no estaba solo. Había otro hombre blanco con él, más alto, en la zona de trabajo cuadrada. La habitación estaba llena de herramientas, paneles de cristal, fragmentos sin terminar de estanterías y varios soportes de exposición de madera diseminados por el suelo.

—Bien —dijo Victor, al tiempo que daba un rodeo para no pisar el desorden que había en el suelo—, si es nada menos que mi indígena favorita. Salvo su madre, por supuesto.

Chel estudió a su mentor mientras caminaba hacia ella. En otro tiempo había sido muy atractivo, e incluso detrás de su protector ocular comprobó que sus brillantes ojos azules no habían perdido su fulgor en setenta y cinco años. Vestía un polo rojo de manga corta abotonado en el cuello y unos pantalones caqui, su uniforme habitual desde sus días en la UCLA. Su barba plateada estaba afeitada con pulcritud.

—Hola —dijo Chel.

—Gracias, Andrew —dijo Victor, y miró al director del museo, quien desapareció por el pasillo sin decir palabra.

Los ojos de su mentor expresaban una sincera emoción cuando le devolvió su atención. Ella sentía lo mismo. Siempre lo sentiría.

—Chel —dijo Victor—, permíteme presentarte al señor Colton Shetter. Colton, ésta es la doctora Chel Manu, una de las principales expertas mundiales en escritura, quien, si se me permite decirlo, aprendió todo lo que sabe de mí.

Shetter llevaba el pelo castaño largo hasta los hombros y varios días de barba descuidada, que trepaba por sus mejillas hacia la parte inferior de su protector ocular, pero vestía una camisa blanca almidonada, corbata, tejanos y botas relucientes. En conjunto, era una combinación extrañamente atractiva.

—Encantada de conocerle —dijo Chel.

—¿Cuál es su especialidad, doctora Manu? —preguntó Shetter. Tenía una voz profunda con un leve acento del sur. Florida, supuso Chel.

—Epigrafía. ¿Trabaja en la disciplina?

—Picoteo un poco, supongo.

—¿Fue así como se conocieron?

Chel cayó en la cuenta de que debía medir unos dos metros.

—Trabajé durante diez años en el Petén —dijo el hombre.

—¿En qué?

El hombre miró a Victor.

—Entrenando al ejército guatemalteco.

Eran palabras que ningún indígena deseaba oír. El atractivo que le inspiraba un momento antes desapareció por completo.

—¿Para qué? —preguntó.

—Guerrilla urbana y antiterrorismo, sobre todo.

—¿Es de la CIA?

—No, señora, nada por el estilo. Los Army Rangers enseñan a los guatemaltecos a modernizar su operativo.

Cualquier ayuda que el Gobierno estadounidense brindara al ejército de Guatemala era insufrible para Chel. En los años cincuenta, la CIA había sido responsable de derrocar al Gobierno elegido democráticamente con el fin de instalar una dictadura títere. Muchos indígenas los culpaban de haber instigado la guerra civil que acabó con la vida de su padre.

—Colton es un gran admirador de los indígenas, Chel.

—Paso mi tiempo libre en Chajul y Nebaj con los aldeanos —explicó Shetter—. Una gente asombrosa. Me llevaron a las ruinas de Tikal, y allí fue donde conocí a Victor.

—¿Pero ahora vive en Los Ángeles?

—Más o menos. Me compré una pequeña casa de campo, muy bonita, en las Verdugo Mountains.

Chel había ido de excursión a las Verdugo Mountains algunas veces, pero las recordaba sobre todo como una reserva animal.

—¿Allí vive gente? —preguntó.

—Unos cuantos afortunados. De hecho, me recuerda a sus tierras altas. Y a propósito, debería volver a casa. —Se volvió hacia Victor y señaló su protector ocular—. Déjatelo puesto. Por favor.

—Gracias por venir, Colton.

—¿A qué se dedica? —preguntó Chel cuando estuvieron a solas.

Victor se encogió de hombros.

—Oh, Colton tiene mucha experiencia en situaciones peligrosas. Va por ahí comprobando que sus amigos están protegidos en estos tiempos peligrosos.

—Tiene razón. Esto es muy grave.

Chel estudió a su mentor en busca de pistas sobre su estado mental. Pero si había alguna señal de tensión o dolor, no la distinguió.

—Sí, lo sé —dijo Victor—. Así que... ¿cómo le va a Patrick en todo esto?

—Ya no salimos juntos.

—Qué pena. Me caía bien. Supongo que eso significa que cada vez estoy más lejos de tener ahijados.

El antiguo afecto de Victor hacia ella la confortaba, incluso después de todo lo que habían pasado.

—Deberías escribir tu próximo libro acerca de las ventajas de vivir obsesionado por el trabajo.

Victor sonrió.

—Entiendo —dijo. Indicó con un ademán que le siguiera—. Me alegro de que hayas venido. Por fin podrás ver mi exposición.

Entraron en una galería oscura donde estaban montando la exposición. Aún se hallaba en construcción, pero una vitrina que cubría la pared del fondo estaba iluminada, y Chel se acercó temerosa a la luz.

Dentro de la vitrina había cuatro estatuas de hombres, cada una de sesenta centímetros de altura, cada una construida de un material diferente relacionado con la historia maya: la primera con huesos de pollo, la segunda de tierra, la tercera de madera, y la última de granos de maíz. Según el mito de la creación maya, hubo tres intentos fallidos por parte de los dioses de crear a la humanidad. La primera raza de hombres se hizo a partir de animales, pero no podían hablar. La segunda estaba hecha de barro, pero no podían andar, y la tercera raza de hombres, hecha de madera, era incapaz de crear un calendario correcto y de adorar a sus creadores por su nombre. No fue hasta la cuarta raza de hombres, hechos de maíz, que los dioses se sintieron satisfechos y el cuarto mundo empezó.

Pero al estudiar la vitrina, Chel observó algo nuevo. Lo más interesante, y que la impulsó a alabar la exposición de Victor, era lo que había decidido no representar: la quinta raza de hombres.

—Bien —preguntó su mentor—, ¿a qué debo este gran placer?

Chel no pudo reprimir la sensación de que la vida de Victor Granning había llegado a ser un reflejo de la civilización a la cual había dedicado su carrera: nacimiento, florecimiento y derrumbe. Cuando se licenció en Harvard, había efectuado grandes descubrimientos sobre el uso de la sintaxis y la gramática en la antigua escritura maya. Sus libros académicos fueron aclamados, y al final se integraron en la corriente dominante cuando el *New York Times* le alabó como el especialista en la cultura maya más importante del mundo. Después de obtener el reconocimiento de las ocho universidades más prestigiosas del noreste, Victor emigró al oeste para ocupar la cátedra del departamento de estudios mayas de la UCLA, donde contribuyó a lanzar la carrera de muchos integrantes de la siguiente generación de expertos en la especialidad.

Incluida la suya. Cuando ella empezó su programa en la UCLA, Victor se convirtió en su tutor. Ella era capaz de descifrar más rápido que cualquier otro estudiante del departamento, incluso en primer año. Victor le enseñó todo lo que sabía sobre la escritura antigua. No tardó en ser algo más que una simple aprendiza. Chel y su madre pasaban con frecuencia las vacaciones con Victor y su esposa, Rose, en su casa de madera de Cheviot Hills. La primera llamada de Chel cuando fue nombrada profesora numeraria, y cuando consiguió el empleo en el Getty, fue para Victor. Durante los quince años transcurridos desde que se habían conocido, él había sido una fuente constante de estímulo, diversión y, desde hacía poco, tristeza.

El desmoronamiento de Victor empezó en 2008, cuando diagnosticaron a Rose un cáncer de estómago. Él pasaba todos los momentos posibles a su lado, al tiempo que empezaba a buscar respuestas. No podía imaginar la vida sin Rose, y se obsesionó con el judaísmo como nunca hasta aquel momento: iba al templo cada día, observaba el *kosher* y el *Sabath*, se tocaba con una kipá. Pero cuando Rose sucumbió un año después, Victor se revolvió contra la religión: un Dios capaz de permitir que ella sufriera, pensó, no podía existir. Si existía un poder superior, tenía que ser algo muy diferente.

Fue durante los siguientes nueve meses de luto cuando Victor empezó a teorizar sobre el 21 de diciembre de 2012. Los estudiantes comenzaron a murmurar sobre algunos comentarios displicentes que había hecho en clase acerca del significado del fin del ciclo de la Cuenta Larga. Al principio, sus alumnos se quedaron fascinados, pero poco a poco fueron perdiendo interés cuando Victor empezó a utilizar fuentes cuestionables que lanzaban afirmaciones insustanciales sobre las creencias mayas. El tiempo de clase de lingüística se dedicaba al fin del decimotercer ciclo, y a la creencia de que traería una nueva era de la humanidad y un regreso a un modo de vida más sencillo y ascético. Fue entonces cuando algunos estudiantes empezaron a comentar las excentricidades de Victor para con Chel. Pero en aquel momento ella no se dio cuenta de hasta qué punto él había perdido el oremus.

Al poco, sus clases se convirtieron en diatribas acerca de que el cáncer estaba causado por alimentos precocinados, lo cual era la prueba de que los seres humanos necesitaban regresar a un modo de existencia más sencillo. Cada vez más temeroso de la tecnología, dejó de utilizar el correo electrónico para información relacionada con las clases, y obligó a sus estudiantes a acudir en horas de oficina. Entonces les ordenó que no entraran en Internet o condujeran coches, y les contó que la Cuenta Larga traería lo que los fanáticos de 2012 llamaban «sincronicidad», la conciencia de que todas las cosas del mundo estaban relacionadas, y que conduciría a un renacimiento espiritual. Chel intentó hablar con él de otras cosas, pero todas las conversaciones viraban enseguida al absurdo, y al final ya no supo qué hacer con él.

Cuando el nombre de Victor apareció como orador principal en la convención de Nueva Era más importante del país, y los informes de prensa revelaron su relación con la UCLA, la dirección le reprendió. Después, a mediados de 2010, cuando la penumbra de junio cubrió el campus de niebla, Victor llamó a Chel al Getty y le pidió que fuera a su despacho. Allí le entregó un manuscrito mecanografiado en el que había estado trabajando en secreto desde hacía meses. En grandes letras mayúsculas, la página del título rezaba: *Onda de tiempo 2012*.

Chel fue a la introducción:

Vivimos en una era de cambios tecnológicos sin precedentes. Convertimos células madre en cualquier tejido que deseemos, y nuestras vacunas y panaceas permitirán a los niños normales nacidos hoy vivir más de un siglo. Pero también vivimos en una era en la que operarios zánganos anónimos disparan misiles, y en la que secretos nucleares se filtran sin cesar a regímenes opresores. Existen inteligencias sobrehumanas que tal vez pronto sean imposibles de controlar. La crisis económica mundial fue acelerada por algoritmos informáticos. Destruimos nuestro ecosistema con combustibles fósiles, y carcinógenos invisibles nos envenenan.

A finales de los años setenta, el filósofo Terence McKenna sugirió que los puntos más importantes de la innovación científica podían ser representados en una gráfica desde el principio de la historia documentada: la invención de la imprenta; el descubrimiento de Galileo de que el Sol era el centro del sistema solar; la utilización de la electricidad; el descubrimiento del ADN; la bomba atómica; los ordenadores; Internet. McKenna descubrió que la tasa de innovación era cada vez mayor, y calculó el punto exacto en que la curva de la línea sería vertical. Creía que en ese día, al que llamó *Onda de tiempo cero*, los progresos tecnológicos serían infinitos, y sería imposible controlar o saber qué le esperaría a la siguiente generación.

Ese día es el *21 de diciembre de 2012*, el final del decimotercer ciclo de la Cuenta Larga maya de cinco mil años, el día en que, predijeron, tendrá lugar una transformación titánica de la Tierra y la sustitución de la cuarta raza de hombres. Todavía no sabemos cuál será la quinta raza de hombres. Pero los trastornos que estamos viendo en todo el mundo demuestran que se avecina una transformación importante. Durante el tiempo que queda hasta el 21/12, hemos de prepararnos para el cambio inminente.

—No puedes publicar esto —le había dicho Chel.

—Ya se lo he enseñado a unas cuantas personas, y están entusiasmadas.

—¿Qué tipo de personas? ¿Los chiflados del 2012?

Victor respiró hondo.

—Gente inteligente, Chel. Algunos poseen el título de doctor, y muchos han escrito libros.

Ella sólo podía imaginar cómo le reverenciaba la comunidad de 2012, sobre todo cuando atizó el fuego de sus ideas heterodoxas. Victor no había llevado a cabo trabajos serios desde que su esposa enfermó, y aquélla era su oportunidad de descollar de nuevo.

Pero por más que le alabaran sus nuevos acólitos, cuando autopublicó *Onda de tiempo 2012*, el libro fue ridiculizado, incluyendo un cáustico perfil del *Times*. Fue peor entre los verdaderos estudiosos: nadie del mundo académico volvería a tomar en serio a Victor. El dinero de su beca se agotó, le expulsaron con discreción de la universidad y perdió su casa subvencionada.

Chel no podía abandonar al hombre que tanto le había dado. Dejó que se quedara con ella en Westwood, y le dio un trabajo de investigación en el Getty, aunque con condiciones: nada de conferencias a los luditas ni a los seguidores del 2012, ni arengas antitecnológicas a su personal. Si cumplía esas promesas, podría utilizar sus bibliotecas y recibir un modesto estipendio para recuperarse.

Durante casi un año, Victor pasaba el día ayudando cuando aparecían proyectos de desciframiento, y las noches viendo el Canal Historia. Alguien incluso le vio utilizando un ordenador en el Getty. Reunió suficiente dinero para alquilar un apartamento y, después de que fuera a ver a sus nietos a principios de 2012, su hijo envió un correo electrónico a Chel diciendo que sentía un gran alivio por la recuperación de su padre.

Después, el pasado julio, Victor tenía que estar trabajando, en teoría, en una exposición sobre ruinas posclásicas. En cambio, robó la tarjeta de identificación de Chel en la UCLA y la utilizó para entrar en la biblioteca de la facultad. Lo pillaron cuando intentaba salir con varios libros raros, todos los cuales estaban relacionados con la Cuenta Larga. La confianza de Chel se resintió, y le dijo que debía buscar otro trabajo, lo cual le condujo al Museo de Tecnología Jurásica. Desde entonces habían hablado unas cuantas veces, y las conversaciones habían sido tensas. En el fondo, Chel se había tranquilizado pensando que, después del 22 de diciembre, lo olvidarían todo de una vez por todas y tratarían de empezar de cero.

Sólo que ahora no podía esperar a eso.

—Necesito tu ayuda —dijo, dando la espalda a la vitrina. Sabía que le gustaría mucho oír esas palabras.

—Lo dudo —contestó Victor—, pero haré cualquier cosa por ti.

—Tengo una pregunta de sintaxis —dijo Chel, al tiempo que introducía la mano en el bolso—. Y necesito una respuesta ahora mismo.

—¿Cuál es la fuente?

Chel contuvo la respiración mientras sacaba el ordenador portátil.

—Acaban de descubrir un nuevo códice —explicó, con una mezcla de orgullo y vacilación—. Del clásico.

Su antiguo mentor rió.

—Debes pensar que me he vuelto senil.

—¿Crees que estaría aquí si no hablara en serio?

Chel cargó imágenes de las primeras páginas del códice en la pantalla del ordenador. Al instante, la cara de Victor cambió. Era una de las pocas personas del mundo capaces de comprender el significado de tal descubrimiento. Miró las páginas con una mezcla de admiración y sobrecogimiento, y no apartó los ojos de la pantalla ni un momento, mientras ella le explicaba todo lo sucedido.

—Los guatemaltecos no saben nada al respecto —le dijo ella—, y no podemos permitir que nadie le ponga las manos encima. Necesito confiar en ti.

Por fin, Victor la miró.

—No lo dudes, Chel.

Avanzada la tarde, estaban en el laboratorio de Chel en el Getty, compartiendo el mismo lado de la mesa de examen. Victor se maravillaba de las interpretaciones de los dioses, los nuevos glifos que jamás había visto, los antiguos en nuevas combinaciones y en cantidades inusuales. Una parte de Chel había deseado enseñarle el libro desde que sus ojos habían caído sobre él, y era emocionante volver a encontrarse con el códice, ahora por primera vez a través de los ojos de su antiguo maestro.

Victor se había concentrado de inmediato en lo que ella había querido enseñarle en el Getty: la pareja padre-hijo que tanto les había costado descifrar a Rolando y a ella.

—Nunca los había visto emparejados —confesó Victor—. Y el número de veces que aparecen como sujeto y como objeto carece de precedentes.

Juntos examinaron el párrafo donde la pareja aparecía por primera vez:

El padre y su hijo no son nobles de nacimiento, por lo que padre e hijo nunca entenderán gran cosa sobre las costumbres de los dioses que nos vigilan, del mismo modo que padre e hijo no saben gran cosa de lo que los dioses susurran en los oídos de un rey.

—Aparecen con más frecuencia como sujeto —comentó Victor—. Por lo tanto, creo que hemos de concentrarnos en sustantivos que pudieran utilizarse muy a menudo.

—Exacto —dijo Chel—. Por eso examiné los demás códices y busqué los sujetos más utilizados. Hay seis: «maíz», «agua», «inframundo», «dioses», «tiempo» y «rey».

Victor asintió.

—De ésos, los únicos que tienen sentido son «dioses» o «rey».

—Hay una docena de referencias a una sequía en las primeras páginas, y a los nobles que esperan que las deidades traigan agua —dijo Chel.

—Pero «dioses» no tiene sentido. Sobre todo en el contexto de padre e hijo esperando a que los dioses traigan la lluvia. Los dioses no esperan a que los dioses traigan la lluvia. Sólo la gente.

—Probé «rey», pero tampoco tenía sentido. Padre e hijo varón. *Chit unen*. ¿Podría ser una indicación de alguna familia gobernante? Tal vez «padre» se utiliza como metáfora de «rey», y tiene un hijo que le sucederá.

—Hay parejas con maridos y mujeres que indican a un rey gobernante y a su reina —dijo Victor.

—Pero si suponemos que la pareja padre-hijo indica una familia gobernante —dijo Chel, mientras probaba de nuevo la sustitución—, esta secuencia se leería así: *El rey y su hijo no son nobles por nacimiento*. Y eso tampoco tiene sentido.

Los ojos de Victor se encendieron.

—La sintaxis maya gira por completo alrededor del contexto, ¿verdad?

—Claro...

—Un sujeto existe en relación con un objeto. Una fecha en relación con un dios, un rey en relación con su política. Siempre hablamos del rey K'awiil de Tikal, no simplemente del rey K'awiil. Hablamos de un jugador de pelota y de su pelota como un solo ente. De un hombre y de su espíritu animal. Ninguna palabra existe sin la otra. Significan una sola cosa.

—Una idea, no dos —dijo Chel.

Victor empezó a pasear por el laboratorio.

—Exacto. Por consiguiente, ¿y si estos glifos funcionan de la misma manera? ¿Y si el escriba no se refiere a un padre y a su hijo, sino a un solo hombre con las propiedades de ambos?

Chel comprendió a qué se refería.

—¿Crees que el escriba se está refiriendo a sí mismo como portador del espíritu de su padre?

—Lo utilizamos en inglés para referirnos a lo parecidos que somos a nuestros padres. Tú eres clavada a tu madre. O, en tu caso, clavada a tu *padre*, supongo. Se está refiriendo a sí mismo.

—Significa «yo» —dijo ella estupefacta.

—Nunca lo había visto utilizado de esta manera exacta —continuó Victor—, pero he visto construcciones gramaticales como ésta usadas para subrayar la relación de un noble con un dios.

—Y en este caso se utiliza con un padre.

—*No soy noble de nacimiento* —leyó Victor—, *por lo que nunca entenderé gran cosa sobre las costumbres de los dioses que nos vigilan, del mismo modo que no sé gran cosa de lo que los dioses susurran en los oídos de un rey.*

Chel experimentó la sensación de que estaba flotando. Todos los demás códices estaban escritos en tercera persona, siendo el narrador un actor distante y objetivo de la historia que estaba describiendo.

Esto era diferente por completo.

Una narrativa *en primera persona* sería un caso único en la historia de la disciplina. Era imposible decir qué aprenderían de esa narración. Podría salvar un abismo de mil años y conectar a su pueblo con la vida interior de sus antepasados.

—Bien —dijo Victor, mientras extraía una pluma del bolsillo como si fuera un arma—. Creo que ha llegado el momento de averiguar si todos los problemas que ha causado esto han valido la pena.

14

 Ni una gota de lluvia ha traído alimento durante medio ciclo de la gran estrella. Los campos de Kanuataba han sido cosechados y humillados, y los ciervos, aves y jaguares, guardianes de la tierra, han sido expulsados. Las laderas están resecas, los insectos bullen, y las hojas que caen ya no alimentan la tierra. Los animales y mariposas y plantas que nos entregó el Santo Portador ya no pueden continuar sus vidas espirituales. Los animales carecen de carne para guisar.

No soy noble de nacimiento, por lo que nunca entenderé gran cosa sobre las costumbres de los dioses que nos vigilan, del mismo modo que no sé gran cosa de lo que los dioses susurran en los oídos de un rey. Pero sé que en otro tiempo Kanuataba fue hogar de la colección más majestuosa de ceibas, el gran sendero que conduce al inframundo, en todas las tierras altas. En otros tiempos la densidad de ceibas era la más grande del mundo, bendecidas por los dioses, y sus troncos casi se tocaban. ¡Ahora queda menos de una docena todavía en pie en todo Kanuataba! Nuestro lago sagrado se ha secado y convertido en lodo. El agua hecha para saltar de la piedra ya no salta del palacio y los templos. En las plazas, los intocables nos suplican que compremos sus inútiles ollas agrietadas y verduras podridas, especias diluidas para la carne que sólo los nobles pueden permitirse. No tenemos agutís, kinkajous, ciervos o tapires para sazonar. Los niños de Kanuataba padecen más hambre con cada cambio del poderoso viaje del sol a través del cielo.

¡Perdóname, pues, escriba mono, cuyo anillo llevo en la mano como símbolo de los pasados escribas! Aquí, en Kanuataba, comienzo mi documento en el papel amate virgen que robé al rey. De poca cosa he dejado constancia en los libros de Kanuataba. Soy tutor del hijo del rey, y he pintado cuarenta y dos libros al servicio de la corte. ¡Pero ahora pinto

para el pueblo, y para los hijos de los hijos de nuestros hijos, un informe
sincero de lo que aconteció en tiempos de Imix Jaguar!

Hace dos soles, tras una noche en que la luna colgaba baja en el
cielo en cuarto, doce de los trece miembros del consejo real del rey Imix
Jaguar estaban reunidos. Jacomo, el enano real, tan lujurioso como me-
nudo, también se hallaba presente. Conozco enanos en los campos que
aman a Kanuataba tanto como cualquier hombre de tamaño normal.
Pero este enano real es algo más, algo mucho más terrible. Jacomo es un
glotón, y le he visto masticar la corteza de un gran árbol y escupir líqui-
do asqueroso en el cuenco que sostenía sobre el regazo. En los últimos
tiempos, le he visto seducir mujeres a base de prometerles migas de su
barba, obligándolas a complacerle para que ellas puedan así alimentar a
sus bebés hambrientos.

De los trece miembros del consejo, mi amigo Auxila, supervisor de
los almacenes y real supervisor de zoología y agricultura, era el único
hombre ausente. Hace cinco soles, durante nuestra última reunión, Auxi-
la encolerizó al rey, y supuse que estaría haciendo penitencia. Auxila es
un buen hombre y, como asesor comercial del rey, sabe mucho de cuentas
reales, una carga que yo jamás desearía. Contar la bolsa de un rey es co-
nocer los límites de su poder.

Galam, portador de los decretos del rey Imix Jaguar y adivinador
durante diez vueltas de la rueda calendárica, anunció el principio de la
reunión:

—Por la palabra de Imix Jaguar, por la sagrada palabra, iniciamos
esta reunión en honor del nuevo dios sagrado, llamado Akabalam. Aka-
balam es omnipotente. Imix Jaguar decreta que todos adoraremos a
Akabalam por siempre jamás.

Soy tutor del príncipe Canción de Humo, próximo rey de Kanuata-
ba, y me he aprendido de memoria todos los grandes libros. No aparece
en ninguno de ellos un dios llamado Akabalam. Pregunté al adivina-
dor:

—¿Qué forma adopta el dios Akabalam?

—Cuando Imix Jaguar tenga a bien explicar algo más, Paktul, se lo
comunicaré al consejo. No puedo fingir comprender lo que su santidad
sabe del mundo.

Sin más explicaciones, rezamos y quemamos incienso en honor de este nuevo dios. Decidí estudiar los grandes libros de Kanuataba y localizar la deidad Akabalam sin ayuda, con el fin de comprender lo que el dios había revelado a su santidad el rey.

Galam, el adivinador, habló:

—Por consiguiente, declaro que la intención del rey es iniciar la construcción de una gran pirámide nueva al estilo de la civilización perdida de Teotihuacán, que algún día será el lugar de su entierro. Los cimientos serán colocados en veinte días, a menos de mil pasos del palacio. La torre vigía será construida de forma que esté encarada hacia el punto más alto del desfile del Sol, y creará un gran triángulo sagrado con el palacio y la pirámide roja gemela.

Todos mis hermanos aplaudieron dos veces para indicar la gloria de Imix Jaguar. Pregunté a Galam, mensajero sagrado, si la construcción de la pirámide era prudente cuando no había llovido.

—El pueblo de Kanuataba no tiene nada con qué alimentarse, y hasta los trabajadores forzados morirán de hambre cuando carguen las piedras hasta lo alto. Un templo en la plaza exigirá yeso, que no puede fabricarse sin quemar nuestros árboles y plantas más preciados para deshidratar la roca. Nuestra flora disminuye día a día. El lago se ha secado por completo, y nuestros embalses están menguando.

Entonces, Jacomo, el enano libertino, me habló con ira:

—Que quede claro, Paktul, que el rey Imix Jaguar ha recibido una profecía del dios Akabalam, diciéndonos que hemos de lanzar una guerra estelar, sincronizada con la estrella del anochecer, contra reinos lejanos. Traeremos esclavos y todas sus posesiones de valor. Nuestro ejército ha descubierto una nueva forma de conservar la comida, salando las provisiones más que antes, de modo que somos capaces de lanzar guerras contra países todavía más lejanos. Estas ciudades están debilitadas por la gran sequía, y no podrán defenderse de nuestro poderoso ejército. ¡Ahora comprenderás por qué no puedes cuestionar al rey!

No hubo más discusiones. El poder de Imix Jaguar emana de su capacidad para comunicarse con los dioses, y cada miembro del consejo accede a su rango según su capacidad para convocar la voz de estos dioses. Lo llamamos jerarquía de la divinidad. Si Imix Jaguar oyera la voz de un dios decre-

tando que algo es cierto, y uno de sus acólitos no oyera esta voz, sería considerado un hombre incapaz de hablar con los dioses. Descendería de rango en la jerarquía de la divinidad, o sería desposeído de él por completo.

Pero ¿dónde habrá agua, madera y plumaje suficientes para construir una pirámide alta como treinta hombres, tal como se nos ordena?

Su santidad afirma que la lluvia llegará dentro de cinco períodos de trece días, cuando la estrella del anochecer se encuentre en el punto más cercano a la Luna. Pero ¿será así?

Imix Jaguar se bebería toda el agua de los depósitos si toda esa agua pudiera fluir a través de él y santificarle, porque cree que su santificación es la ruta hacia nuestra salvación. Ningún rey real de Kanuataba divinizado por los dioses puede ser malvado. Yo mismo lo he visto en las inscripciones en piedra. Pero su santidad es incapaz de admitir que se equivoca. Imix Jaguar cree que su poder es tan potente como el miedo que todavía puede instilar en el corazón de los hombres.

¡Ojalá pudiera adorarle como hacía de niño!

Los miembros del consejo abandonamos la galería y caminamos hasta los grandes escalones situados en lo alto del palacio real, donde me paré y vi algo que cambió para siempre mis creencias.

La gente cantaba delante del palacio, y vi a los verdugos erguidos sobre la torre gemela sur. Los verdugos pintados de azul estaban empezando sus rituales. El ruido iba y venía, subía y bajaba, agudo y grave. Las voces de los verdugos reales se elevaron hasta un extremo casi ensordecedor cuando la plaza apareció ante mi vista.

Una pequeña multitud de aristócratas se encontraba en la base de la pirámide gemela blanca, a lo largo de la cara norte, y sus aplausos resonaban en la plaza. Las pinturas amarillas, rojas y doradas que adornaban la cara de la gran pirámide centelleaban como el sol sobre un mar azul, y ondulaban como si la gran bestia que vive en el lecho del mar hubiera emergido. Los hombres pintados de azul estaban en lo alto de los trescientos sesenta y cinco peldaños, y algunos sostenían incensarios burbujeantes de humo.

El verdugo real habló:

—¡Esta alma ha sido condenada al más allá por nuestro señor Akabalam!

Akabalam una vez más. ¡El dios desconocido ha vuelto a exigir un sacrificio, esta vez en la forma de un alma humana!

Cuando el verdugo real hundió su reluciente cuchillo de pedernal en el pecho del hombre y le abrió el costillar, el hombre del altar emitió un aullido que resonará para siempre en mis oídos. Mientras aún se oía el grito, el verdugo real le arrancó el corazón. Pero las palabras del hombre agonizante fueron oídas por aquellos que nos hallábamos por encima del tumulto, y eran una profecía de las cosas futuras, tan negras como el final del decimotercer ciclo:

—¡Akabalam es una mentira!

Sabía de quién era aquella voz. Auxila, mi amigo, consejero de confianza del rey durante tres mil soles, había sido sacrificado. Mis oídos zumbaban. Vi que su cuerpo se desplomaba sin vida, y vi toda clase de presagios en las nubes.

Los dioses exigían el sacrificio de un noble sólo una vez cada quince mil soles. ¿Qué probabilidades existían de que los dioses hubieran ordenado semejante sacrificio cinco días después de que Auxila se opusiera en voz alta a los planes del rey?

¿Existen tales coincidencias?

Al otro lado de la multitud vociferante vi a la esposa de Auxila, Habiba, contemplando sin una lágrima la escena. Los verdugos rodearon el cadáver una vez más, y sentí dolor por ella y sus hijas, Pluma Ardiente y Mariposa Única, quienes estaban a su lado llorando.

Los sacerdotes cubiertos de sangre se llevaron el cadáver de Auxila al interior del templo, una forma de manipular el cadáver poco usual. Es honorable arrojarlo desde lo alto de la pirámide, pero ni siquiera concedieron a Auxila esta pequeña justicia. Se llevaron el cuerpo, y sabía que no volvería a salir hasta la hora más oscura de la noche, cuando la estrella del anochecer adoptaba un ángulo perfecto con relación al templo.

Sobre los peldaños del palacio real, desde los cuales era yo testigo de aquella locura, sentí que una mano aferraba mi rodilla. Me volví y vi al enano Jacomo, quien se había colocado a mi lado, mientras masticaba el mismo pedazo de corteza y sonreía.

Habló:

—Exaltado sea el nombre de Imix Jaguar, sagrado gobernante de Kanuataba, cuya sabiduría nos guía en esta vida. ¿Tú le exaltas, Paktul?

Ardía en deseos de abofetear al enano, pero no soy un hombre de violencia. Me limité a repetir su alabanza:

—Exaltado sea el nombre de Imix Jaguar, sagrado gobernante de Kanuataba, cuya sabiduría nos guía en esta vida.

Hasta que no llegué a esta cueva para empezar a pintar las páginas de este libro secreto, no me permití lanzar el grito que se gestaba en mi interior.

Fue un grito que sólo los dioses oyeron.

¿Qué puedo comprender de un dios que llega sin bendiciones, que ordena un templo que no se puede construir y decreta la muerte del hombre más leal al rey? ¿Quién es este poderoso y misterioso dios nuevo llamado Akabalam?

12.19.19.17.13
---
14 DE DICIEMBRE DE 2012

15

La autovía 10 estaba cerrada cerca de Cloverfield con el fin de que la Guardia Nacional pudiera transportar cargamentos de pertrechos y comida al lado oeste. Stanton utilizó las calles laterales, dejó atrás centros comerciales abandonados, escuelas elementales y talleres de reparación de coches. El tráfico avanzaba despacio, pese a que había pocos coches en la carretera, con puntos de control de la Guardia Nacional casi a cada kilómetro. El gobernador de California había aceptado el controvertido plan de Cavanagh y Stanton, y firmado una ley de poderes extraordinarios, que autorizaba la primera cuarentena de una ciudad en la historia de Estados Unidos.

La Guardia Nacional había reforzado las fronteras: desde el valle de San Fernando al norte, hasta San Gabriel por el este, hasta Orange County por el sur, y hasta el mar por el oeste. Ningún avión estaba autorizado a despegar de los aeropuertos, y la guardia costera había desplegado casi doscientos barcos para reforzar el puerto y la costa. Hasta el momento, casi todos los angelinos habían reaccionado a la cuarentena con una calma y una colaboración que sorprendió incluso a los más optimistas en Sacramento y Washington.

Además de la cuarentena, el CDC estaba realizando análisis a gente que había ido a Los Ángeles o a residentes que habían viajado durante la semana anterior. Examinaban los manifiestos de todos los aviones que habían despegado en fecha reciente del aeropuerto de Los Ángeles, localizaban a usuarios de los Amtrak mediante recibos de tarjetas de crédito y seguían la pista de muchos que habían llegado por carretera gracias a los *teletacs* y fotos de matrículas. Hasta el momento se habían detectado ocho casos en Nueva York, cuatro en Chicago y tres en Detroit, además de las casi mil cien personas enfermas de VIF en la zona metropolitana de Los Ángeles.

Stanton observó pautas demoledoras a medida que aumentaba el número de infectados, pero lo único que podían hacer los demás médicos y él era intentar que los pacientes no sufrieran demasiado. En casi todas las víctimas, el insomnio parcial y los sudores empezaban después de un breve período de latencia, seguidos de ataques, fiebre e insomnio total. Era muy difícil contemplar los sufrimientos de los que llevaban despiertos tres días o más. Empezaban a padecer delirios y ataques de pánico, y después las alucinaciones y los estallidos de violencia que habían mostrado Volcy y Gutiérrez. Stanton sabía que la muerte se produciría al cabo de una semana, y no podía hacer nada por impedirlo. Casi veinte de los infectados habían sucumbido ya.

Ver vehículos Humbees camuflados, así como hombres y mujeres con uniformes color canela provistos de ametralladoras en Lincoln Boulevard, resultaba muy inquietante para Stanton mientras esperaba a exhibir su identificación al volver a Venice. Echó un vistazo a su teléfono, a la última lista de nombres de pacientes infectados. Las víctimas eran de todas las etnias, de todas las clases socioeconómicas y de casi todas las edades. Las gafas habían protegido a algunos, pero muchos de los que las utilizaban habían resultado infectados. Daba la impresión de que los únicos grupos inmunes al VIF eran los ciegos, cuyos nervios ópticos estaban desconectados del cerebro, y los recién nacidos. Los nervios ópticos no están desarrollados en los bebés, y hasta que la vaina que los rodeaba madurara, la enfermedad no podría abrirse paso hacia el cerebro. Esa protección no se prolongaría más allá de los seis meses, lo cual procuraba escaso consuelo a Stanton.

Fue avanzando poco a poco en la cola con su Audi. En la lista de pacientes había médicos y enfermeras que había conocido en el Hospital Presbiteriano, así como dos funcionarios del CDC que le caían bien.

Por fin vio a María Gutiérrez y a su hijo, Ernesto.

En teoría, debía llevar con elegancia lo de la mortalidad. Y había visto casos muy graves en su momento. Pero nada le había preparado para esto. Necesitaba aferrarse a algo, y en otra época habría llamado a Nina. Había vuelto a zarpar después de marchar de su apartamento, pero cuando la había llamado para decirle que el VIF se propagaba por el aire, todo fueron incómodos silencios, residuos de la conversación de anoche. Técnicamente, tendría que haberle ordenado que volviera a tierra y se hiciera un análisis, pero ella no presentaba síntomas de ningún tipo, y él quería que se mantuviera alejada, lo más alejada posible. Autobuses, lavabos públicos, y casi todos los hospitales de la ciudad mostraban signos de priones, y ni siquiera los productos de limpieza de materiales peligrosos podían descontaminarlos.

Su móvil sonó.

—Stanton al habla.

—Soy Chel Manu.

—Doctora Manu. ¿Ha hecho progresos?

La joven describió la revelación del glifo padre-hijo y la primera parte del códice que habían traducido. Aunque no la seguía del todo, Stanton se quedó impresionado por su evidente ingenio, su dominio del complicado idioma y la inmensa cantidad de historia que tenía a su disposición. También percibió pasión en su voz. Tal vez no podía confiar en esta mujer, pero su energía elevaba el ánimo.

—No existe una geografía definida en la primera parte —continuó Chel—. Pero la narración es muy minuciosa. Albergamos la esperanza de que el escriba nos revelará más acerca de su emplazamiento en las últimas páginas.

—¿Cuánto tardarán en traducir el resto?

—Estamos en ello. Tal vez unos cuantos días.

—¿Cuánto les costó traducir esa primera parte?

—Unas veinte horas.

Stanton consultó el reloj. Al igual que él, Chel había trabajado sin parar.

—¿Le cuesta dormir? —preguntó.

—He arañado unos minutos de sueño. Sólo me he dedicado a trabajar.

—¿Tiene familia en la ciudad? ¿Se encuentran bien?

—Sólo mi madre vive aquí, y está bien. ¿Y su familia?

—No tengo, pero mi perro y mi ex mujer están bien.

Stanton observó que la palabra «ex mujer» le había salido de la boca con más facilidad que antes.

Chel suspiró.

—*Ma k'o ta ne jun ka tere'k.*

—¿Qué significa eso?

—Es una oración de los indígenas. Significa «Que nadie quede abandonado».

—Si presenta síntomas, llámeme enseguida —dijo Stanton al cabo de una pausa.

Raras veces se podía oír el romper de las olas en el paseo, pero aquella noche era lo único que Stanton oía. Habían desaparecido los ruidosos adolescentes apelotonados ante las tiendas de marihuana y los gritos de las fiestas de madrugada en la arena. Aparcó debajo del inmenso mural de Abbot Kinney y vio que el paseo marítimo estaba desierto. La policía había enviado a todo el mundo a su casa o a los centros de acogida.

Pero en lo tocante a esconderse, los ciudadanos de Ocean Front se contaban entre los más habilidosos de la ciudad. Stanton sacó las seis cajas de protectores oculares que había cogido del laboratorio y las guardó en su bolsa. Había un millar de cosas que debía hacer, pero los *frikis* del paseo eran sus amigos y vecinos. Era difícil no sentirse impotente en aquel momento, y se trataba de algo que podía hacer, por absurdo que fuera.

En primer lugar inspeccionó los lavabos públicos, donde descubrió a una pareja acurrucada en el interior. Después de darles protectores oculares, continuó adelante y, en un rincón entre tiendas de tatuajes, encontró a un tipo al que conocía vagamente, quien se hacía llamar el «Borrachuzo más Divertido del Mundo», y cuya canción habitual era «Navidad, Navidad, vamos a beber». Esta noche, Marco no dijo nada, sino que se limitó a reír groseramente cuando Stanton dejó un protector delante de él.

Detrás del Centro Judío para Adultos, encontró a cuatro adolescentes escondidos en una furgoneta VW, fumando un porro.

—¿Quieres? —le preguntó uno, ofreciéndole el canuto.

—Poneos estos protectores para los ojos, muchachos —dijo Stanton, al tiempo que desechaba la invitación con un ademán.

Se detuvo ante la única tienda de cirugía plástica de Venice y contempló la pintada que había sobre la fachada de BOTOX EN LA PLAYA. Stanton ya había visto el símbolo en otros lugares de Venice, pero nunca había comprendido su relación con 2012:

1098 DÍAS

Continuó hacia el sur, desconcertado por la extraña imagen. Recordó que una serpiente mordiéndose la cola era un símbolo griego, no maya, pero en aquel momento la gente estaba estableciendo toda clase de extrañas relaciones.

Las puertas metálicas del Groundwork Coffee estaban bajadas, y un pequeño letrero en la ventana anunciaba: «CERRADO HASTA QUE NOS PASE POR LOS COJONES». El letrero le recordó a una persona de la que se había olvidado. Minutos después, se encontraba unas manzanas más al norte, subiendo la escalera del Venice Beach Freak Show. Llamó con los nudillos sobre el signo de interrogación amarillo pintado en el centro de la puerta. El Freak Show era lo más parecido a un hogar que tenía su amigo.

—¿Estás ahí, Monstruo?

La puerta se abrió unos milímetros y una mujer de edad indefinida con piel de porcelana, medias a rayas y minifalda, apareció en la entrada. La Dama Eléctrica tenía el pelo negro rizado, en teoría como resultado de haber sido alcanzada por un rayo cuando era pequeña. Stanton la había visto en una ocasión encender un palo cubierto de gasolina con la lengua, sentada en una silla eléctrica. También era la novia de Monstruo. *Electrizante*.

—Se supone que no debemos dejar pasar a nadie —dijo la mujer.

Stanton levantó las cajas.

—Esto es para vosotros.

El Freak Show tenía una sala principal y un pequeño escenario, donde los artistas tragaban sables y se grapaban billetes de dólar en la lengua. La Dama Eléctrica indicó a Stanton que se dirigiera hacia el fondo, y después volvió a dar de comer al zoo de animales bicéfalos más grande del planeta. Había tortugas «siamesas», una serpiente albina con dos cabezas, una iguana con dos cabezas y un minidóberman con cinco patas. En botes de conserva había los cadáveres de un pollo con dos cabezas, un mapache y una ardilla.

Stanton encontró a su amigo tatuado en la pequeña oficina de contabilidad del Freak Show. Había prendas de ropa diseminadas sobre un pequeño catre en un rincón. Monstruo estaba sentado a la mesa, delante del antiguo ordenador portátil que no parecía abandonarle jamás.

—Tu nombre sale por todas partes, Gabe —dijo—. Imaginaba que estarías en Atlanta.

—Estoy atrapado aquí, como todo el mundo.

—¿Por qué estás en Venice? ¿No deberías estar en algún laboratorio?

—No te preocupes por eso. —Stanton levantó un protector ocular—. Hazme un favor y ponte uno. Coge más y se los pasas a cualquiera que no tenga.

—Gracias —dijo Monstruo. Pasó las correas por detrás de las anillas que recorrían la parte superior de su oreja y se ciñó el protector—. Electra y yo estábamos hablando de ti, doctor. ¿Te crees esa mierda del ayuntamiento?

—¿Qué mierda?

—¿No lo has visto? Lo dijeron hace unos minutos. Hasta mencionaron tu nombre un par de veces. —Giró el ordenador para que Stanton pudiera ver la pantalla—. Han colgado en Internet una copia de todos los correos electrónicos enviados desde la oficina del alcalde ocho horas antes y después de la decisión de decretar la cuarentena. Una de esas webs que filtran secretos. Llevan dos millones de visitas ya.

Stanton sintió que se le revolvía el estómago mientras miraba las noticias. Había correos electrónicos del CDC dirigidos a la oficina del alcalde que describían la celeridad con que podían aumentar los casos de VIF, preguntas improvisadas de la alcaldía sobre cuánta gente moriría en el plazo de una semana, y comentarios acerca de que, debido a que el prión era indestructible, los espacios públicos no podrían descontaminarse, y la posibilidad de que ciertas partes de Los Ángeles nunca más volverían a ser habitables.

—Son suposiciones arriesgadas sobre la peor posibilidad —dijo Stanton—. No hechos.

—Estamos en 2012, hermano. La diferencia ya no existe.

Otro artículo sugería que Volcy podría haber cruzado la frontera a sabiendas de que estaba enfermo, y había propagado aposta el VIF por motivos políticos.

—Eso es ridículo —dijo Stanton.

—Pero no impedirá que la gente se lo trague. Hay un montón de chiflados que pasan de los hechos. No sólo los creyentes del 2012. Hay mucha gente asustada, de modo que ve con cuidado. Tu nombre sale en estas páginas, tío.

Stanton no estaba preocupado por él, sino que tenía miedo de la reacción del público cuando viera sin censura lo asustados que estaban quienes, en teoría, se hallaban al frente de la crisis. La calma que reinaba en las calles era frágil, y la situación podía degenerar en cualquier momento.

—Déjate puesto el protector —dijo Stanton a su amigo—. Y si necesitas algo más, ya sabes que estoy al final del paseo.

Stanton abrió la puerta de su apartamento y encontró todo el espacio patas arriba. El sofá de la sala de estar y la mesa del comedor estaban colocados de lado y embutidos en la cocina. Dos alfombras, enrolladas e introducidas en tubos, se erguían sobre su extremo hasta la altura del pecho en las esquinas, y cada centímetro del espacio de la encimera estaba ocupado por los libros de la mesita auxiliar, lámparas y chucherías. Necesitaban toda la superficie disponible.

—¿Eres tú, cariño?

Stanton encontró a Alan Davies sentado en un banco de laboratorio en la sala de estar. Los muebles habían sido sustituidos por contenedores, microscopios y centrifugadoras. El lugar hedía a solución antiséptica. Habían desobedecido directamente las órdenes al instalar este laboratorio casero, por lo que sólo habían podido sacar a escondidas un número limitado de aparatos. Tenían que lavar y reutilizar tubos de ensayo, vasos de precipitado y otros utensilios de cristal. Sobre la consola del televisor había tendederos con utensilios de cristal que esperaban la siguiente ronda.

—¿Te gusta los cambios que he hecho en casa? —preguntó Davies, al tiempo que levantaba la vista del microscopio. Stanton se quedó maravillado de que su compañero aún fuera vestido con corbata rosa, camisa blanca y pantalones negros.

El televisor estaba conectado con la CNN: «Restricciones de viajar para ciudadanos estadounidenses en ochenta y cinco países... Bioterrorismo explorado... Correos de la oficina del alcalde filtrados. Vídeos de YouTube muestran saqueos de tiendas en Koreatown y edificios en llamas...»

—Jesús —exclamó Stanton—. ¿Hay saqueos?

—Disturbios en momentos de tensión —repuso Davies—. En Los Ángeles es una forma de vida, podríamos decir.

Stanton entró en el garaje. Detrás de cajas de revistas de investigación, recuerdos de Notre Dame y complementos de bicicleta pasados de moda, había una pequeña caja fuerte. Dentro encontró su equipo autoensamblado para terremotos y *tsunamis*: tabletas para purificar el agua, un espejo de señales con silbato, mil dólares en billetes y una Smith & Wesson de nueve milímetros.

Davies estaba mirando desde la puerta.

—Ya sabía yo que eras republicano.

Stanton no le hizo caso y comprobó que la pistola estaba cargada. Después la devolvió a la caja fuerte.

—¿En qué punto estamos con los ratones?

—Con suerte, los anticuerpos deberían estar preparados mañana —contestó Davies.

Pese a las órdenes, Stanton no podía aceptar quedarse cruzado de brazos sin buscar un tratamiento, de modo que habían instalado en secreto el laboratorio en su casa, lejos de los ojos de los curiosos. En el comedor, una docena de cajas descansaban sobre el suelo de madera. Cada una de ellas contenía un ratón anestesiado.

Sólo que estos ratones no estaban emparejados con serpientes: habían sido expuestos al VIF. Stanton confiaba en que no tardarían en producir anticuerpos capaces de combatir la enfermedad. Era el mismo procedimiento con el que habían conseguido algunos éxitos en el laboratorio, y en circunstancias normales tardarían semanas. Pero Davies había descubierto un método para crear una alta concentración de prión de VIF purificado que podrían utilizar para activar una reacción más veloz. Algunos ratones ya habían empezado a producir.

Stanton se levantó cuando alguien llamó con energía a la puerta.

Daba la impresión de que Michaela Thane acababa de terminar un mes de turno de noche. Tenía el pelo revuelto y la cara demacrada. Con el Hospital Presbiteriano en cuarentena y prácticamente todos los pacientes trasladados, los médicos ya no hacían turnos. Stanton había conseguido que Thane trabajara a tiempo completo con su equipo.

—Me alegro de que haya podido venir —dijo.

—Tuve que esperar en un control a que pasaran cien coches de policía y camiones de bomberos que iban en dirección contraria. Supongo que iban a los edificios que están incendiando esos gilipollas.

Entró, vio todo el equipo y miró a Stanton como si fueran a crear el monstruo de Frankenstein.

—Le conseguiré una escolta cuando se vaya —dijo él.

—Dígame que ha traído mi té —gimió Davies—. Dios, por favor, dígame que queda algo de dignidad en este mundo dejado de la mano de Dios.

Thane levantó una bolsa.

—¿Qué demonios está sucediendo aquí?

Davies sonrió.

—Bienvenida al final de nuestras carreras.

Diez minutos después, Thane estaba todavía recuperándose de la sorpresa del laboratorio improvisado y del hecho de que Stanton y Davies lo hubieran montado en secreto.

—No lo entiendo. Si podemos producir anticuerpos, ¿por qué no nos deja probarlos el CDC?

—Podrían provocar una reacción alérgica —explicó Stanton—. Hasta un treinta por ciento de pacientes pueden sufrir una reacción negativa.

Daba la impresión de que Davies estaba inhalando un tazón del mejor té.

—Pasarán años antes de que el FDA apruebe anticuerpos de ratones como terapia en enfermedades priónicas.

—Pero las víctimas van a morir de todos modos —adujo Thane.

—Pero no serán el CDC o el FDA quien las mate —dijo Stanton.

—Nosotros no hacemos las normas —contestó Davies—. Tan sólo las vulneramos. Por desgracia, la subdirectora Cavanagh está controlando cada uno de nuestros movimientos, y pondrá a alguien vigilándonos cada vez que entremos en la habitación de un paciente.

—Pero a mí no me vigilarán —dijo Thane, al comprender por fin por qué la habían alistado—. Todavía tengo pacientes en la UCI. Todavía puedo entrar.

Tan sólo el hecho de haber montado aquel laboratorio podía acabar con la suspensión de su permiso para ejercer la medicina, pero un médico militar sabía lo que era correr riesgos por sus pacientes. Stanton había visto a Thane interactuar con sus pacientes y con los demás miembros del equipo. Intuía que podía confiar en ella.

—No se lo puede contar a nadie —dijo Davies—. Créame cuando le digo que no me sentiría a gusto en una prisión estadounidense.

—El ensayo puede ser con cualquier grupo de pacientes al que podamos acceder, ¿verdad? —preguntó la mujer.

—Siempre que la enfermedad no haya progresado demasiado —dijo Stanton—. Más allá de dos o tres días, nada funcionará.

—Entonces pondré una condición.

—Todos tenemos una —dijo Davies—. Creo que el término médico es suicidio profesional.

Stanton estaba mirando a Thane.

—¿Cuál es esa condición?

16

El Getty dobló su equipo de vigilancia cuando los saqueos e incendios empezaron a propagarse por la ciudad. El Museo de Bagdad había perdido tesoros irremplazables durante el asedio de 2003, y nadie deseaba que eso sucediera si Los Ángeles se venía abajo. Ahora el museo donde Chel y su equipo llevaban encerrados dos días era uno de los lugares más seguros de la ciudad.

Estaba más preocupada por la seguridad de los indígenas locales. Según los telediarios que había visto en el laboratorio, los adeptos a la Nueva Era y los apóstoles del Apocalipsis estaban reunidos en algún lugar de la ciudad, violando la orden de quedarse en casa. Antes del VIF, las asambleas de «creyentes» se concentraban en una conciencia renovada o en el apocalipsis inminente. Ahora, la CNN afirmaba que muchas asambleas habían adoptado un tono diferente a la sombra de la cuarentena. La gente estaba desesperada y buscaba chivos expiatorios. Tal vez no fuera una coincidencia, decían, que justo antes del 21/12 un hombre maya hubiera llevado esa enfermedad a Estados Unidos.

En Century City, los indígenas locales habían recibido amenazas y sus casas habían aparecido cubiertas de pintadas. En el sector este, un hombre atacó brutalmente a su vecino maya después de una discusión sobre el fin del ciclo de la Cuenta Larga. El anciano hondureño estaba en coma como consecuencia de la paliza. Los líderes de la Fraternidad habían decidido que los indígenas de la ciudad necesitaban un lugar donde concentrarse y protegerse mutuamente. El arzobispo les había ofrecido generosamente un refugio. Ahora había más de ciento sesenta mayas viviendo de manera indefinida en Nuestra Señora de Los Ángeles.

La madre de Chel no se contaba entre ellos.

—Dicen que has de quedarte en casa para no enfermar —contestó cuando Chel la llamó para rogarle que se sumara a los demás en la catedral. La fábrica de Ha'ana había cerrado, ella no había abandonado su casa de West Hollywood, y anunció que no pensaba moverse.

—Hay un médico que hace análisis a la gente por si tiene VIF antes de dejarla entrar por la puerta, mamá. La iglesia es el lugar más seguro en este momento.

—He vivido en esta casa treinta y tres años, y nadie me ha molestado jamás.

—Entonces hazlo por mí.

—¿Y dónde estarás tú?

—En el trabajo. No me queda otra alternativa. Hay un proyecto en que el tiempo es fundamental. La seguridad es absoluta, con el museo cerrado a cal y canto.

—Sólo tú te dedicarías a trabajar ahora. ¿Cuánto tiempo vas a quedarte ahí?

Chel había ido a casa y llenado una maleta de ropa. Se quedaría en el museo todo el tiempo que fuera necesario.

—Estaría mucho más tranquila si supiera que estás en la iglesia, mamá.

Ninguna de ambas mujeres se quedó satisfecha cuando colgó, y Chel se permitió una pausa para fumar y calmar la frustración junto al estanque reflectante del Getty. Allí, su teléfono le informó de un correo electrónico entrante de Stanton. Ya sabía que no era un hombre proclive a los puntos de exclamación rojos. Sólo decía:

¿algo?

Empezó a teclear una diatriba, explicando en qué punto se encontraban de la descodificación, pero se lo pensó mejor a la mitad. Stanton no necesitaba un millar de detalles innecesarios. Ya tenía bastantes detalles de qué preocuparse.

Progresos en la traducción. Sin emplazamiento todavía. No pararemos hasta averiguarlo.

Sin pensar, añadió: «¿Cómo está?», y envió el mensaje, y al instante se sintió absurda. Era ridículo preguntar eso al hombre que dirigía la investigación. Sabía muy bien cómo estaba.

Pero, ante su sorpresa, recibió la respuesta al cabo de unos segundos.

trabajando como un negro para sostenerme en pie. manténgame informado por favor. vaya con cuidado, la necesito a usted y a su equipo sanos. llámeme si necesita algo. Gabe

No decía gran cosa, pero algo en el mensaje resultaba relajante e inspirador para Chel. Tal vez estaba empezando a considerarla parte de la solución a la crisis. Tal vez lo sería. Apagó el cigarrillo y volvió al interior.

Rolando estaba depositando con la ayuda de unas pinzas más diminutos fragmentos del códice sobre la mesa de reconstrucción. Habían sacado todo el contenido de la caja y tomado una colección completa de fotografías de todos los fragmentos del manuscrito, para conservarlo a perpetuidad. Y una vez que descubrieron el glifo de la pareja padre-hijo, Chel, Rolando y Victor habían reconstruido las ocho primeras páginas del códice. Si bien quedaba casi todo el documento por reconstruir y descifrar, sabían que sus hallazgos cambiarían para siempre los conocimientos sobre los mayas. Mucho más que los pensamientos personales de un escriba, el códice de Paktul era una protesta política, la crítica de una orden del rey y el cuestionamiento sin precedentes de un dios.

Chel se consolaba con el hecho de que, con independencia de lo que fuera de ella o de su carrera, el mundo conseguiría ver este extraño regalo de historia. Era la obra de un hombre ético y culto dispuesto a arriesgar la vida por sus creencias, y que ilustraba más allá de la duda la humanidad de sus antepasados. Pero había un problema más acuciante: descubrir dónde había sido escrito el códice para ayudar al CDC a identificar el origen de la enfermedad. Ni ella ni nadie más de su laboratorio habían oído el nombre antes, pero el escriba llamaba a su pueblo natal Kanuataba, y se refería a él en diversas ocasiones como una «ciudad en terrazas». Las terrazas eran una práctica agrícola mediante la que los antiguos creaban nuevas extensiones de tierra cultivable a base de tallar parcelas como escalones en las laderas de las colinas. Pero la práctica se utilizaba en todo el imperio maya, de modo que, sin más detalles, el nombre no ayudaba a averiguar el emplazamiento de la ciudad.

—¿Ha aparecido algo en las bases de datos sobre Akabalam? —preguntó Ronaldo.

Chel negó con la cabeza.

—Lo envié a Yasee, que está en Berkeley, y también a Francis, que se encuentra en Tulane, pero no tenían ni idea.

Ronaldo se mesó el cabello.

—Hacia el final el glifo aparece en casi todos los fragmentos. Aún no entiendo qué puede ser.

Nunca habían visto tal proliferación de glifos relacionados con un solo dios en ningún libro. Comprender su significado sería crucial para terminar la traducción.

—No es una cuestión de sintaxis, como la combinación padre-hijo —dijo Rolando—. Es como si Paktul se autodedicara las últimas páginas.

Chel asintió.

—Como *adonai* en la Torá judía, que significa tanto «Dios» como «Alabad a Dios».

—Pero hay fragmentos donde parece que el escriba se muestra negativo con relación a Akabalam —dijo Rolando—. ¿No sería herético que un escriba se mostrara tan ofensivo con un dios?

—Todo el libro es herético. El primer bloque de glifos critica a su rey. Sólo eso supondría la pena de muerte.

—Pues seguiremos investigando. Entretanto, ¿hablamos de la página siete?

—¿Qué pasa con ella?

Rolando buscó la parte en cuestión.

—Supongo que siento curiosidad por lo que opináis acerca de la referencia al decimotercer ciclo —dijo, casi con timidez.

Y las palabras del agonizante fueron oídas por aquellos que nos encontrábamos por encima del tumulto, y eran un presagio de las cosas venideras, tan negras como el final del decimotercer ciclo.

Chel se sentó. La Cuenta Larga de más de cinco mil años estaba dividida en períodos de unos 395 años cada uno, y el 21/12/12 era el final del importantísimo «decimotercer ciclo», en cuyo momento se suponía que la Cuenta Larga llegaría al final. Tan sólo una breve inscripción en las ruinas de Tortuguero, México («FINALIZARÁ EN EL DECIMOTERCER CICLO»), había dado nacimiento a una industria artesanal y una devoción de culto al calendario, y los partidarios del 2012, ya crecidos por el VIF, perderían los papeles si averiguaban que aparecía una mención al decimotercer ciclo en el libro cuya aparición estaba inextricablemente relacionada con la epidemia.

Chel echó un vistazo a la puerta del laboratorio, junto a la cual colgaba un intercomunicador de la pared. Podía utilizarse para llamar al destacamento de seguridad apostado al pie de la colina. Confiaba en no tener que utilizarlo jamás.

—Podría estar hablando sobre un ciclo de Tzolk'in de trece días, por lo que nosotros sabemos —dijo a Rolando por fin—. Tal vez no tenga nada que ver con la Cuenta Larga.

Chel no estaba segura de creer en sus palabras, pero no podía permitir que el 2012 la distrajera en estos momentos, ni conceder nada a los creyentes del 2012 a lo que pudieran aferrarse.

Uno de los creyentes en los que estaba pensando entró en el laboratorio y escuchó el final de su conversación. El pelo cano y corto de Victor estaba peinado hacia atrás y mojado, como si acabara de ducharse. Esta vez, su polo perpetuo era verde.

—Por mí no te cortes.

Incluso en los momentos más bajos de Victor, Chel siempre se había maravillado de su energía de setenta años y pico. Cuando ella estudiaba en la universidad, él se dedicaba al trabajo de descifrado durante períodos de doce horas, sin comer ni ir al baño, y ahora había sido fundamental para conducirlos hasta este momento.

De todos modos, por agradecida que se sintiera, no tenía ganas de mencionar 2012 cuando él estaba presente.

—La referencia al decimotercer ciclo está abierta a todo tipo de interpretaciones —dijo Victor sin más dilación.

—Supongo —respondió ella con cautela.

—Echaré un vistazo a los ordenadores —dijo Rolando.

Victor tosió.

—Pero muchas cosas estarán abiertas a diversas interpretaciones en función de los prejuicios personales de la gente. Y creo que hemos de concentrarnos en *otras* cosas más importantes. ¿No te parece?

Chel se sintió aliviada.

—Sí, Victor. Gracias.

El hombre alzó su copia de la traducción.

—Bien, pues pongamos manos a la obra —dijo. Apoyó una mano con delicadeza sobre el hombro de Chel, y ella la tocó un momento—. Creo que lo primero que deberíamos comentar son las implicaciones del colapso de la civilización maya, ¿no?

—¿Qué implicaciones?

—La posibilidad de que este libro pueda revelarnos algo sobre el colapso para lo cual no estemos preparados. ¿Qué deduces de la descripción que hace Paktul de la ciudad en decadencia?

—Veo una comunidad asolada por una megasequía, y que intenta sobrevivir. Paktul dice que hay mercados vacíos y niños famélicos. La sequía se habrá prolongado unos dieciocho meses, como mínimo, basándonos en las probables reservas de agua.

—Sabemos que hubo sequías —dijo Victor—, pero ¿qué me dices de la referencia a las técnicas de conservación de la comida que utilizan?

Nuestro ejército ha descubierto una nueva forma de conservar la comida, salando las provisiones más que antes, de modo que somos capaces de lanzar guerras contra países todavía más lejanos.

—¿Qué quieres decir? —preguntó Chel.

—La salazón es una innovación fundamental en la guerra. Ya sabes que la guerra entre los estados se veía dificultada con frecuencia por el suministro de provisiones. Descubrir técnicas de salazón mejores permitiría que lucharan con más eficacia.

—¿Qué estás insinuando?

—Sólo estoy diciendo que, a la larga, la capacidad de prolongar sus guerras los hacía más vulnerables.

—¿A qué?

—A todo.

Ella comprendió. Victor siempre había defendido la misma teoría, incluso antes de su obsesión por el 2012: creía que los antepasados de Chel estaban mejor adaptados a vidas más sencillas y rurales, y que las ciudades, pese a toda su gloria, fomentaban los excesos autodestructivos de reyes despóticos.

—Los antiguos podrían haber gobernado durante un milenio de no ser por las sequías —dijo—. Utilizaron su tecnología con suma eficacia.

Victor no estaba de acuerdo.

—No olvidemos que los mayas soportaron sequías mucho más largas cuando vivían en los bosques que cuando vivían en las ciudades. En cuanto se trasladaron a la selva después del clásico, y dejaron de construir templos, guerrear y quemar toda su leña para fabricar yeso, sobrevivieron sin problemas a los períodos de sequía.

—¿Así que los nobles salvajes sólo podían sobrevivir en las selvas? ¿No soportaban las presiones de la civilización?

Antes de que Victor pudiera responder, Rolando asomó la cabeza en el laboratorio.

—Siento interrumpir, pero hay algo que debéis ver los dos.

En la parte posterior del laboratorio, había cuatro ordenadores que utilizaban programas de «visión» de última generación para descifrar glifos desconocidos y reconstruir espacios en blanco del texto. Debido al estilo único de cada escriba, hasta palabras familiares podían pintarse de una forma que las hacía irreconocibles. La visión por ordenador utilizaba sofisticados algoritmos para calcular las distancias entre pinceladas, y después intentaba compararlas con glifos conocidos de formas similares, con mucha más precisión que el ojo humano.

Rolando señaló una serie de líneas garabateadas del códice.

—¿Veis este glifo? El ordenador cree que es bastante similar a una de las representaciones de Escorpio visto en Copal para que sea una coincidencia. Creo que es una referencia zodiacal.

El Sol y las estrellas determinaban todos los acontecimientos de la vida antigua: el culto a los dioses, los nombres que ponían a los niños, los rituales que se celebraban, los alimentos que tomaban, los sacrificios ofrecidos. El pueblo antiguo estudiaba y rendía culto a muchas de las mismas constelaciones veneradas por los griegos y los chinos. Nadie sabía si el Zodíaco maya era autóctono o había sido traído a través del estrecho de Bering desde Asia, pero, en cualquier caso, los paralelismos eran sorprendentes.

—Por tanto, si sustituimos esa interpretación del texto —continuó Rolando—, la frase sería así: *La gran estrella de la mañana había atravesado la parte más roja del* gran escorpión *del cielo.*

Chel lo comprendió al instante.

—Podríamos intentar recrear la posición de Venus en el cielo en el momento en que Paktul estaba escribiendo.

—Debo suponer que hay más referencias zodiacales en el texto

—dijo Rolando—. He pedido al ordenador que busque cualquier otra cosa que recuerde a constelaciones.

—Necesitamos un experto en arqueoastronomía —intervino Victor—. ¿Patrick no trabaja a veces con el Zodíaco?

Chel sintió un nudo en el estómago.

—¿Sabemos si anda por aquí? —preguntó Rolando.

Ella sí lo sabía, por supuesto. Patrick le había enviado un correo electrónico cuando empezó la cuarentena para saber si se encontraba bien. Para informarle de que estaba en la ciudad en caso de que necesitara algo. Ella ni siquiera le había contestado.

17

 Mis plumas escarlata tienen franjas azules y amarillas. Cuando llegué aquí, me moría de hambre y habría podido morir si él no me hubiera salvado. Era la época de migración y perdí a mi bandada cuando atravesábamos Kanuataba, y sólo el escriba me dio vida. Comí gusanos de tierra que sacó del suelo. Ha pasado tanto tiempo desde las lluvias que hasta los gusanos de tierra están marchitos y resecos, pero nos dimos mutuo consuelo.

Yo, Paktul, escriba real de Kanuataba, me siento animado por la presencia de un guacamayo escarlata, que ha entrado volando en mi cueva. La forma espiritual que recibí al nacer era la de un guacamayo, y el pájaro siempre ha significado un gran presagio cuando me lo he encontrado por casualidad. La noche del asesinato de Auxila, llegó herido. Le di gusanos porque no podía ofrecerle semillas de fruta, y después dejé caer gotas de sangre de mi lengua para darle la bienvenida. De esta forma nos convertimos en uno. Yo encarno el espíritu del ave en mis sueños. Ahora estoy tan agradecido por su presencia como él por la mía. No suele suceder que un espíritu animal encuentre a su hombre en carne y hueso, y ésta es la única felicidad que conozco ahora.

Porque sólo ha caído lluvia en nuestros sueños, y la gente de Kanuataba padece cada día más hambre. Maíz, frijoles y pimientos escasean casi tanto como la carne, y la gente se alimenta de arbustos. He dado mis raciones a los hijos de mis amigos porque estoy acostumbrado a la alimentación de subsistencia cuando entro en comunión con los dioses, y mi apetito ha disminuido.

La muerte de Auxila, hace sólo doce soles, todavía me atormenta. Auxila era un buen hombre, un hombre santo, cuyo padre me adoptó cuando yo era pequeño y no tenía padres. Sólo conocí a mi padre, pues mi madre había muerto cuando me expulsó del útero. Mi padre no podía encargarse por sí solo de un niño, pero el rey, el padre de Imix Jaguar, no le permitió tomar otra esposa de Kanuataba. Así que huyó solo al gran lago que hay junto al mar, el país de nuestros antepasados, para reunirse con ellos, como el ave que vuelve con su bandada. Nunca regresó, y el padre de Auxila me adoptó como huérfano y convirtió a Auxila en mi hermano. Ahora mi hermano ha sido asesinado por el rey al que sirvo.

Me dirigí a palacio con mi guacamayo, un día en que la luna estaba mediada, y la estrella del anochecer iba a atravesar Xibalba. Me tragué mi tristeza por la muerte de Auxila, pues expresar descontento por un decreto real es imprudente. El rey me había convocado por motivos que desconocía.

El guacamayo y yo pasamos ante otros nobles que estaban en el patio central cuando nos encaminábamos hacia el palacio. Maruva, miembro del consejo que jamás tenía una idea propia, se encontraba apoyado contra una de las grandes columnas que rodeaban el patio, empequeñecido por la piedra que alcanzaba una altura de siete hombres. Habló al embajador de un rey, famoso por proporcionar alucinógenos al mercado negro de las Afueras. Ambos me miraron con suspicacia y susurraron cuando pasé de largo.

Llegué al palacio y uno de los guardias me condujo a los aposentos reales. El rey y sus lacayos acababan de comer, otro ritual secreto al que sólo tenían acceso él y sus aduladores. Los hombres estaban finalizando un festín real. El olor a incienso invadió mi nariz y se impuso al olor de carne animal. El incienso era inconfundible. Ya había llegado en otras ocasiones al final de estas fiestas reales, y siempre perdura un olor amargo en el aire procedente del fuego que arde para santificar su comida. La mezcla secreta de plantas quemadas es una fuente de poder para los reyes, y el aroma del incienso es una gran fuente de orgullo para Imix Jaguar. Cuando dejé en el suelo al guacamayo y besé la abyecta piedra caliza, el aroma había cambiado, y ya no pude notarlo en el fondo de mi lengua como antes.

Imix Jaguar me ordenó entrar en los recovecos de sus aposentos, y sentarme en el suelo debajo de su trono real, donde el sol brilla en el solsticio y la luna brilla cuando llega la cosecha. El rostro de Imix Jaguar es afilado, y siempre ha cosechado poder de su distinción. Su nariz es puntiaguda como la de un ave, y su frente chata se presenta como prueba de su poder divino. Se viste de algodón, hecho en telares reales y teñido de verde real, y casi nunca se le ve sin su tocado de cabeza de jaguar.

Imix Jaguar, el santo gobernante, habló. Su voz resonó de forma que todos pudieran oírle:

—Honraremos al gran dios Akabalam y los muchos dones que ha derramado sobre mi reino soberano. ¡Alabado sea! A ti, Akabalam, dedicaremos una fiesta santa, y te hacemos esta insignificante ofrenda para que puedas bendecirnos con tus numerosos dones. Prepararemos un festín de carne como jamás se haya visto en esta ciudad, para todos los habitantes de Kanuataba. Se celebrará en honor de Akabalam con el fin de santificar la iniciación de la nueva pirámide...

Yo estaba confuso. ¿De qué fiesta hablaba? ¿Y de dónde sacaría comida para tal festejo, cuando nuestra ciudad se está muriendo de hambre?

Hablé:

—Perdonad, alteza, pero ¿se va a celebrar una fiesta santa?

—Como no ha visto esta ciudad en cien vueltas de la Rueda Calendárica.

—¿Qué clase de fiesta?

—Todo se sabrá a su tiempo, escriba.

Imix Jaguar hizo un ademán a una concubina que había venido a reunirse con nosotros, y la mujer introdujo la mano en un pequeño cuenco que tenía al lado y sacó una piel de árbol. La colocó entre los dientes de su amo, y él masticó mientras hablaba de nuevo:

—Paktul, sirviente, mientras me encontraba en trance, me comentaron los dioses que desaprobabas el nuevo templo. El que cuestiones la fiesta ordenada por Akabalam confirma lo que los dioses me dijeron. Ya sabes que yo lo veo todo, escriba. ¿Es cierto lo que dicen los dioses? ¿Que pones en duda que yo sea su portavoz?

Estas palabras equivalían a una sentencia de muerte, y experimenté más miedo que nunca. Los ojos de la corte estaban clavados en mí, pre-

parados para el derramamiento de sangre. Habían sacrificado a Auxila por menos. ¡Me arrancarían el corazón en el altar! Miré a Jacomo el enano, que bebía de una taza de chocolate con canela y chile. Supe entonces que ningún dios era responsable de esto, tan sólo un enano malicioso.

Con miedo en el corazón, hablé:

—Imix Jaguar, santísimo gobernante, exaltado. Hablé en la reunión del consejo sólo para preguntar si era el momento propicio para la construcción de una nueva pirámide. Deseo que la pirámide se yerga durante diez ciclos grandes para que tu nombre sea recordado por siempre jamás como el más santo. Espero adornar la fachada con mil glifos que te representen, pero no deseo pintar sobre piedra caliza pobre, porque no tenemos hombres ni materiales para construirla.

Incliné la cabeza en señal de penitencia, y en ese momento Imix Jaguar escupió la piel de árbol en el suelo y mostró los dientes. Exhibió el conjunto de empastes de jade y perlas más hermoso jamás creado en Kanuataba. A Imix Jaguar le encanta sonreír y recordar a todos los que se encuentran por debajo de él su tesoro. La lealtad es lo que más exige Imix Jaguar a su pueblo, y muchas veces le he visto complacerse en la humillación de un hombre, sólo para ordenar ejecutarle antes de otro giro de la gran estrella del cielo.

Cerré los ojos y esperé la llegada de los verdugos. Me conducirían a lo alto de la pirámide y me sacrificarían como hicieron con Auxila.

Pero entonces el rey habló con palabras que yo no esperaba:

—Paktul, sirviente, estás perdonado. Perdono tu indiscreción y confío en que te redimirás mediante los preparativos de la santa fiesta en honor de Akabalam.

Abrí los ojos sin dar crédito a sus palabras. Y el rey continuó:

—Mi hijo, el príncipe, siente afecto por ti, y por ello te será perdonado tu pecado en esta ocasión, para que puedas enseñar a Canción de Humo a seguir el linaje de su destino. Le enseñarás el poder de Akabalam, el más reverenciado dios que se me ha revelado. Enseñarás a Canción de Humo las virtudes de la fiesta inminente.

Temblando, tartamudeé mis palabras:

—Alteza, he buscado en los grandes libros, y no he encontrado a este tal Akabalam. He buscado por todas partes, y no hay descripciones

de él en los grandes ciclos de tiempo. Deseo enseñar al príncipe, pero ¿qué voy a enseñarle?

—Continuarás impartiendo lecciones al príncipe tal como estaba planeado, humilde escriba, con los grandes libros que conoces tan bien. Y cuando la fiesta en honor de Akabalam esté preparada, te lo revelaré todo para que puedas dejar constancia de ello en los nuevos libros sagrados, y así Canción de Humo y los divinos reyes que le seguirán lo sabrán por siempre jamás.

Salí de los aposentos reales, embriagado de la nueva vida que el rey me había instilado.

Las lecciones del santo príncipe son más importantes que cualquier otro deber, y han salvado mi vida del sacrificio. Intenté sepultar mis preocupaciones cuando fui a la biblioteca de palacio para reunirme con el príncipe, con sólo el pájaro enjaulado, encarnación de mi espíritu, con quien compartir mis temores.

La biblioteca real, donde imparto clase al príncipe, es el lugar más prodigioso de toda nuestra gran ciudad terraplenada. En ella me he parado debajo del árbol del conocimiento que los hombres sabios han reunido a lo largo de diez vueltas de la Rueda Calendárica. Hay libros de toda descripción, que se leen a causa de su santa sabiduría. Estos libros enseñan los conocimientos religiosos de los astrónomos, quienes se referían al mundo celestial como la serpiente de dos cabezas.

Entré en la biblioteca, una sala de piedra cubierta de telas teñidas con el azul marino más intenso. La ventana cuadrada abierta en la piedra arroja luz blanca sobre la tela. El día del solsticio de verano, al amanecer, el sol la baña directamente para simbolizar el nacimiento de la pasión por el conocimiento que nuestros antepasados trajeron al mundo. Hay estanterías sobre las que descansan grandes libros, pilas de ellos, algunos desplegados, de una época en que el papel amate abundaba y nunca un escriba se veía obligado a robar para pintar este libro.

Más de mil soles antes, el rey me confió enseñar al príncipe real la sabiduría de nuestros antepasados, además de enseñarle a comprender el tiempo, el bucle interminable que se dobla sobre sí mismo. Sólo estudiando nuestro pasado podremos soñar el futuro.

Canción de Humo, el príncipe, es un muchacho fuerte de doce vueltas de la Rueda Calendárica, con los ojos y la nariz del rey, su padre. Pero no es vengativo, y cuando entré en la biblioteca cargado con el pájaro, Canción de Humo estaba preocupado.

Habló:

—He visto el sacrificio de Auxila, maestro. Y en la plaza vi a su hija, Pluma Ardiente, por quien siento afecto, llorando a su padre. ¿Puedes decirme dónde está ahora?

Miré a Kawil, el criado del príncipe Canción de Humo, quien se quedaba esperando de pie al príncipe hasta que terminábamos la clase. Kawil es un buen criado y muy alto. Guardó silencio, con la vista clavada al frente.

Era demasiado doloroso explicar lo que sería de las chicas, las hijas de Auxila, de modo que me limité a decir:

—Sí, príncipe, ha sobrevivido, pero has de borrar de tu mente a Pluma Ardiente, porque para ti es intocable. Has de concentrarte en tus estudios...

El chico parecía triste, pero señaló el guacamayo y habló:

—¿Qué es eso, maestro? ¿Qué me has traído?

Mi espíritu animal es de lo más sociable, de modo que le dejé salir de la jaula para enseñárselo al príncipe. Mientras repasábamos sus conocimientos sobre espíritus animales, expliqué que el mío me había llegado en la forma de este guacamayo, y que me había convertido en uno con el ave mediante unas gotas de mi sangre. Después, el ave, mi forma animal, voló alrededor de la sala, lo cual pareció complacer al muchacho. Volamos hasta el techo y descendimos. Dimos vueltas a su alrededor y nos posamos sobre su hombro.

Le dije al príncipe que mi espíritu animal se había detenido en Kanuataba en el gran sendero de la migración que siguen todos los guacamayos con su bandada. Le conté que, al cabo de pocas semanas, continuaríamos nuestro viaje en busca del país al que nuestras aves antepasadas han regresado durante la estación de la cosecha durante miles de años.

Dije al príncipe:

—Todo ser humano ha de trascender el mundo humano cotidiano, y el yo animal es la encarnación de ese ideal.

El espíritu animal de Canción de Humo es un jaguar, como corresponde a todos los futuros reyes. Le vi examinar al animal, reflexionar sobre cómo el guacamayo podía ser mi puente al otro mundo. Lamento que Canción de Humo nunca vuelva a ver a su espíritu animal. Ya quedan pocos jaguares que vaguen por el país.

Cuando dejamos de hablar de espíritus animales, el muchacho habló:

—Sabio maestro, mi padre el rey me ha dicho que quizá pueda acompañar al ejército para combatir en nombre del pueblo de Kanuataba. Que tal vez vayamos hasta Sakamil, Ixtachal y Laranam para hacerles la guerra, tal como ha decretado la estrella de la mañana que se hunde en la oscuridad. Será una gran guerra de la estrella del anochecer. ¿No estás orgulloso, sabio maestro?

La ira creció en mi interior, y escupí palabras que habrían podido costarme la vida.

—¿Has ido a las calles y los mercados vacíos, asolados por la sequía? Es difícil contemplarlo, príncipe, pero ves el sufrimiento de la gente con tus propios ojos. Incluso el ejército se está muriendo de hambre, por más técnicas de salazón nuevas que utilicen ahora. ¡No podemos permitirnos librar guerras en tierras lejanas!

Pero el muchacho replicó:

—¡Mi padre ha recibido la revelación de que hemos de librar la guerra estelar contra los reinos lejanos! ¿Sabes tú más que las estrellas? ¡Lucharemos como nuestros dioses han ordenado! ¡Lucharé con los guerreros de Kanuataba!

Miré al muchacho con el corazón adolorido y hablé:

—El fuego arde en el corazón de todos los hombres de Kanuataba, príncipe, pero un día has de conducirnos a la salvación, y has de demostrar tu sabiduría. Estás sumergido en tus estudios. ¡No vine aquí para adiestrarte como guerrero, con una cerbatana o una cuerda, para que mueras en el sendero de la guerra!

El príncipe salió corriendo de la biblioteca, disimulando las lágrimas que manaban de sus ojos. Le llamé, pero no volvió.

Esperaba que el criado del príncipe, Kawil, le siguiera al punto, pero ante mi sorpresa no se movió. Me habló:

—*Iré a buscarlo para traerlo de vuelta, escriba.*

—*Ve, pues.*

—*¿Puedo hablar antes, santo escriba? Con relación a Auxila.*

Di permiso al criado.

Kawil me dijo que estaba sentado delante de los muros del palacio, varias noches después del sacrificio de Auxila, y entonces había visto a Haniba, la esposa de Auxila, con sus dos hijas.

Explicó:

—*Habían ido a rendir culto en el altar donde Auxila fue sacrificado.*

Me quedé estupefacto al oír aquello. Todas las mujeres saben lo que han de hacer cuando su marido es sacrificado en el altar. Haniba había insultado a los dioses al no cumplir con su deber. Kawil explicó que la siguió hasta las Afueras, donde vivía ella.

Ya no albergaba la menor duda sobre lo que debía hacer.

Alguien tenía que recordar su deber a la esposa de Auxila. Durante toda nuestra historia, Itzamanaj ha decretado que las esposas de los nobles sacrificados han de reunirse con sus maridos en el más allá mediante un suicidio honorable. Auxila era mi mejor amigo, mi hermano, y su esposa merecía algo más que los horrores de las Afueras.

Si ella no quería obedecer a la llamada de los dioses, tendría que ayudarla.

Cuando la estrella de la mañana atravesó una vez más la parte más roja del gran escorpión en el cielo, me vestí con un taparrabos de plebeyo y sandalias de cuero, para que nadie me reconociera.

Las Afueras albergan a la escoria de Kanuataba, donde hombres y mujeres han escapado de la muerte gracias a presagios, pero han sido exiliados de la ciudad por sus crímenes. Aquí vivían ladrones y adúlteros que habían salvado el pellejo gracias a un eclipse, prestatarios errantes que vivían sólo por la gracia de la estrella de la noche, drogadictos, e incluso aquellos que, según nos han dicho, son los mayores pecadores de todos, condenados a recorrer la Tierra por toda la eternidad, de norte a sur; aquellos que, estúpidamente, veneran tan sólo a las deidades por las que se consideran favorecidos.

No se malgasta ni piedra caliza ni mármol en los edificios de las Afueras, y si sorprenden a algún cantero robando piedra caliza, se le condena a morir en público, porque los edificios están hechos de barro y paja. Sólo hay comercios ilegales: el mercado de los hongos de los sueños, los juegos de pelota y la prostitución.

Había tapado mi cara con la toalla de secarme, que utilizo para preparar el gesso de los libros. En la palma de la mano llevaba varios granos de cacao, y los iba repartiendo a las mujeres de las calles que me guiaban hasta Haniba. Todas estas mujeres me ofrecían su cuerpo a cambio de los granos, y se quedaban muy confusas cuando las rechazaba. En cambio, me puse a hablar con una ramera anciana. Me envió doscientos pasos más allá, hasta una serie de puestos callejeros que no había visto desde que fui a las Afueras, cuando era adolescente, con el fin de perder la virginidad.

En la parte posterior de uno de dichos puestos, oí gemir a una mujer. Me giré y descubrí a un hombre encima de Haniba, un hombre malvado que la estaba embistiendo. ¡Haniba se estaba deshonrando! Había cuatro vainas de cacao en el suelo al lado de ellos, y enzarzados en su cópula no me oyeron cuando me agaché para inspeccionarlos. No encontré granos dentro de dos de las vainas. El hombre era un estafador.

Recogí una piedra grande que había en una esquina del puesto y la alcé sobre mi cabeza. La descargué con todas mis fuerzas. El hombre se derrumbó sobre la esposa de Auxila y ella chilló, sin comprender lo que ocurría. Creo que pensó que el mismísimo Iztamaal había lanzado la piedra para castigarla por sus transgresiones. Pero cuando levanté al hombre y vio mi cara, desvió la vista. Haniba estaba muy avergonzada. Sin embargo, no podía existir vergüenza más profunda a los ojos de los dioses que el hecho de que siguiera viviendo en esta Tierra.

Habló:

—Me lo han robado todo, Paktul, mi casa, toda mi ropa y los bienes de Auxila.

—Sé por qué estás aquí, y he venido a implorarte, Haniba. Has de proceder con prudencia. Tus hijas se mueren de hambre porque nadie las aceptará hasta que hayas muerto. La gente sabe que aún sigues con vida.

La mujer lloró, casi incapaz de respirar.

—*No puedo obedecer la orden hasta saber que mis hijas están a salvo. ¡Pluma Ardiente está llegando a una edad en que será acogida por algún viejo ansioso de carne fresca! Ya has visto cómo el propio príncipe Canción de Humo mira a mi Pluma Ardiente. ¡Podría haber sido reina, Paktul! El rey estaba considerando la posibilidad de desposarlos, y el príncipe es bueno, es merecedor de ella. Pero ahora que su padre ha sido deshonrado, todos sabemos que no pueden desposarse. ¿Qué buen hombre se quedará con Pluma Ardiente? Has de comprenderlo, Paktul. ¡Esta vergüenza es la misma que debiste sentir tú cuando tu padre te abandonó!*

Estuve tentado de abofetearla por hablar así, pero cuando vi su mirada de tristeza, fui incapaz de golpear a la mujer que conocía desde que Auxila y yo éramos pequeños y la perseguíamos con palos.

Hablé:

—*Has de encontrar una enredadera y ceñirla alrededor de tu cuello cuando el siguiente sol haya girado. Has de ahorcarte con orgullo, Haniba, para cumplir tus deberes como esposa de un noble sacrificado a los dioses.*

—*¡Pero no fue sacrificado a los dioses, Paktul! ¡Fue asesinado por un rey! ¡Imix Jaguar ordenó su muerte porque Auxila tuvo la valentía de hablar en su contra, y el rey le sacrificó en nombre de un dios que no existe! ¡Este dios, Akabalam, no puede haber exigido el sacrificio de Auxila, pues jamás nos ha revelado su poder ni a nosotros ni a ningún otro noble en un sueño!*

No dije nada acerca de mis dudas sobre el nuevo dios, porque un simple escriba no debería poner en duda una adivinación, como tampoco una viuda a un rey.

Hablé:

—*¿Qué puedes saber tú de la conversación entre un rey y un consejero al que sacrifica? ¿Cómo puedes saber que Akabalam nunca se ha revelado al rey?*

Haniba sepultó la cara en sus manos.

Como noble, después de ver a esa mujer cometer tal transgresión contra los dioses, mi deber era matarla.

Pero me sentí impotente delante de su tristeza.

18

El CDC había concedido una dispensa especial a Chel para que pudiera salir a la calle, y el equipo de seguridad del Getty le había proporcionado una escolta que la seguía hasta Mount Hollywood. Desde lo alto de Mulholland Drive, vio que se alzaba humo de lejanos rincones de la ciudad. Sin embargo, mientras corría hacia el este, Chel experimentó los primeros destellos de esperanza que había sentido desde hacía días. Patrick había accedido a reunirse con ella en el planetario de inmediato.

East Mulholland estaba extrañamente desierto, salvo por algún coche de la policía y *jeeps* de la Guardia Nacional. No obstante, el aire transportaba un olor acre. Tal vez los incendios se hallaban más cerca de lo que pensaba. Empezó a subir la ventanilla. Justo en aquel momento, una mujer con atuendo de gimnasia se lanzó al centro de la carretera, delante de su coche. No la habría visto de no ser por el destello de sus zapatillas de deporte reflectantes.

Chel dio un volantazo, los neumáticos patinaron sobre la carretera y por fin paró en el arcén con el corazón acelerado. Vio por el retrovisor que la mujer continuaba corriendo como si nada hubiera sucedido. Parecía que llevara el piloto automático puesto. Chel había oído historias de víctimas de VIF que asaltaban farmacias en busca de somníferos, bebían hasta caer en el coma etílico y pagaban precios desorbitados a traficantes de drogas por sedantes ilegales. Pero la mujer que se estaba alejando estaba intentando conseguirlo con métodos naturales: trataba de agotarse hasta perder el sentido. Daba la impresión de que podía desplomarse en la calle en cualquier momento. Pero continuaba corriendo.

¿Hasta qué extremos llegaría yo?, se preguntó Chel.

El coche de seguridad que la seguía paró al lado del Volvo. Y una vez que ella insistió en que se encontraba bien, llegaron a la cumbre de la montaña sin más incidentes.

Quince minutos después, la caravana llegó al observatorio Griffith.

El enorme edificio de piedra siempre le había recordado a una mezquita. Patrick le había dicho hacía años, antes de que la contaminación lumínica impidiera ver casi ninguna estrella, que aquel había sido el mejor lugar del país para estudiar el cielo nocturno. Ahora era más adecuado para admirar las vistas de la ciudad: todo el Gran Los Ángeles brillaba abajo. Desde allí, los fuegos que se recortaban contra la noche casi parecían hermosos. Desde allí, Chel casi podía olvidar que Los Ángeles estaba en peligro de llegar a su colapso.

El destacamento de seguridad esperó en el aparcamiento, donde se quedarían hasta que ella quisiera marcharse.

Chel consultó el móvil antes de bajar del coche. No había mensajes nuevos. Nada de su madre. Ni de Stanton. Se preguntó cuándo podía esperar un nuevo «algo». La posibilidad de que pudiera revelar algo a Stanton la siguiente vez la espoleaba. Bajó del coche, y un minuto después estaba saludando a Patrick en la entrada del observatorio.

—Hola —dijo ella.

—Hola.

Se abrazaron un momento, amoldados a la perfección gracias al muy manejable metro sesenta y ocho de él. Qué extraño resultaba, después de hablar con este hombre cada día, vivir con él, dormir tantas noches a su lado, estar acurrucada contra su cuerpo y no tener ni idea de cómo había vivido durante meses.

Él se separó de su abrazo.

—Me alegro de que hayas llegado bien —dijo.

Sus ojos azules centelleaban bajo las gafas protectoras, y el pelo rubio enmarcaba su cara. Llevaba la camisa con cuello de botones que Chel le había regalado por Navidad, y se preguntó si se la habría puesto por algún motivo concreto. Pocas veces la utilizaba cuando estaban juntos. Era ella quien la usaba más, a modo de camisón. A él le gustaba quitársela.

—Todavía no puedo creer que estuvieras con el paciente cero —dijo—. Jesús. —Retrocedió para mirarla—. ¿Vuelves a trasnochar?

—Algo por el estilo.

—No sería la primera vez.

Chel detectó una nota de nostalgia en su voz, un deseo de recordarle lo que habían compartido.

—Agradezco muchísimo que hayas subido hasta aquí —dijo ella—. De veras.

—Te bastaba con pedirlo. Un códice del clásico. Increíble.

Chel miró la cuenca de Los Ángeles. Una neblina grisácea de ceniza llenaba el cielo.

—Vamos dentro —dijo—. El ambiente es ominoso, y el reloj sigue desgranando los segundos.

Patrick se rezagó un momento y escudriñó la oscuridad.

—Amo las estrellas demasiado para tener miedo de la noche —dijo, parafraseando su epitafio favorito.

La cúpula del Planetario Oschin, de trescientas localidades, se elevaba veintitrés metros desde el suelo hasta el ápice y daba a los visitantes la sensación de estar dentro de una gran obra de arte incompleta, el techo de una basílica que aún no habían pintado. Permanecieron inmóviles en la oscuridad, iluminados tan sólo por el brillo de dos letreros de salida rojos y un ordenador portátil. Mientras Patrick se concentraba en las imágenes del códice que aparecían en el ordenador, Chel estudiaba los extraños contornos del proyector estelar situado en mitad de la sala. Parecía un monstruo futurista, una hidra mecánica que proyectaba miles de estrellas sobre el techo de aluminio a través de hemisferios en forma de cráter.

—Caramba, nunca había visto esto en un códice, una referencia a una guerra de las estrellas sincronizada con la estrella de la noche —dijo Patrick—. Es increíble.

Las imágenes del libro no habían tardado en obrar la misma magia en él. Atenuó las luces, accionó un interruptor del proyector, y ahora la cúpula se llenó de estrellas que surcaban el cielo nocturno, girando a través de cientos de posiciones, una transformación mágica. Chel había estado allí una docena de veces durante el año y medio que habían vivido juntos, pero cada vez se le antojaba nuevo.

—Hay docenas de referencias astronómicas en lo que ya has traducido —dijo Patrick, y señaló el techo con un láser—. No sólo al Zodíaco, sino referencias de posiciones y otras cosas que podremos utilizar para orientarnos.

Chel nunca había prestado suficiente atención a los detalles del trabajo de Patrick, y ahora se sentía avergonzada por lo poco que sabía.

—Venga —dijo él—. Ya conoces este rollo. Es un GPS histórico-astronómico.

Ahora le estaba tomando el pelo.

—Recordará, doctora Manu, que la Tierra gira alrededor del Sol. Y sobre su propio eje. Pero también oscila hacia atrás y hacia delante con respecto al espacio inercial, debido a las fuerzas de marea lunares. Es como una peonza que se bambolea. Por consiguiente, el camino que recorre el Sol tal como lo vemos en el cielo cambia un poco cada año. Con eso están obsesionados los fanáticos del 2012, por supuesto.

—¿Alineación galáctica?

Patrick asintió.

—Esos chiflados creen que, debido a que la Luna, la Tierra y el Sol se alinean en el solsticio de invierno, y nos estamos acercando al momento en que el Sol se cruzará con algún ecuador imaginario de la grieta oscura de la Vía Láctea, todos seremos destruidos por maremotos o por el estallido del Sol. Depende de a quién preguntes. Da igual que el «ecuador» del que hablan sea totalmente imaginario.

Las estrellas proyectadas se movían en lentos círculos concéntricos sobre sus cabezas. Chel se hundió en uno de los asientos forrados de tela, cansada de estirar el cuello.

—Así que la Tierra oscila hacia atrás y hacia delante —continuó Patrick—. Y no sólo cambia como resultado el camino que recorre el Sol en el cielo, sino también el de las estrellas.

—Pero aunque se alteren con el tiempo —empezó Chel—, las estrellas que vemos en Los Ángeles no son muy diferentes de las que ven en Seattle, ¿verdad? De modo que ¿cómo vamos a obtener una buena localización a partir de ahí? Las diferencias son casi imperceptibles.

—Imperceptibles para nuestros ojos. Hay demasiada contaminación lumínica. Pero las observaciones de los antiguos a simple vista eran más precisas de lo que lo serán las nuestras jamás.

La historia de amor de Patrick con los mayas había empezado mientras se estaba doctorando en arqueoastronomía. Se obsesionó con los análisis que efectuaban los astrónomos mayas desde sus templos: aproximaciones de ciclos planetarios, comprensión del concepto de galaxias, incluso un conocimiento básico de la idea de lunas acompañantes de otros planetas. El declive actual de la observación de las estrellas era una tragedia.

Ambos contemplaron el cielo inmóvil.

—Empecemos con Tikal —dijo él—. Éste es el aspecto que presentaba el cielo en el equinoccio de primavera, en la fecha aproximada que obtuviste de la prueba del carbono y la iconografía. Digamos, el veinte de marzo de 930 después de Cristo. —Utilizó el láser para resaltar un objeto brillante en la zona oeste del cielo—. Según tu escriba, en su equinoccio de primavera, Venus era visible en mitad del cielo. Por consiguiente, giraremos las coordenadas del proyector de estrellas dentro de la zona del Petén, hasta que Venus esté en el lugar correcto.

Las estrellas giraron sobre ellas hasta que se situaron en la cima del techo del planetario.

—Parece que se encuentra entre los catorce y los dieciséis grados norte —dijo al fin Patrick.

Pero Chel sabía que «entre los catorce y los dieciséis grados norte» abarcaba una zona de más de 320 kilómetros de anchura.

—¿Es lo más preciso que podemos obtener? Hemos de conseguir algo mejor.

Patrick empezó a mover estrellas.

—Sólo es la primera aproximación. A partir de lo que ya hemos traducido, hemos de analizar unas cuantas docenas más de posibilidades. Procederemos con la mayor celeridad posible.

Trabajaron codo con codo, con el proyector y las cartas celestes informatizadas de Patrick, mientras el códice aportaba más información. Casi siempre trabajaban en silencio, con él concentrado por completo en el cielo de la cúpula.

Pasaban de las dos de la mañana, durante un largo rato de silencio, cuando Chel descubrió que sus pensamientos se desviaban de una manera incómoda hacia Volcy y su lecho de muerte.

Para su alivio, Patrick los interrumpió.

—Antes de que todo esto empezara, ¿tuviste oportunidad de hacer aquel viaje al Petén que tanto anhelabas? ¿Escribiste todos aquellos artículos que querías?

Cuando habían roto su relación y él se había ido de casa, ésas fueron las excusas que Chel dio.

—Supongo —contestó ella en voz baja.

—Después de esto, serás una conferenciante de primer orden durante el resto de tu vida.

Al parecer, Patrick ya había olvidado que a ella tal vez la esperaba la cárcel después de esto. Pero incluso ahora, en mitad de la catástrofe, percibió un matiz de celos en su voz. Pese a la especialidad innovadora de Patrick, había muy poca gente interesada en la arqueoastronomía. Había pasado toda la carrera intentando convencer a los académicos de que su especialidad era importante, pero siempre había sido relegado al final de las conferencias, publicaba artículos en oscuras revistas y le rechazaban propuestas de publicar libros.

Chel no había procesado la profundidad de su vena competitiva hasta la noche después de que ella obtuviera el premio más prestigioso de la Sociedad Americana de Lingüistas. Habían llegado al final de la segunda botella de Sangiovese, en su restaurante italiano favorito, y Patrick inclinó la copa hacia ella.

—Por ti —había dicho—. Por elegir la especialidad adecuada.

—¿Qué significa eso?

—Nada —repuso él, mientras tomaba un largo sorbo de vino—. Sólo estoy contento de que la epigrafía esté bien considerada.

Patrick hacía lo posible por mostrarse contento cada vez que le aceptaban otro artículo o recibía un premio más, pero era un júbilo forzado. Al final, Chel limitó lo que le contaba a las escasas frustraciones de su trabajo: los estudiantes que no hacían los deberes, o la política de la junta directiva del Getty. Le hablaba de todo lo malo que pasaba, pero callaba lo bueno. Era más fácil. Pero con cada omisión, sentía que la distancia entre ambos aumentaba.

Patrick volvió a cambiar la pauta estelar en el techo del planetario.

—Estoy saliendo con alguien —dijo.

Chel alzó la vista.

—¿Sí?

—Sí. Desde hace un par de meses. Se llama Martha.

—¿Va en serio?

—Creo que sí. Me he instalado en su casa. Se puso nerviosa porque iba a verte esta noche, pero comprendió la urgencia. Una excusa muy rara para citarte con tu ex en plena noche.

—No sabía que nadie menor de sesenta años se llamara Martha.

—Está muy al sur de los sesenta, si es eso lo que estás preguntando.

—Así que es una cría. Todavía mejor.

—Tiene treinta y cinco años, y es una directora teatral de éxito. Y quiere casarse.

Chel se quedó estupefacta de que pensara en casarse transcurrido tan poco tiempo de su ruptura.

—Al menos, no estáis en el mismo ramo.

Patrick la miró.

—¿Qué quieres decir?

—Pues que no tendrás que preocuparte sobre... discrepancias en el trabajo.

—¿Crees que ése fue nuestro problema?

Ella se encogió de hombros.

—No lo sé. Quizás.

—El problema no era que yo compitiera contigo, Chel —dijo él poco a poco—. Hasta que no te des cuenta de que has superado todas las expectativas de tu padre, no serás feliz. Ni permitirás que alguien te haga feliz.

Chel volvió a las imágenes del códice.

—Deberíamos concentrarnos.

Patrick paró por fin el proyector diez minutos después, rompiendo el silencio de la enorme sala.

—Esto coincide con todas las restricciones —anunció, y señaló hacia arriba—. Con las dieciocho.

—¿Estás seguro? ¿Ya está?

—Ya está. Entre los grados quince treinta y quince cincuenta y siete norte, y entre los años 900 y 970 después de Cristo. No sabemos con exactitud dónde cae, pero podemos aplicar el valor medio. Básicamente, estamos hablando de unos quince grados y medio norte y el año 935 después de Cristo. Te dije que lo obtendría.

Era el mismo cielo sobre el que Paktul había escrito el códice. Exactamente el mismo. Chel gozaba de muchas ocasiones de sentirse admirada en su trabajo, pero esta sensación de trascender el tiempo y el espacio era única, e intuía que se estaban acercando a lo que necesitaba.

—Cerca de la parte sur del Petén, tal como tú pensabas —dijo Patrick, al tiempo que se subía las mangas de la camisa. Extendió un plano de la región maya sobre un escritorio, al lado del proyector de estrellas. El plano era de posición, y las líneas de latitud señalaban cada cambio de medio grado—. No es Tikal, ni Uaxactún, ni Piedras Negras. Ésas se hallan en la franja de los diecisiete grados. Por lo tanto, estamos buscando algo más al sur.

Trazó una línea invisible entre los marcadores de grado. Estaba marcado el emplazamiento de cada una de las ciudades mayas importantes conocidas en el sudeste del Petén, pero la línea invisible de Patrick no se cruzaba con ninguna de ellas, ni tampoco con ninguna ciudad de menor importancia.

Algo estaba preocupando a Chel.

—¿Hay algún ordenador que pueda utilizar? —preguntó.

Patrick señaló un pequeño despacho situado al fondo del planetario.

En el monitor, entró en Google Earth y encontró un plano digital que mostraba pueblos contemporáneos de Guatemala. No había indicadores de latitud, de modo que activó otro plano *online* con líneas de latitud detalladas, y después interactuó entre ellos hasta encontrar lo que estaba buscando.

Quince grados y medio norte significaba un punto situado a ochenta kilómetros del lugar donde había nacido.

El único recuerdo de Chel de su infancia en Kiaqix era el de ir sentada a horcajadas sobre la espalda de su padre. Estaba anocheciendo en la estación seca, y Alvar había terminado su jornada laboral, de modo que se la llevó a resolver un litigio con un vecino sobre un pollo desaparecido de su corral. Desde su posición privilegiada, Chel veía que las niñas transportaban cubetas de polenta desde el molino y las entregaban a sus madres, quienes las utilizarían para hacer tortillas en la cena y bebidas en el desayuno. Se oía música de silbatos en las casas, y alguien tocaba un tambor. Alvar bailaba mientras caminaba, y ella sentía su barba como el roce de papel de lija en las piernas.

Había vuelto a su tierra natal varias veces desde que su madre se la llevó de Kiaqix, y cada vez se sentía más enamorada de las hogueras comunales alrededor de las cuales todavía se contaban historias de sus antepasados, el trabajo compartido de las milpas en la época de la cosecha, los regalos de los apicultores y los animados partidos de voleibol y fútbol de los lugareños.

No obstante, Kiaqix se hallaba a cientos de kilómetros de cualquier ciudad grande, de las autopistas o de las ruinas, y llegar allí no era fácil. Cabía la posibilidad de tomar un pequeño avión que aterrizaba en la pista situada a ocho kilómetros, pero la remota ubicación del pueblo significaba que, con sólo un coche para cerca de dos mil habitantes, lo más probable era que el pasajero debiera recorrer a pie esos ocho kilómetros con un tiempo inseguro. Sólo había una carretera, con frecuencia impracticable en la época de las lluvias.

Además, la madre de Chel se negaba a regresar a Guatemala, y siempre suplicaba a su hija que no lo hiciera. Ha'ana creía que mientras los ladinos controlaran el país, la familia Manu nunca estaría a salvo. Debido al aumento de las tensiones y los nuevos estallidos de violencia, la angustia de Ha'ana no había hecho más que agravarse.

—¿Qué pasa? —preguntó Patrick desde la puerta. Detrás de él, el planetario estaba a oscuras, como si el mundo terminara allí, en aquel diminuto despacho.

Le mostró el mapa que se había bajado de Internet. Él se inclinó sobre su hombro para ver mejor la pantalla y Chel, instintivamente, puso su mano sobre el puño de su camisa, percibiendo la tela con las yemas de los dedos. A pesar de los vínculos rotos entre ellos su cercanía le era familiar.

—¿Existen ruinas importantes en esa latitud? —preguntó Patrick.

Chel negó con la cabeza.

—Pero Kiaqix es un pueblo pequeño —dijo Patrick—. Dijiste que el escriba está hablando de una ciudad de decenas de miles de habitantes.

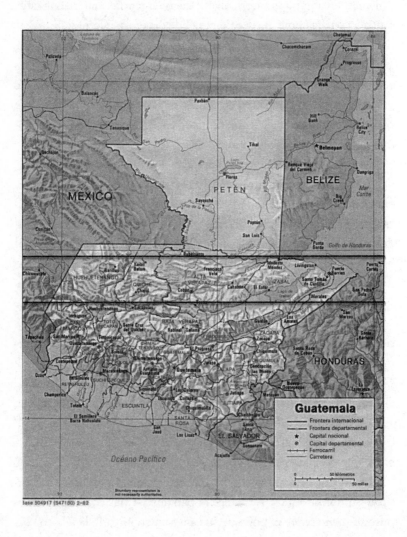

Tenía razón en lo de que Kiaqix era una tierra de nadie para los antiguos. No se habían descubierto objetos de la era clásica, y las ruinas más cercanas se encontraban a más de trescientos kilómetros de distancia.

Una vez más, pensó Chel mientras contemplaba el plano, las circunstancias descritas en el códice eran extrañamente similares a historias que conocía: la historia oral de un rey que había destruido su propia ciudad.

—El Trío Original —recordó a Patrick—. Se supone que Kiaqix fue fundada cuando tres habitantes de la ciudad huyeron a la selva.

—Pensaba que no creías en la existencia de una ciudad perdida. Que era una leyenda.

—No existen pruebas en uno u otro sentido —dijo en voz baja Chel—. Sólo tenemos la historia oral y la gente que dice que ha visto las ruinas, pero no pueden demostrarlo.

—Tu tío, ¿verdad? —recordó Patrick.

—El primo de mi padre.

Más de tres décadas antes, Chiam Manu se fue de Kiaqix y estuvo en la selva más de una semana. Cuando regresó, afirmó haber descubierto la ciudad perdida de Kiaqix, de la cual procedían sus antepasados, según relataba la historia oral. Pero Chiam no trajo ninguna prueba, y no reveló a nadie en qué dirección se encontraba la ciudad perdida. Pocos le creyeron. La mayoría lo ridiculizó y lo tildó de mentiroso. Y cuando fue asesinado por el ejército, semanas después, la verdad murió con él.

—¿Y Volcy? —preguntó Patrick—. ¿Crees posible que procediera de Kiaqix?

Chel respiró hondo.

—Todo cuanto contó de su pueblo podría decirse de Kiaqix, imagino. Y también de otros trescientos pueblos de todo el Petén.

Patrick apoyó la mano sobre la de ella.

—¿Crees posible que se trate de una coincidencia? —Se acercó más. Chel percibió efluvios del jabón de sándalo que él siempre utilizaba—. ¿Cómo acaba en tu regazo este libro en mitad de todo el follón? Es una coincidencia increíble, ¿no crees?

Ella se volvió hacia la pantalla del ordenador. No existía palabra en quiché equivalente a «coincidencia», y no se trataba tan sólo de un problema de traducción. Cuando varios acontecimientos sucedían a la vez y apuntaban en una sola dirección, su pueblo utilizaba una palabra diferente. Era la misma palabra que el padre de Chel utilizó en su última carta desde la cárcel, cuando presintió que su muerte estaba cercana: *ch'umilal*.

Destino.

12.19.19.17.14
—
15 DE DICIEMBRE DE 2012

19

Poco después de las seis de la mañana, mientras Davies y Thane revisaban cada detalle de su plan por última vez, Stanton entró en el paseo marítimo desierto para asistir a una teleconferencia con autoridades gubernamentales de Los Ángeles, Atlanta, Washington y otras partes del país. El sol estaba avanzando poco a poco hacia la costa, y aún no había empezado a recalentar el aire del mar, de modo que con su camisa fina de manga larga y sus tejanos no llevaba una vestimenta adecuada para el frío que todavía se adueñaba del paseo. El único sonido que competía con el rumor de las olas era el de un helicóptero invisible cuyas hélices batían a lo lejos.

Oyó que estaban pasando lista, y vio un pequeño círculo de hombres sentados en tumbonas muy cerca de la orilla, todos provistos de protectores oculares. Al principio, fue incapaz de imaginar quién era lo bastante descarado para convocar una reunión que violaba el toque de queda. Después cayó en la cuenta de que estaban sentados en el lugar exacto de Venice Beach donde siempre se reunían los hombres de Alcohólicos Anónimos. Solían congregarse al amanecer y, por sorprendente que fuera, le produjo un extraño consuelo saber que algunas citas eran ineludibles.

—Las empresas de servicios públicos no pueden seguir el ritmo de las exigencias o los apagones —estaba diciendo por teléfono un subdirector de la Agencia Federal para el Manejo de Emergencias—. Ausencia de electricidad significa ausencia de agua potable.

Los Ángeles había estado al borde de la crisis energética durante décadas. Ahora, con la mitad de la ciudad afectada por problemas de insomnio provocados por la angustia, las luces, los televisores y los ordenadores estaban en funcionamiento las veinticuatro horas del día. Los apagones se sucedían, el consumo de agua se había disparado, y los grifos podrían quedarse secos antes de una semana.

—¿Qué estamos haciendo con los cadáveres? —preguntó Stanton, aunque no era su turno—. Es posible que haya cadáveres descomponiéndose por las casas de toda la ciudad.

—Hemos de llevarlos a un lugar centralizado —contestó alguien. No reconoció la voz. Ahora había muchos burócratas implicados en todas las decisiones.

—Podríamos estar hablando de miles en pocos días —dijo Stanton. Había más de ocho mil víctimas de VIF en toda la ciudad, que supieran—. No tienen equipo para ese tipo de peligro biológico, y no hay manera de garantizar la seguridad de los trabajadores.

—Bien, hemos de hacer algo —intervino Cavanagh—, y no puedo creer que esté diciendo esto, pero empiezo a pensar que significa ordenar a la gente que rocíe los cadáveres con ácido o lejía y deje que se disuelvan en las bañeras.

La jefa de Stanton hablaba desde la oficina de correos, cerrada a causa de la crisis, convertida en centro de mando del CDC. A juzgar por su tono de voz dedujo hasta qué punto la estaba afectando la situación. Cuarenta y dos investigadores y enfermeras del CDC ya estaban infectados de VIF, y conocía lo bastante bien a Cavanagh para saber que se culpaba por ello. Había seleccionado en persona a muchas de esas víctimas para que vinieran de Atlanta y colaboraran en el control del brote.

Cuando la teleconferencia terminó, Stanton intuyó un resquicio y pidió a su jefa que no cortara la comunicación. De una forma u otra, Davies, Thane y él iban a probar los anticuerpos durante las siguientes veinticuatro horas. Los planes estaban trazados. Pero si podía convencer a Cavanagh de que era la decisión correcta, tendrían acceso a un grupo de muestra mucho más grande, y actuarían dentro de la ley.

—Emily, se está violando la cuarentena —dijo—. Pronto, esta conversación sobre cadáveres y bañeras se repetirá en todas las ciudades de Estados Unidos. Hemos de hablar de las opciones de tratamiento.

—Ya hemos hablado de esto, Gabe.

—Pero he de repetírtelo. Podríamos tener disponible una terapia de anticuerpos experimental pronto, siempre que empecemos de inmediato. Dentro de uno o dos días.

Miró hacia su apartamento, pero no quería ni imaginar la reacción de Cavanagh si supiera que estaban creando los anticuerpos mientras hablaban. Sin embargo, sabía que si podía utilizarlos y demostrar su eficacia, ella no tendría otro remedio que ceder.

El helicóptero continuaba dando vueltas, cada vez más cerca.

—Lo hablaré con el director —dijo por fin Cavanagh—. Tal vez podamos conseguir que la Casa Blanca emita una orden ejecutiva y suspenda los protocolos normales del FDA.

—El FDA irá a paso de tortuga. Como siempre.

—Todos queremos lo mismo, Gabe.

Stanton colgó, frustrado por la resignación de su voz. Su jefa le había dejado pocas opciones. Antes de volver a su apartamento, sonó el teléfono.

Descolgó.

—¿Ha descubierto algo?

—¿Doctor Stanton? Soy Chel Manu.

—Lo sé. ¿Ha descubierto algo más?

—Sí. Tenemos algo. Podría ser... útil. Es bueno.

Era estupendo oír a alguien que sonara vivo, incluso esperanzado.

—Con eso me basta —contestó—. ¿Qué es?

Mientras escuchaba su historia (¿la línea de latitud de la ciudad antigua daba la impresión de cruzarse con la del pueblo en el que ella había nacido?), Stanton no supo qué pensar. En ese momento, no tenía otra alternativa que confiar en ella; todo el mundo decía que la mujer sabía lo que hacía. No obstante, cada revelación de Chel se le antojaba más improbable que la anterior. Todo en su trabajo y su vida parecía dar vueltas sobre sí mismo de manera constante.

—¿No pudo averiguar si Volcy era de su pueblo? —preguntó.

—Sabíamos que era del Petén, pero no imaginé que podía ser de Kiaqix. Y él estaba asustado. No quiso decir nada concreto sobre su lugar de procedencia.

—¿Existe alguna posibilidad de confirmarlo antes de continuar adelante?

—No hay teléfonos en Kiaqix, pero he hablado con un primo mío. Vive en Ciudad de Guatemala, pero va de vez en cuando a mi pueblo para ver a su padre. Le pedí que mirara una foto en los sitios de noticias, y reconoció a Volcy por la foto que publicaron.

El helicóptero zumbaba ahora directamente sobre su cabeza. Stanton alzó la vista y vio no uno, sino dos helicópteros. Volaban bajo y daba la impresión de que se dirigían hacia la playa. Uno era grande y de aspecto militar. El otro era más pequeño, cuatro asientos embutidos en una burbuja de cristal. Segundos después, ambos descendieron hacia el suelo muy cerca el uno del otro. Era una de las escenas más extrañas que había visto nunca en el paseo marítimo, y decir eso era decir mucho.

Los hombres de la reunión de Alcohólicos Anónimos se levantaron y se protegieron la cara de la arena que giraba en el aire como un tornado. Por fin, ambos helicópteros aterrizaron a unos cien metros de la playa, y cinco hombres con uniforme de camuflaje, cargados con metralletas, bajaron del helicóptero de la Guardia Nacional. Corrieron hacia el otro helicóptero, sacaron a un joven piloto, a un hombre de unos sesenta años, y a una pelirroja que no podía contar más de treinta y cinco. El hombre de más edad vestía una americana cruzada y pantalones, como si se dirigiera a una reunión de negocios. La pelirroja todavía llevaba las gafas de sol y chilló cuando los esposaron y detuvieron. Stanton contempló la escena con incredulidad: los más ricos de Los Ángeles intentaban huir de la cuarentena.

—¿Doctor Stanton?

Volvió a concentrarse.

—Hemos de averiguar cuándo fue la última vez que la gente de su pueblo vio a Volcy y en qué dirección se fue desde allí para encontrar esa... ciudad perdida.

Una Atlántida en la selva como fuente del VIF no era la respuesta que había anhelado. Pero era lo único que tenían.

—Como ya le he dicho, no hay teléfonos. Y el correo puede tardar semanas en llegar. Estamos hablando del corazón de la selva.

—Pues enviaremos un avión.

—Pensaba que los guatemaltecos no iban a colaborar.

Con miles de personas infectadas en Los Ángeles, sería muy difícil convencer a nadie de Estados Unidos, y mucho menos de Guatemala, de que enviar un equipo a la selva en busca de unas ruinas desaparecidas era la mejor estrategia.

—Encuentre el lugar y los obligaremos a hacerlo —dijo Stanton.

—Haré lo que pueda.

—Lo sé, Chel.

Dijo su nombre como lo había pronunciado ella cuando se conocieron, con una consonante suave como si le estuviera diciendo a alguien que susurrara «shhhell». Era la primera vez que lo decía en voz alta. Por un segundo, Stanton temió haber metido la pata.

—Llamaré pronto, Gabe —fue lo único que dijo ella.

El viento agitaba el mar, y la capa marina entelaba el sol naciente. Cuando colgaron, la Guardia Nacional había introducido a los violadores de la cuarentena en el helicóptero de la Marina y despegado. El pequeño helicóptero continuaba posado sobre la arena. Dos tipos de Alcohólicos Anónimos estaban registrando la cabina vacía, tal vez para comprobar si podrían hacerlo despegar de nuevo.

Cuando uno de ellos introdujo un brazo cubierto de tatuajes a través de la ventanilla, Stanton recordó algo. Se volvió y corrió por el paseo marítimo. Habían reventado las persianas metálicas de las tiendas, que estaban enroscadas como las antiguas latas de sardinas. Nunca se habían permitido coches en el paseo, pero ahora tuvo que sortear coches abandonados cada pocos metros. Una camioneta se había estrellado contra una pared de ladrillo hasta penetrar en la tienda. La zona ajardinada entre el pavimento y la playa estaba sembrada de docenas de camisetas amarillas con el logo «VENICE, DONDE EL ARTE SE CITA CON EL CRIMEN».

Cuando se acercó al Freak Show, Stanton vio algo que se movía delante. Sobre los peldaños, una iguana con dos cabezas se agitaba de un lado a otro. Los saqueadores habían destrozado las puertas de cristal del edificio y todos los animales habían huido.

La iguana volvió a entrar en el edificio del Freak Show. Stanton la siguió.

En el interior, todo estaba destrozado.

La sala hedía al formaldehído que se había derramado de los tarros de conservación. Una serpiente común bicéfala estaba muerta bajo un pedestal volcado. Ni rastro de los demás animales. Stanton corrió al pequeño despacho de la parte posterior. No vio ni a Monstruo ni a la Dama Eléctrica. El ordenador portátil del que su amigo nunca se separaba estaba hecho añicos sobre el escritorio y su chaquetón se hallaba abandonado sobre el pequeño catre.

Stanton se sintió vacío mientras regresaba a casa. Dentro, había una carrera de obstáculos de aparatos y cables conectados con el generador portátil que habían llevado. Tendederos y centrifugadoras descansaban sobre el suelo, al lado de los muebles cubiertos a medias por fundas de plástico.

Davies y Thane estaban en la cocina, bebiendo los últimos restos de café de una máquina conectada al generador.

—¿Adónde fuiste? —preguntó Davies—. ¿Un surfeo rápido? ¿Un cucurucho de helado? Me han dicho que el caramelo salado es delicioso en el N'ice Cream.

Stanton no le hizo caso.

—Nadie se presentó aquí durante mi ausencia, ¿verdad?

Monstruo sabía dónde vivía Stanton desde que en una ocasión le había invitado a una fiesta en Art Walk. Tal vez, si se había metido en un lío...

Davies negó con la cabeza.

—¿Esperabas niños disfrazados? Supongo que debe dar la impresión de que voy vestido para Halloween.

Llevaba una vieja camisa con los botones del cuello abrochados y unos pantalones suyos, color caqui, a la espera de que se secara su ropa. Ver a Davies vestido de aquella manera era como la señal definitiva de que el mundo se había vuelto loco.

Stanton se volvió hacia Thane.

—¿Se encuentra bien?

—Preparada para lo que vamos a hacer.

—Por cierto —dijo Davies—, tengo una buena noticia para ti.

Creo que los anticuerpos estarán terminados antes de lo que pensábamos.

—Vamos a ver —dijo Stanton.

El microscopio de alta definición del comedor funcionaba gracias a un segundo generador eléctrico. Stanton aplicó el ojo a las lentes. Después de inyectar el VIF al ratón anestesiado, habían introducido anticuerpos producidos por los animales en un tubo de ensayo con VIF, y los resultados eran asombrosos. Cada portaobjetos mostraba que la transformación proteínica había reducido su velocidad o se había detenido por completo.

Davies hizo un ademán en dirección a Thane.

—Ahora, lo único que ha de hacer ella es inyectarlo en las intravenosas de sus amigos sin que la pillen.

La condición de Thane para participar en el experimento era que el grupo de prueba consistiera en sus amigos y colegas enfermos del Hospital Presbiteriano. Sabía que iba a poner en peligro sus vidas si los anticuerpos no funcionaban, pero también sabía que era la única posibilidad que les quedaba.

—¿Cuánto tardaremos en saber algo? —preguntó la mujer.

—Si funciona, deberíamos ver algunos resultados antes de veinticuatro horas —dijo Stanton.

—¿Y si no?

—Yo no sé lo que haréis vosotros los yanquis —dijo Davies—, pero en cuanto a mí, voy a encontrar una forma de salir de este país olvidado de la mano de Dios.

20

Los dos habían decidido juntos construir su ciudadela en las Verdugo Mountains debido a su significado espiritual para los tongva (el pueblo de la tierra), quienes gobernaron la cuenca de Los Ángeles durante miles de años antes de la llegada de los españoles. En una parcela de ocho hectáreas, que habían convencido de vender al condado de Los Ángeles durante la crisis presupuestaria, su adivinador, su creciente comunidad de seguidores y él habían erigido con discreción quince pequeñas viviendas de piedra, cada una con capacidad para alojar a cuatro miembros. Habían conseguido los permisos necesarios, entablado amistad con los excursionistas habituales y rellenado los documentos de constitución en sociedad anónima de una comunidad agraria autosostenida situada a treinta kilómetros de la ciudad.

—Nosotros hicimos esto —les había dicho hacía tan sólo un mes, mientras su adivinador los observaba con orgullo—. Todos nosotros. Juntos.

Y lo decía en serio. Lo habían hecho, aunque alguno de los veintiséis hombres, mujeres y ahora dos niños nacidos en la comunidad no fueran conscientes de haber participado en el logro. Aquel día, algunos le habían pedido que hablara desde lo alto de la colina, y no desde el humilde portal de su casa. Pero él se había limitado a sonreír.

—Podría surgir un rey de entre nosotros algún día —dijo—, pero hoy no, y desde luego no seré yo.

Había sido soldado. Había pasado casi toda su vida en los desiertos: Arizona, Kuwait, Arabia Saudí. La primera vez que le habían enviado a Guatemala, apenas podía respirar el aire húmedo. Apenas podía soportar estar atrapado bajo el espeso dosel de árboles que absorbía toda la luz. Pero después se había enamorado del lugar. De Ciudad de Guatemala y de sus ladrones y mendigos, no; ni de los soldados con su chulería inmerecida, a los que había ido a entrenar. Se enamoró del mundo escondido de la selva.

Al principio, los indígenas eran figuras borrosas en las cunetas de las carreteras rurales, que apenas levantaban la vista de sus tareas mientras él pasaba a toda prisa en un *jeep* militar. Pero después exploró las ruinas de Tikal y Copán los fines de semana que no estaba de guardia en la base. Leyó sobre la cultura que había sobrevivido a los conquistadores, y después a siglos de hombres como él, enviados para destruirla. Empezó a comprender las profecías de sus antepasados, lo mucho que sabían de los designios secretos del mundo. Cuando conoció al adivinador, ya sabía lo que debía hacer.

Porque había sido soldado, comprendía el valor de una autoridad firme, y la había utilizado para domeñar a sus seguidores. Pero también sabía que la autoridad sólo servía hasta cierto punto. Un soldado aprendía a seguir a su líder adonde fuera, a cualquier precio. Eso enseñaba a los hombres a ganar batallas, pero no servía para que las culturas perduraran. No enseñaba a los seguidores habituales a convertirse en líderes y sacerdotes, a poner los cimientos de una ciudad que sobreviviría al adivinador y a él. Los seguidores que le suplicaban que subiera a la colina y pronunciara discursos lo hacían porque *necesitaban* órdenes. Necesitaban que alguien gobernara desde arriba. Habían construido una ciudad de la nada con sus propias manos, pero los aterrorizaba construir una civilización. Habían sacrificado muchas cosas por sus creencias (familia, trabajo y más), y ahora había sucedido algo terrorífico: se había demostrado que tenían razón.

Miró por la ventana de su pequeña casa de las montañas, quizá por última vez. Después de todos los preparativos, de toda la planificación, resultaba que aquellas colinas no eran el refugio que necesitaban. Por lejanas que estuvieran, se encontraban todavía en la zona de la cuarentena, entre los miles que morían en esta ciudad y las decenas de miles que pronto fallecerían. Tenía que guiar a su pueblo hasta un lugar que sólo conocían por los libros, y sabía que no todos sobrevivirían al viaje.

Apartó los ojos de la ventana y serenó la expresión para que aquellos miembros de mayor categoría (los dos hombres y la mujer sentados alrededor de la mesa del comedor) sólo vieran certidumbre inspiradora.

—Dieciocho meses de construcción —estaba diciendo Mark Lafferty—. Y ahora tendremos que empezar de nuevo.

Lafferty era un ingeniero estructural de edad madura que se había criado cerca de Three Mile Island, lo cual le daba derecho a una actitud trágica ante la vida. No obstante, era útil. Había supervisado toda esta construcción.

En lugar de responder, su líder se levantó con un movimiento ostentoso y paseó por la pequeña estancia. Recibieron la impresión de que intentaba ordenar sus pensamientos. A veces, le entristecía lo fácil que era satisfacer el deseo de autoridad de la gente. Si no pudiera hablar con el adivinador, se habría muerto de aburrimiento.

—Mark —dijo—, piensa en el fantástico trabajo que habéis hecho aquí. Imagina cuánto mejorará cuando podáis usar los materiales originales. Arcilla, madera, la paja adecuada. Y allí también tendremos más espacio para cultivar. Mucho más del que jamás tendríamos aquí. Además, interroga a tu corazón. Sabes tan bien como yo que estas colinas nunca fueron apropiadas para nosotros. Siempre necesitamos ir al sur.

Volvió a sentarse. Sobre la mesa había planos de Los Ángeles, el litoral occidental y el sendero que, atravesando México, se adentraba en Centroamérica. Había lugares a lo largo del camino donde podrían abandonar a Lafferty, si se convertía en una carga para la moral del grupo. Este tipo de decisiones pertenecía al futuro. Lo primero era escapar..., y la tarea que quedaba por hacer.

Sabía que el siguiente hombre en hablar sería David Sarno. Éste había sido uno de los primeros reclutas. Era un ex granjero industrial al que habían desagradado los organismos modificados genéticamente. Un hombre que conocía suelos y cosechas, poseía también una autoridad que podía cultivarse.

—Basándome en la temperatura media del lugar, no nos costará nada cultivar maíz o frijoles, por supuesto. El trigo tal vez nos cueste más, pero no necesitamos trigo.

—¿Qué opina el adivinador? —preguntó Laura Waller. Cuando

había conocido y reclutado a Laura, era una profesora de treinta y dos años, recién divorciada tras cuatro devastadores fracasos de fertilización *in vitro*. Ahora estaba embarazada de treinta semanas del niño que habían concebido mediante el método natural.

—Está de acuerdo. El sur es el único camino.

Lafferty volvió a hablar.

—Necesitamos ocho camiones para transportarlo todo. ¿Cómo vamos a pasar tantos camiones por la frontera?

Revolvió los planos con tranquilidad.

—Nos lo llevaremos todo en cuatro camiones como máximo, dando prioridad a las semillas, los suministros médicos y las armas.

La puerta principal se abrió. El adivinador. El hecho de que hubiera llegado sano y salvo inundó de alivio la habitación. No por primera vez, cayó en la cuenta de lo mucho que significaba su socio para esta gente. Era cariñoso. Amable. Solidario con ellos y con sus vidas.

—Ven, adivinador, siéntate. ¿Tienes sed?

—Estoy bien, Colton. Gracias.

Victor se secó unas gotas de sudor de la frente y se sentó a la mesa.

—Es posible que ésta sea la única parte tranquila de la ciudad que queda —dijo.

Lafferty empezó a insistir de nuevo en la logística, pero Shetter le atajó enseguida.

—Gracias a todos por vuestros consejos. ¿Me concedéis unos minutos a solas con el adivinador, por favor?

Shetter besó a Laura en la mejilla cuando se marchó con los demás.

—¿Se están adaptando al cambio de planes? —preguntó Victor cuando estuvieron solos.

—Tienen miedo —contestó Shetter.

—Todos deberíamos tener miedo.

—Pero también son más fuertes de lo que creen.

Incluso antes de conocerse, Shetter estaba enterado del trabajo de Victor. En reuniones de sus primeros reclutas por Internet, había leído con frecuencia sus escritos sobre la Cuenta Larga. Después, dieciocho meses atrás, los dos hombres se habían encontrado sentados uno al lado del otro en la ceremonia ritual del incienso celebrada en las ruinas de El Mirador. Shetter sabía que no podía ser una coincidencia. Habían sido socios perfectos desde el primer momento. Victor poseía unos conocimientos sin paralelo de la historia antigua y la capacidad de inspirar a su gente, y dejó la planificación a Shetter.

Victor sacó un montón de papeles de su cartera.

—Éstas son las últimas páginas que han traducido. Si alguien alberga dudas todavía, esto las disipará por completo.

El códice era la prueba definitiva de su destino colectivo. Demostraba no tan sólo que los antiguos habían predicho 2012, sino que algunos clarividentes habían previsto el desastre y sobrevivido cuando abandonaron las ciudades. Ahora, Victor y él guiarían a su pueblo hacia un lugar seguro.

Shetter leyó las nuevas partes de la traducción.

—Algún día, los niños se sabrán de memoria estas líneas tan bien como el Juramento de Lealtad. Increíble, ¿no crees?

Cuando estaba con Victor, permitía aflorar el entusiasmo y la admiración que disimulaba ante los demás.

Victor asintió, pero parecía distraído.

—¿Te encuentras bien? —preguntó Shetter.

—Sí.

—¿Tenemos algún problema?

—Ninguno en absoluto.

Shetter volvió poco a poco a lo que importaba. A los detalles que faltaban por resolver.

—¿Conseguiste los planos?

—No los vamos a necesitar.

El diagrama que Victor le entregó era un simple plano para visitantes del Museo Getty. No había dimensiones, ni conducciones eléctricas, ni esquemas de seguridad. Victor sería valiosísimo en el nuevo mundo, pero no estaba preparado para éste.

—Confía en mí —dijo—. No será difícil entrar.

—Confío en ti.

Shetter ya había decidido no hablar de las armas con el adivinador. Victor culpaba en gran parte del declive del mundo a la tecnología de la guerra. Insistía en que la nueva sociedad ni siquiera debía hablar de esas cosas. Por lo tanto, Shetter le seguiría la corriente de momento, con la Luger P08 guardada en el bolsillo.

21

Chel y Patrick habían pasado el resto de la noche y las primeras horas del nuevo día comprobando y verificando los factores que sugerían un vínculo entre Kiaqix y la ciudad perdida de Patkul. Ella abandonó el observatorio justo después de las diez de la mañana. Patrick volvió con Martha. Cuando se despidieron, Chel cayó en la cuenta de que ignoraba cuándo volvería a verlo, o bajo qué circunstancias, y eso no le gustó. Por lo que intentó volver a hacer lo que siempre se le daba muy bien: anteponer su trabajo. Chel corría a toda velocidad hacia el oeste, indiferente a los incendios, los saqueos y los vehículos abandonados a su alrededor.

—Podría haber sido uno de ellos. —La voz de Rolando se oyó mediante el Bluetooth. Pero lo que estaba insinuando (que el escriba de la ciudad perdida podía ser un miembro del Trío Original) era algo menos absurdo hoy que ayer.

—Ni siquiera sabemos si la ciudad existe en realidad —dijo Chel.

—Su espíritu animal es un guacamayo. ¿No sería el candidato perfecto, si consideramos que miles de guacamayos en un solo lugar constituyen un buen presagio?

Chel intentó salvar el abismo entre mito e historia: un noble y sus dos esposas se adentran en el bosque huyendo de una ciudad sacudida por los disturbios. El tercer día, descubren un claro en el que hay cientos de guacamayos posados en los árboles. Como todos los antiguos mayas, creen que las aves poseen un gran poder espiritual. El trío imagina que ha encontrado el lugar propicio para establecerse en la selva, y funda Kiaqix.

—Cuando terminemos de traducir, tal vez descubramos que Paktul se casó con esas dos chicas, y que se convirtieron en los fundadores —dijo Rolando.

Cuando su voz enmudeció de nuevo, Chel tuvo que rodear un Prius abandonado delante de La Brea Tar Pits [Fosos de Alquitrán La Brea]. Miles de animales habían resultado atrapados en el alquitrán burbujeante durante la Edad de Hielo, y todos quedaron fosilizados, desde los mastodontes hasta los tigres dientes de sable. ¿Qué quedaría aquí de los humanos dentro de diez milenios?, se preguntó Chel.

Mientras seguía por Wilshire, vio pintadas por todas partes. Los artistas callejeros de la ciudad se habían aprovechado del agobio de la policía para cubrir todas las superficies disponibles: signos de pandillas, imitadores de Bansky, y las iniciales tipo dibujos animados de los *freelancers*. Entonces, en el lado de un edificio situado al oeste de La Brea Avenue, vio garabateado:

El dios simbolizado por la serpiente emplumada maya (Gukumatz, como lo llamaba el pueblo quiché) era representado a veces mediante una serpiente que se comía su propia cola. Chel sabía que simbolizaba la cosecha, los ciclos del tiempo y la profunda relación de su pueblo con el pasado. Los griegos lo llamaban Ouroboros. Para ellos representaba algo similar, pero sabía que quien había pintado aquél albergaba otra intención. Los creyentes del 2012 se habían apropiado de Gukumatz, no para simbolizar la renovación, sino para evocar la destrucción que, en su opinión, llegaría con el final del ciclo de la Cuenta Larga, un recordatorio de que todas las razas de hombres anteriores a la nuestra habían sido destruidas, devoradas por la insaciable serpiente del tiempo.

Por fin, el teléfono volvió a sonar, y oyó de nuevo la voz de Rolando en su coche.

—¿Hola? Chel, ¿sigues ahí?

—Estoy aquí. Hazme un favor. Dile a Victor que se ponga al teléfono.

—Llámalo al móvil. Se marchó a casa para buscar un artículo de una revista de los años setenta que podía ser de ayuda con el glifo de Akabalam. Por lo visto, ha estado atesorando números atrasados durante décadas.

—Lo sé.

—¿Cuándo vendrás aquí?

—Lo antes posible.

—¿Y adónde vas?

—A hablar con la única persona que sabe más de Kiaqix que yo.

Las enormes puertas de bronce de Nuestra Señora de los Ángeles, que menos de una semana antes se le antojaban la encarnación del exceso, le parecieron ahora un don del cielo. Las golpeó en repetidas ocasiones. Cuando se abrieron por fin, una pistola apuntada a su cara le dio la bienvenida.

—Jesús, Jinal, soy yo. Chel.

—Lo siento —dijo el hombre en quiché. Enfundó el arma y cerró la puerta a sus espaldas—. Había manifestantes delante a primera hora. Querían enviarnos al otro lado de la frontera. ¿Conoces a Karana Menchú? Se había quedado sin leche en polvo, así que salió por atrás, pero la descubrieron y empezaron a zarandearla.

—¿Se encuentra bien?

—Se pondrá bien, pero estaba llorando cuando la vi.

—¿Llamasteis a la policía?

—Sí, pero estamos al final de su lista de prioridades.

Chel vio tensión en su cara. Conocía al joven desde 2007, cuando llegó de Honduras después de años de trabajar en los campos de tabaco. Tocó su brazo.

—Gracias por cuidar de todo el mundo, Jinal —dijo.

—Por supuesto.

—¿Has visto a mi madre?

Chel había convencido al final a Ha'ana de que se refugiara en la iglesia con el resto de la Fraternidad.

Jinal asintió.

—Creo que está en el santuario principal.

Chel pasó ante las oficinas de los capellanes y las escaleras que descendían al mausoleo, donde Gutiérrez le había enseñado el códice. Atravesó la cafetería, donde un puñado de miembros de la Fraternidad con protectores oculares estaban preparando la siguiente comida del grupo. Al llegar al santuario, inhaló el aroma agridulce del incienso que siempre la recibía allí. Los antiguos utilizaban la olorosa planta del crotón para fabricar incienso, pero los mayas modernos preferían el copal. Con su olor amargo, se consideraba un recordatorio más adecuado de aquellos que habían sacrificado su vida por la supervivencia del pueblo indígena.

Luis, uno de los adivinadores más jóvenes, estaba rezando ante el altar.

—Estos espíritus han de ser purificados para que la gente pueda soñar. Salva a la gente de la autodestrucción. Entrégalos a la Madre Tierra, para que puedan volver a comunicarse con su espíritu animal.

Los mayas consideraban el sueño una experiencia religiosa, un momento en que la gente se comunicaba con los dioses. Para ellos, el insomnio era el resultado de la falta de devoción, y Chel sabía que muchos estaban convencidos de que los dioses habían enviado el VIF a modo de castigo. En esto, ellos y los piquetes se parecían más de lo que pensaban.

Chel intentó calcular cuánto había dormido durante los últimos cuatro días. Había robado cabezadas en el sofá de su despacho, pero a todos los efectos prácticos existían escasas diferencias entre ella y alguien en las primeras fases del VIF. No creía en las deidades de sus antepasados, pero sí experimentaba la sensación de que la estaban castigando.

Un anciano vestido con pantalones negros y una camisa gris con los botones del cuello abrochados se acercaba a ella por la nave lateral. Toda la congregación utilizaba protectores oculares, de modo que era difícil identificar a la gente entre la multitud. Sólo cuando estuvo muy cerca reconoció Chel su barba blanca. Era una de las pocas veces en que había visto a Maraka sin su hábito tradicional.

—Chel —dijo, al tiempo que la abrazaba—, estás a salvo. Gracias a Dios.

—Adivinador —susurró ella.

Maraka alzó la vista hacia el púlpito.

—Luis ha estado rezando día y noche —dijo, sin molestarse en susurrar—. En mi opinión, es excesivo. Los dioses son todopoderosos. Nos oyen, créeme.

Chel forzó una sonrisa.

—Pero supongo que no habrás venido a rezar —dijo Maraka.

—He de ver a mi madre.

Maraka señaló hacia el fondo del santuario, donde varias mujeres indígenas estaban sentadas en bancos, lejos del altar.

Cuando Chel se acercó, Ha'ana alzó la vista de la revista *People* que estaba leyendo. Se levantó y abrazó a su hija. Lo de la revista era de esperar, pero el abrazo sorprendió a Chel. Hacía años que su madre no la abrazaba de aquella manera. Sintió que algo en su interior cedía, y de repente una oleada de fatiga amenazó con engullirla.

—No parece que hayas dormido mucho —dijo Ha'ana.

—He estado trabajando.

—¿Todavía? Es ridículo. ¿Qué podría ser tan importante?

Encontraron una pequeña aula con las sillas dispuestas en forma de herradura, en las profundidades del brazo oeste de la cruz de la catedral. Acuarelas de José y su famoso manto adornaban todas las paredes. Chel habría preferido enseñar el códice a su madre en otras circunstancias, pero no le quedaba otra alternativa. Contó a Ha'ana la relación del libro con la enfermedad, y la aparente importancia de Kiaqix para encontrar el origen. No le comentó los problemas que había tenido con el ICE y el Getty. Se dijo que no tenía tiempo. Además, lo último que deseaba en este momento era dar motivos a Ha'ana para sentirse decepcionada.

Repasaron a toda prisa las páginas del códice en la pantalla de su ordenador portátil. Chel no supo deducir qué significaba para Ha'ana ver algo semejante y, todavía más, averiguar que el pueblo del que se había marchado años antes era la posible fuente del VIF. La expresión de su madre no revelaba nada.

—Bien, mamá —dijo finalmente—, necesito que intentes recordar todo lo sucedido cuando el primo Chiam fue en busca de la ciudad perdida.

Ha'ana apoyó una mano sobre el brazo de Chel.

—He estado preocupada por ti. Espero que lo sepas. Ahora sé que tenía motivos para preocuparme. Esto debe de significar una carga terrible para ti.

—Estoy bien. Ahora, mamá, por favor, trata de recordar.

Ha'ana se levantó y caminó en silencio hasta la ventana. Chel se preparó para la inevitable resistencia de su madre, mientras repasaba todos los motivos que aduciría para obligarla a escarbar en un pasado que jamás deseaba revivir.

Ante su sorpresa, no tuvo que insistir más.

—El primo de tu padre era el rastreador más experto de Kiaqix —empezó Ha'ana—. Era capaz de seguir a un ciervo durante kilómetros a través de un bosque. Desde que éramos niños, era conocido como el mejor cazador del pueblo. Pero entonces el ejército llegó al Petén, y los indígenas fueron asesinados en las calles. Colgados de lo alto de las iglesias y quemados vivos. Después de que el ejército arrasara Kiaqix y detuviera a tu padre, Chiam ocupó su puesto. Era él quien leía en voz alta las cartas que tu padre enviaba desde la cárcel en el círculo de la comunidad.

A Chel le gustó la tranquilidad con la que su madre encaraba su narración. No la había oído decir nada acerca de las cartas que su padre había escrito desde la cárcel durante años, y no se atrevía a interrumpirla.

—Chiam era más militante que tu padre —continuó—. Amenazó con castigar a cualquiera de nosotros que trabajara para un ladino, juró matar a todos los que pudiera. Quería matarlos como ellos nos mataban a nosotros. Hasta las cartas de tu padre eran demasiado blandas para Chiam. Los dos habían discutido, pero seguían unidos. Cuando Alvar fue detenido, supe que Chiam haría cualquier cosa por liberarlo. A veces, se podía comprar a un prisionero por un precio adecuado, de manera que se puso en contacto con los guardias de Santa Cruz. El precio de tu padre era cien mil quetzals.

Chel se levantó.

—¿Por eso Chiam intentó encontrar la ciudad perdida? ¿Por qué no me lo habías dicho nunca?

—Chiam no quería que nadie supiera que había hecho negocios con los ladinos, ni siquiera para conseguir la liberación de su primo. Además, si encontraba algo, no se sentiría orgulloso de robar a nuestros antepasados para sobornar al enemigo. En cualquier caso, se marchó. Y al cabo de veinte días regresó y nos dijo lo que había descubierto. Nos dijo que había oro y jade suficientes para dar de comer a Kiaqix durante cincuenta años.

Chel sabía lo que ocurrió a continuación. El primo de su padre dijo a los aldeanos que las almas de sus antepasados todavía vivían en el corazón de la selva, y que robarles algo provocaría la ira de los dioses. Dijo que la ciudad perdida era una puerta espiritual a otros mundos, y que demostraba la gloria de los mayas en el pasado, y también en el futuro. Y que en cuanto vio las ruinas con sus propios ojos, fue incapaz de mover una sola piedra o llevarse un solo objeto de su lugar de descanso.

El problema fue que nadie le creyó. Nadie aceptó que había encontrado tesoros, para luego abandonarlos allí. Después de días de ridículo, Chiam afirmó que lideraría una expedición a la selva para demostrar que no mentía. Pero, antes de que pudiera hacerlo, el ejército guatemalteco le ahorcó junto con una docena de hombres de todo el Petén por sus actividades revolucionarias.

—Chiam dio muchos detalles —continuó Ha'ana—. Dijo que había templos gemelos encarados uno hacia el otro, y un gran patio con enormes columnas, adonde nuestros antepasados iban a discutir de política. ¿Puedes creerlo? Pensaba que sus historias nos recordarían que éramos tan listos como los ladinos. Pero no fue lo bastante astuto, y todo el mundo sabía que no estaba diciendo la verdad. Era un hombre amable y bueno, pero su historia era una mentira.

—¿Dijo que había un patio? ¿Con columnas enormes?

—Algo por el estilo.

—¿De qué altura? ¿Nueve metros?

—Como si hubiera dicho mil. Nadie le hizo caso.

Pero Paktul había descrito una columnata en la plaza principal de Kanuataba que rodeaba un pequeño patio interior, con columnas de una altura de seis o siete hombres. Y si bien existían templos gemelos en docenas de ciudades mayas, columnas de tal altura sólo existían en dos lugares de México. En Guatemala eran la mitad de altas o menos.

—Es posible que la encontrara —dijo Chel, más para sí que para su madre.

—Oh, cariño...

Chel empezó a explicar la relación que había establecido, pero a su madre no le interesaba saberla.

—La ciudad perdida es un mito —dijo Ha'ana—. Como todas las ciudades perdidas.

—Ya hemos encontrado antes ciudades perdidas, mamá. Están ahí.

Ha'ana respiró hondo.

—Sé que quieres creerlo, Chel.

—No es por mí.

—Todo habitante de Kiaqix quiere creer en la ciudad perdida. Se engañan a sí mismos porque les insufla esperanza. Pero eso no convierte la historia oral en otra cosa: las absurdas historias de gente que no da más de sí. No te traje a este país y te crié para que fueras como ellos.

A Chel le había sorprendido la predisposición de su madre a ha-

blar de Chiam, pero ahora comprendió: con independencia del efecto
que los últimos días hubieran obrado en ella, Ha'ana seguía siendo la
mujer que había abandonado el hogar de su familia, abandonado todo
aquello en lo que su marido creía. La misma mujer que había dedicado treinta y tres años a intentar olvidar lo sucedido, negando la importancia de su cultura y tradición.

—Tal vez no crees en ciudades perdidas por lo que significan para
ti, mamá.

—¿Qué quieres decir?

No valía la pena.

—Olvídalo. He de irme. Tengo trabajo que hacer.

¿Qué hora era?

Chel echó un vistazo a su teléfono. Encontró esperando un correo
electrónico de Stanton:

sé que enviarás más noticias cuando las haya, pero quería
comprobar que estabas bien. G.

Mientras releía el mensaje, a Chel le gustó por algún motivo que
Stanton se preocupara por ella.

Ha'ana estaba diciendo algo.

—¿De veras vas a ir en busca de esas ruinas ahora? ¿Con todo lo
que está pasando?

Chel se levantó.

—Mamá, vamos a ir a buscarlas *debido a* lo que está pasando.

—¿Cómo?

—Con satélites que exploran la zona en busca de ruinas —dijo
Chel, mientras formulaba un plan—. O por tierra, si no podemos des-
cubrirlas desde el aire.

—Por favor, dime que no vas a ir a la selva.

—Si los médicos me necesitan, iré.

—Es peligroso. Tú sabes que es peligroso.

—Padre no tuvo miedo de lo que debía hacer.

—Tu padre era un tapir. Y el tapir lucha, pero no corre a la madriguera del jaguar para que lo mate.

—Y tú eras un zorro. El zorro gris que no tiene miedo de los seres humanos, ni siquiera de los que van a cazarlo. Pero perdiste tu espíritu *wayob* cuando abandonaste Kiaqix.

Ha'ana dio media vuelta. Era un gran insulto insinuar que un maya no era digno de su *wayob*, y Chel se arrepintió al instante de sus palabras. Pese a la larga e interrumpida relación de su madre con sus orígenes, su *wayob* seguía siendo parte de ella.

—Tú ayudas aquí a mucha gente —dijo Ha'ana por fin—. Pero me han dicho que, cuando vienes, lo haces al final del oficio religioso. En el fondo, tampoco crees en los dioses. Así que tal vez nos parecemos más de lo que crees.

12.19.19.17.15
—
16 DE DICIEMBRE DE 2012

22

Michaela Thane tenía trece años cuando el veredicto sobre la culpabilidad de Rodney King (29 de abril de 1992) provocó saqueos y el incendio de miles de edificios, desde Koreatown hasta el este de Los Ángeles. Su madre todavía vivía entonces, y la había encerrado a ella y a su hermano en casa durante casi cuatro días, donde veían los disturbios en su televisor de diecinueve pulgadas. Era la última vez que recordaba Los Ángeles con el aspecto de ahora.

Por la radio del coche oyó a los expertos discutir acerca de si había sido la filtración de los correos electrónicos de la alcaldía lo que había iniciado los disturbios. Un comentarista afirmaba que eran los casi diez mil enfermos estimados, agitados y desesperados, lo que conducía a la destrucción. Detractores de la cuarentena de Stanton declaraban que era el resultado inevitable de intentar contener a diez millones de personas. Pero Thane había vivido y trabajado el tiempo suficiente en Los Ángeles para saber que la gente de la ciudad no necesitaba motivos para enfurecerse: necesitaba un motivo para no estarlo.

Justo antes de entrar en el Hospital Presbiteriano, miró por el retrovisor y vio que Davies se despegaba de ella. La había seguido hasta aquí para velar por su seguridad. Y seguridad era lo único que parecía haber en el hospital: los helicópteros daban vueltas en el aire y los *jeeps* peinaban el perímetro. Los miembros de la Guardia Nacional patrullaban los edificios con sus armas, como si fuera una base de Kabul.

Desde su regreso de Afganistán, Thane había pasado casi todos los días de la semana, cada tercera noche y muchos fines de semana en el Hospital Presbiteriano. También había hecho acto de presencia casi todos los días festivos, y aceptaba los turnos de noche más indeseables. Sus colegas pensaban que lo hacía por pura generosidad, pero la verdad era que Thane no tenía ningún otro lugar adonde ir. Un hospital funciona 365 días al año, las veinticuatro horas del día, igual que una base militar. Y para ella, comer el pavo el día de Acción de Gracias y beber sidra en vasos de plástico cuando el reloj llegaba a la medianoche de Año Nuevo era mejor que estar sola.

Trabajar en el Hospital Presbiteriano nunca había sido fácil, y a veces tenían que improvisar más que si estuvieran en las montañas. El hospital andaba escaso de personal y estaba abrumado de trabajo. No obstante, Thane y sus colegas habían proporcionado cuidados decentes a decenas de miles de pacientes. Ayudaban en otros servicios, hacían favores a pacientes en estado crítico, escuchaban sus mutuas quejas y bebían como cosacos para intentar olvidarlo todo. Durante los últimos tres años, el personal del hospital había sido para Thane el gran sustituto, desordenado, y a veces feliz, de un pelotón militar.

Ahora, muchos estaban muriendo entre aquellas paredes, y el Hospital Presbiteriano no tardaría en ser poco más que un recuerdo. Aunque pudieran detener o ralentizar el ritmo de la enfermedad, jamás podrían hacer desaparecer todos los priones de los suelos, paredes, lavabos, barandillas e interruptores de la luz. El edificio sería demolido y trasladado pieza a pieza con la ayuda de trajes herméticos.

El personal del CDC recorría los pasillos, atendía a los pacientes, intentaba calmar a las víctimas, vociferaba órdenes. Era difícil para Thane ver sus caras a través del casco del traje hermético que se había puesto, pero eso significaba que a ellos también les costaba ver la de ella. Mientras no la reconocieran, podría recorrer los pabellones sin que repararan en ella. El traje era muy caluroso y costaba moverse con él, pero ya se había acostumbrado y dejó atrás a filas de pacientes apáticos que miraban las paredes o paseaban sin descanso de un lado a otro de su habitación.

Su primera parada fue en la cuarta planta. Meredith Fentress era una mujer corpulenta que, hasta hacía una semana antes, era la responsable del vestíbulo. Thane había pasado muchas noches hablando con ella de los Dodgers y la ristra inacabable de decepciones.

Ahora, Fentress gimoteaba y se agitaba, cubierta de sudor.

—Pronto te encontrarás mejor —susurró Thane mientras inyectaba anticuerpos en la intravenosa por mediación de una jeringuilla, y la solución amarillenta penetraba gota a gota en la vena de la paciente. La observó, tal como Stanton y ella habían acordado, para asegurarse de que no se producía una reacción negativa que exigiera una respuesta inmediata.

Nada. Cuando Thane estuvo segura, fue pasando de habitación en habitación. De vez en cuando, tenía que esperar a que un médico del CDC acabara con un paciente y se marchara, pero por lo general, pensó, era casi como si fuera invisible.

Amy Singer era una diminuta estudiante de tercero de medicina teñida de rubio con la que Thane había hecho una rotación nocturna en la UCI. Mientras le administraba los anticuerpos, Thane recordó una noche en que ambas no habían podido reprimir las carcajadas después de que un anciano de la planta las confundiera.

De repente, una enfermera que llevaba un traje hermético entró. Miró a Thane con escepticismo.

—¿Puedo ayudarte?

Thane sacó la tarjeta de identificación del CDC que Stanton había hecho para ella.

—Sólo estaba tomando unas muestras secundarias —dijo—. Para controlar a qué velocidad crecen las cargas de proteína.

La enfermera pareció satisfecha y reanudó su ronda. Thane exhaló un profundo suspiro de alivio. Hasta el momento, todo iba bien. Si fuera otra, estaría rezando para que los anticuerpos hicieran rápido su trabajo.

Diez pacientes después, Thane encontró a Bryan Appleton acostado tranquilo en su cama. Tenía los ojos cerrados, pero ella sabía que deambulaba por un peligroso averno. También tomó nota de tres profundos arañazos rojos en una mejilla. Cuando hubiera terminado, lo ataría por su propia seguridad. Appleton trabajaba en la cocina, y había alimentado a Thane prácticamente por la fuerza las noches que estaba de guardia. Siempre había dado la impresión de comprender que los residentes sobrevivían gracias a los alimentos gratuitos (galletas de harina de avena, melón, zumos y café) que aparecían como por arte de magia en las salas de descanso.

Thane comprobó que el líquido penetrara en su brazo a través de la intravenosa. Después intentó darle la vuelta para poder sujetar sus brazos a los barrotes.

Los ojos de Appleton se abrieron.

Agarró la manga del traje hermético de Thane.

—¿Qué estás haciendo? —preguntó—. ¿Qué me estás haciendo?

Ella liberó su brazo de la presa con la mayor delicadeza posible.

—Soy Michaela, Bryan. Voy a darte tu medicina.

Appleton se incorporó en la cama.

—¡No quiero ninguna puta medicina!

Tenía los ojos desorbitados. Los pitidos del monitor que había al lado de la cama se aceleraron. Su corazón latía a ciento ochenta pulsaciones por minuto.

—Has de acostarte, Bryan —dijo Thane. Era un hombre grande, pero se las había tenido con peores. Inclinó su peso sobre la cama. ¿Estaría sufriendo una reacción alérgica a los anticuerpos? ¿Eran la ira y la tensión causadas por el VIF lo que provocaba la taquicardia? En cualquier caso, tenía que calmarlo—. Acuéstate un momento e intenta relajarte, por favor.

Appleton lanzó todo su peso y la catapultó por encima de la mesita de noche.

—¡No me toques, joder! —gritó, mientras ella caía al suelo.

Thane notó que un feo cardenal estaba creciendo en su frente, pero también sabía que sólo tenía unos segundos para levantarse. Se puso en pie temblorosa y echó un vistazo a la tensión arterial de Appleton: 50/30.

Estaba sufriendo una reacción anafiláctica.

Necesitaba una inyección de epinefrina. Pero ya se estaba arrancando los tubos. Sería imposible acercarse lo suficiente.

—Por favor, Bryan —suplicó—. Estás sufriendo una reacción al fármaco. Has de dejar que te dé algo.

—¡Me estás envenenando! —chilló el hombre, al tiempo que bajaba los pies al suelo y se encaminaba hacia ella—. ¡Te mataré, zorra!

Thane rodeó la cama a toda prisa y corrió hacia la puerta. Los gritos de Bryan resonaban en el pasillo, y los demás pacientes no tardaron en precipitarse hacia sus puertas, golpeándolas y gritando que los liberaran.

Thane huyó hacia la escalera. Tenía que salir de allí. Su traje hermético la estaba asfixiando cuando llegó al tercer piso, donde casi arrolló a un hombre con bata de hospital parado en lo alto. Era Mariano Kuperschmidt, el guardia de seguridad que había vigilado la habitación de Volcy durante días. Una oleada de tristeza asaltó a Thane. El hombre había pasado años intentando protegerse de las enfermedades con mascarillas. Pero no se había protegido los ojos.

—Aléjese de mi mujer —gritó. Estaba enfermo y, sin la menor duda, sufría alucinaciones.

Thane retrocedió.

—Todo va bien, Mariano —dijo—. Soy Michaela Thane.

El hombre lanzó un gruñido, agarró la tela de nailon del traje hermético y la arrojó escaleras abajo. El cuello de Thane ya estaba roto cuando aterrizó en el rellano de abajo.

23

Me he convertido en propietario de Mariposa Única y Pluma Ardiente, las hijas de Auxila. Haniba se rebanó el pescuezo con un cuchillo, tal como ordenan los dioses. Las chicas visitan su tumba (marcada con una cruz, que significa los cuatro puntos cardinales) cada dos soles. Su suicidio fue recibido con aclamaciones por el consejo real, convencido de que Auxila fue elegido por los dioses para sacrificarse.

Al no ser conocido nunca por inclinaciones carnales, los miembros del consejo se quedaron estupefactos al saber que había tomado a sus hijas como concubinas. Sol Oscurecido sólo me creyó cuando le dije que pensaba yacer antes con la más joven de las dos, y que mi abstinencia era en verdad una preferencia por la juventud sin mancillar. He ordenado a Pluma Ardiente que corra la voz entre las demás chicas de Kanuataba de que su hermana más joven se somete con docilidad a mis insaciables apetitos.

También dije a las chicas que nunca las obligaría a yacer conmigo. Al principio, parecían aterradas por la perspectiva de que fuera a forzarlas. Mariposa Única, de sólo nueve años, estaba muy asustada al principio, pero cuando sangré sus encías tras la pérdida de un diente, se sintió agradecida y me miró con ojos más dulces, antes de confesar sus penas a sus muñecas de la preocupación. La chica mayor tardó más en resignarse. Tan sólo al cabo de unas semanas se aplacó Pluma Ardiente. Hemos pasado las últimas cuatro noches leyendo juntos los grandes libros de Kanuataba.

No me siento orgulloso de ser propietario de esas chicas, pero Haniba había dicho la verdad. No podía permitir que las hijas de Auxila fueran mancilladas. Su padre era un hombre santo, cuya familia me adoptó como huérfano cuando mi padre se fue. Y después Auxila me depositó en el *sendero de la nobleza, una deuda que jamás podré pagar. Aun así, no sé qué decir a las chicas cuando brotan lágrimas de sus ojos después de visitar la tumba de su madre. Nunca he entendido el comportamiento de las mujeres.*

Les doy migas para que den de comer a mi persona ave, que ha decidido instalarse en la cueva. Proporciona consuelo a la chica menor. Es demasiado joven para comprender que el guacamayo es mi persona espiritual, pero es capaz de dibujar una sonrisa cuando grazna, y sus lágrimas paran de brotar, siquiera un momento. Pese a mis esfuerzos, soy un pobre sustituto de su madre.

Hace dos soles, mis concubinas y yo recibimos la visita real del santo príncipe, Canción de Humo. Es muy poco habitual que el príncipe reciba clase fuera de palacio, a menos que vayamos a estudiar algún fenómeno natural. Pero antes de la reciente partida del rey, éste accedió a mi petición de enviar al príncipe aquí. El rey se ha marchado con sus guerreros, a batallar durante tres soles contra Sakamil. Por suerte, pese a sus promesas, decidió no llevarse a su joven hijo con él.

Tras la llegada del príncipe, no quedó duda de que Pluma Ardiente sería una distracción. Los ojos del príncipe se iluminaron al verla, y ya no pudo concentrarse en otra cosa. Había creído que jamás volvería a ver a la muchacha, la muchacha a la que tanto había querido durante años.

Según la costumbre, cuando el príncipe hablaba a la muchacha, ella besaba el suelo que él pisaba. Les oí hablar con admiración del ave, que se había posado en silencio sobre el hombro de Pluma Ardiente y se atusaba las plumas con el pico. El ave se recuperaba con mucha rapidez, y estaría preparada para viajar en busca de su bandada en cuestión de semanas. El príncipe miró al guacamayo y adoptó una postura afectada, empujando hacia delante su trenza inmadura, todavía adornada con las cuentas blancas que indicaban servidumbre hacia su padre.

Después habló:

—Pero este pájaro no es nada comparado con mi espíritu animal, el poderoso jaguar. ¿Has visto alguno con tus propios ojos? Es más veloz que cualquier animal de la selva, y más competente a la hora de atacar a su presa que el arquero más avezado. Se mueve más rápido que la fle-

cha, y en mayor silencio. Puedo enseñarte dónde están las tumbas de los huesos de jaguar, las cuales te producirán un escalofrío que no olvidarás en mucho tiempo. Hasta es posible que te desmayes sólo de verlas, pero yo estaré allí para sujetarte, pues mi corazón y mi mente son más fuertes que los tuyos, pequeña.

Lo que sucedió a continuación entre los dos niños me sorprendió, y me recordó de qué manera extraña y hermosa nos han formado los dioses a nosotros, la cuarta raza

La muchacha Pluma Ardiente no apartó la vista del príncipe cuando él la miró a los ojos, tal como debería haber hecho según dictaban las costumbres. En el palacio real habría sido sacrificada por tal indiscreción. Pero no había temor en su rostro, ni en su corazón. Sonrió lo suficiente para revelar que tenía dos dientes delanteros engalanados con jade, pero después ocultó aquellas piezas de jade para que él no pudiera verlas más. Desde el día en que fui a verla a casa de sus padres para explicarle que su madre había muerto, no había sonreído.

Después habló como yo jamás había oído a una muchacha hablar a un príncipe:

—*Pero, santo príncipe, Canción de Humo, el más reverenciado, ¿cómo puede el poderoso jaguar ser más veloz que un carcaj de flechas en matar a un zorro, cuando he visto jaguares muertos por esas mismas flechas disparadas por nuestros tiradores? ¿Puedes explicar esta contradicción a una inteligencia tan lerda como la mía?*

No sabía cómo iba a reaccionar el príncipe a tal afrenta. Su rostro indicó estupefacción ante la negativa de la muchacha a darle la razón. Pero cuando sonrió y le enseñó su jade, la respuesta quedó clara, y en aquel instante me acordé de lo poco que se parecía a su padre. Algún día será un gran líder de Kanuataba, si podemos rehacernos de las calamidades que amenazan con arrasar nuestras poderosas tierras. Me sentí henchido de orgullo por él.

No fue hasta aquel momento cuando comprendí la nobleza y fuerza de voluntad de Pluma Ardiente. No es ningún secreto que el príncipe disfruta de su compañía. Pero ningún fruto puede nacer de eso: el padre de ella ha sido sacrificado a los dioses, y ella se debate entre dos mundos, inadecuada para la compañía de un rey, como si fuese una bastarda.

Mientras los miraba, me sentí más cerca de las lágrimas que en muchos soles.

El príncipe introdujo la mano en su morral. Pensé que iba a sacar uno de los grandes libros que le había pedido traer de la biblioteca real, y me henchí de orgullo, convencido de que exhibiría sus dotes para la lectura, que le había enseñado durante tanto tiempo.

Pero extrajo un cuenco de cerámica, de más de dos manos de profundidad, como fabricado para portar agua. El cuenco estaba adornado con colores de muerte y renacimiento, y lo extendió hacia Pluma Ardiente hasta donde su brazo alcanzaba. Después habló:

—Loado sea Akabalam, quien favorece a mi padre con su poder y en cuyo honor construiremos el nuevo templo. ¿Has visto a Akabalam con tus propios ojos, muchacha?

Pluma Ardiente guardó silencio, postrada por la invocación del dios que había reclamado la vida de su padre. Pero yo estaba ansioso por saber: ¿podría el rey haber enseñado a su hijo qué presidía el misterioso dios, para que yo pudiera comprender?

Entonces el príncipe volvió a hablar a la muchacha:

—No tengas miedo. Tengo poder sobre estos seres, sobre esta encarnación de Akabalam. No tengas miedo. Yo te protegeré.

Canción de Humo abrió el cuenco, y vi en el interior hasta seis insectos, largos como un dedo, del color de las hojas de los árboles más exuberantes que habían gobernado el bosque en otro tiempo. Los insectos trepaban unos sobre otros, intentando escalar las paredes del cuenco de cerámica, aunque sin éxito. Sus largas patas dobladas se enredaban debajo de sus cuerpos. Sus ojos, del color de la noche, sobresalían de su cabeza.

El príncipe habló:

—Le he visto rendir culto a estos seres, y los cogí de la sala del trono, donde celebran sus festines reales, y ahora yo también siento su poder.

Estudié los insectos, que se funden con el mismo bosque. ¡No podía imaginar con qué propósito íbamos a adorar a estos seres! No producían miel. No podían asarse para comerlos. ¿Por qué dedicaría el rey un templo y sacrificaría a su supervisor de los almacenes en nombre de un insecto tan inútil?

¿Por qué nos denigraría un rey, la creación del sagrado maíz de los dioses, en su nombre?

Hablé:

—*¿Esto es lo que tu padre llama Akabalam? ¿Sólo esto?*

—*Sí.*

—*¿Y te ha explicado el motivo de que debamos exaltarlo?*

—*Por supuesto. Pero tú, escriba, jamás podrías sentir lo que siente un rey en presencia de tal poder.*

Pero mientras estudiaba los insectos con más detenimiento y los veía frotarse las patitas en el aire, creí comprender. Sus patas les conferían la apariencia de un hombre que se ha puesto en comunicación con los dioses. No he visto en el reino ser que parezca más devoto. Ningún otro ser es un modelo más preclaro de cómo los hombres deben rezar a los dioses.

¿Por eso el rey los reverencia? ¿Porque cree que hemos perdido nuestra piedad debido a la sequía, y porque parecen un símbolo de devoción a los dioses?

El príncipe se volvió hacia la chica y habló de nuevo:

—*Sólo un hombre predestinado por sus antepasados puede comprender a Akabalam.*

Pese a la influencia de su padre, Canción de Humo es un buen chico, de corazón puro. Es un alma a la que los antepasados de los bosques habrían amado y respetado, como está escrito en los grandes libros. Mientras su padre se habría limitado a ordenar que me decapitaran si creyera que yo había mancillado a la chica a la que amaba, Canción de Humo sólo intentaba impresionarla y conquistar su corazón. Robó los insectos del palacio, y con ellos estaba demostrando a Pluma Ardiente que era mucho más poderoso que yo. Le permití este placer.

La joven miró cuando me incliné ante el chico y besé sus pies.

24

—Dos mil soles —dijo Rolando—. Casi seis años. Una megasequía.

Chel, Victor y él se erguían sobre cinco páginas del códice recién reconstruidas y descifradas. Chel echó un vistazo a la afirmación de Paktul en la vigésima octava página: *Algunas espigas de maíz crecen altas incluso durante una sequía tan terrible como la nuestra, que se prolonga ya durante casi dos mil soles.*

—¿No estás de acuerdo? —preguntó Rolando a Victor, sentado frente a él en el laboratorio del Getty, mientras estudiaba la copia de la traducción y bebía una taza de té.

Anoche, cuando Chel había regresado de ver a su madre en la iglesia, quiso compartir con Victor su frustración, convencida de que era la única persona que la comprendía. Pero él no había vuelto de su desplazamiento infructuoso a su misterioso escondite de revistas académicas hasta bien pasada la medianoche. Para entonces, ella se había dado una rápida ducha en el edificio del Instituto de Conservación Getty, había borrado por completo los residuos de su conversación con Ha'ana y estaba sumergida de nuevo en el trabajo. No había hablado de ello desde entonces.

—El rey no colaboraba en nada —dijo Victor—, pero, sí, parece que había una sequía terrible, que debió ser la causa subyacente.

En un mundo normal, habría podido ser el descubrimiento más importante de su carrera. En las ciudades clásicas sin acceso al mar, los mayas podían almacenar agua durante un máximo de dieciocho meses. La prueba de una sequía de seis años convencería incluso a los colegas más reticentes de Chel de que la causa del colapso era el que ella había defendido durante años.

Pero el mundo ya no era normal, por supuesto.

Lo más importante ahora era la relación entre el códice y la ciudad perdida, que se reforzaba a cada fragmento que traducían. Ahora no cabía duda de que Paktul había protegido a las dos niñas al hacerse cargo de ellas, por lo cual parecía inevitable que las hubiera tomado como esposas. La teoría de Rolando de que constituían el Trío Original era cada vez más plausible.

Pero por revolucionarios que fueran estos descubrimientos, aún no habían averiguado cuál era el emplazamiento exacto de la ciudad perdida, ni dónde había enfermado Volcy. Por suerte, ahora sabían más cosas sobre el misterioso glifo de Akabalam que había obstaculizado los progresos del desciframiento. Basándose en la descripción trazada por el escriba de los insectos que daban la impresión de comunicarse con los dioses, Chel, Rolando y Victor habían llegado a la conclusión de que debían ser mantis religiosas. Las mantis abundaban en toda la zona maya. Pese a las preguntas del escriba acerca de la necesidad de rendirles culto, los mayas adoraban de vez en cuando a insectos, y habían inventado dioses en su honor.

Pero todavía faltaba una pieza. Treinta y dos páginas de papel amate estaban casi terminadas, pero a pesar de este avance en potencia, el glifo aparecía diez u once veces en una sola página, de maneras sorprendentes e insólitas. Cuando Chel añadió «mantis religiosa» o «dios mantis religiosa» en todos los lugares donde vio «Akabalam», no obtuvo casi nada que tuviera sentido. En los primeros fragmentos, el glifo se refería al nombre del nuevo dios. Pero en las páginas finales, Chel pensó que Paktul estaba utilizando la palabra para referirse a una acción.

—Ha de ser algo intrínseco a ellos, ¿verdad? —preguntó Rolando—. Del mismo modo que las abejas simbolizan lo dulce.

—O Hunab Ku puede utilizarse para indicar una transformación —sugirió Victor, en referencia al dios mariposa.

Un estruendo en el exterior sobresaltó a los tres, y Chel corrió hacia la ventana. Durante los dos últimos días, algunos coches habían llegado hasta el Getty, intrusos en busca de saqueo fácil. En cada ocasión, habían visto al destacamento de seguridad que patrullaba los terrenos y dado media vuelta.

—¿Todo va bien? —preguntó Rolando.

—Creo que sí —contestó Chel, al no ver nada abajo.

—Pues... ¿qué? —preguntó Rolando cuando ella se volvió—. ¿Está el rey ordenando el culto a este nuevo dios porque la mantis religiosa parece devota?

—Es probable que las sequías alimentaran muchas dudas entre el pueblo —dijo Chel—. Tal vez creyó que era una inspiración.

Se acercó a la vitrina que contenía un fragmento de una de las últimas páginas que habían reconstruido y empezó a recrearlo en su mente:

¡Quizá el rey permite [la devoción] porque su súplica de lluvia ha sido desoída, y sabe que las lluvias no vendrán! Pero tal disipación [devoción], ¿no provocará el caos entre la gente, incluso entre aquellos que temen a los dioses? ¡Existen motivos para que el pueblo de Kanuataba sienta tanto miedo [devoción] como yo por la transgresión más aterradora de todas, aunque el rey ordene esa [devoción]!

—No tiene sentido —dijo a los hombres—. ¿Por qué el escriba tendría tanto miedo de la devoción? ¿Por qué sería una transgresión?

Chel volvió a estudiar las páginas, mientras analizaba las posibilidades.

—¿En qué punto estamos con los satélites? —preguntó Rolando.

Tan sólo ayer, el CDC había ordenado que una docena de satélites de la NASA fueran orientados hacia la zona circundante de Kiaqix, en busca de cualquier señal de ruinas en la linde de la selva.

Stanton había sido el primero en llamar a Chel después de que se despidiera de su madre. Ella se sintió contenta de poder confirmarle que el relato de su tío Chiam sobre la ciudad perdida coincidía con las descripciones del códice escrito por Paktul.

Él escuchó con avidez, y esta vez no percibió el menor escepticismo en su voz. Se limitó a decir: «De acuerdo, Chel. Vamos a ello». No había sabido nada de Stanton desde entonces, pero miraba su teléfono sin cesar. No paraba de recordarse que alguien del equipo del doctor se pondría en contacto con ella en cuanto aparecieran imágenes que necesitaran su experiencia y la de sus colaboradores, y esperaba que fuera él.

—Cada satélite puede tomar mil fotografías al día —dijo—, y tienen un equipo de gente que investiga las imágenes.

—Sólo hemos de rezar para que Kanuabata sea otro Oxpemul —dijo Victor.

En los años ochenta, los satélites habían tomado fotos de la parte superior de dos templos que sobresalían de un dosel de hojas muy cercano a un yacimiento arqueológico importante de México, lo cual condujo al descubrimiento de una ciudad antigua todavía más grande.

—Es la estación de las lluvias, y hay una capa de nubes inamovible sobre Kiaqix en este momento —recordó Chel a los hombres—. Los árboles podrían ocultar cualquier cosa. Estamos hablando de edificios de más de mil años de antigüedad, posiblemente desmoronados. Dejando aparte que han estado escondidos durante siglos.

—Por eso hemos de concentrarnos en el manuscrito —dijo Victor.

No le complacían los sufrimientos de las víctimas del VIF, ni el hecho de que muchísima más gente fuera a infectarse sin la menor duda. Le horrorizaba oír hablar de los niños que caían presa de la enfermedad, y el modo en que los hombres se habían vuelto los unos contra los otros en las calles de Los Ángeles. No obstante, mientras Victor veía derrumbarse la Bolsa y vaciarse las tiendas, no podía reprimir la sensación de sentirse legitimado. Sus colegas lo habían ridiculizado. Su familia lo había abandonado. Hasta que empezó la epidemia, incluso había llegado a preguntarse si él y el resto de los creyentes del 2012 estarían equivocados como tantos otros, desde los adventistas a los creyentes en el efecto 2000, pasando por... Bien, todos los demás grupos convencidos de que el mundo iba a experimentar un gran cambio.

Poco después de mediodía, el equipo se separó para continuar explorando el enigma de Akabalam cada uno por su cuenta. Chel había ido a su despacho contiguo al laboratorio para reflexionar, y Rolando a otro edificio en busca de equipo de reconstrucción, de modo que Victor se quedó solo en la sala. Estaba delante de las cajas, examinando la que contenía la referencia de Paktul al decimotercer ciclo. Levantó la caja del atril y la sopesó. Pesaría unos siete kilos, pero un hombre podía cargar con dos o tres.

Al sostener en sus manos parte del códice, Victor sintió su increíble poder. De niño, en la sinagoga, le habían contado la historia de los rabinos que se abalanzaron sobre los rollos de la Tora cuando los romanos destruyeron el segundo templo de Jerusalén. Los rabinos creían que el pueblo judío no podría perpetuarse sin la palabra escrita, y dieron sus vidas para protegerla. Victor creyó que comprendía al fin lo que inspiró el deseo de sacrificarse por un libro.

—¿Qué estás haciendo, Victor?

Se quedó petrificado al oír la voz de Rolando. ¿Ya había vuelto? Victor devolvió la página con delicadeza a su sitio y fingió que colocaba bien la caja sobre la mesa luminosa.

—El cristal estaba empezando a moverse —dijo—, y tenía miedo de que alterara los fragmentos.

Rolando se reunió con él delante de la mesa luminosa.

—Agradezco tu ayuda, pero será mejor que me dejes manipular las cajas a mí, ¿de acuerdo?

—Por supuesto.

Victor caminó junto a la mesa, mientras fingía estudiar fragmentos de la parte final. No quería dar a entender que tenía prisa por retirarse. Rolando, satisfecha su curiosidad, fuera cual fuera, se encaminó al fondo del laboratorio. Después Victor oyó que llamaba a la puerta del despacho de Chel y el sonido de la puerta al cerrarse.

¿Sospecharía algo Rolando? Se sentó en un banco del laboratorio con la mayor indiferencia posible. Pensó en qué diría si Rolando le interrogaba.

Minutos después, oyó que la puerta de Chel se abría de nuevo y sus suaves pasos cuando entró en el laboratorio. Se paró detrás de él. Victor no se movió.

—¿Puedo hablar contigo? —preguntó la joven.

—Por supuesto —dijo, y se volvió—. ¿Qué pasa?

Ella se sentó en un banco.

—Acabo de hablar por teléfono con Patrick. Le pedí que viniera a ayudarme con algunos glifos astrológicos, pero contestó que no quería dejar otra vez a su nueva novia, Martha. ¿Quién puede llamarse Martha en el siglo veintiuno? No sé si podremos hacer esto sin él.

—En primer lugar, hizo su parte y ya no le necesitamos. En segundo... Ya sabes que, de todos modos, nunca me cayó bien.

—Mentiroso.

Ella sonrió, pero la palabra consiguió que Victor se encogiera un poco.

—Pero Patrick tenía razón en una cosa —continuó Chel.

—¿En qué?

—Volcy. El códice. Kiaqix y el Trio Original. Fue el primero en señalar que era una casualidad excesiva.

Lo último que Victor creía era que se tratara de una casualidad.

—Todo es posible —dijo con cautela.

Chel esperó a que continuara, y su mirada expectante despertó en Victor una sensación que no había experimentado desde hacía mucho tiempo: la de ser necesitado por alguien a quien quería de verdad.

—¿Qué crees tú? —le preguntó.

—La obsesión con la Cuenta Larga disparó el precio de las antigüedades —contestó Chel tras un largo silencio—, y eso debió ser lo que empujó a Volcy a adentrarse en la selva. Lo que está sucediendo ahora empezó debido a 2012 de una forma u otra.

En silencio, Victor rezó una vez más para que pudiera convencer a Chel de acompañarle a él y a su pueblo. Siempre había pensado que lograría llevársela a las montañas cuando llegara el final. Rezó para que empezara a darse cuenta de que las predicciones estaban demostrando ser verdaderas. Pronto, quizá, comprendería que la huida era la única forma de seguir adelante.

—Creo que si mantenemos abiertas nuestras mentes —dijo con suavidad— es imposible saber lo que llegaremos a comprender del mundo.

Ella esperó un momento.

—¿Puedo hacerte una pregunta?

—Por supuesto.

—¿Crees en los dioses mayas? ¿En los dioses verdaderos?

—No es preciso creer en el panteón para comprender la sabiduría del plan que los antiguos vieron en el universo. Tal vez sea suficiente para saber que existe una fuerza que nos conecta a todos.

Chel asintió.

—Sí, quizá sí. O quizá no. —Respiró hondo—. Por cierto, quería darte las gracias por quedarte aquí conmigo y por toda tu ayuda.

Victor la siguió con la vista cuando volvió a su despacho. Era la misma jovencita que había aparecido en la puerta de su despacho el primer día de su programa de graduación para decirle que había leído toda su obra. La que años más tarde le proporcionó un lugar adonde ir, cuando nadie más quería hacerlo.

Y cuando Chel desapareció de su vista, reprimió las lágrimas.

25

Habían pasado casi cuatro horas desde que Davies había dejado a Thane delante del hospital, y Stanton se sentía nervioso. Miraba por la ventana, esperaba que su teléfono rompiera el silencio. Su teléfono, o cualquier cosa. El paseo marítimo de Venice estaba demasiado silencioso para su gusto. Quería oír a los vendedores gritando a los turistas que no tomaran fotos de su «arte», o ver al guitarrista barbudo, el alcalde honorario del paseo, yendo en monopatín de un extremo a otro. U oír a Monstruo llamando a su puerta.

—Sugiero un trago —dijo Davies.

Extendió un vaso de Jack Daniels en dirección a Stanton, pero éste lo rechazó con un ademán. No le iría mal, de todos modos. ¿Por qué demonios no llamaba Thane? Ya habría terminado de administrar las inyecciones. Intentó llamarla a su móvil, pero no pudo comunicarse con ella. La cobertura en Los Ángeles siempre dependía del lugar, y ahora era básicamente inexistente. Aun así, Thane tendría que haber encontrado una línea fija.

Su teléfono sonó por fin. Un número local desconocido.

—¿Michaela?

—Soy Emily.

Cavanagh. Mierda.

—¿Qué pasa? —preguntó, procurando no despertar sospechas.

—Has de reunirte conmigo en el centro de mando de inmediato, Gabe.

—Estoy llevando a cabo algunos experimentos de desnaturalización —mintió, y miró a Davies—. Podría estar ahí dentro de unas horas.

—El director está en Los Ángeles, y quiere hablar contigo. Me da igual lo que estés haciendo. Has de venir ahora.

Adam Kanuth, el director de los CDC, había estado en Washington y Atlanta desde el inicio del brote, y todo el mundo había reparado en su ausencia de Los Ángeles, incluida la prensa. Los partidarios decían que había estado administrando casos aparecidos en el país y en todo el mundo. Los detractores afirmaban que había evitado la ciudad porque no quería correr el peligro de infectarse.

A Stanton nunca le había caído bien. Kanuth procedía del mundo de las grandes empresas farmacéuticas, y hablaba de la ciencia como si fuera economía: la ley de la oferta y la demanda. Las enfermedades raras conseguían subvenciones raras. De todos modos, Stanton agradecía que hubiera apoyado el plan de cuarentena.

Llovían cenizas sobre Stanton cuando bajó del coche delante del centro de mando del CDC. Un incendio incontrolado se había declarado en las colinas, por encima del letrero de «HOLLYWOOD», y había consumido cuarenta hectáreas, de modo que nubes de humo se desplazaban desde la ciudad hasta el mar. Stanton hizo lo que pudo por serenarse antes de entrar. Kanuth querría hablar de prevención. Querría hablar de cómo había administrado la cuarentena en otras ciudades. Y Stanton tendría que aguantarle sin saber nada de Thane.

En el interior de la oficina postal que habían requisado, empleados del CDC trabajaban detrás de ventanillas a prueba de balas que en otro tiempo habían protegido a los funcionarios de correos de los chiflados. Carteles antiguos que anunciaban sellos conmemorativos de Ronald Reagan colgaban todavía de las paredes. Un funcionario lo guió hasta el despacho del jefe de correos.

Cavanagh estaba sentada en una silla delante del escritorio. Stanton reparó en que no le miraba a los ojos. Detrás de la mesa estaba sentado Kanuth, un hombre alto y fornido de unos cincuenta y cinco años, de pelo ralo y plateado y una barba que le trepaba por las mejillas.

—Señor director. Bienvenido a Los Ángeles.

No había otra silla para que Stanton se sentara. Kanuth cabeceó mecánicamente.

—Tenemos un problema, Gabe.

—De acuerdo.

—¿Enviaste a una residente del Hospital Presbiteriano a poner inyecciones de anticuerpos murinos a un grupo de pacientes pese a nuestras órdenes en contra?

Stanton se quedó petrificado.

—¿Perdón?

Cavanagh se puso en pie.

—Encontramos dos docenas de jeringuillas, y estaban llenas de soluciones de anticuerpos murinos.

¿Habrían sorprendido a Thane poniendo las inyecciones? No cabía duda de que lo sabían. Pero tenía que protegerla.

—¿Dónde está la doctora Thane? —preguntó con cautela.

Kanuth miró a Cavanagh.

—La encontraron al pie de una escalera con el cuello roto. Por lo que sabemos, murió a causa del impacto de la caída.

Stanton se quedó horrorizado.

—¿Cayó por la escalera?

Cavanagh le miró.

—Un paciente la mató.

—A menos que quieras decirme que estaba llevando a cabo un experimento secreto con anticuerpos por su cuenta —dijo Kanuth—, supongo que tú eres el responsable de esto.

Stanton cerró los ojos y vio el rostro de Thane cuando llegó al Hospital Presbiteriano por primera vez, después de que la mujer le conminara a ver a un paciente que a él quizá le habría pasado por alto. La expresión de su cara cuando vio el laboratorio que habían construido en el apartamento; su rápida decisión de ayudar, sin preocuparse por su carrera. La esperanza animaba su voz cuando fue a poner las inyecciones a sus colegas.

—La alisté para administrar los anticuerpos —susurró por fin.

—Querías permiso para probarlos en un grupo de muestra —dijo Cavanagh, ya preparada para esta confesión—. Ya le hemos trasladado la solicitud al jefe del FDA, y faltaba menos de un día para recibir el permiso. Podríamos haberlo hecho en condiciones controladas. Ahora, una mujer ha muerto porque decidiste hacer caso omiso de órdenes directas.

—No sólo eso —intervino Kanuth—, sino que cuando la gente se entere de lo sucedido, y se enterará, dirá que estamos perdiendo el control interno. Tenemos toda una ciudad buscando algún motivo para estallar, y tú le has proporcionado otro.

—Entrega tu identificación, y no intentes volver al Centro de Priones ni a ninguna otra instalación del CDC —dijo Cavanagh. No disimulaba su profunda decepción, ni su desprecio.

—Está despedido, doctor Stanton —añadió Kanuth.

26

Chel estaba sentada bajo los manzanos del jardín sur del Getty, fumando y contemplando el laberinto de azaleas del patio de abajo, sin pensar en nada. Necesitaba un momento de descanso, de distracción, de recargar pilas.

—Chel —llamó alguien desde lejos.

A través de la niebla distinguió a Rolando en lo alto de la escalera que conducía a la plaza central. Detrás de él estaba Stanton. Sorprendida, se preguntó para qué habría venido. ¿Habrían descubierto algo los satélites? Fuera cual fuera el motivo de su visita, le alegraba verle.

Rolando saludó y se fue, dejándolos a solas.

—¿Qué pasa? —preguntó Chel a Stanton al pie de la escalera. Reparó de inmediato en su aspecto agotado. Era la primera vez que estaban físicamente juntos desde la noche en que ella había confesado y habían ido a ver a Gutiérrez. Lo que ella había sufrido en los últimos días no podía compararse con lo que estaba escrito en la cara de Stanton.

Se acercaron a una de las mesas cubiertas de tableros de ajedrez, en los terrenos del pabellón sur. Stanton le contó todo cuanto había conducido a la muerte de Thane, y lo que había ocurrido después.

—Nunca habría debido permitir que corriera ese riesgo —dijo finalmente.

—Intentabas ayudar. Si conseguías que los anticuerpos funcionaran...

—Los anticuerpos no sirven de nada —dijo Stanton en tono amargo—. Las pruebas fracasaron, y aunque hubieran funcionado, los habrían considerado demasiado peligrosos. Thane murió por nada.

Chel comprendía demasiado bien lo que era ser apartado de todo lo que conocías. Pero ella había gozado de una segunda oportunidad, gracias a él, y ahora no sabía cómo podía ayudarlo a conseguir la suya. Tomó su mano y la apretó.

Estuvieron sentados en silencio casi un minuto, hasta que ella abordó el otro tema que ocupaba su mente.

—Supongo que... los satélites no habrán descubierto nada, ¿verdad?

—Ya no estoy en el ajo. Pensé que tal vez habrías recibido información del CDC, pero ya veo que no. ¿Qué tal por aquí?

—Estamos cerca de terminar de descifrar el códice. Puede que en las partes finales encontremos alguna pista, aunque nos enfrentamos a unos cuantos retos importantes.

—Deja que te ayude.

—¿En qué?

—En tu trabajo.

Chel no pudo reprimir una sonrisa.

—¿Tienes un doctorado en lingüística del que no me habías hablado?

—Lo digo en serio. Nuestros procesos no son tan diferentes. Diagnosticar el problema, buscar analogías y estudiar soluciones a partir de ahí. Además, tal vez una nueva perspectiva pueda ser útil.

Resultaba extraño que, tres días después de que Stanton tuviera su futuro en las manos, la carrera de él hubiera sufrido un destino similar, y que hubiera acudido a pedirle su ayuda. ¿Era ella la mejor opción que le quedaba? ¿Qué sabía en realidad de aquel tipo? No cabía duda de que Gabe Stanton era muy inteligente, extremadamente trabajador, a veces demasiado vehemente. No sabía mucho más. No habían gozado de la oportunidad de relajarse mientras tomaban una copa de vino. Tal vez si se acercaba para ver mejor, no le gustaría lo que vería. No obstante, había sido él quien dejó entrar la luz del día, manteniendo con vida el trabajo que tanto amaba, en un momento en que ella le había dado todo tipo de razones para que reaccionara de forma contraria. De modo que, si quería ayudar, ella no se lo iba a impedir. Tendría que procurar que el CDC no lo averiguara cuando se pusieran en contacto con ella de nuevo.

—De acuerdo, una nueva perspectiva, pues. —Chel se acercó más a él—. El escriba se está refiriendo al colapso de la ciudad. O al menos a su miedo al colapso. Había presagios en la plaza central, en el palacio, en todas partes. Pero no hay nada peor para él que el nuevo dios, Akabalam. Es un dios que no hemos visto antes, un dios de mantis religiosas. Como si este dios hubiera sido creado en ese momento histórico concreto.

—¿Era poco habitual que los mayas crearan... nuevos dioses? —preguntó Stanton.

—Hay docenas en el panteón. Y se inventaban dioses nuevos todo el tiempo. Cuando Paktul oye hablar de Akabalam por primera vez, desea aprender más y adorarle. Pero en esta parte final del manuscrito, es como si hubiera encontrado un motivo para sentir un miedo cerval de esta nueva deidad.

—¿Qué quieres decir con un miedo cerval?

—Utiliza todos los superlativos del idioma maya para describir su miedo, incluyendo palabras sugerentes de que tiene más miedo de este nuevo dios que de morir. Una cosa que hemos podido traducir dice así: *Esto era tan aterrador que nadie podría enseñarme jamás a tener miedo.*

Stanton se acercó a la barandilla que dominaba el río flanqueado de sicomoros del Getty mientras reflexionaba.

—Tal vez deberíamos buscar un miedo profundamente arraigado. —Se volvió—. Piensa en los ratones.

—¿Ratones?

—Uno de los miedos más intensos de un ratón es a las serpientes. Pero nadie tuvo que enseñar a los ratones a temer a las serpientes. Está codificado en su ADN. Podemos conseguir que el miedo desparezca alterando su estructura genética.

Chel imaginó los años que Stanton había pasado en el laboratorio, unos años no tan diferentes de los suyos. Pensó en costumbres extrañas para ella, utilizar un vocabulario casi desconocido. No obstante, su constante regreso a los procesos científicos subyacentes en juego era similar a la forma en que ella veía el lenguaje y la historia.

—Por lo tanto, la pregunta que debemos formular es: ¿cuál podía ser el mayor miedo de tu escriba?

—¿Temor al colapso definitivo de la ciudad?

—No parece que eso sea una novedad para él.

—No creo que esté hablando de serpientes.

—No, quiero decir, ¿qué miedo tan horrible pudo provocarle esa reacción? Tiene que ser algo más... primario. Algo innato.

—¿Cómo el miedo al incesto?

—Exacto. ¿Podría ser eso?

—El incesto estaba prohibido por los dioses. Por todos. Y tampoco sería lógico. ¿Qué tendría que ver con las mantis religiosas?

Sin embargo, en cuanto las palabras salieron de su boca, se le ocurrió otra posibilidad, una acusación contra su pueblo que había desechado durante toda su carrera.

Desde el principio, Chel había deseado que el códice demostrara que su pueblo no había sido culpable de su propio colapso.

Pero ¿y si no era así?

27

 *Mi ayuno ha durado cuarenta giros del Sol, alimentándo-
me tan sólo de bebida de harina de maíz y agua. Ni una
gota de lluvia ha caído en nuestras milpas o en nuestros
bosques, y las reservas de agua han disminuido. Cada rincón de la ciudad ha empezado a atesorar agua, maíz y manioca, y se rumorea que los hombres beben su propia orina para saciar la sed. Dentro
de veinte soles no habrá agua.*

*Se dice entre susurros que algunos han empezado ya a planificar su
viaje al norte en busca de campos de labranza, aunque Imix Jaguar ha
decretado que abandonar Kanuataba será castigado con la muerte o algo
peor. Se han producido dieciocho muertes en los rincones más pobres de
Kanuataba durante los últimos veinte soles, muchos de ellos niños,
muertos de hambre porque tienen la ínfima prioridad en la distribución
de las raciones.*

*Nuestra ciudad fue en otro tiempo un centro de los mejores productos
en diez días a pie a la redonda. Pero los adornos de jade no sirven de nada,
y los artesanos ya no florecen, salvo algunos encargados de los adornos y
archivos reales, como yo. Los mayores deseos de las mujeres nobles ya no
son los pendientes de madreperla y los mantos de plumas multicolores,
sino las tortillas y la lima. Una madre que no puede dar de comer a sus
hijos no piensa mucho en medallones de oro, por santos que sean.*

Cuando llegó el cenit de ayer fui llamado a palacio.

*Dejé a las hijas de Auxila en la cueva cuando brillaba el sol de me-
diodía, sabiendo que mi espíritu animal las vigilaría durante mi ausencia. Imix Jaguar, su santidad, recién llegado de su lejana guerra de las
estrellas, me había llamado al palacio real para revelarme el significado
del dios Akabalam, con el fin de que pudiera continuar la educación del
príncipe.*

Cuando estuve a pocos cientos de pasos del centro de la ciudad, a menos de mil pasos del recién encargado templo funerario del rey, no di crédito a mis ojos. Una columna de espeso humo negro se alzaba sobre lo alto de las torres del templo inferior, nuestra catacumba sagrada. Y cuando doblé la esquina, vi la mayor aglomeración de hombres y mujeres de Kanuataba que había visto en seiscientos soles.

Sabía que la muchedumbre había sido convocada para aquel día, pero no había sido capaz de adivinar su tamaño y esplendor. No existen palabras para describir la sensación que me embargó al ver viva de nuevo a Kanuataba, como en los días de mi juventud, cuando mi padre me llevaba sobre sus poderosos hombros por las calzadas elevadas de los mercaderes. Se rumoreaba que Imix Jaguar había hecho un milagro, que daría de comer a las masas con este fabuloso festín, que habría suficiente para alimentarnos hasta la cosecha.

Vi a hombres cargados con grandes ofrendas de especias, madera y jade que se dirigían a la escalinata sur del palacio. También había sal, pimienta y cilantro, combinados con chiles secos, para condimentar la carne de pavo y de ciervo. Hasta mi estómago rugía de hambre. No hay ciervo, pavo o aguti en dos días de viaje a pie, de eso los esclavos están seguros. ¿Habrían saqueado almacenes de carne Imix Jaguar y su poderoso ejército durante su guerra de las estrellas?

El enano real se acercó a mí. Repetiré sus palabras para demostrar de qué maquinaciones era capaz. Habló:

—Si la gente te conociera como yo, y supiera que nunca tocarás a esas chicas, perderías a esas concubinas que has tomado. Tu vida podría acortarse en diez mil soles, y con ella las vidas de esas chicas. De modo que sugiero que nunca más vuelvas a disgustarme.

Jamás en mi vida había experimentado mayor urgencia de derramar la sangre del cuerpo de un hombre y arrancarle el corazón. Deseaba que se produjera algún alboroto en los pasos elevados, lo bastante ruidoso para ahogar los gritos de Jacomo. Le despedazaría y enterraría los trozos en tumbas anónimas.

Antes de que pudiera levantar la mano, un sonido estruendoso atronó en la plaza. Una hilera de cautivos pintados de azul, hasta sumar quince, eran arrastrados hacia los pasos elevados. Cada cautivo iba ata-

do a un palo largo, sujeto por las manos y el cuello al hombre que camiºnaba delante. Varios hombres tropezaron, después de haber caminado durante varios soles seguidos. Muchos parecían estar ya a las puertas de la muerte.

Los tatuajes del torso demostraban que uno de los prisioneros era de alto rango, y nunca he visto a un noble tan temeroso del sacrificio. Chiºllaba y se retorcía mientras los captores de Kanuataba le empujaban haºcia delante, arrastrando los pies sobre la tierra y levantando polvo por todas partes. A juzgar por la expresión de los captores, sabía que ellos tampoco habían visto nunca nada igual. ¡Qué indignidad! ¡Sólo una enfermedad de la mente podría haber dañado el alma del noble hasta el punto de que no deseara aceptar su sino!

Me abrí paso entre las amas de llaves, sastres y concubinas. La casa del sudor se halla en el último piso, una habitación abovedada en una torre, un lugar sagrado para la adivinación y la comunicación con el otro mundo. Al igual que ocurre con los manjares secretos y otros rituales, solía estar restringida al séquito del rey.

Cuando llegué al baño de la casa del sudor, encontré al rey solo, un acontecimiento que no puedo recordar desde hace mil soles. Tenía la cara demacrada y parecía menos santo que nunca. Ni siquiera había un esclavo o una esposa de rango inferior en la habitación, dispuestos a saºtisfacer sus necesidades.

El rey habló:

—Te he traído aquí para que veas la creación del gran festín, Paktul, con el fin de que puedas documentarlo en los grandes libros para la posºteridad.

Me postré de hinojos al lado de los carbones encendidos, y el calor era insoportable. Pero estar dentro de la casa del sudor se consideraba un gran honor, de modo que no expresé el menor sufrimiento. Hablé:

—Alteza, hemos de documentar el gran festín, sí, pero te pido de nuevo que expliques cómo es posible que los dioses nos hayan bendecido con este festín, pero sin demostrar la menor compasión. Para que pueda documentarlo en los grandes libros como se merece, ¿puedo comprender por qué festejamos hoy, cuando todos los demás días hay hambruna?

El rey tensó la mandíbula. Sus ojos estrábicos miraron más allá de mí, como si intentara controlar su ira. Apretaba con fuerza el cetro real. Cuando terminé, no se levantó ni vociferó. No llamó a los guardias para que me llevaran. Se limitó a contemplar mi mano y señaló mi anillo, el símbolo de los grandes escribas-monos anteriores a mí.

Y habló de nuevo:

—Este anillo que llevas, el anillo del escriba-mono, símbolo de tu rango, ¿crees que es comparable a la corona de los dioses que llevo en la cabeza? No hay nada que desee más que compartir esta carga con mi pueblo y explicar los compromisos a los que llego para conseguir que los dioses estén satisfechos. Esta carga no puede aprenderse en los libros, sólo está al alcance de los que vinieron antes de mí, mis padres, que en otro tiempo gobernaron nuestra ciudad en terrazas. Es una carga difícil de comprender para alguien que lleva un anillo de escriba-mono.

Con esto, el rey se levantó, desnudo como estaba. Pensé que iba a abofetearme, pero se limitó a ordenar que me pusiera en pie. Se ciñó alrededor de la cintura un taparrabos y me ordenó que le siguiera hasta la cocina real.

Se rumorea que no existe nada en el mundo que los cocineros reales no puedan preparar para el rey. Enviarán pinches que viajarán una semana a pie en busca de guayabo o jocote, que crecen sólo en las montañas más altas, o a comerciar con el pueblo de los árboles para conseguir la batata que crece únicamente a la sombra de una única ceiba en invierno.

Seguí a su alteza, Imix Jaguar, y vi la multitud de hombres en forma de gran serpiente que desarrollaban su arte y trabajaban para terminar los preparativos del gran festín ceremonial. Cada hombre tenía una misión. Estaban los dedicados a la preparación de salsas y guarniciones, los que añadían grumos de mandioca a las diversas mezclas de pasta de chili, canela, cacao, pimienta. La tarea de guisar se asignaba a otros, que presidían grandes asadores abiertos en todos los rincones de la sala y asaban carnes, antes de introducirlas en los ricos estofados que removían en enormes tinajas situadas en el centro de la cocina.

Atravesamos el tremendo calor de los fuegos de cocción, casi tan asfixiantes como la misma casa del sudor. Sabía que nos dirigíamos al matadero. Cuando llegamos a la puerta, el rey me dedicó una sonrisa de jade.

Habló:

—*Escriba inferior, no puede existir mayor adivinación que la que recibí hace veinte lunas, el mandato de Akabalam, que cambiará Kanuataba para siempre y será nuestra salvación. Durante casi un año he consumido esta sangre, y ya es hora de que mi pueblo comparta mi gran fuente de energía. Según mis espías reales, estos rituales han llegado a ser habituales en otras naciones. No sólo entre los nobles, sino también entre las clases más bajas, y así se han alimentado durante muchas lunas.*

Le seguí al interior del matadero.

La sangre bañaba el suelo y empapó mis sandalias. Más de dos docenas de cadáveres colgaban, despellejados y decapitados, destripados, vacíos de sangre y despiezados. Los matarifes separaban la carne del hueso, y cada pierna y brazo proporcionaba un corte diferente que iba a parar a una pila de gruesos filetes. Los cocineros del matadero utilizaban hojas de esquisto con el fin de preparar la carne para el guiso, intentando conservar hasta el último precioso corte para el festín. Tardé un momento en asimilar que aquellos apéndices que íbamos a comer eran brazos y piernas de hombres.

Eran cadáveres humanos los que colgaban de los ganchos de carne.

El rey habló:

—*Akabalam ha ordenado que debemos comer eso, pues mediante esta carne absorberemos el poder de las almas que habitaban estos cuerpos. Yo y mis adláteres más cercanos hemos conseguido tanta energía gracias a banquetes de carne, tras haber consumido más de veinte hombres en estos últimos trescientos soles. Ahora, Akabalam me ha comunicado que desea concentrar la energía de diez hombres en cada hombre de nuestra gran nación. Las mantis consumen la cabeza de sus machos para sobrevivir. Benditas sean y, al igual que ellas, nosotros consumiremos la carne de nuestra especie.*

Y cuando terminó de hablar lo supe: esto no lo había ordenado un dios por un nuevo compromiso de compasión. Esto era algo mucho más terrorífico, que nadie me había enseñado jamás a temer.

Muchas cosas han sucedido en Kanuataba desde la última inscripción, sesenta soles han nacido del color del renacimiento y muerto en la negrura. Akabalam se ha extendido a todos los rincones de la ciudad, al saberse que el rey lo había sancionado en el festín de la gran plaza, cuando Imix Jaguar dio a comer la carne de los nobles de nuestros enemigos a los suyos. Sin lluvia que alimentara las milpas, las ollas de guisar se llenan con la carne de los muertos, ni una sola parte se desperdicia, hasta la última brizna se recupera de los huesos. La única prohibición dictada por el rey fue que ningún hombre debía comer a su hijo o padre, hija o madre, pues los dioses lo habían prohibido. Pero he visto a niños esclavos obligados a preparar comidas sin carne, sólo para ser sacrificados como animales, salteados en aliños de su propio cuerpo.

No he seguido los dictados de Akabalam, ni tampoco he permitido que lo hicieran las hijas de Auxila. Sobrevivimos a base de hojas, raíces y bayas. Mariposa Única y Pluma Ardiente ya se habrían convertido en alimento de las masas si no estuvieran protegidas por mi cargo. Los huérfanos de la ciudad fueron los primeros en ser sacrificados, pero en mi cueva se hallan a salvo. Mi espíritu guacamayo las vigila. Las chicas no salen, tal como se lo he ordenado, pues los salvajes de las calles son muchos y despiadados, y tomarían la vida de cualquier niño con tal de alimentarse.

El rey ha desaparecido en los recovecos del palacio para sumirse en una adivinación real, y sólo Jacomo el enano, la reina y el príncipe están autorizados a visitarle. El consejo fue disuelto. ¡Imix Jaguar proclamó que ningún hombre puede oír la llamada del otro mundo salvo él, y que el consejo estaba lleno de falsos profetas! Jacomo el enano se yergue en la escalinata del palacio cada amanecer. Lee las exigencias del rey y los sacrificios que han de consumarse para complacer a los dioses.

Cada puesta de sol, se llevan a cabo los sacrificios: hombres, mujeres y niños, algunos de ellos nobles, conducidos a lo alto del altar por los verdugos, sus corazones arrancados y los intestinos troceados antes de servir de alimento a las masas.

Pero con cada sacrificio, aumentan las dudas en las calles de Kanuataba sobre el poder de Imix Jaguar. He oído disensiones entre el populacho. Los habitantes viven con el miedo de contarse entre los próximos en ser sacrificados. Susurran que Imix Jaguar ha perdido el contacto con los dioses, que una maldición caída sobre su mente ha confundido sus pensamientos.

¿Y qué poder nos ha dado Akabalam? No ha caído una sola gota de agua en las milpas, ningún indulto enviado desde el otro mundo para alimentar las cosechas que nos mantienen.

¡Cuánto ha cambiado todo, cuánto horror! La muerte nos rodea por todas partes, la ciudad en su abrazo frío y negro. Según el último informe, han muerto más de mil, y muchos más están malditos, a la espera de la muerte. Tenía razón al temer. La maldición de Akabalam ha caído sobre muchos, absorbiendo sus espíritus, imposibilitando que pasen al mundo de los sueños, donde pueden comunicarse con sus dioses.

El número de los malditos está creciendo con cada giro del Sol, maldecidos por sus pecados contra sus semejantes. Las calles rebosan de violencia día y noche, cuando hombres pacíficos se vuelven contra otros, incapaces de invocar sus espíritus en el sueño, luchando por los pocos objetos de valor que quedan en los mercados.

Imix Jaguar y su séquito consumieron la carne de hombres durante muchas lunas en la gracia de los dioses, sin ser maldecidos. Pero sea cual sea el dios que los protegía, ya no lo hace. El rey está maldito, sus nobles están malditos, y Akabalam ha asolado nuestro país y destruido todo.

Akabalam ha convertido a los hombres en monstruos, tal como yo había temido. La hora de los sueños es la hora de la reconciliación pacífica con los dioses, la hora de comunicarse con espíritus animales, la hora de entregarnos a los dioses como hacemos en la muerte. Pero los malditos no pueden soñar, no pueden entregarse a los dioses celestiales o estar en contacto con sus wayobs, *que los vigilan.*

Ésta es la narración de mi viaje final al gran palacio, donde en otro tiempo arbitraban los hombres del consejo. Llegué de noche, con el pájaro sobre mi hombro, porque era demasiado peligroso para un hombre devo-

to mostrar la cara a la luz del día en las plazas de la ciudad. Tan sólo me sirvió de guía la luz de la luna.

Fui a por el príncipe, Canción de Humo, mi alumno, con la intención de llevármelo del palacio. Que el niño no esté maldito revela la confusión de Imix Jaguar. Al no dar carne humana a su hijo, reveló grietas en su fe.

Pero Canción de Humo no es el único niño que continuará las historias y la leyenda de la ciudad en terrazas. Pluma Ardiente y Mariposa Única esperaban en mi cueva, desde la que hemos planeado retirarnos a los bosques del lago que mi padre buscó en una ocasión. Como todavía no les he dado permiso, las hijas de Auxila no han comido carne humana bajo mi protección. Viviremos de la tierra, donde estaremos a salvo de los que no sueñan y de los que les siguen a la ruina.

No había estado en el palacio ni visto al rey desde hacía veinte soles, y percibí una extraña falsedad en todo cuanto veía, una extraña sospecha de que este estilo de vida en el palacio y en Kanuataba había terminado, de que las apariencias ya no podían mantenerse. No se veían guardias en ningún sitio, y me encaminé hacia los aposentos reales sin que nadie me lo impidiera.

Como el príncipe estaba ausente de su cuarto, fui a los aposentos del rey. El príncipe habría ido a ver a su padre, lo cual me aterrorizó, porque no creía que el rey le dejara salir del palacio.

Fui a la cámara del rey y entré sin vacilar.

Al entrar, vi al príncipe arrodillado al lado de su padre. Supe entonces que Ah Puch se había llevado el espíritu del rey a la vida de ultratumba, para pasar los ciclos del tiempo en compañía de otros reyes, tal como está ordenado. No surgía aliento de sus labios ni latía su corazón. Tal como le había instruido, Canción de Humo no tocaba el cadáver, sólo agitaba las varillas de incienso alrededor del cuerpo.

Canción de Humo levantó la vista con lágrimas en los ojos.

Entonces oí una voz detrás de nosotros:

—Ésta es la cámara del rey, y de él solo, y tu intromisión no será perdonada, miserable escriba.

Me volví hacia el enano, quien se encontraba a diez pasos de distancia. No se había cortado la barba en muchas lunas.

Hablé:

—*Has diseminado mentiras en las calles y seducido al pueblo de Kanuataba con tu lengua, pero no volverá a oír estas mentiras. ¡Sabrá que el rey ha muerto!*

—*No contarás nada de esto, o informaré de que no has tomado a las hijas de Auxila como verdaderas concubinas, que no has copulado con ellas y, por tanto, no puedes reclamar derechos sobre ellas. ¡Las tomaré para mí, y florecerán y engendrarán mis hijos! ¡Los guardias del rey las tomarán por la fuerza!*

Golpeé con mi bastón al enano en la corona de su bulbosa cabeza, le golpeé con el extremo adornado con el jade puntiagudo, y su sangre se derramó. Cayó al suelo, gritando y pidiendo la ayuda del príncipe.

Canción de Humo no se movió.

El enano se lanzó sobre mí y rodeó mi pierna con su mandíbula. El dolor atravesó mi cuerpo como fuego. Le arranqué el ojo con la punta de mi cuchillo de jade, y me soltó. Hundí la punta de jade en su estómago con todas mis fuerzas, y su espíritu se extinguió.

Entonces me volví hacia el príncipe.

—*Has de dejarme aquí. Has de recoger a Pluma Ardiente y Mariposa Única y abandonar la ciudad.*

Cuando el príncipe oyó esto, me habló con nuevo poder:

—*Como supremo* ahau *de la ciudad, te ordeno que vengas con nosotros, Paktul. Te nombraré adivinador del lugar al que vayamos. ¡Te lo ordeno como rey!*

Pero sabía que los restos de la guardia real me perseguirían. Estarían ansiosos de derramar mi sangre, y no deseaba poner en peligro la vida de los niños. Dije al príncipe:

—*Que me honres nombrándome tu adivinador, Canción de Humo, es suficiente premio para mí, suficiente para entrar en el sagrado mundo de los escribas de los cielos. Pero has de abandonarme aquí y ahora, y que Itzamanaj, sagrado dios, te proteja.*

Habló:

—*Santo maestro, los renunciantes se acercan, ¡Oigo sus gritos! Como nuevo rey, te ordeno que me sigas.*

Dije al príncipe:

—*Entonces guíame en la dirección de la familia que he perdido, rey, en la dirección de todos mis antecesores.*

Sagrado Itzamanaj, que pueda conducirlos hacia la salvación en lo más oculto de los grandes bosques, donde mis antepasados vivieron y vivirán para siempre. Donde podamos adorar a los verdaderos dioses y dar a luz un pueblo nuevo que conduzca al giro del siguiente gran ciclo. Pluma Ardiente será la esposa de Canción de Humo, y la unión bendecirá un nuevo principio, generará una nueva raza de hombres, un nuevo ciclo de tiempo. Sólo puedo soñar con las generaciones que Canción de Humo engendrará con Pluma Ardiente y su hermana, hombres que gobernarán a su pueblo con decencia. Y el pueblo de Kanuabata continuará viviendo.

12.19.19.17.16
—
17 DE DICIEMBRE DE 2012

28

Chel estaba sola en el vestíbulo del edificio de investigaciones del Getty, contemplando el brillo del sol sobre el óculo de cristal del patio exterior. Durante el solsticio de verano, a mediodía, el sol se alineaba directamente con el óculo, un espejo que reflejaba parte de la arquitectura basada en la astrología de los antiguos. Éste era el bastión de la erudición maya, y había logrado convencer al Getty de que valía la pena acogerlo, de que ignorar la civilización más sofisticada del Nuevo Mundo era un crimen histórico.

Resultó que el crimen había sido perpetrado por los propios mayas.

Durante siglos, los conquistadores habían acusado a los indígenas de canibalismo, como prueba de su superioridad moral. Los misioneros explicaban la quema de antiguos textos mayas invocándolo. Los reyes lo utilizaban para reclamar las tierras. Este libelo sangriento no había cesado durante la conquista. Incluso durante la revolución de la infancia de Chel, habían aparecido de nuevo falsas afirmaciones para justificar la explotación de los mayas modernos.

Estaba a punto de entregar a los enemigos de su pueblo la prueba que habían buscado. Los aztecas habían dominado México durante tres siglos en el posclásico, creado arte y arquitectura, y revolucionado las pautas del comercio en toda Mesoamérica. Pero si preguntabas a la mayoría de la gente qué sabía de los aztecas, hablaban sólo del canibalismo y los sacrificios humanos. Ahora dirían lo mismo de los indígenas. Todos los logros de sus antepasados desaparecerían a la sombra de este descubrimiento. No serían otra cosa que un pueblo que adoraba a las mantis religiosas porque comían la cabeza de sus machos. Se convertirían en el pueblo que había sacrificado niños y comido sus restos.

—Ha sucedido durante cientos de miles de años.

Stanton la había seguido hasta el vestíbulo. Se había quedado con ellos en el museo durante las últimas cuarenta y ocho horas, mientras Victor, Rolando y Chel reconstruían la parte final del códice. Ella se sentía agradecida por el detalle. Incluso después de todo lo que habían descubierto, su presencia le resultaba un consuelo.

—Existen pruebas de canibalismo en todas las civilizaciones —dijo Stanton—. En la isla de Papúa Nueva Guinea, en Norteamérica, en el Caribe, Japón, África central, de la época en que todos nuestros antepasados vivían allí. Bolsas de marcadores genéticos en el ADN humano de todo el mundo sugieren que, al principio, todos nuestros antepasados comían cuerpos humanos.

Chel miró hacia el óculo. Las estanterías de la biblioteca se veían abajo, miles de volúmenes raros, dibujos y fotografías de todo el mundo. Cada uno con su propia historia complicada.

—¿Has oído hablar de Atapuerca? —preguntó Stanton.

—¿En España?

—Un yacimiento donde se descubrieron los restos prehumanos más antiguos de Europa. Gran Dolina. Encontraron esqueletos de niños que habían sido devorados. Los antepasados de los conquistadores ya lo hacían mucho antes que los tuyos. Estar lo bastante desesperado para hacer cosas impensables con el fin de alimentar a tu familia es muy humano. Desde el principio de la historia, la gente ha hecho todo lo necesario para sobrevivir.

Media hora después, Stanton estaba sentado con Chel, Rolando y Victor, subidos a los taburetes diseminados por el laboratorio donde habían trabajado sin cesar toda la noche. Intentó asimilar las palabras que el rey había dicho al escriba:

Yo y mis adláteres más cercanos hemos conseguido tanta energía gracias a banquetes de carne, tras haber consumido más de veinte hombres en estos últimos trescientos soles. Ahora, Akabalam me ha comunicado que desea concentrar la energía de diez hombres en cada hombre de nuestra gran nación.

Stanton imaginó la antigua cocina en la que se encontraban. Recordaba de manera siniestra a los mataderos e instalaciones de reciclado que había estado investigando durante una década. La línea que separaba el canibalismo de la enfermedad estaba clara: lo de las vacas locas tuvo lugar porque algunos granjeros alimentaban a sus vacas con sesos de otras vacas. El VFI tuvo lugar porque un rey desesperado alimentó a su pueblo con sesos humanos infectados de priones.

—¿Es posible que hayan sobrevivido tanto tiempo en esa tumba? —preguntó Rolando.

—Los priones pueden sobrevivir milenios —explicó Stanton—. Es posible que estuvieran esperando en esa tumba. Ese lugar era una bomba de relojería.

Que Volcy activó, sin la menor duda. Había entrado en una tumba, removido el polvo, y después se tocó los ojos.

—Paktul sugiere que sólo enfermaron los que comieron carne humana —dijo Victor—. No pensarás que Volcy era caníbal, de modo que ¿cómo se transmitió por el aire el VIF?

—Un prión es proclive a mutar —explicó Stanton—. Nació para cambiar. Después de mil años concentrado en esa tumba, se convirtió en algo diferente, algo incluso más potente.

Buscó otro párrafo en la página.

Imix Jaguar y su séquito consumieron la carne de hombres durante muchas lunas en la gracia de los dioses, sin ser maldecidos. Pero el dios que los protegía ya no lo hace.

Ahora comprendían la génesis de la enfermedad, pero ni siquiera Stanton sabía cómo utilizar esa información. ¿Se hallarían las respuestas en la tumba? Dos días antes, armados con esto, habría intentado convencer al CDC de que autorizara la búsqueda de Kanuataba. Habría llamado a Davies (que ahora volvía a trabajar en el Centro de Priones) y le contaría lo que habían descubierto. Pero el equipo no podía llevar a cabo experimentos utilizando esta información. Stanton pensó en enviar un correo electrónico a Cavanagh, pero incluso aunque ella fuera capaz de superar la ira que sentía contra él, carecían de un lugar exacto al que enviar el equipo. Los guatemaltecos seguirían negando que el VIF provenía de dentro de sus fronteras, de modo que no dejarían entrar así como así a un equipo oficial.

Y según los informativos, el CDC tenía problemas urgentes en casa: la gente estaba escapando de Los Ángeles por tierra, mar y aire, y la cuarentena no aguantaría mucho más tiempo. Descubrir la fuente original no sería la máxima prioridad de Atlanta. Palabras escritas mil años antes no los convencerían.

—Si Paktul y los tres niños fundaron Kiaqix —dijo Rolando—, no comprendo por qué el mito decía el Trío Original. Había cuatro.

—La historia oral no es sacrosanta —dijo Chel—. Hay muchas versiones diferentes, y han sido transmitidas durante muchas generaciones, de modo que no es difícil imaginar que se haya perdido una persona en la traducción.

Stanton estaba escuchando a medias. Algo de los fragmentos que acababa de leer se había grabado en su mente, y volvió a leerlos. En cada párrafo, el rey se mostraba orgulloso de la cantidad de tiempo durante el que sus hombres y él habían comido carne humana, y del poder que les había conferido. Trescientos soles. Durante casi un año, el rey dio de comer al pueblo carne humana, sus hombres y él se dedicaron al canibalismo, y no cabía duda de que habían comido sesos. ¿Por qué no habían enfermado? ¿Los sesos que habían consumido estaban libres por completo de priones?

Stanton lo comentó a los demás.

—Al cabo de un mes de que la carne humana se incorpora al suministro de alimentos del pueblo, todo el mundo, incluidos el rey y sus hombres, enferma.

—¿Qué pasó? —preguntó Ronaldo.

—Algo cambió.

—¿El qué? —preguntó Chel.

—Los ancianos creían que ocurrían cosas malas cuando no se rendía culto a los dioses —explicó Rolando, recordando la afirmación de Paktul de que lo que antes protegía al rey ya no lo hacía—. Muchos indígenas te dirían hoy que la enfermedad fue el resultado de la ira de los dioses.

—Bien, yo te diría que la enfermedad es el resultado de proteínas mutadas —dijo Stanton—. Pero no creo en las coincidencias científicas. El rey y sus hombres debieron comer muchos más sesos durante aquellos dos años que el pueblo llano en un par de semanas, ¿verdad? De pronto, la enfermedad se convirtió en destructiva, y tuvo que existir un motivo.

—Crees que el virus se fortaleció —dijo Chel.

Stanton reflexionó.

—O tal vez los mecanismos de defensa de la gente se debilitaron.

—¿Qué quieres decir?

—Piensa en los pacientes de sida. El virus de la inmunodeficiencia humana debilita el sistema inmunitario y facilita la aparición de la enfermedad.

Victor consultó su reloj. Parecía distante. Stanton se preguntó en qué estaría pensando ese hombre en un momento como aquél.

—De modo que tú crees que algo debilitó las defensas del rey y sus hombres —dijo Rolando—. ¿Sus sistemas inmunitarios sufrieron alguna alteración?

—O quizá fue todo lo contrario —dijo Stanton, mientras asociaba ideas—. Se encuentran en pleno colapso social, ¿verdad? Estaban destruyendo todos sus recursos, quemando sus últimos árboles, agotando las existencias de todo, desde comida a especias, pasando por papel y medicinas. Tal vez algo fortalecía de manera artificial sus mecanismos de defensa, y de repente dejó de hacerlo.

—¿Cómo una especie de vacuna? —preguntó Chel.

—Del mismo modo que la quinina previene la malaria, o la vitamina C previene el escorbuto —dijo Stanton—. Había algo que refrenaba la enfermedad sin que ellos lo supieran. El rey dice que consumió carne humana durante un año y medio sin que la maldición recayera sobre él. Y Paktul cree que es debido a que dejaron de hacer ofrendas a los dioses. Pero ¿y si perdieron o dejaron de consumir lo que los protegía?

—¿Dónde habrían quedado expuestos a esta... protección? —preguntó Victor, volviendo a la conversación.

—Podría ser algo que comían o bebían. Algo con base vegetal, probablemente. La quinina protegía a la gente de la malaria mucho antes de que supieran qué era esta sustancia. Los hongos de penicilina que crecían en la tierra debían prevenir todo tipo de infecciones bacterianas antes de que nadie conociera los antibióticos.

Volvieron a examinar cada palabra de la traducción, escudriñando cada referencia a plantas, árboles, alimentos o bebidas, cualquier cosa que consumieran los mayas antes de que empezara la expansión del canibalismo. Mezclas de cereales para desayunar, alcohol, chocolate, tortillas, pimientos, limas, especias. Buscaron todas las referencias a cualquier cosa utilizada como medicamento. Cualquier cosa que hubiera podido protegerlos.

—Necesitamos muestras de todo esto para analizarlas —dijo Stanton—. Las especies exactas que el pueblo antiguo comía.

—¿De dónde las vamos a sacar? —preguntó Rolando—. Aunque pudieras encontrarlas en el bosque, ¿cómo sabríamos que eran las especies exactas?

—Los arqueólogos han extraído residuos de objetos de cerámica —intervino Chel—. Han encontrado rastros de docenas de especies de plantas diferentes en un solo cuenco.

—¿Dentro de tumbas? —preguntó Stanton.

Victor gruñó para expresar su asentimiento, se levantó y caminó hacia la puerta del laboratorio.

—Perdonad —dijo—. Voy al lavabo.

—Usa el de mi despacho —dijo Chel.

Se fue sin decir palabra, como si no la hubiera oído. Actuaba de una manera extraña. De pronto, una triste posibilidad acudió a la mente de Stanton. Tendría que examinar los ojos del viejo profesor en busca de señales del VIF.

—Hemos de ir allí abajo —dijo Chel.

—¿Dónde exactamente? —preguntó Rolando.

—En dirección contraria al lago Izabal. Desde Kiaqix.

Paktul escribió que guiaría a los niños en la dirección de sus antepasados, hacia *un gran lago al lado del mar*. El lago Izabal, al este de Guatemala, era el único que encajaba con la descripción en las inmediaciones.

—Si los guió hasta Izabal —continuó Chel—, y terminaron en Kiaqix, hemos de suponer que la ciudad perdida se halla a menos de tres días a pie en dirección contraria.

—Izabal es enorme —dijo Rolando—. Cerca de mil kilómetros cuadrados. La zona que abarque esa trayectoria podría ser enorme.

—Tiene que estar por ahí —dijo Stanton.

La puerta del laboratorio se abrió de nuevo. Era Victor. No venía solo.

29

En los segundos que siguieron, Chel cayó en la cuenta de varias cosas inquietantes. La primera fue reconocer a uno de los hombres que iban con Victor, su amigo del Museo de Tecnología Jurásica, que en otro tiempo había sido asesor de los militares ladinos. Después vio a los dos hombres que seguían a Colton Shetter, vestidos igual que él, con camisa blanca, pantalones negros y botas. Entre ambos empujaban un carrito metálico de almacén.

Y habían venido para robarle el códice.

De modo que cuando Rolando preguntó, «¿Qué está pasando, Victor?», ella ya lo sabía.

Su mentor había dejado entrar a esas personas. Había descolgado el teléfono, llamado a seguridad, al pie de la colina, y conseguido que les permitieran la entrada.

Chel rodeó las mesas luminosas y se interpuso entre los hombres y el códice. A través de los tejanos sintió el frío borde de la mesa metálica apretado contra la parte posterior de los pantalones.

Shetter avanzó un paso y miró a Victor.

—Imagino que hemos venido a buscar esas cajas.

Victor asintió.

—¿Quién es esta gente? —preguntó Rolando. Stanton y él estaban inmóviles detrás de Chel, al otro lado de las mesas.

—Doctora Manu —dijo Shetter—, agradeceremos la colaboración de usted y sus colegas. Mark y David han de recoger las cajas. Sé que son muy frágiles, de modo que hemos de ser lo más cuidadosos posible. Necesito que vaya a reunirse con su equipo.

Se llevó la mano al cinturón, sacó una pistola y la sostuvo junto a su costado. Era tan pequeña que parecía de juguete.

Chel echó un vistazo al panel de intercomunicaciones. Había

quince pasos entre ella y aquella pared, pero para acceder al panel tendría que dejar atrás a los hombres de Shetter. Empezaron a caminar hacia ella, empujando el carrito como niños con un trineo. Ella se quedó donde estaba. Nada la obligaría a moverse.

Moriría antes que moverse.

—¿Por qué haces esto, Victor? —preguntó Stanton desde detrás de ella—. ¿Qué demonios está pasando?

El viejo profesor no le hizo caso. Cuando habló por fin, se dirigió a su protegida.

—Escúchame, Chel. Puedes venir con nosotros. Vamos a la tierra de los antiguos. A tu verdadero hogar. Pero hemos de apoderarnos del libro. Lo único que podemos hacer ahora es huir.

Ella notó que resbalaban lágrimas por sus mejillas.

—Vas a conseguir que me maten, Victor.

Se estaba secando las lágrimas con la manga cuando Ronaldo se movió. No vio que cruzaba la sala como un rayo en dirección al intercomunicador. Sólo oyó el ruido que le derribó antes de llegar.

Y el silencio posterior.

Corrió hacia él. Tuvo la impresión de que tardaba una eternidad en cruzar la sala. Nadie intentó detenerla.

No vio la sangre hasta que sostuvo su cabeza sobre el regazo. Se aferraba el estómago con la mano. Chel la cubrió con la suya.

La pistola de Shetter estaba apuntada en su dirección. La expresión de su cara desmentía la firmeza de su brazo. Hasta él parecía sorprendido por lo que había hecho.

—Soy médico —dijo Stanton, y empezó a moverse—. ¡Déjeme ayudarle!

—Quédese donde está —ordenó Shetter.

—Cojan lo que quieran y váyanse —replicó Stanton—. Pero déjenme ayudarle.

Se puso a caminar muy lentamente y, como Shetter no se lo impidió, avanzó con más rapidez. El ex asesor militar continuaba apuntando a los tres con el arma.

Chel apretaba la herida de Rolando. La sangre continuaba manando. Le susurró palabras de consuelo. Intentaba mantenerle consciente.

Victor estaba petrificado detrás de Shetter. Mudo.

—Coged las cajas —ordenó el ex militar a sus hombres.

Tardaron menos de un minuto en cargar las cajas del códice y sacarlas de la sala. Los dos hombres silenciosos fueron los primeros en salir, y después lo hizo Shetter.

Se volvió al llegar a la puerta.

—¿Vienes, adivinador?

Estaba tan seguro de la respuesta que ni siquiera se quedó a esperarla.

Victor estaba mirando a Stanton que apretaba la herida de Rolando con una mano y le practicaba la compresión del pecho con la otra.

Chel sostenía la cabeza de su amigo sobre el regazo. Se había manchado el pelo con su sangre y procuraba no mirar el charco que se estaba formando bajo ellos.

—Chel... —dijo por fin Victor—. No sabía que tenía una pistola. Lo siento muchísimo. Yo...

—Tú eres el culpable, Victor. Tú lo hiciste. ¡Vete!

El hombre se volvió para salir de la sala. Se detuvo en la puerta para susurrarle: «*In Lak'ech*». Después desapareció.

Un minuto más tarde, acurrucada al lado de Rolando, Chel vio el destello de los faros del camión que barrían las ventanas del laboratorio antes de desvanecerse en la noche.

Sabía que nunca más volvería a ver a Victor ni el códice. Y ésas serían las últimas palabras que oiría de los labios de su mentor.

Yo soy tú, y tú eres yo.

30

Nubes de ceniza procedentes de los incendios incontrolados de las Santa Monica Mountains, en la zona de Beverley Hills, cubrían la autopista. Un trío de F-15 en formación pasó rugiendo, dejando estelas en el cielo gris de la noche. La Pacific Coast Highway parecía un aparcamiento de coches usados: cientos de vehículos siniestrados, o sin gasolina y abandonados, apenas permitían abrirse paso.

Dos horas después de que Victor consiguiera que Shetter y sus hombres burlaran el servicio de seguridad del Getty, Chel miraba en silencio por la ventanilla del coche. Ni Stanton ni ella habían podido hacer nada por salvar la vida de Rolando. Los tres habían quedado cubiertos de sangre cuando Stanton por fin desistió de reanimarlo. Chel acunó la cabeza de su amigo durante casi veinte minutos mientras rezaba una oración en quiché en su oído para que llegara sano y salvo al otro mundo.

Stanton y ella no habían pronunciado ni una palabra sobre lo sucedido. Pero ambos sabían lo que debían hacer. Él salió de la autopista con el Audi en dirección a Santa Monica State Beach. La arena estaba desierta. Había un solo vehículo en el aparcamiento: había llamado a Davies para que se reuniera con ellos allí.

Se quedó sorprendido cuando vio a otro hombre bajar del coche con su socio.

—¿Qué pasa, doctor? —dijo Monstruo.

—Estaba preocupado por ti, amigo —dijo Stanton—. ¿Adónde fuiste?

—La policía nos echó a patadas del Show, así que la Pequeña Dama Eléctrica y yo encontramos un escondrijo en un túnel que hay bajo el muelle de Santa Mónica. No tienes ni idea de lo útil que puede ser una mujer capaz de generar su propia luz ahí abajo.

Si Chel estaba sorprendida de ver al mejor ejemplar de *friki* de Venice Beach, no lo demostró. Guardó silencio, con su mente en otra parte.

—¿Cómo os encontrasteis? —preguntó Stanton mientras empezaban a descargar el equipo del vehículo de Davies.

—Llamé a la puerta de tu casa en Venice —dijo Monstruo—. Nadie contestó, así que entré. Hermano, tu casa parece un experimento científico fracasado, con tantos ratones sueltos por ahí. Como no volvías, pensé en llamar a tu laboratorio para saber si estabas bien.

—Menos mal que fui yo quien descolgó el teléfono —dijo Davies—, y no uno de los lacayos de Cavanagh. Está controlando todo lo que hacemos en el Centro de Priones. Era imposible sacar ni una platina sin que te pillaran. Mucho menos un microscopio.

Stanton miró a Monstruo.

—¿Sacaste todo esto de mi casa?

—Electra me ayudó. Todavía está cuidando de aquellos ratones.

—Deberíais quedaros allí de momento. Hasta que no haya peligro.

—No sé cuándo será eso, pero aceptaremos la invitación. Gracias.

—¿De veras crees que puedes encontrar ese lugar sin el libro? —preguntó Davies, concentrándose en el problema de nuevo.

—Tenemos la copia digital, la traducción y un plano —dijo Chel. Eran las primeras palabras que pronunciaba.

—Yo diría que te has vuelto loco, pero eso ya lo sabes —dijo Davies a Stanton.

—¿Tienes una idea mejor? —repuso éste—. La radio dice que en Nueva York han cruzado la raya de los cinco mil.

Trasladaron los trajes herméticos, las herramientas de ensayo, un microscopio a pilas y otros materiales necesarios para montar un laboratorio móvil al Audi de Stanton. Por fin, Davies sacó la última bolsa del maletero.

—Veintitrés mil dólares en efectivo —dijo—. Todo el personal del laboratorio aportó lo que pudo. Y esto.

Abrió más la bolsa y reveló en el fondo la pistola escondida en la caja fuerte de Stanton.

—Gracias —dijo—. A los dos.

—¿Cómo vas a salir, hermano? —preguntó Monstruo—. Han enviado cincuenta mil soldados más a patrullar la frontera. Tienen hombres a cada kilómetro, y nunca encontrarás un avión privado o un helicóptero.

Stanton miró a Chel, y después desvió la mirada hacia el Pacífico.

El campus de la Universidad de Pepperdine apareció ante su vista en el tramo de la costa de Malibú situado al sur de Kanan Beach. Stanton se desvió a la izquierda por una larga carretera de tierra y la siguió hasta que desembocó en la nada. Fueron necesarios media docena de viajes a pie, subiendo y bajando el terraplén rocoso, para transportar todo hasta la playa. Después esperaron. Era uno de los terrenos marítimos más irregulares de Malibú, y navegar de noche resultaba peligroso, a menos que el patrón conociera cada afloramiento. Y sólo podían suponer que la guardia costera estaba patrullando todavía algunos sectores.

Por fin, vieron un rayo de luz a unos cientos de metros de distancia. Minutos después, Nina se acercó a la orilla en un pequeño bote neumático. Tenía el pelo alborotado y la piel cubierta de sal.

—Lo has conseguido —dijo Stanton cuando llegó a la playa.

Se abrazaron en la oscuridad.

—Por suerte para ti —dijo ella—, me he dedicado a esconderme de los capitanes de puerto toda mi vida.

Incluso teniendo en cuenta las circunstancias, era extraño estar en compañía de aquellas dos mujeres.

—Chel, te presento a Nina.

Sólo le había dicho a su ex mujer que un experto iba a acompañarle para guiarle en la selva. No había mencionado que era una mujer.

Pero dio la impresión de que Chel y Nina se cayeron bien de inmediato.

—Gracias por todo —dijo la lingüista.

Nina sonrió.

—No pude desperdiciar la oportunidad de que mi ex marido estuviera en deuda conmigo.

Cargaron el equipo en el bote y se dirigieron hacia el *Plan A*, anclado a unos doscientos metros mar adentro. Cuando abordaron el barco, Stanton oyó un gemido consolador. Se agachó y abrazó contra su pecho el suave y húmedo pelaje de *Dogma*. Su destino era Ensenada, México, a doscientas cuarenta millas [casi 400 km] al sur. Nina se había puesto en contacto con el capitán de un barco más grande, quien había accedido a reunirse con ellos en una parte solitaria de la ciudad turística. Desde allí viajarían más al sur, dejando atrás la península de Baja California, donde gozarían de más oportunidades de fletar un avión a Guatemala.

El McGray alcanzaba una velocidad máxima de cuarenta y dos nudos, con lo cual el viaje hasta Ensenada ocuparía unas ocho horas, repostando combustible. En la curva que los conducía hacia la zona de corrientes marinas del Pacífico Norte, Stanton escudriñó el horizonte en busca de la guardia costera. Durante su travesía para recogerlos, Nina había descifrado la pauta de las patrullas en toda la bahía, y se había desviado varias millas para seguir la ruta más segura. Lo único que oyó por la radio fue la cháchara de otras personas que intentaban huir, y que hablaban en clave. Ya en alta mar, Nina y Stanton se alternaron al timón, aunque ella se ocupaba de los tramos más difíciles. Chel se quedó abajo, durmiendo o contemplando el mar en silencio. Stanton se sentía preocupado por ella.

Justo antes del amanecer, se internaron en una ramificación de la Gran Mancha de Desperdicios del Pacífico, y varios fragmentos de plástico desechado se adhirieron al casco del barco, lo cual provocó que avanzara con dificultades y se sacudiera locamente. Sólo un capitán tan bueno como Nina podría haberlos salvado, y mientras Stanton la miraba manejar el timón hasta conducirlos a aguas más calmas, se maravilló de la maestría que había adquirido en el curso de tantos años en el mar.

Por a gusto que se sintiera en el mar, la situación habría sido muy rara para ella, sola en el mar durante la última semana. Una cosa era escapar del mundo, y otra muy diferente imaginar que tal vez no habría mundo cuando regresara.

—¿Te encuentras bien? —le preguntó una vez que estuvieron al otro lado de la zona de corrientes marinas.

Nina sujetaba el timón, y le miró.

—Sólo estaba pensando.

—¿En qué?

—Estuvimos casados tres años. Lo cual significa que pasamos unas mil noches juntos, menos la tercera parte de ellas que pasaste en el laboratorio. Y la quinceava o así que pasaste en el sofá cuando me cabreabas.

—Un error de redondeo, prácticamente.

—Bien, estaba pensando —continuó ella sin hacerle caso—. Dormimos ocho horas cada noche, pero durante la semana sólo pasábamos unas cuantas horas al día juntos, ¿verdad? De modo que pasamos más tiempo juntos dormidos que despiertos.

—Supongo.

Escucharon los suaves ritmos del mar. Nina giró el timón y cambió un poco el curso. Stanton intuyó algo que todavía perduraba en su expresión.

—¿Qué pasa?

Nina cabeceó en dirección a la bodega, donde estaba Chel.

—Es muy extraño verte mirar a alguien de esa manera —susurró.

—¿Qué quieres decir?

—Ya lo sabes.

—No nos has visto intercambiar ni una docena de palabras.

—No hace falta. Conozco mejor que nadie tu expresión cuando deseas algo.

Él se encogió de hombros.

—Apenas la conozco.

Justo cuando terminó de hablar, Chel salió. Era la primera vez que subía a cubierta desde hacía horas. Se movía poco a poco, sujeta a la barandilla. Perduraba la extrañeza de la conversación entre Stanton y Nina, y dio la impresión de que Chel intuía un leve cambio en el clima emocional.

—¿Todo va bien? —preguntó.

—Has de comer algo —dijo Nina para cambiar de tema—. Ahí abajo hay comida basura para un año.

—Lo haré. Gracias. —Se volvió hacia Stanton—. Deberíamos repasar los planos y las trayectorias juntos. He empezado a proyectar diferentes caminos desde Izabal, y a identificar posibles lugares donde habría podido alzarse la ciudad, basándome en lo que sabemos.

—Por supuesto. Bajo enseguida.

—Antes he de hacer una llamada. ¿Puedo utilizar el teléfono vía satélite?

Stanton se lo dio, y ella volvió abajo.

—Esa mujer acaba de perder a su amigo —susurró Nina—, su mentor acaba de traicionarla y unos tipos le robaron el libro. Si yo hubiera pasado por lo mismo que ella, tardaría años en recuperarme. Pero ella está ahí abajo, trabajando. Sólo he conocido a otra persona en el mundo capaz de hacer eso. De modo que no seas tan racional por una vez. Pon manos a la obra, por el amor de Dios.

La pantalla digital del teléfono reveló a Chel que pasaban de las ocho de la mañana del 18 de diciembre. Tres días para finalizar el ciclo de la Cuenta Larga. Tres días hasta que Victor y todos los demás se dieran cuenta de que habían asesinado a Rolando por un estúpido calendario. Nunca lograría comprender qué había movido a su mentor a hacer lo que hizo, y tampoco se perdonaría el haberle permitido mezclarse de nuevo en su vida. Había reproducido todos los detalles en su cabeza (desde el momento en que había aparecido en el MJT hasta que Victor se había marchado del laboratorio) en busca de respuestas, intentando descubrir alguna pista que hubiera pasado por alto acerca de lo que él era realmente capaz de hacer.

Marcó poco a poco el número que conocía mejor. Las estaciones base estaban saturadas, pero esta vez, después de tres timbrazos, obtuvo por fin respuesta. Oyó la voz de su madre entre la estática.

—¿Chel?

—¿Me oyes, mamá?

—¿Dónde estás? ¿Puedes venir a la iglesia?

—¿Te encuentras bien? ¿Estás a salvo?

—Estamos a salvo, pero me sentiré mejor cuando vengas.

—Escucha, mamá, no puedo hablar mucho rato, pero quería decirte que ya no estoy en Los Ángeles.

—¿Adónde vas?

—A Kiaqix. Desde allí, encontraremos la ciudad perdida.

Cuando Ha'ana habló, lo hizo con voz resignada.

—Nunca quise que corrieras los mismos riesgos que yo, Chel.

—¿Qué quieres decir, mamá? ¿Mamá?

El teléfono se cortó antes de que Ha'ana pudiera responder. Chel intentó conseguir comunicación de nuevo, pero estaban atravesando una zona cubierta de nubes, y no quiso gastar demasiada batería. Además, ¿qué más podía decir? Su madre estaba hablando otra vez de los peligros que había arrostrado para huir de Kiaqix. Pero Chel sabía que lo verdaderamente valiente hubiera sido quedarse allí. Stanton bajó la escalera. Presentía que la joven necesitaba distraerse.

—¿Quieres decirme qué debemos esperar de Kiaqix?

—Árboles de decenas de metros de altura, con flores rosa y musgo verde que parece lama de oro. Más animales por kilómetro cuadrado que en el mejor safari de África. Y no hablemos ya de la miel más dulce que hayas probado en tu vida.

—Parece Shangri-La.

Chel comprendió por primera vez que iba a volver. Stanton tocó su mano. Se quedó sorprendida pero feliz cuando él se inclinó y la besó en los labios con dulzura. Sabía a sal. A aire de mar.

Chel no apartó ni un momento los ojos de los de él. Pero en cuanto se separaron, levantó un plano.

—¿Nos ponemos a trabajar?

Ensenada se encontraba en la Bahía de Todos los Santos. *Plan A* llegó poco antes de mediodía. Nina los condujo hacia un barco pesquero Hatteras de once metros de eslora que flotaba a cinco millas de la costa. Stanton había insistido en que no podían correr el riesgo de acercarse más, porque las autoridades mexicanas estaban al acecho de barcos estadounidenses que intentaran huir de la epidemia.

Amarraron y Nina dio instrucciones. El capitán del otro barco, Domínguez, era fornido y estaba arrugado de tanto tiempo pasado al sol. Años antes, Nina había escrito un perfil de él para una revista, porque era famoso en toda la Costa de Oro por su habilidad para encontrar caballa en los trechos más difíciles del mar. Hablaba poco inglés, pero dio la bienvenida a los norteamericanos a bordo de su barco con una tensa sonrisa.

Una vez trasladado todo el material y pagados los cuatro mil dólares en metálico acordados, estuvieron preparados para zarpar.

Chel gritó a Nina desde el barco de Domínguez.

—Gracias. Una vez más.

—Buena suerte —contestó la mujer. Señaló a Stanton con un cabeceo, a punto de llorar—. Cuídale.

Stanton saltó al *Plan A*. Un viento frío sopló con fuerza mientras masajeaba la cabeza de *Dogma*. Después se incorporó y abrazó a Nina.

—Supongo que es una pérdida de tiempo aconsejarte que no cometas estupideces —dijo.

—Demasiado tarde, me parece. Espero que sepas cuánto te quiero.

Se abrazaron otro largo minuto más.

—Pásate por casa, ¿vale?

El viaje a través de la parte mexicana de la corriente de California pasó como una exhalación, y justo después de que amaneciera al día siguiente, rodearon la península de Baja California y se dirigieron hacia el este a través del golfo. Con su capitán nativo, no encontraron problemas para dejar atrás las escasas patrullas costeras cercanas al Cabo San Lucas, y al final atracaron en Mazatlán. El aroma de masa frita procedente de los carros callejeros mestizos impregnaba el aire. Daba la impresión de que la vida proseguía como de costumbre en la ciudad, y si alguien estaba preocupado en particular por el VIF, no lo demostraba.

Después de amarrar, Domínguez pagó a un capitán de puerto y le dijo que necesitaban una camioneta o un todoterreno. Media hora después tenían un antiguo *jeep* plateado por dos mil quinientos dólares. Una vez trasladado el material, Domínguez se despidió de ellos.

En Mazatlán International, hombres con metralletas custodiaban la entrada. La gente de dentro miró a Stanton y Chel con cautela. Era un centro comercial importante y, al contrario que en el puerto, estaba claro que ver la cara de gringo de Stanton ponía nervioso a algunos viajeros. En la terminal aérea privada, Chel y él recibieron la mala noticia: todos los aviones chárter estaban reservados, pues se llevaban a los mexicanos ricos lejos de la epidemia. Para complicar el asunto, necesitaban un avión lo bastante grande para transportar el *jeep* que acababan de comprar.

Al cabo de media hora de esfuerzos infructuosos, ella oyó la conversación que un diminuto maya de unos veintitantos años estaba sosteniendo en chortí, un dialecto del maya que se hablaba en el sur de Guatemala y el norte de Honduras. Chel no hablaba el dialecto moderno, pero era descendiente directo del antiguo maya, y a juzgar por el contenido de la conversación, daba la impresión de que el tipo que hablaba era una especie de piloto de carga.

—*Wachïnim ri' koj b'e pa kulew ri qatët qamam* —dijo al hombre, al que sobrepasaba en estatura—. *Chakuyu' chäb'ana jun toq'ob' chäqe. Chi ri maja' käk'is uwi' wa' wach'olq'ij.*

Ahora vamos a la tierra de los antiguos, has de ayudarnos, por favor. Antes de que lleguemos al fin del calendario.

El antiguo maya podían hablarlo con la fluidez de Chel menos de una docena de personas en todo el mundo (todas ellas especialistas en el tema), y el piloto, que se presentó como Uranam, era probable que jamás hubiera oído hablarlo a nadie, aparte de las pocas palabras que supiera su adivinador. Pero comprendió exactamente lo que estaba diciendo. Y como faltaban pocos días para el 21/12, Chel intentaba utilizar sus conocimientos para obrar el máximo efecto.

—¿Cómo es que conoces la lengua antigua? —preguntó el hombre, mirándola como si hubiera visto un fantasma.

—Soy descendiente de un escriba real —replicó Chel con voz autoritaria—. Y me ha contado en un sueño que si no llegamos al Petén, la cuarta raza de hombres será borrada de la faz de la Tierra.

Después de varias llamadas telefónicas, su nuevo amigo había conseguido un avión estadounidense decomisado llegado de Guadalajara para que los llevara al sur.

Dos días después de marchar de Los Ángeles, se dirigían a la selva.

12.19.19.17.18
—
19 DE DICIEMBRE DE 2012

31

Las tierras altas mayas están recorridas de norte a sur por una espina dorsal de volcanes que han continuado activos durante millones de años. Los primeros habitantes de esas tierras adoraban a los volcanes, pero sus potentes erupciones, que podían engullir una tribu entera en un instante, acabaron expulsando a los mayas hacia el sur, hacia el País de los Árboles, como lo llamaban en quiché, Guatemala. Al cabo de cuatro horas de vuelo, mientras el Greyhound C-2 volaba a menos de dos mil pies de altitud, Stanton y Chel contemplaban el dosel verde que daba nombre al país. Uranam, el piloto, estaba utilizando un sistema de radar para buscar las coordenadas adecuadas, pero desde la ventanilla sólo veían colinas boscosas en todas direcciones. Los colores del follaje se oscurecían mientras daban vueltas alrededor del perímetro de la zona, y Chel se sentía preocupada por si no podían localizar Kiaqix antes del anochecer.

Si sus suposiciones eran correctas, Kanuataba tenía que encontrarse entre cien y ciento sesenta kilómetros de distancia de su pueblo, y entre los doscientos treinta y los doscientos treinta y cinco grados sudoeste. Volcy había encontrado la ciudad después de caminar tres días, de modo que la zona total no podía superar los ochocientos kilómetros cuadrados de terreno. Explorarían hasta el último centímetro.

Antes tendrían que encontrar Kiaqix.

—¿Vamos a ver guacamayos? —preguntó Stanton sobre el estruendo del motor.

—Sólo se ven en la estación migratoria —contestó ella, mientras se ajustaba el protector ocular—. El pueblo es un punto de su camino migratorio, y en otoño los hay a miles, pero ahora se han marchado.

Continuó buscando las colinas cubiertas de cipreses que señalarían la cercanía de la pista de aterrizaje del pueblo.

—¡Agárrense! —gritó Uranam.

Cada vez que efectuaban la transición desde las montañas al valle, y viceversa, el avión corcoveaba, y justo en ese momento el ala de babor capturó una corriente y se elevó con brusquedad, de forma que todo el avión temblaba. Durante un momento, dio la sensación de que iba a partirse en dos.

Cuando se enderezó, Chel vio la tierra abajo. Volaban sobre tramos alternativos de bosque espeso y tierras de labranza despejadas, donde el apetito de Estados Unidos por el maíz y el buey había asolado la tierra.

Un minuto después, vio la enorme montaña cubierta de cipreses que lindaba con el valle, donde cincuenta generaciones de sus antepasados habían vivido, rendido culto y criado familias. Señaló a Stanton el valle por el que su padre había dado la vida: *Beya Kiaqix*.

—Allí.

La estación de las lluvias había ablandado la tierra, pero había media docena de troncos de caoba y cedro, así como ramas grandes, sobre la pista de aterrizaje de Kiaqix. Las ruedas del avión apenas pudieron diseminarlas. Los últimos gajos de luz solar estaban abandonando el bosque, de modo que el terreno era todavía más traicionero. Daba la impresión de que nadie había aterrizado en la pista desde hacía meses.

La última vez que Chel había llegado a Kiaqix, cientos de aldeanos acudieron a la pista para celebrar el regreso de la hija de Alvar Manu, la gran erudita. Una docena de niños de cara redonda sostenían incienso y velas. Tuvo que recordarse que hoy nadie sabía de su llegada.

El avión se detuvo.

Uranam bajó de un salto a toda prisa y abrió las puertas de la bodega, en la parte de atrás. El calor opresivo de la selva los asaltó de inmediato.

Guardaron los trajes herméticos, las tiendas de campaña, las muestras de priones, las jaulas metálicas, los tubos de ensayo y otros objetos de cristal en el *jeep*, bajaron la tapa y Stanton internó el vehículo en el barro. Cuando estuvieron preparados para efectuar el trayecto de ocho kilómetros hasta Kiaqix, Chel bajó la ventanilla para dejar entrar un poco de aire.

—¿Esperarás aquí? —preguntó a Uranam—. Volveremos dentro de veinticuatro horas.

El miedo invadió el rostro del piloto.

—No —dijo, al tiempo que volvía hacia el avión—. No pienso quedarme.

—Accedió a quedarse —dijo Stanton después de que Chel tradujera—. Ha de hacerlo.

—No sé de qué va todo esto —dijo Uranam—. Pero no quiero saberlo.

Señaló hacia el cielo. Chel se volvió y vio espesas columnas de humo, casi como si hubiera una fábrica en las profundidades de la selva.

—Están quemando rastrojos en vistas a la cosecha del año que viene —explicó Chel, primero a Uranam y después a Stanton—. Eso es todo.

El piloto parecía un hombre muy decidido cuando subió a la cabina.

—No. Esto es otra cosa —dijo, con los ojos clavados en el fuego—. Es obra de los dioses.

Al cabo de un momento, estaba encendiendo el motor.

Después de que el avión se elevara hacia la noche, Stanton intentó tranquilizar a Chel. Cuando encontraran lo que habían ido a buscar, insistió, pensaría una forma de conseguir que alguien los recogiera. Pero ella sabía que sería imposible lograr que un avión fuera a buscarlos pronto, y tenía miedo de que, si el tiempo cambiaba, tal vez tardarían semanas en salir de allí. Después miró las columnas de humo negro y el temor atenazó su garganta. Fuera cual fuera la superstición que había impulsado al piloto a huir, tenía razón en una cosa: nadie estaría quemando campos estando tan avanzada la estación de las lluvias.

De modo que tomaron la carretera de Kiaqix sin tener ni idea de cómo volverían. El *jeep* llevaba lleno el depósito de gasolina, pero Chel sabía que había ciento sesenta kilómetros, como mínimo, entre ellos y la gasolinera de Esso más cercana. Y, en esta parte del Petén, las carreteras no eran más que rayas en el plano, pues la erosión de las laderas y los corrimientos de tierras las hacían impracticables durante casi todo el año.

Antes de que debieran preocuparse por eso, sin embargo, el plan era quedarse a pasar la noche en Kiaqix, para partir de nuevo al amanecer hacia la selva en dirección contraria al lago Izabal, para así recrear el camino que el Trío Original había tomado, pero a la inversa.

El sendero de ocho kilómetros desde la pista de aterrizaje estaba tan sembrado de surcos que Stanton tenía que ir en primera todo el rato. Caía una fina llovizna. Si bien atravesaban terreno despejado, los sonidos de la selva siempre estaban cerca: los gritos estridentes de los tucanes pico de quilla, y de vez en cuando los monos, que emitían sus chillidos de lobo.

Mientras avanzaban en la oscuridad, Stanton intentaba identificar la escasa vida vegetal, en busca de algo que hubiera protegido al rey y a sus hombres de la enfermedad. Durante el trayecto había estudiado la flora que crecía en esta selva tropical, y reconoció algunos ejemplares por su forma cuando los enfocaban los faros: cedros americanos con sus hojas compuestas que parecían brazos extendidos, enredaderas de vainilla que trepaban a los pequeños troncos delgados de los copales.

—¿Dónde nos quedaremos esta noche? —preguntó a Chel mientras se secaba el sudor de la frente. Nunca había estado tan al sur, y no daba crédito a la muralla de calor que los había recibido al aterrizar.

El calor no era una novedad para Chel, pero con tanta humedad experimentaba la sensación de estar viendo el mundo bajo el agua.

—Tal vez con la madre de mi primo Doromi. O con una de las hermanas de mi padre. Cualquiera nos alojará. Me conocen.

Ninguno de los dos se atrevió a mencionar el hecho de que nadie sabía lo que podían encontrar en Kiaqix. Pero ni siquiera aquellos oscuros temores podían evitar que Chel sintiera algo de la alegría que la embargaba siempre que hacía este trayecto. Kiaqix estaba tan vivo en su memoria como las calles de Los Ángeles: las largas calzadas elevadas, el mercado impregnado de aromas, las hileras de casas de paja, madera y hormigón, como aquella en la que había nacido, y los edificios modernos construidos en fechas más recientes: la iglesia con sus vitrales, la amplia sala de reuniones, la escuela de numerosas aulas.

El centro de asistencia médica de la carretera, para el que ella había contribuido a recaudar dinero, sería su primera parada. El minihospital de veinte camas había sido construido en el límite de Kiaqix una década atrás. Una vez al mes, un médico se desplazaba en avión para administrar vacunas y antibióticos. Por lo demás, estaba al mando de una anciana del pueblo y un chamán que dispensaba remedios tradicionales.

La carretera atravesaba un bosquecillo de caobas. Algunos puntos estaban cubiertos de tallos de maíz verdes. Aunque ahora estaba lloviznando, el Petén había sufrido una sequía terrible. Los aldeanos habían llegado a plantar incluso alrededor de tocones de árboles demasiado grandes para desarraigarlos. Estaban desesperados por conseguir tierra fértil.

El centro médico no tardó en aparecer ante su vista. Los aldeanos lo llamaban *ja akjun*, «casa del médico» en quiché. A Stanton le pareció más una iglesia mediterránea que un hospital. Columnas de madera apuntalaban un techo blanco, y una escalera de caracol exterior conducía al segundo piso, un toque arquitectónico que sólo podía encontrarse en lugares donde nunca hacía frío.

Se desviaron hacia el edificio. La última vez que Chel había ido allí, las enfermeras se habían precipitado hacia ella, ansiosas por enseñarle los remedios modernos y tradicionales reunidos bajo el mismo techo para tratar heridas de machete, partos complicados y la miríada de enfermedades que formaban parte de la vida de Kiaqix. Ahora no se veía ni un alma. La puerta roja del hospital estaba abierta, y sólo se oían los sonidos de la selva, árboles susurrando al viento y los gritos sobrecogedores de los monos araña.

—¿Preparada? —le preguntó Stanton. Apretó su mano y bajaron

del coche. Se paró a sacar dos linternas de su bolsa de utensilios y, con la naturalidad de quien guarda en el bolsillo las llaves del coche, deslizó la Smith & Wesson en el cinto.

En cuanto se pusieron protectores oculares nuevos, avanzaron hacia la puerta abierta.

Enseguida presintieron que algo iba mal. La entrada estaba sumida en la negrura más absoluta. Stanton peinó la sala con la linterna. Se hallaban en la zona clínica. Los cubículos de examen estaban separados por cortinas. Sillas de madera astillada señalaban el lugar donde aguardaban los pacientes. Allí no había vida, y daba la impresión de que así había sido desde hacía mucho tiempo.

—*In ri' ali Chel* —gritó Chel cuando entraron en la sala a oscuras, y su voz despertó ecos en las paredes—. *Umyal ri al Alvar Manu.*

Soy Chel, hija de Alvar Manu.

No hubo respuesta.

Doblaron una esquina y entraron en la zona de exploraciones, y sus linternas enfocaron papeles diseminados por el suelo. Sillas volcadas, empapadas en charcos de antiséptico derramado en el suelo. Un contenedor de cerámica estaba roto, y los fragmentos se mezclaban con bolas y palitos de algodón mojados. Moscas del tamaño de monedas de veinticinco centavos zumbaban a su alrededor. El espacio hedía a amoníaco y a algo que podían ser excrementos.

Stanton introdujo la mano en el bolsillo y sacó dos pares de guantes de látex.

—No toques nada con las manos desprotegidas —advirtió a Chel.

Mientras se esforzaba por calzarse los guantes en sus manos sudadas, ella volvió a gritar en quiché que era la hija de Alvar Manu y que había ido a ayudar. Su voz se le antojó débil, pero resonó en la sala vacía.

A medida que se internaban en el edificio, su preocupación aumentó. Estas habitaciones no sólo estaban abandonadas: habían sido destrozadas a propósito. Las camas estaban volcadas y habían arrancado el relleno de los colchones. Había cristales por todas partes. Stanton abrió los armarios y rebuscó en los cajones, en busca de suministros médicos. Alguien se los había llevado casi todos.

Al final del pasillo, Chel abrió las puertas de una pequeña capilla. Apuntó la linterna hacia delante y vio que habían arrancado de encima del púlpito la gran cruz de madera, que había sido reducida a pedazos. La hermosa vidriera estaba hecha trizas en el suelo, y páginas rotas de la Biblia y ejemplares del *Popol Vuh* se hallaban diseminados sobre los bancos y en los pasillos. Entonces vio un símbolo familiar, y las escasas esperanzas de Chel se desvanecieron:

Oyó que Stanton entraba en la capilla detrás de ella.

—Hasta los indígenas lo creen ahora —susurró ella—. Quizá sea cierto.

Él no dijo nada, pero Chel notó que le apretaba el hombro con la mano. Cuando alzó la suya para cogerla y su guante estableció contacto, notó que la mano no estaba protegida.

Giró en redondo.

—¿Quién eres?

El desconocido no contestó. Era alto. Llevaba una sudadera con capucha, con una mancha de color óxido delante. Y no era maya.

—¿Qué está haciendo aquí? —preguntó Chel en español.

Ignoraba cómo o por qué había un ladino en el hospital. Las palabras de advertencia de su madre resonaron en sus oídos. Su corazón se aceleró cuando retrocedió.

—Estoy aquí con un médico. ¡Gabe! ¡Gabe! —chilló, pero notó la voz muy débil. No podía respirar.

El ladino saltó sobre ella, le arrancó el protector ocular y tapó su boca con la mano. Ella intentó chillar de nuevo, pero no pudo. Arañó su cara, pero el hombre pasó la otra mano alrededor de su garganta. Sabía lo que podían albergar sus manos y cerró los ojos con todas sus fuerzas. Pero era inútil: estaría muerta mucho antes de enfermar.

Soy Chel Manu, hija de Alvar Manu. Matadme como matasteis a mi padre.

Ése fue su último pensamiento antes de que la pistola disparara.

32

Las manos de Stanton temblaban cuando giró la llave de contacto y puso en marcha el *jeep*. Había matado a un hombre. La pistola utilizada descansaba sobre su regazo, preparada para ser empleada de nuevo. Tenía que haber otros infectados acechando en la oscuridad, pero consideraba mejor moverse de nuevo que quedarse allí. Chel estaba derrumbada en el asiento del acompañante a su lado, aturdida. Pasaría un tiempo antes de saber si el atacante había conseguido infectarla antes de que Stanton le matara. El análisis de sangre rápido tardaría unas horas en dar resultados.

Diminutas nubes de mosquitos giraban delante de los faros cuando avanzaron por la carretera que conducía al pueblo. Pero a medida que se iban acercando, Stanton vio a la luz de los faros lo que podía ser el origen del humo negro que habían divisado desde la pista de aterrizaje. Era un edificio del tamaño del hospital. Los muros se habían derrumbado; la piedra caliza estaba destrozada. El techo había desaparecido.

—Es la escuela —dijo Chel sin la menor emoción en la voz.

Continuaron adelante. Los restos de casas de una sola habitación brotaban a ambos lados. Grupos de cuatro o seis se alzaban cada varios cientos de metros, cada una con sus puertas dobles y sin ventanas. Paredes de madera recubiertas de adobe habían sido derribadas, y arrancadas las hojas de palmera que habían cubierto sus tejados. En mitad de la carretera había docenas de hamacas que daban la impresión de haber sido sacadas de las casas y abandonadas. Telas rojas, amarillas, verdes y púrpura estaban tiradas a un lado y cubiertas de barro, y los neumáticos del *jeep* corrían inseguros sobre el cementerio de colores.

Por una parte, Stanton tenía ganas de salir de la ciudad y pasar la noche en un campo. Ya habían terminado de buscar a los demás; ahora estaban intentando evitarlos. Pero también pensaba que el *jeep* atraería la atención sobre ellos, de modo que lo mejor sería esconderse y refugiarse en uno de los edificios abandonados.

Señaló una casa que parecía todavía incólume.

—¿Sabes quién vive ahí?

Chel no pareció oírle. Estaba en otra parte.

Decidió que parecía un lugar tan bueno como cualquier otro. Aparcó el *jeep* y condujo a Chel hasta la casa, sosteniendo la pistola con la mano libre. Llamó con los nudillos a la puerta y, como no hubo respuesta, la abrió de una patada.

Lo primero que reveló la linterna fueron dos cuerpos en una hamaca. Eran una mujer joven y un niño pequeño. Stanton calculó que llevarían muertos una semana, como mínimo.

Intentó impedir que Chel se acercara más, pero ya estaba en la entrada, contemplando los cadáveres.

El sonido de su voz le sorprendió:

—Hemos de enterrarlos. Necesito incienso.

Era evidente que no pensaba con lucidez.

—No podemos quedarnos aquí —dijo él.

Stanton asió su mano y continuaron explorando. En la siguiente vivienda no había cadáveres, sólo ropas tiradas en el suelo, un azadón roto y cuencos de cerámica. Lo apartó todo.

—¿Crees que es seguro? —preguntó Chel.

No tenía pruebas de que estuvieran a salvo, pero era lo mejor que había.

—Hemos de llevar puestos los protectores oculares en todo momento.

Se derrumbaron contra una pared y se acurrucaron juntos, agotados. Stanton sacó barras de granola de la bolsa de provisiones y obligó a Chel a comer varios trozos. Por fin, apagó la linterna, con la esperanza de que la joven pudiera dormir. Él intentaría mantenerse despierto, en guardia.

—¿Sabes por qué quemamos incienso por los muertos? —susurró ella.

—¿Por qué?

—Cuando se llevan un alma, es necesario humo de incienso para efectuar la transición entre el mundo medio y el inframundo. Todos los que vivimos aquí estamos atrapados entre dos mundos.

Durante los últimos dos días, Stanton había oído a Chel hablar mucho sobre las tradiciones de su pueblo, pero no de esa manera. Quería tranquilizarla, pero no sabía cómo. Sólo los creyentes tenían palabras apropiadas para momentos como éste. Decidió ceñirse a lo que sabía. Estaba convencido todavía de que algo había protegido al rey y a sus hombres del VFI antes del brote de la enfermedad en Kanuataba. Mañana lo encontrarían.

—Tenemos el plano y las coordenadas del lago Izabal —dijo a Chel—, y en cuanto amanezca, empezaremos a buscar.

Ella apoyó la cabeza en el hueco de su brazo. Stanton notó el peso de la mujer y el tacto de su piel sobre la de él.

—Tal vez Victor tenía razón —susurró—. Tal vez lo único que podamos hacer ahora sea huir.

Stanton despertó sobresaltado. Algo estaba pisoteando hojas mojadas al otro lado de la pared. Chel ya estaba acuclillada junto a la pared de atrás, escuchando. Se oía un ruido agudo, algo que chillaba bajo la lluvia.

Sacó el arma.

Ella distinguió una voz que hablaba en quiché.

—Dejemos que los vientos malvados se vayan, Hunab Ku.

—¿Qué pasa? —preguntó Stanton.

—Me llamo Chel Manu —dijo ella en quiché—. Soy de Kiaqix. Mi padre era Alvar. Hay un médico conmigo. Puede ayudaros si estáis enfermos.

Una diminuta anciana con el pelo largo hasta la cintura apareció en la entrada. Llevaba gruesas gafas sobre su nariz chata.

Stanton bajó la pistola. Un trueno retumbó a lo lejos y la mujer avanzó hacia ellos, con aspecto de ir a desplomarse de un momento a otro.

—¿Hay vientos malvados en esta casa? —preguntó en quiché.

—Nosotros no estamos enfermos. Hemos venido a descubrir el origen de la enfermedad. Soy Chel Manu, hija de Alvar. ¿Estás enferma?

—¿Habéis venido por el cielo? —preguntó la mujer.

—Sí. ¿Tu pueblo está enfermo? —repitió la joven.

—Yo no estoy maldita.

Chel miró a Stanton, quien señaló sus ojos. Las gafas habrían salvado a la anciana. Lo mismo que tal vez les había salvado la vida a ambos una semana antes, en Los Ángeles.

—¿Cuándo vinisteis? —preguntó la mujer.

Chel le contó que habían llegado a Kiaqix hacía cinco horas.

—Pregúntale si queda alguien más vivo en el pueblo —dijo Stanton.

—Hay quince o veinte en las casas que todavía se tienen en pie —contestó la mujer—. La mayoría en las afueras. Hay más escondidos en la selva, a la espera de que los vientos malvados se vayan. Hurakán, el dios de las tormentas, nos salvará.

—¿Cuándo empezó esto? —preguntó la joven.

—Hace veinte soles. ¿De veras eres Chel Manu?

—Sí.

—¿Cómo se llamaba tu madre?

—Mi madre es Ha'ana. ¿La conoces?

—Por supuesto. Yo soy Yanala. Tú y yo nos conocimos hace muchos años.

—¿Yanala Nenam? Hija de Muram, el gran tejedor.

—Sí.

—¿Queda algún miembro de mi familia vivo?

—Sólo tus tías se encuentran entre los escasos supervivientes. Initia es la mayor. Si hubiera podido venir, se habría encontrado contigo, pero le cuesta caminar. Venid.

Siguieron a la anciana por una serie de carreteras laterales, atravesando milpas. Cuando entraron en un claro y se encaminaron hacia una serie de casas enclavadas sobre una loma, el único recuerdo de su infancia que guardaba de aquel lugar asaltó a Chel. Era una niña pequeña montada a hombros de su padre, mientras recorrían la calzada elevada.

Pero no había nadie cargado con polenta, ni música procedente de las casas.

Sólo silencio.

Se acercaron a la entrada de una pequeña casa de troncos con un fuerte tejado de paja, todavía intacta. La mujer los condujo a una sala atestada de muebles de madera envejecidos y hamacas, y un tendedero para interior. Una pila de tortillas se estaban calentando sobre un hogar de piedras grandes, y el aroma del maíz impregnaba la estancia.

Yanala desapareció en la zona posterior de la casa, y un minuto después la puerta trasera se abrió y entró una mujer todavía más vieja. Llevaba el largo pelo plateado trenzado en una corona sobre la cabeza, y vestía un *huipil* púrpura y verde cubierto por una docena de ristras de cuentas coloreadas. Chel reconoció a Initia de inmediato.

Sin decir palabra, la mujer avanzó poco a poco hacia ellos, mientras se apoyaba en los muebles.

—¿Chel?

—Sí, tía —dijo en quiché la joven—. Y he traído a un médico de Estados Unidos.

Initia salió a la luz y sus ojos se hicieron visibles. Ambos iris estaban cubiertos de una película lechosa blanca, advirtió Chel. Eso la habría salvado.

—No puedo creer que estés aquí, hija.

—¿No estás enferma, tía? —preguntó Chel mientras se abrazaban—. ¿Puedes dormir?

—Lo máximo que es posible a mi edad. —Les indicó con un gesto que se sentaran alrededor de una pequeña mesa de madera—. Ha pasado mucho tiempo desde la última vez que viniste, y aquí estás, nada menos que ahora. ¿Cómo es posible?

Initia escuchó con incredulidad los acontecimientos de Los Ángeles descritos por Chel.

—Has estado en las calzadas elevadas, has visto el centro del pueblo, de modo que sin duda habrás comprendido lo que los vientos malvados nos han traído a nosotros también —dijo Initia.

—Pregúntale quién fue la primera persona que cayó enferma —pidió Stanton.

—Malcin Hanoma.

—¿Quién es? —preguntó Chel.

—Volcy no tenía hermanos de sangre, de modo que Malcin Hanoma, hijo de Malam y Chela'a, era su compañero de plantación. Fueron juntos en busca de esos tesoros de la ciudad perdida. Volcy no volvió nunca, pero Malcin sí. Estaba herido, y con él trajo la maldición que recayó sobre nosotros, la ira de los antepasados.

—¿Se propagó con mucha rapidez?

—La familia de Malcin fue la primera en caer. Sus hijos no podían dormir, al igual que toda la familia que compartía la casa con él. El castigo fue obra de los dioses, y al cabo de pocos días los vientos soplaron con más y más fuerza.

Chel cerró los ojos e imaginó la destrucción que había seguido. ¿Cuánto habrían tardado los suyos en volverse los unos contra los otros? ¿Cuánto habrían tardado las gentes del pueblo de Kiaqix en enloquecer? ¿En destrozar la iglesia, quemar la escuela y saquear el hospital?

—Aquí han sucedido muchas cosas terribles, tía.

Initia se levantó con un esfuerzo e indicó que la siguieran hasta la entrada de atrás.

—Pero no sólo cosas terribles.

La siguieron hasta una vivienda situada directamente detrás de la casa, cuya puerta estaba cubierta con pilas de hojas de palmera. Apartaron las hojas entre todos y crearon una abertura.

—No dejéis entrar a los vientos —les dijo Initia.

En el interior, envueltos en hamacas de colores colgadas del techo, había al menos una docena de bebés. Algunos lloraban en voz baja. Otros yacían con los ojos abiertos, silenciosos. Otros dormían, y sus diminutos pechos subían y bajaban.

Yanala atendía a varios a la vez. Initia se reunió con ella y mimó a una niña pequeña que no dejaba de llorar, mientras introducía cucharadas de maíz líquido en la boca de otra. Initia depositó a un bebé en los brazos de Stanton, y después tendió la niña a Chel. Era pequeña, con mechones de pelo en la coronilla, la nariz chata y ojos pardo oscuros que se paseaban por la habitación, pero sin abandonar a Chel en ningún momento.

—Un niño debe compartir intimidad con su madre, dormir en la hamaca con ella, comer de su pecho cuando tiene hambre —dijo Initia—. Han crecido sin ese calor porque se les ha negado la compañía de sus madres.

—¿Dónde los encontraste, tía?

—Sabía que se habían producido nacimientos recientes en algunas casas, pues todo el mundo se reúne para celebrar una nueva vida. Yanala y yo fuimos en busca de supervivientes. Algunos estaban escondidos bajo hojas de palmera y otros habían sido abandonados al raso.

Chel miró a Stanton.

—¿Cuánto tiempo serán inmunes?

—Seis meses o así —dijo él, mientras acunaba al niño—. Hasta que sus nervios ópticos maduren.

—Ésta es Sama —dijo Yanala, mientras Chel acunaba a la niña.

El nombre le resultó familiar.

—¿Sama?

—Hija de Volcy y Janotha.

Chel, atónita, miró a la niña. Tenía los ojos abiertos y húmedos.

—¿Es su hija? ¿La hija de Volcy?

—La única de la familia que sobrevivió.

Ésta era la hija que Volcy tanto había anhelado ver, mientras agonizaba en un país extraño.

—¿Comprendes lo que significa esto, hija? —preguntó Initia.

—¿Qué quieres decir?

—Falta una salida y una puesta de sol para el final de la Cuenta Larga. Cuando suceda, seremos testigos del final de todo lo que hemos conocido. Tal vez ya lo estemos siendo en este momento. Pero los más jóvenes sobrevivieron por la gracia de Itzamanaj, el más misericordioso, y serán nuestro futuro. Se dice en el *Popol Vuh* que, con el final de cada ciclo, una nueva raza de hombres hereda la Tierra. Estos niños son la quinta raza.

12.19.19.17.19
—
20 DE DICIEMBRE DE 2012

33

Poco después de la medianoche. Chel estaba sentada acunando a Sama en sus brazos mientras veía a Initia prensar masa sobre la chimenea de la casa principal. En la otra vivienda, Stanton examinaba a los bebés uno por uno para comprobar que no mostraban síntomas. Cuando Yanala fue a buscar a Sama para su examen, Chel descubrió que se desprendía de la niña a regañadientes.

Cuando volvieron a estar solas, la joven explicó a Initia lo sucedido cuando llegaron.

—Un ladino me atacó en la clínica, y creo que estaba infectado. Mi madre me advirtió de que podrían estar aquí, y yo no le creí. Pero tenía razón.

—No, ese hombre vino para ayudar, Chel.

—¿Cómo?

—Un grupo ladino de la iglesia se enteró de que la gente de aquí estaba enferma, y vinieron a traer comida y pertrechos —explicó Initia—. Incluso un médico. Esos ladinos querían ayudarnos. La culpa no es de nadie. Ni de los ladinos ni de los indígenas que fueron maldecidos. Cuando un hombre no puede comunicarse con los dioses en el sueño, se extravía, haya sido quien haya sido anteriormente. Podría sucedernos a cualquiera. Lamento que este hombre se sintiera impulsado a atacarte debido a la maldición. Pero sé que sus intenciones eran buenas cuando vino.

Chel pensó en Rolando, y otra oleada de tristeza la invadió.

—No te culpo ni a ti ni a tu madre por pensar así de los ladinos —dijo Initia—. Sufrió mucho a sus manos, y es imposible olvidar estas cosas.

La joven imaginó la expresión desaprobadora de su madre.

—Durante mucho tiempo ha intentado olvidar todo lo sucedido en

Kiaqix —dijo a Initia—. No quería que yo viniera, y no cree ni por asomo que vayamos a encontrar la ciudad perdida. Está convencida de que Chiam, el primo de mi padre, nunca la encontró, y no cree que exista.

Initia suspiró.

—Es imposible saberlo. No he pensado en Chiam desde hace muchos años.

Chel se preguntó qué recordaría Initia de su infancia.

—¿Oíste a Chiam leer las cartas de mi padre al pueblo?

—¿Las cartas de tu padre?

—Las cartas que escribió cuando estaba en la cárcel —le recordó Chel.

—Por supuesto —dijo Initia—. Sí. Oí que las leían.

La joven percibió vacilación en la voz de su tía.

—¿Qué pasa?

—Nada. Soy vieja y mi memoria falla.

—Tienes buena memoria —dijo Chel, al tiempo que apoyaba una mano sobre su brazo—. ¿Qué pasa?

—Estoy segura de que existe un motivo —dijo Initia, casi para sí.

—¿Un motivo de qué? Quiero saber qué estabas pensando sobre mi padre.

—Te ha sostenido. La historia de las cartas de tu padre te ha sostenido. Eso es lo que ella quería.

—Las cartas no son sólo una historia. Queda constancia de ellas. He hablado con otros que las oyeron, y dijeron que habían incitado a la gente a entrar en acción y a luchar.

—Sí, eso consiguieron las cartas, hija.

—Pues ¿qué?

La tía enlazó las manos como si fuera a hacer penitencia.

—Ignoro los motivos de que tu madre no te lo haya dicho antes, hija. Ha'ana es una mujer prudente, *Ati't par Nim*, el astuto zorro gris, su espíritu animal. Pero tienes derecho a saberlo.

—No entiendo.

—Tu padre era un hombre maravilloso, un hombre adorable. Estaba entregado a ti, a tu madre y a su familia, y quería protegeros. Pero su *wayob* era el tapir, el cual, al igual que el caballo, es fuerte, pero no inteligente. Era un hombre sencillo, sin las palabras que iban en esas cartas.

—Mi padre fue a la cárcel por liderar a su pueblo. —Chel procuró no hablar como si se mostrara condescendiente con una anciana olvidadiza—. Cuando estuvo encarcelado, escribió esas cartas en secreto y le mataron por ello. Mi madre me contó todo lo que le había pasado. Todo cuanto hizo para luchar por Kiaqix.

—Pero ahora pregúntate quién te contó esas historias.

—¿Me estás diciendo que otra persona escribió esas cartas, y que mi madre quería que yo creyera que fue mi padre?

—No sólo tú. Todo el mundo creía que tu padre las escribió. Pero mi marido era el hermano de tu padre, hija. Él sabía la verdad.

—¿Quién las escribió? ¿Algun compañero de la cárcel?

Las ramas crepitaron en la chimenea.

—Desde que tu madre era pequeña, nunca tuvo miedo. Ni de los terratenientes ni del ejército. Les plantaba cara en el mercado cuando tenía diez años y escupía en sus zapatos. Rechazaba sus llamadas a que nos modernizáramos, a cambiar nuestras costumbres. Ayudó a parar los pies a los ladinos cuando quisieron cambiar lo que nos enseñaban en la escuela, cuando quisieron que nuestros hijos aprendieran la historia de ellos.

Chel se quedó petrificada.

—¿Mi madre?

—Cuando Ha'ana tenía veinte años —continuó Initia—, se colaba en las reuniones de los ancianos. Cuando el ejército ahorcó a un joven del balcón del ayuntamiento, muchos se asustaron. Pero tu madre intentó convencer a los hombres de que lucharan en caso de que el ejército o las guerrillas regresaran. Dijo que debíamos armarnos. Pero nadie hacía caso de una mujer. Entonces, el día que tu padre fue a parar a la cárcel, empezó lo de las cartas.

Chel paseó la vista a su alrededor: el hogar, las hamacas, la pequeña mesa de madera y las sillas sobre el suelo de *sascab*, los *huipiles* colgados a secar. Era un lugar donde las mujeres habían trabajado durante mil años.

—¿Por qué mintió?

—Ha'ana comprendía a su pueblo. Podía conseguir el apoyo de las mujeres, pero ningún hombre escucharía a una mujer hablando sobre guerra. Para que los hombres entraran en acción, necesitaba la voz de un hombre. Cuando encarcelaron a tu padre, fue lo más terrorífico que le había pasado jamás, pero también era la oportunidad de que le hicieran caso.

—Pero cuando él murió, ella se marchó. Os abandonó a todos y nunca volvió. ¿Cómo pudo marcharse la persona que escribió esas cartas?

—No fue fácil, hija. Le preocupaba que alguien descubriera lo que había hecho y fueran a por ella... y a por ti. La única manera de protegerte era dejarlo todo.

—¿Por qué no me lo dijo?

Initia apoyó una mano sobre la espalda de Chel.

—Mataron a tu padre por culpa de las cartas, aunque él no las había escrito. Después de su asesinato, tu madre se sintió muy culpable. Pese al bien que habían hecho las cartas, se culpaba de su muerte.

Chel había mortificado a su madre por su apatía, por abandonar su tierra natal, y ella nunca la había corregido. Había guardado silencio, a pesar de saber cuánto había luchado y cuánto había perdido por su pueblo.

—Tu madre es el zorro gris. *Ati't par Nim* siempre es astuto.

Chel siempre había pensado que *Ati't par Nim* no era adecuado para Ha'ana. Ahora sabía que esto no era cierto. Los antiguos creían que el poder del *wayub* era ubicuo. Creían en que era intercambiable con la forma humana, en su dominio sobre la vida, en su promesa del potencial de una persona. El zorro conseguía que la gente creyera en lo que era necesario.

De repente, Chel pensó en algo. Rodeó a toda prisa el hogar en busca de una bolsa de provisiones y hurgó en su interior hasta encontrar su traducción del códice.

—¿Va todo bien, hija? —preguntó Initia.

Chel había dado por sentado que Paktul guió a los niños desde Kanuataba hasta la selva, hasta un lugar del bosque donde habían vivido sus antepasados.

Pero ¿y si no se estaba refiriendo a sus antepasados humanos?

A lo largo del códice, el escriba refundía su forma humana con su forma animal, su espíritu animal. Y Chel y su equipo habían sido incapaces de entender por qué la historia oral hablaba de un Trío Original que había escapado de la ciudad perdida, en lugar de un cuarteto formado por Paktul, Canción de Humo y las dos chicas.

¿Y si el motivo era que Paktul el hombre no había ido con ellos?

Stanton encontró a las dos mujeres de pie ante el hogar.

Chel habló con una energía en su voz que él no había oído desde que habían estado sentados en la plaza del Getty.

—Creo que hemos estado buscando lo que no debíamos. El lago Izabal no tiene nada que ver con el lugar al que fue el trío.

—¿Qué quieres decir?

—Paktul no está escribiendo sobre sus antepasados humanos. Está aquí, en la traducción. Utiliza la palabra «yo» de forma intercambiable con su espíritu animal. El «yo» se refiere tanto a su forma humana como a su *wayob*. Pero sabemos que tenía un guacamayo auténtico en su cueva, porque se refiere a otras personas que pueden verlo. Se lo enseña al príncipe y a las hijas de Auxila, y escribe que el pájaro se reúne con su bandada.

Chel pasó a otra parte. *Le dije al príncipe que mi espíritu animal había parado en Kanuataba durante el gran curso de la migración que todos los guacamayos hacen con su bandada*, escribió Paktul. *Le dije que dentro de algunas semanas continuaríamos el viaje en busca de la tierra a la que nuestras aves antepasadas han regresado durante cada estación de la cosecha durante mil años.*

—Cuando dice que los guiará en la dirección de sus antepasados —dijo Chel—, pensé que se refería a su familia humana. Pero ¿y si no fue a ningún sitio? ¿Y si le mataron los guardias, tal como había pronosticado, o se quedó para conseguir que los niños pudieran escapar?

—¿Quién guió a los niños hasta Kiaqíx? —preguntó Stanton—. ¿Crees que siguieron a un ave?

—El príncipe habría aprendido a seguir una presa durante cien kilómetros. Y el guacamayo debió regresar por instinto con su bandada. Kiaqix significa «Valle del Guacamayo Púrpura». Se encuentra en el sendero de la migración. La historia oral dice que el Trío Original consideró un buen presagio ver tantos guacamayos en los árboles de aquí. ¿Y si estaban siguiendo a uno de ellos porque creían que era el espíritu de Paktul?

Chel desplegó el mapa de latitudes. En él había dibujado una línea que representaba la ruta migratoria conocida de los guacamayos.

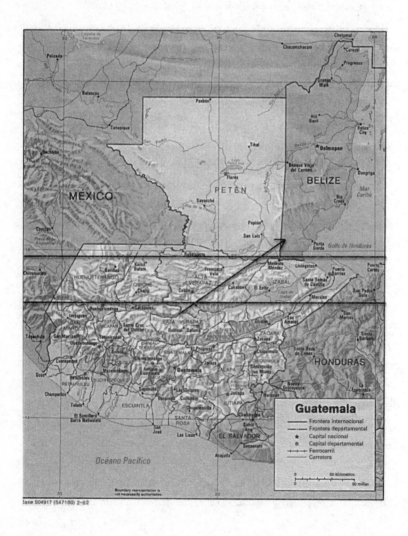

—Durante las estaciones migratorias, los guacamayos vuelan desde el sudoeste hasta aquí —continuó—, y los patrones generales son muy persistentes. Podemos descubrir la trayectoria exacta y seguirla.

Durante casi toda su vida adulta, Stanton habría considerado insensata la posibilidad de que tres niños siguieran a un ave durante cientos de kilómetros, pero por improbable que fuera, sólo podía confiar en el instinto de Chel. Si tenían que seguir un patrón general migratorio hasta la selva, lo harían.

—¿Estás segura de que ésa es la ruta migratoria exacta? —preguntó.

Chel buscó en la bolsa de pertrechos y sacó el teléfono vía satélite.

—He encontrado tres sitios diferentes *online*, y todos dan las mismas coordenadas. Compruébalo tú mismo.

Entregó el teléfono a Stanton, pero cuando éste intentó encenderlo, la pantalla siguió en blanco. Había estado funcionando a bajo rendimiento durante horas, y se había quedado sin carga. Aislándolos del mundo por completo.

—Da igual —dijo Chel, y señaló de nuevo el mapa. Parecía obsesionada con su idea—. Tenemos lo que necesitamos. Seguiremos la ruta migratoria.

Entonces, Stanton vio algo en sus ojos que le heló la sangre en las venas.

—Mírame un momento —dijo.

Chel se quedó confusa.

—Te estoy mirando.

Stanton sacó su linterna y la apuntó a sus ojos, estudiando las pupilas mientras paseaba la luz. Tendrían que contraerse a la luz y dilatarse en la oscuridad.

Cuando Stanton apagó la linterna, no hubo ningún cambio.

—¿Estoy enferma? —preguntó Chel con voz temblorosa.

Él se volvió y se arrodilló para sacar un termómetro de la bolsa de pertrechos y tomarle la temperatura. Se quedó inmóvil un momento para serenarse. No quería que ella viera miedo en sus ojos. Necesita-

ba ser fuerte. Necesitaba creer que encontrarían la ciudad perdida, su
única esperanza, y no podía permitir que adivinara sus dudas.

34

Se marcharon de Kiaqix a primera hora de la mañana. El sol no tardaría en abrasar el Petén, y la leve brisa que entraba por las ventanillas abiertas del *jeep* aliviaba bien poco a Chel. Casi podía sentir el VIF dentro de ella. Desvió la vista hacia Stanton, sentado al volante. Apenas la había mirado mientras cargaban los suministros médicos en el *jeep*, junto con la comida que Initia les había proporcionado. Repetía una y otra vez que, con la enfermedad tan concentrada como estaba en aquel lugar, era muy probable que la prueba diera un falso positivo a causa de la contaminación. No quería aceptar los resultados de una prueba que él mismo había diseñado.

Chel no podía leer muy bien el lenguaje corporal de Stanton, pero a estas alturas ya le conocía lo bastante para saber que se culpaba por el hecho de que hubiera enfermado, por llegar un segundo demasiado tarde. Quería hacerle entender que no era culpa suya, que habría muerto en el suelo de la capilla de no ser por él. Pero era incapaz de encontrar las palabras adecuadas.

Devolvió su atención a la carretera. La ruta de los guacamayos corría a 232,5 grados sudoeste. Stanton seguía una senda a través de la selva, alternando tierras de labranza utilizadas en exceso con selva virgen. Chel sabía que estaban buscando lugares llanos y elevados, donde se habrían construido ciudades antiguas como Kanuataba. A las dos horas de viaje, el terreno se hizo más accidentado. En realidad, no había carreteras en la zona, y sabían que, a la larga, tendrían que seguir a pie.

El *jeep* oscilaba de un lado a otro, levantando barro. Era casi imposible ver a través de las ventanillas. El mundo de Chel se estaba volviendo más ruidoso, luminoso y extraño. Los ruidos del coche le crispaban los nervios, y los aullidos y chillidos de la selva la aterraban como nunca antes.

No tenía ni idea de cuánto tiempo llevaban viajando, cuando Stanton paró el *jeep* de nuevo.

—Si la orientación es buena —dijo—, hemos de seguir por aquí.

Ante ellos aparecía la selva más espesa que habían visto hasta el momento, y docenas de árboles caídos bloqueaban su camino. El *jeep* había llegado al final de su ruta.

—Vamos —dijo Chel, intentando demostrar energía—. Puedo andar.

Stanton se inclinó sobre el cuentakilómetros.

—Estamos a noventa y tres kilómetros de Kiaqix. Si viajaron tres días para llegar a ese lugar, no puede estar mucho más lejos, ¿verdad?

Chel asintió en silencio.

—¿Cómo te encuentras? —preguntó él—. Si no puedes hacerlo, iré solo y volveré en cuanto lo encuentre.

—La gente ha venido a cazar aquí durante siglos —logró articular Chel—. Nadie ha encontrado las ruinas. Deben de estar bien escondidas. Nunca las encontrarás solo.

Stanton cargó todo el material a su espalda, herramientas para rascar residuos de los cuencos que esperaba encontrar en la tumba de Imix Jaguar, un microscopio, platinas y otros elementos esenciales para pruebas *in situ*. Se adelantó y cortó arbustos y ramas con un machete que había cogido en casa de Initia. Atravesaron bancos de lodo irregulares y se aferraron a la rugosa corteza de altos árboles para no perder el equilibrio. Empezaron a formarse ampollas en los pies de Chel, y le dolía la cabeza. Experimentaba la sensación de que un millón de diminutas cosas reptaban por todo su cuerpo.

Al cabo de casi una hora, Stanton se detuvo. Habían subido hasta lo alto de un terraplén rocoso, desde el cual gozaban de una vista de varios kilómetros a la redonda. Alzó la brújula en el aire.

—La ruta migratoria conduce a aquel valle. Debe de estar ahí.

Había dos pequeñas montañas delante, cada una de varios kilómetros de anchura. Entre ellas se extendía un amplio valle de selva tropical ininterrumpida.

—No puede estar ahí —repuso Chel. El agotamiento se estaba apoderando de ella a marchas forzadas—. Los antiguos no habrían construido entre montañas. Los... hacía vulnerables por ambos lados.

La expresión de Stanton le dijo que, en su estado, no sabía si confiar o no en su instinto.

—¿Hacia dónde quieres ir, pues? —preguntó él.

—Más arriba. —Señaló la más grande de las dos montañas—. A buscar templos por encima de los árboles.

Los troncos de los árboles que crecían al pie de la montaña eran delgados y ennegrecidos, mondadientes carbonizados clavados en el suelo. Se había producido un incendio, probablemente provocado por un rayo. En la temporada de tormentas, abundaban los pequeños incendios provocados por rayos. Los antiguos creían que era una señal enviada desde el cielo para advertir de que una parcela de tierra necesitaba tiempo para rejuvenecer.

En la linde del bosque, llegaron a una parte más verde de la pendiente. Entonces Chel vio por el rabillo del ojo un grupo de enredaderas de vainilla a lo lejos, a mitad de camino de la cumbre. Se volvió hacia la extraña pero a la vez familiar presencia de aquella planta, sin saber si debía confiar en sus ojos. La vainilla era común en toda Guatemala. Se enredaba alrededor de los troncos de los árboles y trepaba hasta lo alto del dosel en busca de lluvia y luz. Las enredaderas podían alcanzar decenas de metros de altura.

Pero estas enredaderas se estiraban tan sólo unos cinco metros en el aire, como si hubieran talado el árbol y cortado sus ramas. Chel gritó a Stanton que esperara, pero él no la oyó. Dejó que continuara y se desvió de la ruta. Los cincuenta y pico metros pendiente arriba se le antojaron interminables, cada uno de sus pasos más difícil que el anterior, pero se sentía arrastrada hacia las delgadas hojas alargadas. La espesa maraña de enredaderas que abrazaba el árbol estaba más suelta de lo normal, una señal de que lo que había debajo estaba cubierto por algo más que corteza de árbol.

Para un ojo inexperto habría sido imposible discernirlo, pero cientos de piedras mayas habían sido descubiertas en la selva bajo enredaderas como aquélla. Las manos de Chel temblaban (ya fuera de impaciencia o a causa de la enfermedad), y apenas tuvo fuerzas para arrancar las ramas. Pero al final consiguió ver lo que había debajo. Era un enorme peñasco, de al menos dos metros y medio de alto, cortado en forma de lápida alargada.

—¿Adónde habías ido? —Stanton la había localizado. Se inclinó para mirar por encima de su hombro—. ¿Qué es eso?

—Una estela —dijo Chel—. Los antiguos las llamaban árboles de piedra. Las utilizaban para documentar fechas, nombres de reyes y acontecimientos.

Estas estelas aparecían en ocasiones cerca de las ciudades, explicó, pero también eran erigidas en los pueblos para honrar a los dioses. Lo único que sabía con seguridad de ésta era que nadie había visto su superficie durante mucho tiempo. El tiempo y la edad habían resquebrajado una esquina.

Chel intentaba respirar a un ritmo constante, mientras Stanton despejaba el resto de enredaderas hasta revelar una superficie cubierta de grabados e inscripciones erosionadas. Había una borrosa representación del dios del maíz en mitad de la piedra, mientras que representaciones de Itzamanaj, la deidad suprema maya, adornaban los bordes.

Entonces Chel vio tres glifos familiares.

—¿Qué dicen? —preguntó Stanton.

Ella indicó la primera talla.

—*Naqaj xol* quiere decir «muy cerca» en cholán. Y éste, *u'qajibal q'ij*, significa que nos encontramos directamente al oeste de la ciudad.

Stanton señaló el último glifo.

—¿Y éste?

—*Akabalam*.

Árboles caídos y maleza cubrían cada centímetro de la pendiente, y cada paso significaba un reto agotador para Chel. Subieron y bajaron por la empinada pendiente en busca de un sendero transitable. Se detenían cada cincuenta metros para que ella pudiera descansar. El aire era insoportablemente caliente y húmedo, y cada vez que respiraba pensaba que no podría continuar. Pero con la ayuda de Stanton fue avanzando, atravesando otro tramo de bosque.

Por extraño que pareciera, la pendiente de la ladera se allanaba cuanto más avanzaban hacia el oeste, lo cual concedió un breve descanso a las piernas de Chel y le permitió seguir adelante. Al cabo de tres kilómetros, ya no parecía una montaña. Todavía se hallaban a bastante altura sobre el nivel del mar, a mitad de camino del pico, pero la cara oriental había dado paso a una inmensa meseta, lisa como cualquier llanura. Kanuataba significaba la ciudad en terrazas, pero Paktul no había hablado en ningún momento de su relato de terrazas agrícolas. Tal vez, pensó Chel, la ciudad había recibido su nombre de este saliente que un río talló en la montaña millones de años antes, una terraza natural que eludió el descubrimiento después de que sus antepasados la abandonaran.

Minutos después descubrieron más motivos de esperanza.

Cientos de ceibas, sagradas para los mayas, se alzaban en la distancia. Los troncos tenían espinos, y las ramas estaban cubiertas de hierba y musgo de un verde fosforescente.

... en otro tiempo Kanuataba fue hogar de la colección más majestuosa de ceibas, el gran sendero que conduce al inframundo, en todas las tierras altas. En otros tiempos la densidad de ceibas era la más grande del mundo, bendecidas por los dioses, y sus troncos casi se tocaban. ¡Ahora queda menos de una docena todavía en pie en todo Kanuataba!

Continuaron a través de la densa zona de árboles sagrados que habían regresado a la selva. Los árboles se alzaban hacia los cielos, en dirección a la Región Celeste, y Chel vio contornos de rostros de dioses en las hojas: Ahau Chamahez, dios de la medicina; Ah Peku, dios del trueno; Kinich Ahau, dios del Sol, y todos la animaban a continuar.

—¿Estás bien?

Stanton caminaba unos pasos más adelante. ¿Podría interpretar como ella lo que les decían de las hojas? ¿Oiría la llamada de los dioses igual que ella?

Chel parpadeó, con la intención de ver con más claridad. Intentó formar palabras para contestarle. Avanzó hacia él, y vislumbró una grieta en las ceibas. Entre los troncos había un fragmento de piedra.

—Allí —susurró.

Caminaron durante medio kilómetro hasta la base de una antigua pirámide. La niebla bañaba su cumbre. Árboles, arbustos y flores brotaban en todas direcciones, ocultaban cada rincón. Más árboles habían crecido en los escalones, hasta llegar a la cumbre. Una fachada estaba tan invadida de flora que habría podido confundirse con una pendiente natural. Sólo en lo alto se veía piedra caliza, donde columnas en forma de aves alargadas formaban tres aberturas contiguas.

Fragmentos rotos de piedra se transformaron en la mente de Chel en escalones angulares. Aparecieron esclavos y trabajadores de corvea, cargando cantos rodados a la espalda. En la base, vio tatuadores y anilladores, fabricantes de especias que trocaban pimentón por esquisto. Para Chel, la apagada y decrépita piedra arenisca estaba ahora pintada con un arco iris de colores: amarillo, rosa, púrpura, verde.

La cuna de su pueblo, en toda su gloria.

35

Continuaron atravesando la cumbre de la montaña, con lentitud, en busca de cualquier otra señal de la ciudad perdida entre la maleza. La estela y la pequeña pirámide eran señales indicadoras de que habían llegado a los límites exteriores de la metrópolis, pero todavía tenían que encontrar el centro de la ciudad.

Stanton los guió con cautela sobre arbustos y enormes raíces de árboles que se extendían en todas direcciones, cortando con el machete en una mano y asiendo la de Chel con la otra. Intentaba recordar qué plantas estaba cortando (orquídeas rosa, lianas, enredaderas estranguladoras...), por si resultaban ser importantes.

También escuchaba con atención mientras andaban. Lobos, zorros, incluso jaguares, podían encontrarse en la zona. Stanton había ido de safari en una ocasión, al terminar la carrera de medicina, y eso era lo más cerca que había estado de animales peligrosos. Estaba muy contento de que sólo podía oír pájaros y murciélagos a lo lejos.

Pasaron ante estelas y pequeños edificios de piedra caliza de una sola planta, envueltos en follaje y pequeños árboles desde la base hasta la punta. Chel señaló zonas donde era muy probable que hubieran vivido los criados de los nobles, en el límite de la ciudad, y lo que había sido el lugar donde los antiguos practicaban su extraño híbrido de voleibol y baloncesto. Sin ella, Stanton habría pasado por alto con facilidad todas estas señales invadidas por la maleza.

Intentaba no apartar los ojos de Chel en ningún momento. Parecía estable, pero era difícil saber hasta qué punto la agotadora travesía de la selva, con un calor de cuarenta y tres grados, había exacerbado o acelerado sus síntomas. Estaría mejor en Kiaqix, bajo los cuidados de Initia. Pero jamás habría encontrado la ciudad sin ella.

Ahora tenían que fijarse como objetivo el templo donde estaba enterrado el rey, el último edificio construido en Kanuataba antes del colapso. Paktul había descrito la construcción como un proyecto caprichoso, erigido y terminado a toda prisa con recursos inadecuados. Para excavar un templo sería preciso, en circunstancias normales, un equipo importante, pero Volcy y su socio habían sido capaces de hacerlo con picos. Por lo tanto, o bien estaba construido de manera precaria, o bien lo habían dejado inacabado.

Los cimientos serán colocados en veinte días, a menos de mil pasos del palacio. La torre vigía será construida de forma que esté encarada hacia el punto más alto del desfile solar, y creará un gran triángulo sagrado con el palacio y la pirámide roja gemela.

—Para los antiguos, un triángulo sagrado era un triángulo rectángulo —explicó Chel—. Se consideraban místicos. —Existían muchos ejemplos de que los mayas habían utilizado triángulos rectángulos de la proporción 3-4-5 en el trazado de sus ciudades, la construcción de edificios individuales, e incluso en prácticas religiosas. El uso más notable de ellos en la planificación urbana era Tikal, donde una serie de triángulos rectángulos integrales estaba centrada en la acrópolis sur—. Imix Jaguar quería que su tumba formara un triángulo con uno de los templos y el palacio. Deberíamos encontrar con facilidad los templos gemelos.

—¿Estamos buscando el templo *rojo*? —preguntó Stanton.

—Ya no será rojo. El rojo es el símbolo del este.

—¿Estamos buscando el que se encuentra más al este?

—El que da al este de la plaza.

Cuanto más se acercaran a la acrópolis central, le dijo Chel, más grandes serían los edificios, y por eso sabía que se estaban aproximando. Pero los brazos de Stanton estaban agotados de abrirse paso entre la maleza a machetazos. Tenía la impresión de que el machete había multiplicado su peso y de que la hoja se había vuelto roma. Hasta las ramas pequeñas exigían un esfuerzo excesivo. El sudor se le metía en los ojos.

Veinte minutos después, llegaron a una columnata. Estaba casi cubierta de musgo, y había nidos de pájaros en la parte superior de al menos la mitad de las columnas, pero aún seguían en pie, más altas que la estela, doce de ellas formando un cuadrado. El patio original había quedado enterrado bajo la maleza mucho tiempo atrás, pero Chel lo supo al instante: era exactamente como Chiam lo había descrito.

Después de todo, el primo de su padre había llegado hasta aquí.

—Hemos de estar cerca, ¿verdad? —preguntó Stanton tras oír las explicaciones de Chel.

—Era un lugar de reunión de las clases altas. No estaría lejos del palacio.

—¿Seguimos en la misma dirección?

Pero ella ya no le estaba escuchando. Stanton siguió su mirada. Delante, los últimos rayos del sol atravesaban el dosel de hojas y bañaban piedras blancas. Chel soltó su mano enguantada y se desvió casi con alegría, sin prestar apenas atención a los incontables obstáculos que encontraba en su camino.

—¡Espera! —gritó Stanton. Pero ella no contestó.

Corrió tras la muchacha, contento de que su estallido de energía fuera una señal de que se estaban acercando, pero temeroso de la obsesión que sugería. Antes de que pudiera alcanzarla, algo se estrelló contra su mascarilla y estuvo a punto de derribarle. Intentó golpearlo con la linterna, hasta que se alejó aleteando. Lo vio marchar: un murciélago, que empezaba su cacería nocturna. Cuando se volvió hacia Chel, la última luz del día se había desvanecido. La piedra que un momento antes había llamado su atención había desaparecido en la oscuridad.

Sólo cuando la alcanzó vio por fin lo que había encontrado. Estaba parada en la base de lo que había sido una escalinata, desmoronada al cabo de mil años. Los ojos de Stanton siguieron la maleza inclinada que trepaba desde el suelo. Era un templo que empequeñecía todo lo demás.

Se volvió hacia Chel.

—No vuelvas a alejarte sin avisar. No quiero perderte aquí.

Ella no le miró.

—Éste es uno de ellos —dijo—. Tiene que serlo.

—¿Los templos gemelos?

Ella asintió, y segundos después se puso en marcha de nuevo.

Chel subió a una extensa infraestructura de piedra caliza. Era más baja que cualquier templo, y las paredes casi no se tenían en pie, pero la reconoció en cuanto la vio y empezó a trepar. Sus pantalones de algodón y la camisa de manga larga estaban mojados y pesaban. El pelo le arañaba la nuca. Pero siguió ascendiendo los escalones invadidos de malas hierbas, saltando de un pequeño saliente a otro hasta que llegó a la primera de seis enormes plataformas.

—¿Qué estás haciendo? —oyó desde abajo.

Indicó con un ademán a Stanton que se callara, concentrada. Chel imaginó a trece hombres sentados en círculo delante de ella, la cabeza cubierta con tocados de animales, todos aplaudiendo en honor del hombre que estaba hablando. Todos, excepto uno: Paktul.

Stanton cogió su mano cuando llegó arriba.

—Éste es el palacio real —susurró ella.

Él contempló la serie de plataformas elevadas colindantes entre sí, y después pronunció las palabras sin ni siquiera pretenderlo.

—Así que aquí es donde...

—Guisaban —dijo Chel sin la menor emoción. Esperaba sentirse estremecida por pisar el lugar donde sus antepasados habían preparado carne humana. Pero con expresión imperturbable se limitó a escudriñar de nuevo la oscuridad.

—Según el escriba, el palacio es el segundo punto del triángulo —dijo—. De modo que si es un triángulo rectángulo de tres-cuatro-cinco, la distancia entre...

De pronto, Chel se sintió mareada. Las piernas le estaban fallando.

—¿Te encuentras bien?

—Estoy bien —mintió, y tosió dentro de la mascarilla—. La distancia desde el palacio hasta el templo gemelo es el primer lado del triángulo. —Señaló hacia el oeste—. Jamás habrían construido un templo funerario en la plaza central, así que debe de estar por ahí.

—¿Necesitas descansar un poco más antes de continuar?

—Cuando encontremos la tumba.

Stanton la ayudó a bajar del palacio. Continuaron avanzando entre la maleza a la luz de las linternas, en la dirección que les indicaba el triángulo rectángulo. Él seguía abriéndose paso entre los arbustos con el machete, pero se negaba a soltar a Chel, incluso en los tramos más difíciles. Ella tenía tanto calor que pensó que iba a vomitar, pero se reprimió. Y se obligó a continuar.

Fue Stanton quien lo vio primero.

Minutos después, se acercaron a una pequeña loma invadida de pequeños arbustos. Daba la impresión de que la base del edificio era cuadrada, tal vez de unos quince metros de lado, y formaba una pirámide de cuatro lados de tres pisos de altura.

—Mira eso —dijo él.

Se hallaban a unos cincuenta metros de la entrada, pero pese a tanta vegetación, Chel vio que el edificio estaba inacabado. Las losas de piedra caliza ocultas bajo la tierra y los árboles no estaban cortadas como era debido, ni bien colocadas.

—¿Es la tumba del rey? —preguntó Stanton.

Chel rodeó la enorme pirámide en busca de alguna inscripción. Cuando llegó a la esquina noroeste del templo, algo destelló a la luz de la linterna de Stanton.

Algo metálico, caído en el suelo.

El pico de Volcy.

36

—El aire de ahí abajo podría por sí solo infectar a un centenar de personas. Has de ponértelo.

Stanton extendió el traje hermético.

Chel sudaba tanto que era incapaz de imaginar que volvería a tener frío.

—Ya estoy infectada. Dijiste que el calor sólo empeoraría la situación.

—Cuanto más elevada sea la concentración a la que te expongas, mayor velocidad de propagación. Cuanto antes...

Ella no le dejó terminar la frase.

La ayudó a ponerse el traje. Chel no tenía ni idea de cómo lograría entrar en la tumba con él: era tan voluminoso como caluroso. Había estado en muchas tumbas antes, y nunca había padecido claustrofobia, pero la idea de entrar en una catacumba con aquella cosa puesta... Imaginó que sería como estar enterrada viva. Con el casco puesto, el ruido del mundo enmudeció. Miró a través del cristal y experimentó la sensación de que todo su entorno (el dosel de la selva, la ciudad de Paktul, Stanton y su equipo) se hallaba muy lejos. El corazón le dio un vuelco.

—¿Preparada? —preguntó él.

La ayudó a pasar por la abertura de la piedra que habían descubierto al lado del pico de Volcy. Después se embutió detrás de ella y alzó el brazo por encima de su hombro para iluminar el camino con la linterna.

Chel vio que su aliento nublaba el cristal del casco mientras avanzaba de rodillas. Restos de lo que habría sido moho se habían formado sobre las piedras incontables años antes. Incluso a través del equipo, notó la superficie extraña y mohosa. Sabía que el olor a guano de murciélago impregnaba el aire, pero lo único que podía oler dentro de la mascarilla era el antiséptico del mecanismo de purificación del traje.

Por fin, el estrecho pasadizo se abrió a un espacio más ancho. El techo tendría un metro y medio de altura. Chel se vio obligada a inclinarse un poco. Stanton tuvo que acuclillarse.

Ella apuntó su linterna a la pared del fondo y se maravilló de los grabados de víctimas de sacrificios con trabajados tocados de animales, y de seres con cabeza de serpiente y cuerpo de hombre. Chel los tocó y eliminó una gruesa capa de polvo con el guante. No albergaba la menor duda de que los dibujos eran obra de contemporáneos de Paktul. Tardaban horas en grabar cada línea, y el precio de una sola equivocación habría sido la muerte.

Al final de la plataforma, había unas escaleras que bajaban. Estaba claro que habían diseñado el templo como una serie de estancias estrechas, con cuatro o cinco escaleras en cada lado, que al final conducían al nivel más inferior, bajo tierra. Allí, sospechaba Chel, encontrarían varias habitaciones rituales más pequeñas y otra más grande, donde el rey estaría sepultado, como en los templos de El Mirador.

Continuaron el descenso. Cada escalera era más estrecha que la anterior, y con los trajes herméticos tenían que ponerse de lado para embutirse entre las paredes. Chel sabía que el aire se iba enfriando a medida que descendían, y habría dado cualquier cosa por sentirlo, pero el traje lo convertía todo en viciado y reciclado.

Por fin, resultó imposible continuar avanzando. Chel enfocó la linterna hacia un pasillo con puertas practicadas en la pared a ambos lados. Se encontraban ahora a unos cinco o seis metros bajo tierra, e incluso a mediodía no habría llegado luz natural tan abajo. Pero aquí los techos eran más altos. Hasta Stanton pudo casi incorporarse.

—Por aquí —dijo Chel, y se internó en el pasadizo. Alumbró dos habitaciones vacías antes de encontrar lo que iba buscando.

En mitad de la estancia más lejana se erguía un sarcófago de piedra caliza.

La última morada de Imix Jaguar.

—¿Es eso?

Aunque estaba detrás de ella, Chel oyó la voz de Stanton por un diminuto auricular que llevaba en el oído.

Un vistazo al suelo le reveló que la tumba había sido saqueada. Pero Volcy había dejado muchas cosas: sílex tallado y collares oxidados, pendientes de concha, estatuas de serpientes.

Y esqueletos.

El cuerpo de Chel había agotado sus fuerzas, pero su mente estaba ansiosa todavía por asimilarlo todo. En el suelo que rodeaba el sarcófago había catorce o quince esqueletos antiguos, dispuestos de manera ritual, todos espolvoreados de cinabrio color marrón. Habrían muerto de la misma enfermedad que la estaba matando a ella ahora, y se habrían sentido igual que ella: acalorados, cansados y aterrorizados por la certeza de que nunca más volverían a soñar.

—¿Quiénes son los demás? —preguntó Stanton.

—Los antiguos creían que la muerte de un rey robaba tan sólo una de sus treinta y nueve almas —explicó Chel—, y que las otras treinta y ocho continuaban viviendo o iban a la Región Celestial. El *ajaw* necesitaba otras almas que sacrificar a los dioses durante su viaje para poder realizar la travesía. —Señaló los seis esqueletos más pequeños—. Incluidos niños.

Stanton se agachó.

—¿Ves la formación de los extremos de las caderas de éste? Es un adulto muy bajito.

El enano, Jacomo, enterrado con su rey.

Un repentino aullido en la oscuridad sobresaltó a Chel. Se volvió a tiempo de ver una explosión de murciélagos que se precipitaban hacia ellos.

—¡Al suelo! —gritó Stanton—. ¡Destrozarán los trajes!

La nube de seres voladores consiguió que Chel se desorientara un momento. Extendió las manos hacia la pared, pero no encontraron nada y cayó al suelo. Encima de ella, Stanton agitaba los brazos para expulsar a los murciélagos hacia el pasillo.

Sus gritos agudos se extinguieron.

Chel se preguntó si tendría fuerzas para levantarse. El traje momificaba sus brazos y piernas. Le dolían los músculos. Se quedó tendida, cara a cara con los esqueletos, y se sintió abrumada. Después, cuando estaba a punto de cerrar los ojos, vislumbró algo metálico escondido en el polvo cerca de ella. Era un anillo de jade grande con un glifo tallado en él.

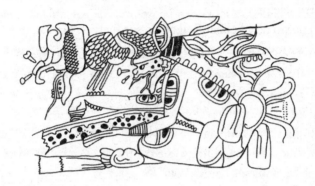

El escriba hombre-mono.

Extendió la mano y lo cogió. El anillo de Paktul.

El príncipe había escapado, y las hijas de Auxila también, todos siguiendo al espíritu animal del escriba, el guacamayo escarlata, en dirección a Kiaqix. Pero Paktul, el hombre, no había escapado. Los guardias de Imix Jaguar debieron matarle, para después enterrarle a él, su anillo y su libro con el rey.

Contempló las calaveras, y se preguntó cuál sería la de Paktul. En algún lugar, entre estos restos, se hallaba el padre de su pueblo. Nunca podrían identificarlo, pero Chel se alegraba de estar en presencia del escriba. De saber que le habían encontrado.

Stanton la ayudó a ponerse en pie, pero ella no podía caminar sin ayuda. La ayudó a arrastrarse hasta el sarcófago del rey. Aun en su estado, vio que la lápida de piedra caliza estaba grabada con signos trabajados de extremo a extremo, una obra de arte creada en una sola piedra. Sabía que Volcy no lo había mancillado. La pesada tapa continuaba en su lugar, y nunca se habría tomado la molestia de devolverla a su sitio. Habría encontrado el libro enseguida, y comprendido que no necesitaba más.

—¿Puedes levantarla? —preguntó a Stanton.

Él sujetó la lápida de piedra, la movió hacia atrás y hacia delante por una esquina cada vez. Por fin, se estrelló en el suelo, y el ruido resonó en toda la cámara.

Entonces Chel volvió a apoyarse en la pared y le vio levantar huesos y objetos. Una máscara facial de jade con ojos de perlas y colmillos de cuarzo. Una lanza larga con una punta de jade afilada. Placas de jade talladas.

Pero no había cuencos. Ni aguadores. Ni contenedores de chocolate o maíz. Ni vasijas de ningún tipo. Sólo joyas, máscaras y armas.

Todo de incalculable valor. Pero inútil.

Chel había confiado en que encontrarían objetos de cerámica, que habrían enterrado con el rey, y que dentro de ellos hallarían residuos de lo que los antiguos habían comido.

—No sé qué decir, Gabe. Pensaba...

Chel se detuvo cuando cayó en la cuenta de que Stanton ni siquiera la estaba mirando. Se había dirigido hacia los esqueletos más pequeños; una vez allí, arrancó la calavera del enano de su cuerpo, que cedió con facilidad. Ella sólo podía imaginar la frustración que estaba experimentando.

—¿Qué haces? —le preguntó.

Stanton señaló.

—Los dientes.

—¿Qué quieres decir?

—Podríamos saber lo que comían a partir de los dientes. Los granos de comida pueden sobrevivir eternamente. Aunque hubieran agotado sus provisiones, granos consumidos mucho tiempo antes de que murieran podrían continuar entre sus dientes.

Stanton reunió más calaveras y empezó a prepararlas. Por un momento, Chel le miró desde la pared contra la que estaba apoyada, y luego cerró los ojos. Todo continuaba brillando. Incluso en la oscuridad. Y el aire del interior del casco estaba cociendo su cerebro.

—Si has de dejarme... —empezó a decir, pero ya estaba pensando sólo en Paktul, cuyo anillo se había puesto en el dedo enguantado, y después en su madre, y en lo equivocada que había estado respecto a ella. De modo que no oyó las siguientes palabras de Stanton cuando empezó a trabajar.

—Nunca te dejaré.

En primer lugar, Stanton extrajo todos los cálculos visibles y tomó muestras de cada porción de dientes con la ayuda de una navaja de precisión. Hizo cada sección tres veces antes de depositar las muestras sobre portaobjetos de microscopio. Era un trabajo difícil en las mejores condiciones; utilizando una sola linterna en la oscuridad, era casi imposible.

Pero, con sumo cuidado, lo hizo poco a poco.

Empleando un texto de referencia, comparó lo que veía en estos portaobjetos con especies de plantas conocidas. Identificaba una variedad gracias a la forma única de sus moléculas de almidón: maíz, frijoles, aguacate, ojoches, papaya, pimienta, cacao. Cientos de depósitos reposaban en los dientes, pero parecía improbable que alguno de estos alimentos comunes protegiera a los nobles del VIF.

Después, bajo la tenue luminiscencia del microscopio a pilas, vio algo inesperado. No era necesario ningún libro de texto para reconocer aquella molécula de almidón.

Stanton no podía creer que estaba viendo aquí restos de hayas. Las hayas crecían por lo general en climas montañosos auténticos, como México central. Nunca habría esperado encontrarlas en las selvas de Guatemala, ni él ni ningún botánico que conociera. Lo cual significaba que podía tratarse de una especie desconocida, nativa de este pequeño rincón del mundo.

El haya era el ingrediente activo del pentosán, que en un tiempo había parecido el fármaco más prometedor para ralentizar la velocidad de la propagación de priones. Pero nunca habían descubierto una forma segura de introducir pentosán en el cerebro, y ninguna especie de haya podía cruzar aquella barrera crucial que separa la sangre del cerebro. Por lo tanto, no la habían probado con el VIF.

Pero algo carecía de lógica para Stanton. El fruto del haya era comestible, si bien su sabor, como el olor cuando quemaba, era famoso por su amargura. Sin embargo, para lograr la inmunidad de la enfermedad priónica, toda la ciudad tendría que haberlo consumido, semana tras semana, en grandes cantidades.

Se acercó a Chel y palmeó su hombro con suavidad.

—He de hacerte una pregunta —susurró—. ¿Los mayas masticaban corteza de árboles?

Sabía que estaba despierta, pero tenía los ojos cerrados, perdida en su mundo. La había empujado a continuar pese al calor de la selva, a avanzar más de lo que ella creía posible. Le había inyectado esperanzas. Y, con esperanzas, la había conducido hasta aquí. Pero ahora se estaba muriendo.

—*In Lak'ech* —fue lo único que dijo.

Stanton volvió corriendo a los portaobjetos. Había recordado algo del códice, que hablaba acerca de que el enano masticaba y escupía algo, y lo apostaría todo por esta idea nacida de la intuición: había sido corteza de haya, y esto le había curado. Una nueva especie del conocido árbol había evolucionado en esta selva, capaz de filtrarse a través de la barrera entre la sangre y el cerebro. Y comerla protegió a los antiguos mayas, hasta el día en que acabaron con todas las existencias.

Stanton tenía que creer que en algún lugar, cerca del templo, la población nativa de hayas podría haber renacido después del desastre. A menos que los mayas hubieran arrasado una selva entera (algo que incluso el hombre moderno hacía en raras ocasiones), era imposible que hubieran acabado con ellas por completo. La naturaleza sobrevivía a todo. El único problema era que sería incapaz de localizar esos árboles si no encontraba una forma de reconocerlos.

Stanton sabía que, en la noche de la selva, sería imposible ver hojas. La única forma de diferenciar los árboles sería por su corteza. El instinto le decía que estos árboles guatemaltecos compartirían el rasgo que diferenciaba a las hayas: su corteza gris plateada perfectamente lisa.

Cuando salió del túnel, vio que su linterna empezaba a fallar. La había utilizado durante horas en la tumba. Para conservarla, decidió recoger ramas de un árbol cercano e improvisar una antorcha.

Junto a la entrada de la tumba vio pinos y robles, pero nada con la suave corteza gris del haya. Detrás de los templos gemelos crecían plantas más pequeñas en todas las grietas, y reunió un paquete más grueso de ramas para utilizarlo como segunda antorcha cuando la primera se apagara. El silencio se había impuesto en la selva. Sólo una sinfonía de grillos sonaba en la noche, de modo que se llevó una sorpresa cuando dos ciervos se cruzaron en su camino, en el momento en que se agachaba para encender el fuego.

Una vez prendida la antorcha, continuó adelante. Con la sensación de que sus probabilidades de triunfo se estaban agotando, se internó más en el bosque, donde los árboles se espesaban, con sus troncos como fuselajes de aeronaves. En la oscuridad, era imposible para Stanton calcular su altura. Era difícil incluso seguir un camino recto, y pronto se descubrió describiendo círculos, pues veía los mismos puntos de referencia una y otra vez.

Cuando se acercó al lado contrario de la pirámide funeraria del rey, la frustración dio paso a la desesperación. No tenía ni idea de cómo había terminado donde había empezado. Palpó el suelo en busca de ramas. Su guante tocó algo afilado y, tras encender otra cerilla, vio lo que era. En el suelo de la selva, apenas mayor que el extremo de su pulgar, había un bulto marrón cubierto de diminutas espinas.

Un hayuco, el fruto del haya.

Levantó en el aire la nuez, como para invertir su camino cuando cayó al suelo. Aquí, muy cerca de la tumba del rey, estaba el árbol de corteza lisa del que había caído. Su tronco se alzaba más de lo que alcanzaba la luz de Stanton.

Y, ante su estupefacción, no era el único. Una docena se elevaban en hilera. Sus ramas se extendían hacia la cara de la pirámide, como si quisieran tocarla.

Chel entraba y salía flotando de la oscuridad, se agitaba como un pájaro azotado por un viento fuerte mientras volaba. En aquellos momentos en que podía ver la luz, sentía la lengua como papel de lija, y le dolía todo el cuerpo debido al calor. La enfermedad reptaba como una araña a través de sus pensamientos. Pero en los instantes en que la luz desaparecía y volvía la oscuridad, se hundía agradecida en un mar de recuerdos.

El antiguo padre de su pueblo (Paktul, espíritu fundador de Kiaqix) estaba acostado a su lado y, pasara lo que pasara después, se sentía segura en su presencia. Si tenía que seguirle, si tenía que reunirse con Rolando y con su padre, tal vez vería el lugar del que siempre hablaban sus antepasados. El hogar de los dioses.

Cuando Stanton volvió a entrar en la tumba, Chel estaba en el mismo sitio donde la había dejado, derrumbada contra la pared con una mirada vidriosa en los ojos. Pero le embargó la desesperación cuando vio que se había desprendido del biocasco y del traje. El calor la estaría volviendo loca. Y ahora estaba respirando un aire que, sin duda, no haría otra cosa que empeorar la situación. Stanton pensó en si debía obligarla a ponerse el traje de nuevo, pero sabía que el daño ya estaba hecho.

Su única esperanza residía en otra parte.

Utilizando la energía restante de la linterna, empezó a preparar la inyección a base de triturar hojas, corteza y fruto en diminutas partículas, para combinar luego la mezcla con una suspensión de enzimas salinas y disolventes. Por fin, llenó una jeringuilla con el líquido y clavó la aguja en la vena del brazo de Chel. La joven apenas se movió.

—Vas a salir de ésta —le dijo—. Quédate conmigo.

Consultó su reloj con el fin de establecer un punto de partida con el cual cronometrar las primeras señales de reacción. Eran las 23.15 horas.

Sólo había una forma de que Stanton supiera si el fármaco había cruzado la barrera entre la sangre y el cerebro: una punción lumbar que analizara el líquido cerebroespinal de Chel. Si el haya se encontraba ahora en él, habría pasado del corazón al cerebro y penetrado en el líquido que lo rodeaba.

Al cabo de veinte minutos, introdujo una aguja en el espacio situado entre las vértebras de la joven, y pasó el líquido a otra jeringuilla. Stanton sabía de hombres que habían gritado cuando les efectuaban una punción lumbar. Chel, en su estado, apenas emitió un sonido.

Dejó caer líquido espinal sobre seis portaobjetos y esperó a que se fijaran. Después cerró los ojos y susurró una sola palabra en la oscuridad: «*Por favor*».

Depositó el primer portaobjetos bajo el microscopio y analizó todos sus aspectos. Después examinó el siguiente portaobjetos, y luego el tercero.

Tras estudiar el sexto, se sumió en la desesperación.

No había moléculas de haya en ningún portaobjetos. Esta especie, como todas las demás que Stanton había probado, como todas las utilizadas para fabricar pentosán, no podía atravesar la barrera del cerebro.

Una oleada de desesperación le invadió. Habría tirado la toalla en aquel momento para sumirse en la pena, si no hubiera oído los sonidos que emitía Chel al otro lado de la tumba.

Corrió hacia ella. Sus piernas se agitaban sin control. Estaba sufriendo un ataque. No sólo había fallado el fármaco; las condiciones de la tumba (el calor, la concentración de priones) habían acelerado el progreso de la enfermedad. Si la fiebre continuaba subiendo, moriría.

—Quédate conmigo —susurró—. Quédate conmigo.

Buscó otra camisa en la bolsa de pertrechos, la convirtió en harapos y los empapó con los restos de las cantimploras. Pero antes de que pudiera aplicar las compresas, notó que la frente de Chel se estaba enfriando. Sabía que el cuerpo se estaba rindiendo. Pasó los dedos sobre la piel de su cuello, justo debajo de la mandíbula, y encontró un pulso errático.

El ataque se calmó poco a poco, y por primera vez en mucho tiempo, Stanton rezó. ¿A qué?, lo ignoraba. Pero el dios al que había reverenciado durante toda su vida adulta, la ciencia, le había fallado. No tardaría en salir de esta selva, tras haber fallado a los miles, y a la larga millones, que morirían de VIF. De modo que rezó por ellos.

Rezó por Davies, Cavanagh y los demás de los CDC. Rezó por Nina.
Pero sobre todo rezó por Chel, cuya vida ya no estaba en sus manos,
como todas las demás. Si moría (cuando muriera), sólo le quedaría la
certeza de que no había hecho lo suficiente.

Consultó su reloj: las 23.46.

Al otro lado de la cámara, las antiguas calaveras se mofaban de
él con sus secretos. Stanton no permitiría que Chel pasara la eternidad disputando un concurso de miradas con ellas. La sacaría de
aquí. La...

Fue entonces cuando comprendió horrorizado que tendría que
enterrar a Chel en la selva. Pensó en algo que ella había dicho la noche
anterior, cuando se derrumbaron contra otra pared, en las afueras de
Kiaqix. Se le antojó que había transcurrido mucho tiempo desde entonces. Le había preguntado si sabía por qué los mayas quemaban
incienso por sus muertos.

*Cuando se llevan un alma, es necesario humo de incienso para efec-
tuar la transición entre el mundo medio y el inframundo. Todos los que
vivimos aquí estamos atrapados entre dos mundos.*

¿Cómo quemaría incienso por ella? ¿Qué podría utilizar? Entonces recordó que Paktul también había escrito sobre el incienso.

*Cuando dejé al guacamayo en el suelo y besé la vieja piedra caliza, el
aroma había cambiado. Ya no podía sentirlo en el fondo de la garganta
como antes.*

¿Y si el olor y el sabor del incienso en el aire cambiaban por algún
motivo? Paktul conocía la combinación de incienso habitual del rey.
Si el sabor había desaparecido hacía rato del fondo de su lengua, tal
vez se debía a que ya no era *amargo*...

Stanton se levantó y tomó en brazos a Chel. Tenía que sacarla de
la cámara.

Transportó su peso por el pasillo, después se la cargó al hombro y
empezó a subir el primer tramo de escaleras. Pese a lo difícil que había
sido bajar la escalera solo, ahora se le antojó todavía más empinada y
estrecha que antes.

Pero minutos después llegaron al final y saboreó el aire de la noche. Había un pequeño claro a unos tres metros de la cara norte de la

pirámide, con espacio suficiente para encender una pequeña fogata, muy probablemente donde Volcy había plantado su tienda.

Depositó a Chel en un pequeño hueco entre raíces de árboles y corrió al lado opuesto de la pirámide. Recogió más ramas de haya, dio la vuelta y dejó caer las ramas en una pila delante de la joven. Un momento después estaba encendiendo la hoguera, y las llamas no tardaron en elevarse bailando hacia el cielo. El olor acre del humo de haya impregnó el aire.

Se sentó cerca del fuego, con la cabeza de Chel sobre el regazo. Apoyó las manos sobre su cabeza y le abrió los párpados tanto como pudo. También se obligó a mantener abiertos los ojos, aunque el humo consiguió que empezaran a llorar. Si el VIF llegaba al cerebro a través de la retina, quizá lo haría también su tratamiento.

Durante cinco silenciosos minutos, a medida que las llamas crecían, Stanton permaneció sentado abrazando a Chel en la noche de la selva, en busca de alguna señal. Cualquier señal. Apartó el pelo de su cara para comprobar su pulso. No se fijó en su reloj (estaba concentrado en los latidos del corazón de Chel), pero el segundero desgranó los dos últimos segundos del cuarto mundo.

Era medianoche.

21/12.

Epílogo

Para millones de personas en todo el mundo, fue el final de la vida tal como la conocían. Por lo que todos los seres humanos vivos podían recordar, la flecha del progreso había apuntado en la dirección de la innovación tecnológica, la urbanización y la conectividad. En los años previos a 2012, por primera vez en la historia humana, la mayoría de las personas vivía en ciudades, y las proyecciones estadísticas predecían que, en 2050, esa proporción superaría los dos tercios.

El final del ciclo de la Cuenta Larga cambió todo eso. Algunas de las mayores metrópolis del mundo habían sido arrasadas por la enfermedad de Thane, y no existía forma de saber si volverían a ser seguras algún día. Como no podían hacer nada para destruir la proteína, había que imponer la cuarentena cada día a nuevos lugares contaminados en cuanto eran descubiertos. En centros comerciales, restaurantes, escuelas, oficinas y transportes públicos, desde América a Asia, los vehículos de materiales peligrosos y equipos de limpieza se convirtieron en algo cotidiano... o de lo que había que escapar.

Al cabo de unas semanas, esta contaminación provocó un éxodo masivo de muchos de los centros urbanos más grandes del mundo. Algunos datos económicos sugerían que una cuarta parte de la población de Nueva York, San Francisco, Ciudad del Cabo, Londres, Atlanta y Shanghái se marcharía dentro de un período de tres años. Los fugitivos iban a ciudades más pequeñas, a los confines de las aglomeraciones urbanas, al campo, donde se fundaron comunidades agrarias autosostenidas.

Los Ángeles era una categoría en sí misma. La enfermedad de Thane afectó a todos los ciudadanos del Gran Los Ángeles. Era imposible para muchos imaginar quedarse, aunque no hubiera peligro.

El médico más famoso del mundo tampoco había regresado. Junto con el equipo internacional de científicos a su cargo, Stanton vivía en una tienda que el Servicio de Salud de Guatemala había erigido en las ruinas de Kanuataba. El día después de sacar a Chel de la ciudad perdida con las muestras que había tomado en ella, y de conducir el *jeep* durante dos horas para volver a la civilización y encontrar un teléfono que funcionara, volvió a trabajar con el Servicio de Salud de Guatemala. No había abandonado la selva desde entonces.

A partir de los árboles que rodeaban la tumba del rey, Stanton y su equipo médico habían sintetizado una infusión capaz de invertir la enfermedad de Thane si se inyectaba durante los tres días siguientes al inicio de la infección. Los antiguos ciudadanos de Kanuataba habían utilizado el haya hasta el borde de la extinción. Pero cuando abandonaron la ciudad, los árboles habían regresado con todas sus fuerzas.

Seguía abierta la cuestión de por qué estaban concentrados alrededor de la tumba. A veces, las especies evolucionaban por completo, incluso las que funcionaban en directa oposición a otras. Los microbios se fortalecían en reacción a los antibióticos. A lo largo de centenares de generaciones, los ratones mejoraron sus tácticas de eludir a sus depredadores, y las serpientes las de cazar a sus presas. Algunos científicos defendían que el prión y los árboles habían evolucionado conjuntamente durante siglos, de forma que cada uno se hizo más y más fuerte mediante la mutación, hasta que Volcy abrió la tumba. La expresión favorita de los periodistas era «una carrera armamentística evolutiva».

Los creyentes del 2012, por supuesto, lo llamaban destino.

Una vez que convenció a la comunidad científica de cómo debería llamarse el VIF, Stanton había dejado de intentar dar nombre a todo lo demás que había sucedido.

Tras un día particularmente extenuante de finales de junio, dio instrucciones en su precario español a su equipo, compuesto casi al completo por médicos guatemaltecos, y se encaminó a la tienda que le servía de residencia. La lluvia empapaba su ropa, y el barro aumentaba el peso de sus botas cuando llegó a la sombra de los templos gemelos y el palacio de Imix Jaguar. Vivir en la selva era duro, y echaba de menos el mar, pero se estaba acostumbrando al calor y la humedad, y beber una cerveza fría al final de una larga jornada laboral era estupendo.

Una vez que se hubo puesto ropa seca, entró en la zona de estar de la tienda, donde algunos científicos discutían con arqueólogos sobre la mejor técnica para abrir las tumbas. Stanton abrió una cerveza, sacó el ordenador portátil y se conectó con el servicio de Internet vía satélite.

Echó un vistazo rápido a cientos de correos electrónicos. Había una actualización de Monstruo: hasta que reabriera sus puertas el Freak Show, el zoo de animales de dos cabezas que la Dama Eléctrica y él habían recuperado de todos los rincones del paseo marítimo viviría con ellos en el apartamento de Stanton. Continuó examinando correos y encontró el último de Nina, una foto de *Dogma* en el *Plan A*, en algún lugar del golfo de México. Ella también había sido asediada con solicitudes de entrevistas, si alguna vez volvía a tierra. Había reído y proclamado que tenía cosas mejores que hacer que perseguir a su ex marido. Enviaba una foto cada semana de los lugares adonde iban ella y el perro.

—¿Otra vez en el ordenador? ¿No te has enterado? La tecnología ha muerto. Onda de tiempo cero y todo eso.

Stanton se volvió hacia el sonido del melifluo acento inglés. Alan Davies se estaba quitando la chaqueta de safari. La dejó con cuidado sobre una silla, tratando la prenda como si fuera la que Stanley había llevado cuando encontró a Livingston. La camisa blanca estaba empapada de sudor, y tenía el pelo encrespado. El londinense no se adaptaba bien a la humedad, algo que recordaba cada día a Stanton.

—No puedo creer que estés bebiendo ese patético sustituto de la cerveza —dijo Davies, al tiempo que se dejaba caer en una silla—. Daría cualquier cosa por una pinta de Adnams Broadside.

—Londres está a tan sólo un trayecto de cincuenta horas a través de la selva y cuatro aviones de distancia.

—No sobrevivirías ni un día aquí sin mí.

Mientras Davies abría una botella de vino y se servía una copa, Stanton envió una respuesta rápida a Nina, y después echó un vistazo a los teletipos y a los sitios nuevos. Cada día, desde hacía seis meses, se reciclaban las mismas historias sobre la enfermedad, con cambios en diminutos detalles, y pocas veces había visto algo interesante. Pero cuando se conectó con la web del *Los Angeles Times*, algo le dejó petrificado.

—¡Dios mío!

—¿Qué pasa? —preguntó Davies.

Stanton apretó el botón de IMPRIMIR y sacó el artículo de la bandeja.

—¿Has visto esto?

Davies examinó la pantalla.

—¿Ella lo sabe?

Los guatemaltecos habían abierto mediante excavadoras un camino hasta las carreteras principales para poder enviar y recibir suministros en camiones. En un Land Rover del Departamento de Salud, Stanton llegó a la entrada, protegida por el destacamento de seguridad que vigilaba ahora todo el perímetro de Kanuataba. En cuanto le dejaron pasar, se encontró en mitad del circo en que se habían convertido las zonas circundantes. Cientos de personas estaban acampadas en tiendas, camionetas y caravanas justo al otro lado de la frontera. Al principio, habían conseguido mantener en secreto el emplazamiento de Kanuataba, pero ahora docenas de camionetas nuevas estaban aparcadas a lo largo de la carretera, y los helicópteros daban vueltas sin cesar, tomando fotos aéreas de la ciudad para transmitirlas a todo el mundo. No sólo habían llegado periodistas. La zona se había transformado en una especie de avanzadilla religiosa en la era post-2012. Aunque los creyentes no podían entrar en las ruinas, Kanuataba se estaba convirtiendo poco a poco en su Meca.

Stanton dejó atrás el mar de tiendas donde hombres, mujeres y niños de todos los colores, edades y nacionalidades vivían ahora, empujados por su extraño y heterogéneo destino. Que el mundo no hubiera sido destruido por completo no había perjudicado a su causa.

Los acontecimientos previos al 21/12 y el descubrimiento de la cura en este lugar habían encendido un fervor por todo lo maya. Más de una tercera parte de la población de las Américas afirmaba creer que un brote de priones ocurrido al mismo tiempo que el giro del calendario no era una coincidencia. En Los Ángeles, miles de personas acudían a las asambleas de la Fraternidad, y el vegetarianismo, el ludismo y el «mayanismo espiritual» reunían cada día más seguidores, sobre todo en comunidades a las que habían huido habitantes de ciudades. Sostenían que los priones, desde el VIF a las vacas locas, eran el resultado definitivo de la manipulación de la vida de formas contrarias a la naturaleza.

Dos horas después, Stanton llegó a Kiaqix. Gran parte del pueblo había quedado destruido y, además de su relación con el brote y el paciente cero, eso significaba que muy pocos curiosos se sentían inclinados a hacer el viaje. Un grupo entregado de ONG y aldeanos que habían escapado de la plaga estaban reconstruyendo la ciudad con la ayuda de donaciones extranjeras que llegaban de todas partes del mundo. Pero, como todo lo relacionado con la selva, era un proceso lento y penoso.

Como en el caso de los hospitales de Los Ángeles, la antigua clínica había sido demolida por un equipo enviado desde Estados Unidos, y una nueva provisional se había erigido en su lugar. Stanton aparcó el Land Rover y entró, mientras saludaba a rostros conocidos. Algunos eran miembros de la Fraternidad, que se habían ofrecido voluntariamente a colaborar en la reconstrucción. En total, había casi cuatrocientas personas viviendo en el pueblo, y todo el mundo desempeñaba un papel en la reconstrucción.

En la zona pediátrica de la parte posterior de la clínica, Stanton encontró a Initia atendiendo a los bebés huérfanos de la plaga. Casi todos estaban en hamacas, y unos pocos en diminutas cunas construidas con pequeños fragmentos de madera y paja.

—*Jasmächá, Initia* —dijo Stanton.

—Hola, Gabe —contestó ella en un deficiente inglés.

Él echó un rápido vistazo a los ojos de los bebés con un oftalmoscopio que siempre llevaba encima. Hasta los más pequeños habían cumplido ya seis meses, lo cual significaba que sus nervios ópticos pronto estarían desarrollados por completo, por lo cual se encargaba de vigilar cualquier señal de la enfermedad de Thane.

—Bienvenido, doctor.

Stanton se volvió. Ha'ana Manu se hallaba en la entrada, cargada con un niño de ocho meses al que llamaban Garuno, el cual berreaba en sus brazos.

—¿Alguna vez me llamarás Gabe?

—¿Fuiste a la Facultad de Medicina cuatro años para que te llamaran Gabe?

Stanton señaló el niño que llevaba en brazos.

—Reciben dosis cada cuatro horas, ¿verdad?

—Tal como nos dijiste. No te preocupes.

—Lo siento. ¿Sabes dónde puedo encontrarla?

Chel estaba acuclillada bajo el techo puntiagudo de un nuevo edificio del grupo de alojamiento este con otros cuatro miembros de la Fraternidad, preparados para enderezar otro tronco de árbol. Antes de que pudiera empezar a contar, oyó un lloriqueo.

—Esperad —les dijo. Corrió hacia el pequeño moisés escondido a la sombra, debajo de un cedro cercano. La hija de Volcy, Sama, de casi siete meses, yacía dentro con los ojos abiertos de par en par.

—Chel, mira lo que he encontrado.

Se volvió y vio a su madre al lado de Gabe.

Durante semanas, Ha'ana había continuado negando que ella hubiera escrito las cartas de la prisión, o que hubiera sido una revolucionaria. Incluso ahora se aferraba a la historia de que ella y el padre de Chel habían escrito las cartas a cuatro manos. Aun así, la joven consideraba una victoria haber convencido a su madre de volver a Kiaqix con ella por primera vez en más de treinta años. Ha'ana afirmaba que su intención era regresar a Estados Unidos «pronto», y se quejaba de no tener un televisor ni una cocina adecuada. Pero Chel sabía que se quedaría durante toda la estancia de su hija.

Stanton se acercó y la besó. Habían encontrado excusas para verse una o dos veces a la semana desde enero, y no había pasado mucho tiempo antes de que empezaran a hablar del futuro. Habían sido exonerados de mala praxis por sus respectivas instituciones, y ambos habían sido invitados a aparecer en simposios por todo el mundo, y les habían ofrecido empleo en facultades de diversas universidades. El hecho de que hubieran ido a Guatemala por su cuenta y descubierto la cura de la enfermedad de Thane había sacudido los cimientos del CDC: el director Kanuth había dimitido. Cavanagh era su heredera aparente, pero corrían rumores de que el presidente quería ofrecer el puesto a Stanton. No aceptaría, y Chel sabía que ella era una parte importante del motivo. No pensaba marcharse de aquí en mucho tiempo, y si alguna vez regresaban a Estados Unidos, sería juntos.

Le ofreció a Sama su mano, y la niña sonrió. Chel casi nunca la perdía de vista. Stanton y ella habían pasado muchas noches en su casa de madera y paja, alimentando a la niña con pedacitos de tortilla al lado del hogar, para luego esperar a que se durmiera, después de lo cual aprovechaban al máximo su intimidad.

—Pensaba que no volverías hasta la semana que viene —dijo Chel—. ¿Va todo bien?

Stanton sacó el artículo del bolsillo y se lo dio.

Grupo 2012 rompe el silencio

Martes, 22 de junio de 2013, 9.52 horas

Fuentes del FBI han verificado que una carta recibida hace dos días en el diario *Los Angeles Times* fue enviada desde las tierras altas del sur de Guatemala. Muy probablemente, fue escrita por un miembro de la secta 2012 liderada por Colton Shetter, de quien la policía guatemalteca ha confirmado su muerte.

Según la carta de cuatro páginas, Shetter fue juzgado y expulsado del grupo que había fundado por su comportamiento violento en diciembre de 2012 en el Museo Getty, que dio como resultado la muerte del investigador Rolando Chacón. Se afirma que, después del juicio, intentó mantener su poder utilizando la fuerza, y resultó muerto en una pelea con otros miembros del grupo. Aprovechando detalles incluidos en la carta, las autoridades de Guatemala descubrieron el cadáver de Shetter enterrado cerca del lago Izabal, uno de los lagos más grandes de Guatemala. En lo que parece ser una especie de sacrificio ritual, que guardaría semejanza con los de los antiguos mayas, habían arrancado el corazón y otros órganos de Shetter de su cuerpo.

El ahora tristemente famoso grupo 2012 se halla en paradero desconocido, pero la carta insinúa que el doctor Victor Granning es el líder del grupo. Indica que piensa devolver el *Códice de canibalismo* al pueblo guatemalteco de Kiaqix, situado muy cerca de las ruinas recién descubiertas de Kanuataba, donde se supone que el libro fue escrito. Granning cree que la exposición del códice cerca de su punto de origen supondrá un apoyo muy necesario para los indígenas locales afectados por la enfermedad de Thane, pues fomentará el turismo en la zona.

La carta también afirma que el doctor Granning ha hecho un nuevo descubrimiento muy importante en el códice, y que por consiguiente desea que el libro sea exhibido para que «los millones de nuevos creyentes lo vean». El ex profesor de la UCLA y controvertido icono de 2012, buscado todavía por las autoridades por su papel en el asalto al Getty, afirma haber descubierto un grave error en la fecha previamente calculada del final del antiguo ciclo de la Cuenta Larga. Cree ahora que la fecha correcta del final del decimotercer ciclo del calendario es el 28 de noviembre de 2020.

Chel dejó de leer. En los confines de la selva, Victor intentaba reparar los daños causados. Incluso en su ausencia, se había convertido en una especie de figura mítica entre los creyentes. Muchos de los nuevos marginales consideraban proféticos sus escritos antiurbanitas y antitecnológicos.

—Va a devolverte el códice —dijo Stanton.

No había respuestas fáciles para lo sucedido, sobre todo en lo referente a cómo el legado de su pueblo había terminado en manos de Chel. A pesar de los nuevos cálculos efectuados por Victor, nadie estaba en condiciones de afirmar que alguna versión de sus predicciones para 2012 no se hubiera convertido en realidad el año anterior, y vivían ahora en el mundo que él había soñado.

Sama lanzó una risita, y Chel miró los ojos de la niña.

En realidad, ya no tenía importancia.

Chel estaba rodeada de gente a la que amaba. Y estaba en casa.

Ha'ana terminó de leer el artículo, lo arrugó y lo tiró a la basura.

—Ven con la abu, hija —dijo, y levantó a Sama del moisés—. Tenemos cosas más importantes de qué preocuparnos, ¿verdad?

Nota del autor

Cuando me topé por primera vez con los priones en la Facultad de Medicina, me quedé fascinado por aquellas diminutas proteínas que desconcertaron a los científicos durante cincuenta años. No ejercían ninguna función aparente en el cerebro, violaban el dogma central de la biología molecular, el cual afirmaba que la reproducción sólo podía tener lugar mediante la transferencia de ADN o ARN, y provocaban enfermedades incurables, incluidas la enfermedad de las vacas locas.

Mientras leía todo lo que podía acerca de los priones, averigüé que más de ciento cincuenta personas habían muerto como resultado de consumir buey infectado durante la epidemia de las vacas locas, y que algunos científicos creen que muchos más ingleses han estado expuestos, y es posible que millones más enfermen. Fue entonces cuando empecé a considerar la posibilidad de utilizar esta amenaza al acecho en un relato, y descubrí otra enfermedad causada por los priones: el insomnio fatal familiar (IFF). Mientras que la enfermedad afecta sobre todo a familias de Italia y Alemania, varios casos nuevos «esporádicos» se descubren cada año en otras partes del mundo, incluida Centroamérica.

Después de averiguar que el kuru, el primer grupo conocido de enfermedad priónica, fue descubierto en el pueblo South Fore de Nueva Guinea, y se trasmitió mediante la práctica del canibalismo ritual, la idea del 21/12 cobró forma.

La historia de por qué la fecha del 21/12 se ha convertido en algo tan importante a los ojos de millones de personas, y ocupa un lugar en la conciencia cultural, sigue siendo un misterio para mí. A mediados de los años setenta, escritores de la Nueva Era especularon con que el final de la Cuenta Larga maya representaría un día de capital importancia para la civilización humana, que conduciría a un cambio global en la conciencia. Gracias a «visionarios» como José Argulles y Terrence McKenna, el 21/12/12 quedó vinculado a la astrología, las causas ambientales, el misticismo de la Nueva Era, la «sincronización» espiritual y el creciente escepticismo sobre el papel de la tecnología en las vidas humanas.

Pero esta fe en la importancia del antiguo calendario adoptó formas muy extrañas a medida que se propagaba. Algunos partidarios empezaron a asociarla con las teorías del día del Juicio Final: que el 21/12 conduciría a un alineamiento astronómico, colisiones con otros planetas y estrellas, e inversión de los polos magnéticos de la Tierra. En años recientes, grupos de creyentes han dejado sus hogares para construir inmensos recintos, en las selvas de México, en las montañas del Himalaya, con el fin de intentar sobrevivir al apocalipsis que creen inminente.

De todos modos, todavía no he encontrado pruebas de que los antiguos mayas creyeran que el giro del decimotercer ciclo iba a ser diferente de sus otros giros de calendario importantes, todos los cuales temieron y reverenciaron. De hecho, la Cuenta Larga es un calendario vigesimal, y continúa durante dos mil setecientos años más. La mención original de la importancia del final del decimotercer ciclo, que refuerza la inscripción escrita en Tortuguero, México, procede del *Popol Vuh*. Está escrito que la última Cuenta Larga finalizó al concluir el decimotercer ciclo, y esto ha conducido a algunos a creer que la actual también finalizará.

Pese a la amplia popularización de la palabra, incluso entre los eruditos, el abandono de las ciudades privadas de agua en las tierras bajas al final del primer milenio no debió ser un «colapso» a nivel de toda la civilización maya. A lo largo de un período de varios siglos, al final de la era clásica, ciudades florecientes en otro tiempo fueron abandonadas y la gente se trasladó a ciudades más pequeñas y terrenos más fértiles.

De todos modos, desde el siglo XIX, cuando los exploradores volvieron a descubrir ruinas abandonadas, enterradas en el corazón de frondosas selvas de Honduras y Guatemala, han circulado teorías acerca de lo que impulsó a los mayas a abandonar sus increíbles metrópolis para no regresar jamás. Muestras de polen del valle del Copán y el Petén, donde se encontraban algunas de las poblaciones antiguas más grandes, indican que estaban casi por completo desprovistas de vida humana a mediados del siglo XIII, tras siglos de obsolescencia.

Casi todos los mayistas se muestran de acuerdo en que la superpoblación, la sequía y las prácticas agrícolas destructivas condujeron a la deforestación, y contribuyeron en gran medida al descenso de la población. Otras posibilidades suscitan acaloradas discusiones. En fechas recientes, eruditos como Jared Diamond han argumentado que la violencia continua entre las ciudades mayas fue un factor de capital importancia, y señaló que las luchas llegaron a su punto álgido en el período anterior al fin del clásico.

Las pruebas de canibalismo entre los mayas son controvertidas y limitadas. Pero en las ruinas del Tikal clásico tardío Peter Harrison descubrió un horno de tierra bajo una casa antigua que contenía huesos humanos, carbonizados y con marcas de dientes. Parece probable que, si hubo canibalismo en las tierras bajas, no fue una práctica cultural significativa, sino que sucedió tan sólo en épocas de desesperación, cuando se agotaron los demás comestibles.

A día de hoy, no existen pruebas científicas de que los mayas sufrieran una enfermedad priónica transmisible.

Nuevas ruinas mayas se descubren cada tanto cerca de aldeas indígenas: en los años ochenta, las ruinas de una enorme ciudad fueron halladas en Oxpemul, México, a menos de ochenta kilómetros de una zona densamente poblada. En fechas más recientes, los arqueólogos descubrieron un yacimiento en Holtún, Guatemala, donde más de un centenar de edificios clásicos mayas estaban enterrados en una selva frecuentada durante siglos.

Una de las mayores concentraciones de guacamayos escarlatas de Centroamérica migra desde el este de Guatemala hasta el Red Bank, en el distrito de Stann Creek de Belice. Fue en algún punto de esta ruta donde inventé el pueblo natal de Chel, Kiaqix, así como la gran ciudad perdida de Kanuataba, cuna de Paktul.

Visite nuestra web en:

www.umbrieleditores.com